U0133951

辛弃疾新传

上

辛更儒 著

北京联合出版公司
Beijing United Publishing Co.,Ltd.

后浪

图书在版编目（CIP）数据

辛弃疾新传 / 辛更儒著. -- 北京：北京联合出版
公司, 2023.11（2023.11重印）
ISBN 978-7-5596-6949-0

Ⅰ.①辛… Ⅱ.①辛… Ⅲ.①传记文学—中国—当代
Ⅳ.①I25

中国国家版本馆CIP数据核字(2023)第102401号

辛弃疾新传

著　　者：辛更儒
出 品 人：赵红仕
选题策划：后浪出版公司
出版统筹：吴兴元
编辑统筹：梅天明　宋希於
特约编辑：鲁　爽　宋希於
责任编辑：肖　桓
营销推广：ONEBOOK
装帧制造：墨白空间·陈威伸

北京联合出版公司出版
（北京市西城区德外大街 83 号楼 9 层 100088）
北京盛通印刷股份有限公司印刷　新华书店经销
字数 516 千字　880 毫米 × 1194 毫米　1/32　23 印张
2023 年 11 月第 1 版　2023 年 11 月第 2 次印刷
ISBN 978-7-5596-6949-0
定价：148.00 元

辛弃疾像　今藏铅山县紫溪西山辛村

山中誰来伴滇信窮愁有脚似雲尽還生

僧髮自斷此生天休問倩何人說嫩一棄軒

鶴吾有志在丘壑

邑中園亭僕皆為賦此詞一日

獨坐停雲水聲山色競来相娛

意溪山欲援例者遂作數語庶

幾彷彿淵明思親友之意云

甚矣吾衰矣悵平生交遊零落只今餘幾

白髮空垂三千丈一笑人間萬事問何物

能令公喜我見青山多嫵媚料青山見我

應如是情與貌略相似一尊搔首東窗

裹想淵明停雲詩就此時風味江左沈酣

求名者宣識濁醨妙理回首叫雲飛風起

不恨古人吾不見恨古人不見吾狂耳知

我者二三子

　再用前韻

鳥倦飛還矣笑淵明辭中儲粟有無幾

蓮社高人留箇語我醉寧論許事試沽酒

《稼軒長短句》 元大德三年己亥广信书院本

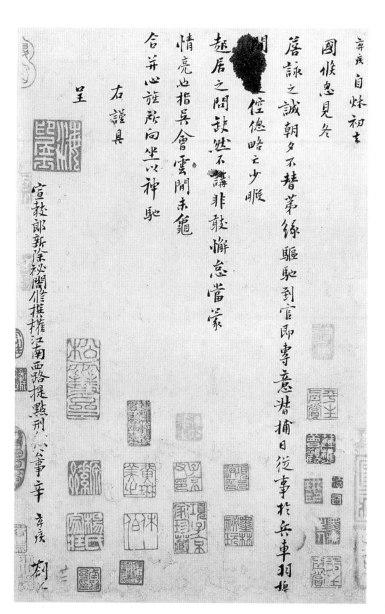

弃疾自妹初去
國候怠見冬
屠詠之誠朝夕不替華緣驅馳到官即専意潛捕日從事於兵車羽檄
間□□倥傯略之少暇
趨居之間缺然不講非敢惰怠當蒙
情亮此指吳會雲開未龜
合并心旌欷向坐以神馳
右謹具
呈
宣教郎新除秘閣修撰權江南西路提點刑獄公事辛　辛弃疾　劄

辛弃疾手书《去国帖》　今藏北京故宫博物院

云洞

苍壁

仙人矶

目　录

上　册

意气风发的爱国者

不妨风雨破吾庐——第一次废黜

意气风发的爱国者

第一章　动荡的年代

一　金国的兴起及辽国的灭亡

12 世纪初叶，中国北方，一个古老的少数民族在历经若干世纪的沉没和消匿之后遽兴勃起。这就是背负祖国东北方白山黑水间的原肃慎族生女真人。

肃慎族的后裔靺鞨族，唐朝时曾在今黑龙江省的宁安建立渤海国，被辽灭亡后，女真族已开始使用自己的族名。辽人为统治女真，把族内豪右数千家徙移到辽阳南，编入户籍，称其为熟女真。而女真人在粟末江（今松花江）以北、宁江州（今吉林石头城子）之东，地方千余里，人口十余万，不入辽人的户籍，被称作生女真。

据《金史·世纪》的记载，生女真完颜部的首领阿骨打，在辽末帝天祚帝天庆四年（北宋政和四年，1114）嗣任女真都勃极烈，袭节度使，修军备，平诸部，做抗辽的各项准备。其定居地安出虎水附近（今哈尔滨阿什河），土地肥沃，适于耕种，完颜部生养繁息，烧炭炼铁，逐渐壮大起来。辽、金生死之战，一触即发。

到了 12 世纪初，经过生女真族内不断的征伐战斗，各部族渐渐由分散到统一，完颜部成为生女真的领袖。因为不堪忍受辽人的压迫、勒索和骚扰，女真各部族在阿骨打的统领下举兵反辽，首战即在宁江州和出河店大败辽军。第二年，阿骨打正式宣布建立金国，为收国元年（北宋政和五年，1115）。此后，金人陆续攻占了黄龙府，在这里打败了辽天祚帝亲征所率领的十余万大军。到了金天辅四年（北宋宣和二年，1120），金人已经占领辽的上京临潢府，两年后，辽的中京大定府、西京大同府、南京析津府（即燕京）也都被先后攻占。到了金太宗天会三年（北宋宣和七年，1125），天祚帝被俘，辽朝正式灭亡。

辽亡后，金国即移兵攻宋。金天会四年（北宋靖康元年，1126），金国的粘罕、斡离不两路南征军攻破宋的首都汴京，俘获了在位的宋钦宗及退位的太上皇宋徽宗，一举灭掉北宋。此后，又历经十余年同继承北宋大统的南宋政权的争战，于金熙宗皇统元年（南宋绍兴十一年，1141）同南宋政权签订和约，迫使南宋称臣纳币，实现南北两朝的和解。至此，金国成为"东薄于海，西控于夏，南抵于淮，北极于蒙"①的中国北方最强大的国家。

---

① 《辛弃疾集编年笺注》卷三《美芹十论·审势》，辛更儒笺注，中华书局2015 年版，第 227 页。

二 南宋军民的抗金斗争和山东的沦陷

1127年，"靖康之变"发生时，宋徽宗的第九子赵构以大元帅领兵在外，侥幸未被金人俘虏。此年五月初一，赵构在南京应天府（今河南商丘）为群臣拥戴，即皇帝位于府治，宋室得以重建。赵构便是宋高宗，改元建炎，史称南宋。

宋高宗即位后，以李纲为相，曾一度积极备战，应对金兵进犯。但不久，李纲为投降派黄潜善等排挤出朝。十月，宋廷南迁扬州驻跸。在金人的兵锋逼迫下，建炎二年（1128）正月，金右副元帅完颜宗辅（又称窝里嗢）曾一度攻陷山东路的潍州（今山东潍坊）和青州。《建炎以来系年要录》卷一二建炎二年正月癸卯载：

> 是日，金人陷潍州。时右副元帅宗辅引兵犯山东，而京东无帅，士大夫亦皆避地。朝议大夫周中世居潍州，独不肯去，率家人乘城拒守。中弟辛家最富，尽散其财，以享战士。城陷，中阖门百口皆死。守臣奉直大夫韩浩亦遇害。[①]

这是山东陷于金兵之始。同年冬，金人陷淄州（今山东淄博）。三年正月，金人犯东平府，制置使权邦彦弃城。犯济南府，守臣刘豫降敌，提刑郭永骂敌而死。接着，袭庆府（今山东兖州）、青、潍等州相继陷于敌。

---

① 李心传《建炎以来系年要录》卷一二，辛更儒点校，上海古籍出版社2018年排印版，第282页。

金兵在攻占中原地区包括山东地区时，由于经常受到当地军民的反抗和袭击，因此每占领土地，多对当地人民实行残暴的屠杀。《三朝北盟会编》卷一一九建炎二年十一月十五日载：

> 金人围濮州，知州杨粹中固守之，金人力击者三十二日，自西北角登城。……金人以不归附，城中无少长良贱，大肆杀戮，仍火焚其庐舍，俱尽。
> 金人寇开德府。……金人入城，怒其拒战，杀戮无孑遗。绍兴九年，复得河南地，唯开德府城中，无一户旧居土人。[1]

濮州即今山东鄄城县，开德府即今河南濮阳县。山东两路被金人攻陷之后，所能遭遇的情形也应大致相似。

面对骤尔得到的大片土地和时刻起来反抗压迫的人民，女真统治者在建炎四年（1130）七月，选择了原知济南府的宋降臣刘豫为齐皇帝，建立了傀儡政权，代替金人统治陕西、淮北、山东和河北以南地区。伪齐在中原和山东等地的剥削和勒索仅仅维持了八年，到绍兴七年（1137），以挞懒和兀朮为首的军事势力取代了粘罕掌握了金国的大权，刘豫及其伪齐便被废掉了。

新的金国军事首领挞懒正在和南宋商谈把河南和陕西之地还于南宋。当宋高宗和宰相秦桧尚处于兴奋不已之际，金国统治集团中又发生政变，新近掌握了金国军事政治大权的兀朮推翻并铲除了挞懒一派的势力。绍兴十年春，金国又开始对南宋发动了大

---

① 徐梦莘《三朝北盟会编》卷一一九，上海古籍出版社1987年影印版，第870页。

规模的南犯。

金对宋的战争进行得并不顺利。兀术先在顺昌遭遇了宋军刘锜的英勇抵抗，紧接着又在湖北鄂州及河南颍昌、郾城等地遇到岳飞军队的有力打击。在仓皇准备撤退时，不料，高宗和秦桧等南宋统治者却不想收复失地，密谋策划和谈。这样，宋军就在接连取得胜利的情况下放弃已有的战果，退回淮河以南去了。

绍兴十一年（1141）冬，金、宋双方签订和约，南宋向金称臣，向金国缴纳岁币银绢各二十五万匹两，承认东起淮河中流，西至大散关（今陕西宝鸡西南）以北，皆为金国领土。

我们这本书的主角——中国宋代历史上的英雄人物、杰出的爱国词人辛弃疾，到绍兴十一年宋、金双方结束对峙，走向和平共存局面时，已经是两岁的孩童了。

第二章　英雄少年

一　生于济南四风闸

"正彩铃坠盖，玉燕投怀，梦符佳月。五百年间，诞中兴人杰。"[1]

辛弃疾，字幼安，金天眷三年（南宋绍兴十年，1140）的五月十一日，生于山东东路济南府历城县。

辛弃疾出生时，上距北宋灭亡的靖康二年（1127）已有十三年。

罗愿曾在一首诗里历数辛弃疾的先世多出名贤："辛氏世多贤，一姓古所夸。太史善篯阙，伊川知辞华。谁欤立军门，杖

---

① 赵善括《应斋杂著》卷六《醉蓬莱·前题》（按即《辛帅生日》之二），文渊阁《四库全书》本。赵善括，字无咎，居隆兴府，淳熙六年（1179）知鄂州。所作《应斋杂著》，杨万里为之作序。其序见《杨万里集笺校》卷八三，辛更儒笺校，中华书局 2007 年版，第 3339 页。

节来要遮。亦有救折槛，叩头当殿衙。英风杂文武，公独可肩差。"[1] 所举辛氏的历代名人即周辛甲、汉辛庆忌、魏辛毗，而据辛弃疾手辑《济南辛氏宗图》[2]，济南辛氏正以辛甲为始祖，而辛庆忌、辛毗皆为辛甲之后。

《济南辛氏宗图》记载，生于北宋真宗景德间（1004—1007）的辛惟叶，为隋司隶大夫辛公义之子辛亮的十八世孙，自甘肃狄道始迁济南，官大理评事（北宋前期的"本官阶"，相当于后来的八品承事郎，京官官阶），是为济南辛氏始祖。五传而至辛弃疾。二世辛师古，官儒林郎，当已在北宋神宗元丰改官制之后[3]。三世辛寂，为滨州司理参军[4]，生子辛赞，是为辛弃疾祖父，影响辛弃疾一生的人物。

辛弃疾《美芹十论》的奏进札子中说："臣之家世，受廛济南，代膺阃寄，荷国厚恩。"[5] 从《济南辛氏宗图》所载的《世系表》上看，济南辛氏虽无显赫仕历，但都守土为官，真正担任"阃寄"之责的是辛赞，但辛赞出仕为官，应该在宋、金议和之后的女真占领区。

辛赞的年龄如果长辛弃疾五十岁，则生于宋哲宗元祐五年（1090），到北宋灭亡的靖康二年（1127），已38岁。他在北宋很可能中过进士或担任过官职。《世系表》记载："赞公，朝散大

①　罗愿《鄂州小集》卷一《送辛殿撰自江西提刑移京西漕》，《丛书集成初编》本。
②　新发现的《菱湖辛氏族谱》卷首完整地记录了辛弃疾手创的《济南辛氏宗图》。该族谱为抚州菱湖怡和堂1935年刻本。
③　儒林郎为元丰改制之后的阶官，文散官，为从八品选人官阶。
④　"滨州"原作"宾州"，辛寂不可能到广西宾州为官，应为山东滨州之误。又，司理参军，辛启泰《稼轩先生年谱》引作司户参军。
⑤　《辛弃疾集编年笺注》卷三《美芹十论·进美芹十论》，第216页。

夫，陇西郡开国男，亳州谯县令，知开封府，赠朝请大夫。室崔氏夫人。"而《美芹十论》的奏进札子则说："大父臣赞，以族众，拙于脱身，被污虏官。留京师，历宿、亳，涉沂、海，非其志也。"① 山东之地，自金占领以后，先后受挞懒和伪齐统治，宋金于绍兴十一年（1141）签订和议后，南宋正式承认金对中原的统治。辛赞未任伪齐官吏，这从奏进札子说"被污虏官"可知，却出仕金朝，并且一直做到金朝南京开封府的知府这一高官。

辛弃疾的父亲辛文郁，《菱湖辛氏族谱》的《世系表》，即《陇西派下支分济南之图》，仅谓"赠中散大夫"。所谓赠官，大概是辛文郁未及在金为官即已去世，而金朝官阶中也没有中散大夫，知为辛弃疾南渡以后所赠。辛弃疾的诗词文从未涉及其父，他从儿时起就跟随其祖父宦游各地。辛弃疾母孙氏②，生前即受封为令人，则表明她已随辛弃疾南归，且老寿以终。

辛弃疾生活的时代距今已经八百多年了。时变世移，多少旧迹早已无存。辛弃疾出生于济南何地，也已无记载可考。然而到了清康熙间，有一位山东德州籍的诗人田雯，却写了一首《四风闸访辛稼轩旧居》诗：

　　药栏围竹屿，石泉逗山脚。风流不可攀，谁结一丘壑？斜阳甸柳庄，长歌自深酌。③

① 《辛弃疾集编年笺注》卷三，第 216 页。
② 此据新发现的《有宋南雄太守朝奉辛公圹志》，原碑藏铅山县博物馆。《菱湖辛氏族谱》误书孙氏为孺氏。
③ 田雯《古欢堂集》卷四，文渊阁《四库全书》本。诗后小注："稼轩有《一丘一壑》词，甸柳，村名。"

石泉、一丘一壑、长歌深酌，都是《稼轩词》中所涉及的江南铅山瓢泉情景。用以比四风闸佳胜，颇能使人生发联想。但是，何以知四风闸即辛弃疾的故居，田雯及其著作却没有再做回答。如果这一记载可信，则辛弃疾的故居应当就在济南府东北的小清河上。据乾隆《历城县志》卷七载，历城东北十五里有华不注山，小清河流经其下。山之东依次为柳林闸、王家闸、坝子屯、船柳渡、四风闸。而四风闸所在的甸柳庄又名边柳庄，属南保泉里。这些地名是否就是宋、金时代的地名，无可考证。《历城县志》对此虽颇致其疑，却未深考。若田雯所记无误，一代历史名人、杰出的爱国词人辛弃疾，或许就应生于斯而长于斯。

《稼轩词》中，有一首写临安（今浙江杭州）灵隐寺冷泉亭的《满江红》词，下片云：

> 山水润，琅玕湿。秋露下，琼珠滴。向危亭横跨，玉渊澄碧。醉舞且摇鸾凤影，浩歌莫遣鱼龙泣。恨此中风物本吾家，今为客。①

另一首《瑞鹤仙·赋梅》也说：

> 寂寞。家山何在？雪后园林，水边楼阁。瑶池旧约，鳞鸿更仗谁托。②

---

① 《辛弃疾集编年笺注》卷六，第523页。
② 《辛弃疾集编年笺注》卷一一，第1301页。

都是由冷泉亭及江南胜景引发的对济南故居的忆念，所以才有了"今为客"和"家山何在"的感慨。可知其故居之地，园林临水，景物之美，亦颇多佳胜，使中年以后的辛弃疾由家及国，无时可以忘怀。

二 师从亳州刘瞻

宋金议和后，金朝政局相对稳定，完颜宗弼（兀术）以皇叔、都元帅任金行台尚书省的首脑，成为最有权势的执政者。"天会中，辽、宋旧有官者皆换授"[①]，辛赞既为有官人，大约在这时出任金朝官吏，为亳州谯县（今安徽亳州）令。

金朝元好问作《中州集》，其党怀英、刘瞻两传中说：

> 公讳怀英，字世杰。……少颖悟，日授千余言。师亳社刘岩老。济南辛幼安其同舍生也。

> 瞻字岩老，亳州人。天德三年，南榜登科。大定初召为史馆编修，卒官。党承旨世杰、郦著作元舆、魏内翰飞卿皆尝从之学。[②]

郦元舆名权，乃是南宋绍兴七年（1137）劫持淮西四万宋军投

①《金史》卷一二五《文艺》上《蔡松年传》，中华书局1975年版，第2715页。
② 元好问《中州集》卷三《承旨党公小传》、卷二《刘内翰瞻小传》，文渊阁《四库全书》本。

降伪齐的叛将郦琼之子。据《金史》卷七九《郦琼传》，郦琼降金后，为山东路弩手千户，知亳州。宋金议和后，再知亳州六年（1141—1146）。辛弃疾既与党怀英（字世杰）、魏拤霄（字飞卿）、郦权（字元舆）同学，师从亳州刘瞻，则一定是郦琼与辛赞同在亳州为官时。而金皇统六年（南宋绍兴十六年，1146）辛弃疾七岁，正当入学的年龄①。可见辛赞自应于皇统六年出知谯县，而此年郦琼也尚未离亳州任。辛赞既与郦琼同官于亳州，而辛弃疾随其祖父宦游，有此渊源，所以才得以师从刘瞻，并与郦琼之子郦权同学。

刘瞻擅长诗赋，自号撄宁居士。而金朝取士，"止以词赋、经义学，士大夫往往局于此，不能多读书"②。辛弃疾从学刘瞻，所学大概也只是诗赋之类士大夫子弟为功名所驱使的举业。辛弃疾受刘瞻的影响，至今其词中尚还可见。如其中年以后在上饶所作的两首《鹧鸪天》："春入平原荠菜花，新耕雨后落群鸦。……青裙缟袂谁家女？去趁蚕生看外家。""携竹杖，更芒鞋，朱朱粉粉野蒿开。谁家寒食归宁女？笑语柔桑陌上来。"③以淡雅靓丽之笔写农村平静的生活，就颇有刘瞻诗的影子。《中州集》称刘瞻"作诗工于野逸"④。而在刘瞻仅存的三首诗中，《春郊》一诗是：

---

① 宋人入学，男取单。据赵与时《宾退录》卷四："今世男子初入学，多用五岁或七岁。盖俗有'男忌双、女忌只'之说。"上海古籍出版社1983年版，第53页。

② 刘祁《归潜志》卷七，崔文印点校，中华书局1983年版，第72页。

③《辛弃疾集编年笺注》卷九，第927、929页。

④《中州集》卷二《刘内翰瞻小传》。

> 桑芽粒粒破春青，小叶迎风未展成。寒食归宁红袖女，外家纸上看蚕生。

两相对照，知刘瞻诗中的后两句的意境，已被辛弃疾分别扩展为两首词。这似乎说明，辛弃疾词中那些细腻描写江南农村生活的歌词，竟也不是无源之水、无本之木。由此可见，辛弃疾是一个善于学习的人。

至于郦权，辛弃疾的少年同窗，后在金国为名诗人，至今尚有十数诗流传，且有书迹至今供人赏玩。[①]

三 首次逗留汴京

辛赞在亳州任县令期满后，曾任职于行台尚书省。其时间应为金皇统八年（南宋绍兴十八年，1148）。《美芹十论》则仅有"留京师"（汴京为金行台尚书省所在地）一语。

金熙宗时期，河北、山西、山东多由女真人任地方官，而河南、陕西则大多为汉官留任。兀朮领行台尚书省时，行台与元帅府都有一批汉族幕僚。金皇统六年，曾有人提出"厘革河南官吏之滥杂者"，当时行台尚书右丞相刘筈上书说："废齐用兵江表，求一切近效，其所用人不必皆以章程，故有不由科目而为大吏，不试弓马而握兵柄者。今抚定未久，姑收人心，奈何

---

① 故宫博物院所藏宋代张择端的名画《清明上河图》长卷后，就有郦琼题写的跋文，是三首七绝诗。

为是纷更也？"①皇统八年（南宋绍兴十八年，1148），左丞相宗贤主张由女真人充州郡长吏，熙宗说："四海之内，皆朕臣子，若分别待之，岂能致一？……自今本国及诸色人，量才通用之。"②这样，到了金皇统末年，汉族士大夫不但可以担任县令，还可以担任州郡长吏及更高的职务。辛赞就是在这种形势下来汴京为官的，他在这里先后接触到领行台尚书省的完颜宗弼和完颜亮（完颜宗弼死于金皇统八年）等金朝重臣，为他的仕途提供了机遇。

辛弃疾有一首《声声慢》词，题为"嘲红木犀。余儿时尝入京师禁中凝碧池，因书当时所见"。全词为：

> 开元盛日，天上栽花，月殿桂影重重。十里芬芳，一枝金粟玲珑。管弦凝碧池上，记当时风月愁侬。翠华远，但江南草木，烟锁深宫。　　只为天姿冷澹，被西风酝酿，彻骨香浓。枉学丹蕉，叶底偷染妖红。道人取次装束，是自家香底家风。又怕是，为凄凉长在醉中。③

词中流露出强烈的民族意识。辛弃疾儿时入汴京凝碧池所见所感，颇似当年王维被安禄山拘禁的情景："秋槐叶落空宫里，凝碧池头奏管弦。"凝碧池上十里木犀依旧④，只是朱颜已换；红木犀

---

①《金史》卷七八《刘筈传》，第 1772 页。

②《金史》卷四《熙宗纪》，第 85 页。

③《辛弃疾集编年笺注》卷九，第 961 页。

④ 据《中州集》卷四载郦权《木樨》："末路益可惜，例进宣和初。仙根岂易致，百死不一苏。昔游汴离宫，识此倾城姝。"知汴京离宫凝碧池中木犀，为北宋宣和中所引进，故辛词赋此以致其感慨。

虽偷染妖红，但香气不改。这如同女真贵族占据华夏，效仿汉族礼仪，仍不被承认为中国之君。痛恨女真统治，谴责南宋当局的南逃，"风月愁侬"，爱国思想已在儿时的辛弃疾心中牢牢扎下深根。既自称为"儿时"，应当不出十岁前后。

此时正当兀术死后大权旁落完颜亮手中之时，一场激烈的内部夺权斗争渐将开始。果然，完颜亮于金皇统九年（南宋绍兴十九年，1149）十二月发动政变，杀死金熙宗完颜亶，登上帝位。完颜亮甫登极，就开始大肆杀戮宗族势力和旧功大臣。辛弃疾《九议·其五》谈到"虏情猜忌，果于诛杀"时有言：

> 某顷游北方，见其治大臣之狱，往往以矾为书，观之如素楮然，置之水中则可读。交通内外，类必用此。[1]

据《金史》卷六三《后妃传》上、卷七六《宗义传》、卷八四《杲（撒离喝）传》，完颜亮篡夺帝位后，于金天德二年（南宋绍兴二十年，1150）诛杀了太祖弟斜也之子平章政事宗义及左副元帅撒离喝等一百二三十人。他指使元帅府令史遥设用白矾书字，诬为撒离喝与其同党的谋反手书，制造了这一起大屠杀狱案。"以矾为书"，就是《宗义传》所说"白纸一幅，有白字隐约，状若经水浸，致字画可读者"[2]，也就是《神麓记》所载"左副元帅国王撒海，累建功勋，止因篡位之初，自怀疑惧，计构遥设，以白矾书假言，宫外拾得，令其诬告，并其子御史大夫沙只

---

[1]《辛弃疾集编年笺注》卷四，第 349 页。
[2]《金史》卷七六，第 1740 页。

并子孙三十余口，及太祖亲弟辽越国王男平章孛急弟兄子孙一百余口，……尽行杀戮"[①]诸情节。辛弃疾既称在北方亲见了这一狱事，知其时必在汴京，而这一年他才十一岁。这是辛弃疾随祖父辛赞居官行台尚书省的有力证据。

---

① 《三朝北盟会编》卷二三三，第 1674 页。撒海即撒离喝，孛急即宗义，女真名孛吉，音译不同。

第三章　壮志有为

一　首次燕京之旅

完颜亮为了巩固统治，于金天德二年（南宋绍兴二十年，1150）十二月废除了都元帅府和行台尚书省，把权力集中在自己手中。又于金贞元元年（南宋绍兴二十三年，1153）三月迁都燕京，改名中都，以便更好地控制金国的局势。

辛弃疾渐次长大以后，受祖父爱国思想的教育，已经成为坚定的爱国志士。《美芹十论》的奏进札子开头就说："虏人凭陵中夏，臣子思酬国耻，普天率土，此心未尝一日忘。"又说："大父臣赞，以族众，拙于脱身，被污虏官。留京师，历宿、亳，涉沂、海，非其志也。"① 明以前的《铅山志》也记载："靖康之变，朝廷敕谕南迁，公虑族众不克。每愤国仇，身任报复。"② 而要实

---

① 《辛弃疾集编年笺注》卷三，第215、216页。
② 《菱湖辛氏族谱》。此条所引，明代以来的《铅山志》均未记载。

现恢复大计，就必须先入仕途。辛弃疾本来可以通过荫补入仕。辛赞已经做到五品刺史以上，金朝并不限制所荫之人。但是，按金法，文臣任子以武①，这是辛弃疾不乐接受的，所以他从少年开始便参与了科举考试。

金朝的科举，因辽、宋旧制而定。金天德二年（南宋绍兴二十年，1150），完颜亮为规范科举，更定试期，增殿试。三年，罢经义、策试，专以词赋取士。到金贞元元年（南宋绍兴二十三年，1153），又颁布《贡举程试条理格法》。金朝科举三年一试的体制逐渐形成。

辛赞在行台撤销之后出任地方长吏，"历宿、亳，涉沂、海"。其中海州（今江苏连云港）为刺史州，而沂（今山东临沂）、宿（今安徽宿州）则为防御使州。依州郡小大，辛赞应当是从海州刺史做起，然后迁沂、宿，时间大概是从金天德三年至金正隆三年（南宋绍兴二十八年，1158），转徙于上述三地为知州。

据《宋兵部侍郎赐紫金鱼袋稼轩公历仕始末》，辛弃疾于金贞元元年十四岁时领乡荐。②次年正是省试之年，应当有首次燕京应试之行。翌年，辛赞应已移知沂州，辛启泰的《稼轩先生年谱》载："先生年十四，领乡举。按：先生《进美芹十论》札子云：'两随计吏，抵燕山，谛观形势。'盖由此也。"③这一结论是

_____

① 据刘宰《漫塘集》卷三四《故公安范大夫及夫人张氏行述》："敌之法，文臣任子以武。"文渊阁《四库全书》本。
② 见《铅山鹅南辛氏宗谱》及《菱湖辛氏族谱》。收入辛更儒《辛弃疾资料汇编》，中华书局 2005 年版，第 136 页。
③ 辛启泰《稼轩先生年谱》。收入《辛弃疾集抄存》，清刻本。

正确的，辛弃疾首次赴燕山，是应礼部试，而"谛观形势"则是为了另外的目的。

完颜亮在位期间，以三月考试诸生于州郡，称乡试，三人取一；秋八月考于诸路首府，称府试，四人取一。山东东西两路试于东平府。翌年正月试于礼部。据《金史》卷八三《张汝霖传》及卷八九《翟永固传》，金贞元二年（南宋绍兴二十四年，1154）正是省试之年，翟永固因身为考官，出试题《尊祖配天赋》不称海陵意受到廷杖。由此推断，辛弃疾是在金贞元元年冬自沂州启程，取道济南府、德州、河东的景州、沧州、清州而抵达燕京①。

二 再赴燕山

金正隆二年（南宋绍兴二十七年，1157），辛弃疾十八岁，又逢金朝省试之年。他第二次奉辛赞之命，北上燕京应试。

辛赞虽在金国为官，但他心向祖国。辛弃疾从小受祖父的教诲，受儒家传统的"裔不谋夏，夷不乱华"思想的熏陶，树立起推翻女真人在中原的统治、恢复北宋领土的坚定信念。他后来在《美芹十论》中痛斥女真贵族"平居无事，亦规规然模仿古圣贤太平之事，以诳乱其耳目"②，认识到金国的统治全凭暴力手段，无任何正义可言，又岂能有"泰山万世之安"？

辛赞所以要他两赴燕山，固然为参与省试，但辛赞在地方

① 燕京，金之大兴府，北宋宣和四年（1122）改为燕山府，今北京。
② 《辛弃疾集编年笺注》卷三《美芹十论·自治》，第257页。

官任上，"每退食，辄引臣辈，登高望远，指画山河，思投衅而起，以纾君父所不共戴天之愤。尝令臣两随计吏，抵燕山，谛观形势"①。辛赞是把反金起义的希望寄托在辛弃疾的身上，为此，才要他在参与考试期间，每到一地，都要相机考察山川关塞的形势、敌人的力量配置，做起义的必要准备。辛弃疾第一次燕山之行，已经考察了山东一路的形势。此次再赴燕山，所考察的应当是自河南北上一路的形势。

辛赞自知宿州迁知开封府，虽无具体时日及地方志的准确记载可考，但金海陵一朝任南京留守（即知开封府）者《金史》大都有记载，唯正隆改元以后的三四年间缺载，辛赞知开封，应当就在这期间。辛弃疾若从开封北上，他所经行之处，必为真定府、定州、保州，再至涿州这一条路线。辛弃疾晚年谈起派间谍潜入金国刺探情报时有一段话说：

> 弃疾之遣谍也，必钩之以旁证，使不得而欺。如已至幽燕矣，又令至中山，至济南。中山之为州也，或背水，或负山，官寺帑廪位置之方，左右之所归，当悉数之。其往济南也亦然。……北方之地，皆弃疾少年所经行者，彼皆不得而欺也。②

所言中山府，即定州（今属河北），与济南府绝不在一条通往燕京的路线上。所云"北方之地，皆弃疾少年所经行者"，表明他

---

① 《辛弃疾集编年笺注》卷三《美芹十论·进美芹十论》，第216页。
② 程珌《洺水集》卷二《丙子轮对札子》二，文渊阁《四库全书》本。

两赴燕京路线并不相同。一次在山东，一次在河南。两赴燕山，辛弃疾虽未能考中进士，却为他后来反金起义建树掀天伟业做了充分准备。

辛弃疾再赴燕山，还有一个收获，那就是他在燕京可能与蔡松年有所接触。

蔡松年字伯坚，自号萧闲老人，是金朝有名的词人。北宋末年同其父守燕山，投降金人。蔡松年早年曾数从宗弼南犯，在海陵朝迁居右丞相。[①]辛弃疾进谒蔡松年事并无记载，《美芹十论》说蔡松年因怂恿完颜亮南犯而被鸩杀，有"逆亮始谋南寇之时，刘麟、蔡松年一探其意而导之，则麟逐而松年鸩"[②]诸语，这不像门生所说的话。《宋史》本传说"少师蔡伯坚"[③]更是无稽之谈（谓"师蔡伯坚"，似不知其名，这也不像是南宋国史的《辛弃疾传》所称，应当是元人取自杂谈之说）。只有南宋后期的庐陵人陈模在《怀古录》中提及："蔡光工于词，靖康间陷于虏中，辛幼安常以诗词参请之。蔡曰：'子之诗则未也，他日当以词名家。'故稼轩归本朝，晚年词笔尤高。"[④]蔡光为何人，居何地，无可考。所记载的辛弃疾参请情节，也没有第二种资料可以参照。而元人虞集则有"受业萧闲老，令人忆稼轩"[⑤]的诗句。若说辛弃疾"受业"于蔡松年，则以辛弃疾的早年经历及蔡松年入仕金朝以后的

①　见《金史》卷一二五《文艺》上，第2715—2716页；《中州集》卷一《蔡丞相松年小传》。

②　《辛弃疾集编年笺注》卷三《美芹十论·察情》，第239页。

③　《宋史》卷四〇一《辛弃疾传》，中华书局1977年版，第12161页。

④　陈模《怀古录校注》卷中，郑必俊校注，中华书局1993年版，第60页。

⑤　虞集《道园学古录》卷三《题李溉之学士湖上诸亭·萧闲堂》，文渊阁《四库全书》本。

事迹推考，都是绝无可能之事。

蔡松年现存词尚余八十多首，其词学苏轼，有北方刚健硬朗之风。《中州集》谓"百年以来，乐府推伯坚与吴彦高（即吴激），号'吴蔡体'"①。据当代学者研究，辛弃疾的部分词作"作风与蔡酷肖"②。若说辛弃疾曾师法蔡松年作词，那就不必为及门受业之人，或许在辛弃疾此次北赴燕山时就有可能进谒蔡松年，受其指点，如《怀古录》所记载的那样。今辛词中尚能见到蔡松年词作的影响，正是其与蔡松年存在某种渊源的唯一可考之处。

辛弃疾在续漫游北方、参加科举考试并考察山川形势的紧张岁月中，还曾有前往泰山登临绝顶之行。古人曾云："一洗绮罗香泽之态，摆脱绸缪宛转之度，使人登高望远，举首高歌，而逸怀浩气超然乎尘垢之外。"③成年之后的辛弃疾，也有如此的胸怀。

绍兴末的两三年间某个夏日，辛弃疾曾前往泰山登览游宿，见于同时代大诗人陆游诗中的回忆。

陆游晚年在家乡会稽写有一首《客有言太山者因思青城旧游有作》诗，共二十句。前半部分回忆其早年游览蜀中青城山的往事，以下笔锋一转：

> 有客谈泰山，昔尝宿石室。
>
> 夜分林采变，旸谷看浴日。
>
> 九州皆片尘，盛夏犹惨栗。

---

① 《中州集》卷一《蔡丞相松年小传》。

② 刘扬忠《辛弃疾词心探微》，齐鲁书社 1990 年版，第 155 页。

③ 胡寅《斐然集》卷一九《向芗林酒边集后序》，收入《崇正辨·斐然集》，中华书局 1993 年版，第 403 页。

我闻思一往，安得飞仙术？
但愿齐鲁平，东封扈清跸。①

诗中说，在他晚年时，有一位客人拜访，谈起登泰山的往事：盛夏登顶，留宿石室，朝起观日，皮肤犹然起栗。但愿齐鲁大地脱离敌国的统治，实现随从皇帝东巡、告慰完成统一大业的愿望。

周郢《辛弃疾早年行迹之新诗证》一文言及此诗："诗题中的'客'便大有玄机。此人向陆游称述旧游泰山之经历，事非寻常，因为此时距泰山沦陷于金，已历整整七十五年。……故南宋人记述泰山风物者，莫不是辗转闻于前辈，如曾三聘记泰山东岳庙会系闻于'蒋大防母夫人'，邵博记泰山景物系闻于曾官'兖州掾曹'之旧人。而此'客'曾亲登泰山，其应非出南宋本土，而是一位自金投宋的'归正人'。……符合这一特殊身份，而又在嘉泰三年这一时段与陆游有番交集者，唯有一人，便是辛弃疾。"②

这番考证说明，陆游诗中的"客"正是指辛弃疾而言。这是辛弃疾早年在北方游历生活的又一例证。汉马第伯《建武封禅仪记》谓"武帝封禅至泰山，……北有石室"。而唐丁春泽《日观赋》亦有"忽听晨鸡，即曈昽而可爱，于是渐出旸谷，将离地维。岩峦既秀，草树生姿，气则赫视，人皆仰之"诸语，证明了当年辛弃疾登泰山留宿山中晨起观日出时经历的景象，是为未来的词人在北方生活之写照。

---

① 《剑南诗稿》卷五五。收入《陆放翁全集》，第 789 页。
② 周郢《辛弃疾早年行迹之新诗证》，《光明日报·文学》，2019 年 12 月 14 日。

三 自记辛赞与韩元英的交谊

辛弃疾"顷游北方"之时，虽还在少年，却接触了金国残酷的暴政，还广泛接触了社会各阶层人士。

《异闻总录》记载了由辛弃疾后来记录下来的一件异闻：

> 颍昌韩元英，字勤甫，晚仕金国，为汴洛辇运使。素奉事岳帝甚谨，至降其家。将至时，盛张一室，焚香敬立以候。少顷，肃然而来，或与人语音接。
>
> 后一岁，神不肯临，或告都厢官辛君曰："韩运使且死。"问其故，曰："神弃之矣，不死何为？"韩故与辛善，以告而忧之，急遣一亲信仆持香往岱岳祈谢，谓曰："圣帝唯享头炉香，每将旦启庙时，庙令谒奠者是也。能随其后，神必歆答，若迟缓顷刻，则飙驭登山，虽复控请，已不闻。汝当以先一日昏时赂庙吏入宿，伺晓而祷。不然，必误我事。"仆受戒而去。
>
> 既入庙，憩于通天鼓架下，久行倦困，不觉睡熟。及觉，正门已开，但见羽仪骑从，赫奕甚盛，初疑以为庙吏归驺耳，而念常日不如此。既乃圣帝乘舆出，径诣东庙采访殿，韩君乃荷械行于后，回首顾仆而东。仆知不及事，犹焚香。既毕，归复命，妄云如所敕。韩责之曰："汝卧于鼓下，我实见汝，安得妄言欺我耶？"
>
> 自是才月余而卒。辛幼安说。[1]

---

[1] 不著撰者《异闻总录》卷二，《稗海》丛书本。

这则故事中的韩元英，据《建炎以来系年要录》卷一一一"绍兴七年六月"载："右承议郎、新知楚州韩元杰罢，坐前守濠州日，其兄元英私往宿州而不以闻也。时元英已奔刘豫，豫用为户部员外郎。"① 康熙《江南通志》卷一七三："韩元杰字汉臣，亿五世孙。"韩元英投降伪齐后出任金南京路转运使（即文中"汴洛輂运使"），其弟元杰（字汉臣）、元象（字中甫）皆居芜湖。见《万姓统谱》卷二四。韩元英于绍兴七年（1137）投降伪齐，此记其卒时的异事，正当产生在辛弃疾少年游历北方之时。此文中有"都厢官辛君"，或者就是辛赞。所谓都厢官，《清朝文献通考》卷二六九考云："汉之左右部尉，唐之赤县尉，宋之都厢官也。"孙承泽《春明梦余录》谓"宋以四厢都指挥，巡警京城，神宗置勾当左右厢公事，民间谓之都厢"②，都厢应当是辛赞其时在金所任官。而韩元英卒时，正应当在绍兴二十年，即金天德二年或稍后，其时辛弃疾已经十一二岁了。

又按：《异闻总录》一书，今有《稗海》本，不记撰者姓名，其书四卷，杂记宋元异闻，皆采自宋元笔记的原文。此条应出自现已残缺的洪迈《夷坚志》的佚文。虽不载出处，然既谓为"辛幼安说"，当录自辛弃疾亲述。《夷坚志》现存本多数条目下皆注其事"某某说"，可以为证。

辛赞生平，多不可考。此一事的发掘，对其仕宦金朝，正是一个可信的补充。

---

① 《建炎以来系年要录》卷一一一，第 1865 页。
② 孙承泽《春明梦余录》卷五《城坊》，文渊阁《四库全书》本。

第四章　起义南归

一　海陵帝横征暴敛激起中原反金浪潮

金朝迁都燕京以后，政权渐趋稳定。于是，素有南犯野心的完颜亮便开始准备对南宋用兵。

从金正隆二年（南宋绍兴二十七年，1157）开始，完颜亮不断同女真、汉族大臣商讨伐宋事宜，对于反对意见，他一律加以拒绝。金正隆三年冬以后，金朝起修汴京大内，接着关闭了与南宋接壤的十三处贸易榷场，又在境内签征各路猛安谋克军，修战舰，造兵器，征马匹。待一切就绪后，完颜亮于金正隆六年的六月迁都汴京（今河南开封），九月，亲率三十二路总管军南犯。

完颜亮南犯之前，对中原和塞外的各族人民实行了横征暴敛和残酷的镇压政策。

金正隆四年正月动工的汴京宫殿重建工程，用了两年多才完成，前后征发了各路民夫二百多万人，"所用军民夫、工匠，每四月一替，近者不下千百里，远者不下数千里。……其河北人夫死损大半，其岭北、西京路夫七八千人，得归者无千余人"①。为了防止民夫逃跑，汴京周围驻扎了二十万骑兵，以至瘟疫流行，死者不计其数。南宋使者贺允中途经汴京，亲见金人"修汴京，伐木琢石，车载塞路，民劳而多死于道"②。

在征调民工的同时，金朝开始签征军队，全国二十至五十岁的壮丁几乎全被起征，即使多丁也不许一人留侍双亲。这些被签征者，被集中后从事劳役，如打造兵器、造船、开河。《美芹十论》中说，金国"签军之令下，则贫富不问，而丁壮必行。……营筑馈饷之役兴，则空室以往，而休息无期。有常产者困窭，无置锥者冻馁"③。

丁壮被签，妇孺老弱也不能幸免：凡军兴所用物资如胶漆、颜料、布麻、铜铁，皆出自百姓。为了应付皮革、筋角、雕翎之需，民间往往杀耕牛，屠猪狗。金朝还借口军兴，预借民间五年的税钱。④赋税之外，又以和籴为名，强取百姓粮米不下七八次，民间积蓄一扫而空。可见此时中原百姓负担是何等沉重，已到了不能忍受的程度。完颜亮的横征暴敛，使金国上下一片骚动，直接酿成了金朝建立以来从未有过的大动乱。

自金正隆五年（南宋绍兴三十年，1160）始，中原民众纷纷

① 《三朝北盟会编》卷二三〇引《元祐进士乙科元符党人朝奉郎崔陟、孙淮夫、梁叟上两府札子》，第 1654 页。

② 《建炎以来系年要录》卷一八五"绍兴三十年五月"，第 3293 页。

③ 《辛弃疾集编年笺注》卷三《美芹十论·观衅》，第 251 页。

④ 见宇文懋昭《大金国志校证》卷一六《世宗圣明皇帝纪年》上，崔文印校证，中华书局 1986 年版，第 221 页。

揭竿而起。是年二月，金朝派遣官吏分道监督盗贼，以凌迟、锯截手足等残酷手段相威胁。三月，东海县（今江苏连云港）民张旺等聚众起义，攻占县城，改用南宋年号。完颜亮派遣徐文等率水军和九百艘战船浮海征讨，才在六月镇压了这支起义军，杀死义军五千余人。与东海起义同时，太行山一带的汉族和契丹族民众也奋起反抗金朝统治，连破浚州的卫县、磁州的邯郸（今均属河北），杀北使三人。

到了这年下半年，各地民众起义已十分普遍，"盗贼蜂起，大者连城邑，小者保山泽"①。沂州有来二郎起义，转战蒙山一带。河北有王任、李川起义，不骚扰百姓，只杀金军。由于金军已被签发，兵器也被集中，州县空虚，难以制止起义，山东、河北一带更是如此。完颜亮派出二十四侍卫，分头往山东、两河、中都督捕起义军。

次年五月，山后契丹诸部不满金朝的征调，在撒八领导下起义，杀死金西北路特使和招讨使（西北路招讨治所在桓州，今内蒙古正蓝旗），得到更多契丹部族的响应，队伍迅速壮大，完颜亮不得不派出万人前往讨伐。

七月，济南府农民耿京因不满金朝的征赋骚扰，与李铁枪等六人入东山（今山东昌邑东），策划起义。随后，聚集了几十人的起义军攻占了莱芜县和泰安州（今山东泰安）。

八月，宿迁（今属江苏）人魏胜聚众三百，攻取涟水军（在淮河北，今属江苏）和海州。他自任都统制，连破进剿的金军。

---

① 《金史》卷五《海陵纪》，第115页。

同月，沂州人开赵也聚众起义，"不旬日有众数万，收复密州、日照等处"[①]（密州即今山东诸城，日照今亦属山东）。

九月，完颜亮正拟起兵南犯，大名府（今属河北）王九（王友直）在其腹心之地起义，一举攻占了大名府。完颜亮得知，遣都统斜也将兵万人征讨，大名兵众多溃散，斜也屠杀起义兵民不计其数[②]。

由于各路起义军纷起，完颜亮不可能短时间内都镇压下去，于是仍按既定计划举兵南犯。他兵分四路，分别从海道、蔡州、凤翔、淮北南进。又怕起义军不断扩大的消息动摇军心，凡有朝臣言盗贼者都被处以刑杖，从此无人再敢进言。在这种情形下，中原起义军发展迅猛。章颖《南渡四将传》记载："亮举兵逾淮，……太行山之东，忠义之士蜂起。开赵起于密州，有众十余万，以助胶西之师。……耿京起济南，取兖州。……王友直复北京。潼关以东，淮水以北，奋起者不可殚纪。"[③]

中原最大规模的起义是耿京领导的一支起义军。

耿京是济南府的农民，《美芹十论》说"耿京、王友直辈奋臂陇亩"[④]。在金主完颜亮准备南犯时，他与李铁枪等六人入东山避兵。《齐乘》卷一载，济南府东南三十里有东龙洞山，"东洞在万仞绝壁之上，洞口釜鬲尚存，烟火之迹如墨。盖昔人避兵，引

<hr>

① 赵天瑞《宋故武功大夫濮州团练使浙西路总管开公埋铭》。收入钱谷《吴都文粹续集》卷三八，文渊阁《四库全书》本。
② 据《三朝北盟会编》卷二四二所引《正隆事迹记》，斜也屠杀居民三十万人。第1742—1743页。
③ 章颖《南渡四将传》卷四《魏胜传》，清抄本。
④ 《辛弃疾集编年笺注》卷三《美芹十论·详战》，第310页。

纽以上。中必有泉，不知其深几许耳"①。此地距泰安很近，耿京避乱处或在此地。后来，他在这里聚集了数十人，南下攻占莱芜城，接着又占领了泰安。

耿京起义的时间，《宋史·辛弃疾传》称在金主亮死后，显然有误。其他宋人著作都置于这一年的九月或十月，也都不准确。王友直起义时，耿京的力量已经很大，王友直甚至表示愿意接受耿京的领导。可知耿京起义最晚也要在此年的七月间。

二 拥众起义

辛弃疾的祖父辛赞虽作金官，却怀抱着与金人"不共戴天之愤"，时刻准备"投衅而起"。然而，他未能等到机会来临，便在金正隆五年（南宋绍兴三十年，1160）之前去世了。

金正隆六年金主亮南犯前的暴虐行径，使辛弃疾家乡山东蒙受了巨大的灾难。在金主亮签兵、征夫、摊派马匹、掠夺粮草和军需物资的压迫面前，山东人民只有起来反抗才能求生。辛弃疾在其祖父去世后回到济南，准备借助人民的反抗情绪，实现推翻女真族在中原的统治的夙愿。

这时的辛弃疾，已经成长为雄姿英发、年轻有为的爱国志士。他不仅智略超众，敢于承担大事，而且具有文武之材。平昔以功业自负，以气节自许，当此大有为之机，他当然不会满足于

---

① 于钦《齐乘》卷一《山川·济南山》。收入《宋元方志丛刊》，中华书局1990年影印版，第527页。

"少年骏马走韩卢，掀东郭"①的游猎生活，他要拿起武器，把自己的所学，用于为争取民族生存而战斗的事业中去。

二十二岁的辛弃疾，纠合了乡里两千余人，结成自卫武装，举起了反金起义的大旗，随后，他又义无反顾地同耿京起义军联合抗金，担任了义军的掌书记。

"沧海横流，方显出英雄本色。"

农民起义震动了齐鲁大地，耿京起义军迅猛壮大。对拥众起义的辛弃疾来说，是否要同农民起义会合，干一番掀天事业，的确是个难题。《美芹十论·详战》分析据守中原军府县邑的汉军何以不哗变响应时指出："东北之俗，尚气而耻下人。当是时，耿京、王友直辈奋臂陇亩，已先之而起，彼不肯俯首听命，以为农夫下，故宁婴城而守。"②兵卒如此，士大夫阶层对农民起义更是观望甚至敌视。辛弃疾则不然，他既已揭竿而起，眼下的目标就是以实际行动阻挠和打击金主亮的南犯。而唯一可行的办法就是与耿京起义军联手，推动农民起义的壮大发展，加快金主亮的败亡。《美芹十论》说他"鸠众二千，隶耿京，为掌书记，与图恢复"③，《菱湖辛氏族谱》卷首转引宋元时期的《铅山志》说他"绍兴末，虏渝盟，乃结义士耿京等，纠合忠义军二十五万，以图恢复"。可见辛弃疾虽隶耿京，做了义军的掌书记，执掌军中印信、机密文书及协助处理军中事务（北宋开国皇帝赵匡胤领宋州节度使，开国元勋赵普即为掌书记。可知这一职务，实则处在军中谋

---

① 《辛弃疾集编年笺注》卷九《满江红·和廓之雪》，第906页。盖追忆少年时在北方的走马射猎活动。
② 《辛弃疾集编年笺注》卷三，第310页。
③ 《辛弃疾集编年笺注》卷三《美芹十论·进美芹十论》，第216页。

主的地位），同耿京却属于同盟之友的关系。

叶嘉莹女士曾对辛弃疾参加农民起义的"深远之谋略与宏伟的度量"做出评论：

> 辛氏当年之所以能以其过人之才略，且已纠众有二千人之多，乃竟甘心归附于农民的义军领袖耿京，而且劝说耿京奉表与南宋王师相联络，原来本是有其极深远的战略性之识见的。至于其能甘心下人之度量，当然也是极可称述的。而这一切谋略与度量，实在都源于他的一心要收复中原的志意之急切。①

宋末爱国志士谢枋得早曾对辛弃疾少年起义抗金的英雄事迹做过评价。他说：

> 一少年书生，不忘本朝，痛二圣之不归，闵八陵之不祀，哀中原子民之不行王化，结豪杰，志斩虏馘，挈中原还君父，公之志亦大矣。②

显而易见，能够清醒地认识到人民中潜藏着的宏伟力量，才能够下决心交结豪杰志士，置身于农民起义之中，这的确是具有超越同时侪辈的远见卓识。因此，当形势发生巨变、时机转瞬即逝之际，辛弃疾毅然直前，为一个既定的目标去奋斗，去拼杀。

---

① 缪钺、叶嘉莹《灵谿词说》，上海古籍出版社 1987 年版，第 409 页。
② 谢枋得《叠山集》卷七《宋辛稼轩先生墓记》，《四部丛刊续编》本。

三　攻占东平

耿京起义军占领泰安军后，蔡州人贾瑞率数十人归附耿京，并且劝说耿京，把起义军划分为相对独立的各军，分别招纳起义人众。起义军势力遂逐渐强大起来。①

此后，起义军以泰安为基地，向周围扩展。南取兖州，西取东平。②东平府是金国山东西路的首府，北宋时为天平军节度使所在地，战略地位十分重要。耿京占领东平府后即自任知府，又自称天平军节度使。山东、河北起义军如王友直、开赵诸部，也都表示听从耿京节制。耿京一介农夫，当然不可能有此领导机变能力。取兖州，取东平，是辛弃疾同耿京联合抗金之后取得的重大战果。前引《铅山志》所说辛弃疾"斩寇取城"，也可见这一切必都由辛弃疾为之谋划。他不但以其深谋远虑策划起义军的发展，而且亲冒矢石，奋勇杀敌，在起义军中发挥了重要作用。

起义军接着又向北攻占了济南和淄州（今山东省淄博市淄川区）。康熙《济南府志》卷三五载："绍兴末，耿京据济南。"《宋故武功大夫濮州团练使浙西路总管开公埋铭》（以下简称《开公埋铭》）也说开赵起义后："有众数万，……聚集忠勇三十余万，攻淄、齐等州。"济南府在北宋为齐州。开赵军只有二万人，既说"聚集忠勇三十余万"，可知这是耿京集诸军之力所采取的军事行动。而这三十余万，即包括《美芹十论》所说的"籍兵

---

① 见《三朝北盟会编》卷二四九，第1787页。
② 见《南渡四将传》卷四《魏胜传》："耿京起济南，取兖州"；《建炎以来系年要录》卷一九六"绍兴三十二年正月"："（耿京）自此渐盛，遂据东平府。"第3547页。

二十五万”及开赵所统率的二万余人在内。

到了金正隆六年（南宋绍兴三十一年，1161）的九月，山东起义军已达其全盛时期，共占据了东平府、齐州、兖州、淄州和泰安军五州之地，而开赵也占据了密州和莒州的一部分。

在这一系列战斗过程中，为起义军发展壮大做出重要贡献的辛弃疾到底有哪些具体作为，由于史料的缺乏，一概无从考知。我们只能从《稼轩词》的片言只语中看出他在起义军中的飒爽英姿和凌云气概：

> 壮岁旌旗拥万夫。
>
> ——《鹧鸪天·有客慨然谈功名，
> 因追念少年时事，戏作》

这是说他在起义军中独自统率万人的军队。

> 燕兵夜娖银胡䩮，汉箭朝飞金仆姑。
>
> ——同上 [1]

既然是“燕兵”与“汉箭”对举，显然这是记载起义军同金军一次激烈的战斗场面。

> 挥羽扇，整纶巾，少年鞍马尘。
>
> ——《阮郎归·耒阳道中为张处父推官赋》[2]

---

[1] 《辛弃疾集编年笺注》卷一四，第 1711 页。
[2] 《辛弃疾集编年笺注》卷七，第 656 页。

"羽扇纶巾，谈笑间狂虏灰飞烟灭"，苏轼在《念奴娇·赤壁怀古》词中这样描绘了年少周公瑾大破曹操时的万丈豪情。可知辛弃疾在起义军中具有的相似的豪壮情怀。

> 醉里挑灯看剑，梦回吹角连营。八百里分麾下炙，五十弦翻塞外声。沙场秋点兵。　马作的卢飞快，弓如霹雳弦惊。了却君王天下事，赢得生前身后名。可怜白发生！
>
> ——《破阵子·为陈同甫赋壮词以寄之》[①]

从沙场的残梦写到军营拂晓，再到沙场点兵的雄伟场面，展现了当年起义军战斗生活的雄壮氛围，从中可看出辛弃疾对他参与的抗金战斗所固有的那一份珍惜和自豪。

四　追杀叛徒义端和尚

辛弃疾在加入耿京起义军后，曾招纳僧义端一军。

僧义端者，不知是何地僧人，也不知何时与辛弃疾相识。他虽身在佛门，却也关心世事，喜谈兵家韬略，因而与辛弃疾气味相投，彼此稔熟，时常往来。中原大乱，义端聚集了一千多人，形成一支独立武装。辛弃疾后来劝说义端归顺了耿京。

但义端实在是一个心怀叵测的人物。他起兵的目的，可能是

[①] 《辛弃疾集编年笺注》卷八，第823—824页。"甫""父"古通，故"陈同甫"又作"陈同父"。

为了拥兵自重，窥伺方向，在乱世中谋取某种个人权力。当他看到这种图谋难以在起义军中实现后，便企图叛变。于是在一个晚上，乘人不备，从掌书记辛弃疾处窃取了天平军节度使的印信逃走。耿京得知，十分恼怒，要杀引荐义端的辛弃疾。辛弃疾却请求耿京允许他追擒义端，以功补过。他说：

　　乞我三日期，不获，就死未晚。

耿京同意了。辛弃疾揣测义端一定是以起义军的印信作礼物，向金军主帅报告起义军内部的虚实。于是朝金军驻地追赶，把叛贼义端追上。经过一番搏斗，义端终被辛弃疾擒获。他自觉力屈，无力对抗，遂告饶道：

　　我识君真相，乃青兕也，力能杀人，幸勿杀我。①

辛弃疾当然不肯饶恕这个叛贼，当场杀掉义端，斩其首回报耿京。耿京从此对他更加敬重。

　　青兕，就是黑色的犀牛，体重力大，猛勇无双。以此相称，可见辛弃疾少时之雄壮。清人朱彝尊作词赠陈维崧，有句云："擅词场、飞扬跋扈，前身可是青兕？"②就是用了这一典故，以青兕比辛弃疾。

---

① 《宋史》卷四〇一《辛弃疾传》，第12161页。
② 朱彝尊《曝书亭集》卷二五《迈陂塘·题其年填词图》，《四部丛刊初编》本。

辛弃疾在起义军中，两次擒杀叛贼。据崇祯《历城县志》卷一〇的记载，第二次辛弃疾擒获叛徒张安国后，"戮之于灵岩寺"。这显然是把辛弃疾的两次英雄行为混为一谈而产生的错误。灵岩寺在济南以南的长清县境内，山深林密，路径逼仄，利于追逃。辛弃疾两次铲除起义军中的叛贼，一次是向北，一次是向南，方向不同。在灵岩寺杀掉的应当是他所招募的僧义端。

五　策划支援宋军的胶州湾之战

山东起义军在强盛时期做出的两个最重要决定，其一就是救援海州，协助南宋水军。作为起义军的谋主，辛弃疾应当发挥了重要作用。

魏胜在海州起义后，屡受金军的围攻，形势十分危急。这时金主亮大军即将渡淮，而金朝水军也驻扎于胶东，做好了从水路南取浙东的准备。辛弃疾一向认为，中原起义军必须取得南宋的领导，协同作战，才能粉碎金军的南犯。耿京既节制河北山东起义军，必定对山东局势和抗金全局十分关切。起义军增援海州，就是在这一思想指导下付诸实施的，辛弃疾应当是力促此事的主要人物。

耿京命李铁枪为六路策应，下辖马军将王世隆、都统制开赵，以及刘敌云、孙赟等，前往海州解围。山东起义豪杰如明椿、刘异、李机、郑云等也争为应援。与此同时，南宋沿海制置使李宝也派遣其子李公佐前往海州侦伺敌情。十月一日，李宝率水军抵达海州，同山东义军会合，共同解除了金军对海州的包围。①

海州解围后，山东起义军又与李宝合作，准备向金胶州湾的水军发起进攻。

金人屯驻胶西陈家岛（在今山东省青岛市黄岛区，隔海与今青岛市区相对）的水军，大部分是签征的大汉军，军无斗志。山东百姓也不愿同宋军作战，私下同宋军取得联系。李宝水军于十月二十七日到达石臼山，距陈家岛三十里。金军泊于陈家岛的舰船千余艘，准备渡海以取杭州。李宝舟师乘南风势猛，以火箭环射，焚烧敌船，三昼夜烟火不绝。操舟的大汉军遂即弃舟登岸。李铁枪、开赵等起义军应约从陆路赶到，大汉军三千余人投降。此役斩金军统帅郑家奴等六人，烧金船数百艘。完颜亮从水路攻占江浙的企图彻底破产。

李铁枪、王世隆、开赵此后脱离了山东起义军，追随李宝水师南下，返回南宋境内。②这种擅自脱离起义军的行动，却背离了起义军坚持敌后斗争、与南宋配合作战的初衷，削弱了起义军的战斗力。

---

① 见《三朝北盟会编》卷二三七"李宝败金人于陈家岛"条，第 1700 页。
② 败金人于陈家岛及李铁枪等归附事，见《三朝北盟会编》卷二三七"李宝败金人于陈家岛"条，第 1701 页。亦可参《开公埋铭》：十一月"差充山东河北路忠义军马都统制，将所得大汉军三千余人及本部统制将等二万余人归正本朝"。

六 劝说耿京决策南向

此时宋、金战场上形势却十分危急。完颜亮大军一到，淮河一线的防御力量几乎崩溃。

绍兴三十一年（1161）十月二日，完颜亮亲率大军自南京路颍河口正阳镇至涡河口荆山镇之间搭浮桥渡淮。南宋本以刘锜为江淮浙西制置使，率王权、李显忠二都统防守清河、涡河、颍河口。金人扬言以兵十万出清河口（南清河入于淮河，又于楚州山阳流入淮河），为疑兵，以当刘锜之师。而主力三十万大军实自淮西深入。王权负责守颍河口，刘锜遣王权自建康渡江迎敌，王权逗留不进，固守于庐州。李显忠闻金主亮大军已从安丰军渡淮，也急引兵回庐州，复自峡山路渡江退至池州。王权闻知金军渡淮，随即从庐州遁逃至和州昭关。于是刘锜大军只能目送金军从淮西长驱直入，而无用武之地，最后也不得不退守镇江。

十月十二日，金人渡淮十日，攻陷淮西重镇滁州。十七日，金人又陷淮西路首府庐州，追至尉子桥，与王权军激战，权军统制姚兴战死。十九日，金人陷和州，王权从和州渡江，屯兵于采石，而淮东扬州亦于二十三日失陷。从十月二日金主亮渡淮以后，一个月间，整个淮西陷于金人之手，金军铁骑奄至江上，形势对南宋来说十分危险。

宋高宗本是一个在金人面前早已丧胆的所谓"中兴"之君。自秦桧于绍兴十一年代表南宋与金人签订和议以后，宋高宗凭借女真贵族的恩赐，得以灭烽息鼓，维持其半壁江山。在秦桧为相的十多年里，南宋内政不修，军备松弛，完全丧失了对付金人败盟南犯的意识。秦桧死后的几年间，面对金人不断膨胀的南犯野心，高宗君臣们的这种苟安心理却未尝稍有改变。绍兴三十一（1161）年五月，金主亮遣高景山、王全来贺宋高宗生日天申节，公开向南宋朝廷挑衅，指求淮汉之地，并扬言金主亮欲于九月间前往泗、寿、陈、蔡沿边巡猎。当时朝中就有许多力主退让避敌者，散播退避言论，幸而左丞相陈康伯力主"有进无退"，表示"今日更不问和与守，直问战当如何"[①]，才使局面稍有稳定。到金主亮大军进犯庐州，王权兵溃时，中外震骇，高宗召见宰执，欲遣散百官，袭早年建炎间的故智，率领群臣退到海舟上，渡海避敌。这时又是陈康伯挺身阻拦，才又避免出现中枢崩溃的局面。然而终因王权、李显忠等退缩惧战，使金人没有遇到有效的抵抗，一个月间便兵临大江，严重威胁到南宋王朝的存亡。

但就在金主亮深入淮南之际，十月八日，在金朝内地东京辽阳府（今辽宁辽阳），留守完颜褒在部众、渤海贵酋以及不愿跟随金主亮南犯的女真、契丹、汉儿军的拥戴下，自立为皇帝，是为金世宗。他即位后，改元大定，下诏暴扬金主亮罪恶数十事，如弑皇太后徒单氏，杀太宗及宗翰、宗弼子孙及毁坏上京宫殿等。完颜亮得知这一消息后，不胜惊讶。《三朝北盟会编》卷二四二所引归正官张棣《正隆事迹记》说：

> 亮以内乱所扰……大江之不可渡，或有鸡肋之意，然未形于牙齿间，又恐贻笑万世，遂筑渡江台于江之北岸，欲渡万人于大江之南，然后作还军计。[②]

---

① 《宋史》卷三八三《虞允文传》，第 11792 页。
② 《三朝北盟会编》卷二四二，第 1743 页。

于是自将细军①屯驻于和州鸡笼山上，准备从采石渡江南下。

十一月七日乙亥，金主亮舟船至于东采石，临江筑坛，刑马祭天。八日丙子，完颜亮麾舟船出江，东采石渡口宋军王权所部统制张振、王琪、时俊等在前来督视军马的军事参谋虞允文的鼓励下，出海鳅船迎战，尽歼来船之敌，使完颜亮渡江的尝试遭到失败。九日，宋水军统制盛新又引舟抵杨林河口，以强弓硬弩齐射，阻截金人，令不得出江。于是金主亮自知大军终不得出，遂焚烧其船，率大军趋移淮东。这就是历史上有名的采石之役。此役虽毙金人无多，但金主亮却因此不能渡江，成为其南犯失败的转折点。

从整个战局来说，这时的形势对金人是不利的。金主亮的背盟毁约，激起了南宋军民的同仇敌忾，不但中原人民纷纷起义，南宋沿边民众也配合宋军，袭击来犯的金军。自金主亮来犯以来，南宋军队在民兵和中原忠义军民的支援下，已先后收复了唐州、邓州、蔡州、颍州、顺昌府、陕州、通化军、嵩州等十余处州军，金军在关中的军事行动遭到挫折，在淮西和海道又遭遇惨败，严重影响了金人的士气。在这种情况下，完颜亮的败亡已经指日可待了。

十一月二十七日甲午，金主亮在扬州召集诸将，约以三日渡江，如期不能渡江，则尽杀之。诸将对渡江早已失去信心，遂密谋杀死完颜亮，与南宋议和。

二十八日夜，密谋反叛的金军众将率兵攻入完颜亮寝帐，射

---

① 据《建炎以来系年要录》卷一九四"绍兴三十一年十一月"，完颜亮有紫茸等细军，不遣临敌，专以自卫。则所谓"细军"者，盖金主亲自统率的近卫亲军，细军当是精兵之意。第3513页。

杀完颜亮于扬州龟山寺。完颜亮虽有"混一车书"的宏愿，但终因操之过急，激化了内外矛盾，落了个丧师殒身的下场。

辛弃疾在率众起义后，"决策南向"是他的一个重要战略方针。在他看来，中原起义军若没有南宋的支援，是很难坚持敌后斗争的。女真贵族不论哪派得势，都很快会集中力量来对付起义民众。起义军应援海州等行动，就是在这一思想的指导下付诸实施的。胶西之战加速了金主亮的败亡，而开赵、王世隆，包括李铁枪统率的其他起义军并没有坚持敌后作战，而是随李宝水军回到了南宋境内，却显然违背了耿京和辛弃疾等与南宋配合作战的初衷。此年十一月底，金主完颜亮被杀，当耿京获知此事，并得知金朝大军安然北撤，南宋方面并没有各路并进，全力追击时，必然感到事态的严重。诚如《三朝北盟会编》卷二四二《正隆事迹记》所说：

> 是时，中原之民知褎虽立，尚在沙漠，度亮虽存，驻军淮上，中原无主，皇皇如也。其间豪杰辈不待本朝之命，改虏正朔为本朝正朔。[1]

待到完颜褎从辽阳府进入燕京，开始经纪中原及山后契丹之乱时，中原义军处境更加险恶，如不利用金国当时的混乱局势，及时同南宋政府取得联系，协同作战，起义军很快便会受到金世宗政权的围剿，孤立无援，陷入进退维谷的境地。

---

[1] 《三朝北盟会编》卷二四二，第1743页。此处"褎"原作"衮"。金世宗完颜雍，原名褎，后改雍。

金世宗完颜褒即位所下的赦书中说到"宋国讲和之后，臣礼不阙。顿违信誓，欲行并吞，动众兴兵，远近嗟怨。……并旧有军器，尽行烧毁，却令改造，遂致公私困竭，生灵飞走，无不凋弊"①，又说："昨来签军，……赦书到日，不问新旧，尽行放免。"摆出一副与南宋和好罢兵的姿态，其目的当然是为了尽早结束对南宋的战争，把力量集中到对付中原汉族群众和山后契丹族的起义上来。

辛弃疾提出的主动归附南宋的建议，得到耿京的响应。于是耿京指派诸军都提领贾瑞等十二名将领前往南宋联系此事。贾瑞以不善辞令为由请辛弃疾同行。他说：

> 如到朝廷，宰相以下有所诘问，恐不能对，请一文人同往。②

耿京同意，辛弃疾遂以掌书记身份成为贾瑞的副手。据《三朝北盟会编》卷二四九记载，耿京所派的十三人是：归朝人总辖贾瑞、统制官刘震、右军副总管刘弁、游奕军统制孙肇、左军统领官刘伯达、左军第二副将刘德、左军正将梁宏、右军正将刘威、策应右军副将邢弁、踏白第三副将刘聚、总辖司提辖董昭及贾思成、天平军掌书记辛弃疾。③

---

① 《建炎以来系年要录》卷一九三，第 3460 页。
② 《三朝北盟会编》卷二四九，第 1787 页。
③ 见《三朝北盟会编》卷二四九，第 1787 页。

　　归朝一行人于十二月起程，向临安进发。①辛弃疾等人向西，沿太行山麓而行，然后自黄河东下，于十二月初到达淮东重镇楚州，准备由此前往临安。②淮南转运副使杨抗正负责措置归正人事宜，便让他们前往建康府，去觐见在那里犒师的宋高宗。杨抗，上饶人，以才略见用，《江西通志》有传。

　　绍兴三十二年（1162）正月十八日，辛弃疾同贾瑞等人入建康，宋高宗即日召见。辛弃疾奏陈恢复大计八条。《铅山志》载："绍兴末……斩寇取城，报功行在。高宗劳师建康，陈大计八条奏闻，上伟其忠。"③宋高宗读到耿京的归顺表文，十分高兴，立即表示接纳，并要臣僚拟定耿京以下授官计划。二十二日己丑，补耿京起义军将领二百余人官职。耿京制授天平军节度使，贾瑞敦武郎阁门祗候，皆赐金带。其余统制官转修武郎，将官皆成忠郎。辛弃疾先授右儒林郎（选人官阶），后改右承务郎（京官官阶）。④

　　承务郎是南宋文官中属于京官的最低一阶。据赵升《朝野类要》卷三《改官》载："承直郎以下选人，在任须俟得本路帅抚、监司、郡守举主保奏堪与改官状五纸，即趋赴春班改官。谢恩则换承务郎以上官序，谓之京官，方有显达。其举主各有格法限

---

① 据《宋兵部侍郎赐紫金鱼袋稼轩公历仕始末》："三十有一年辛巳十二月，奉耿京表，诣行在。"

② 《南渡四将传》有"耿京由太行遣人以表至"语；明初张以宁《翠屏集》卷二《过辛稼轩神道吊以诗》有句："长啸秋云白日阴，太行天党气萧森。英雄已尽中原泪，臣主元无北渡心"，文渊阁《四库全书》本。

③ 《铅山志》所载辛弃疾事迹，见《菱湖辛氏族谱》卷首。

④ 见《三朝北盟会编》卷二四九，第1787页。关于授官日，《建炎以来系年要录》谓在正月二十二日己丑。原本误作"乙丑"，今改正。

员，故求改官奏状，最为难得。如得，则称门生。"按当时的宰相为陈康伯和朱倬，执政为叶义问、杨椿、黄祖舜。陈康伯其人是一个力主抗击金人的宰相，他对辛弃疾独能慧眼识英雄，力主给其以能发挥才干的机会，所以辛弃疾所补官超越选人官阶直接进入京官。辛弃疾晚年在为陈康伯的一件文稿上作跋语时，尚犹自称"门生"①，恐怕就是这一原因吧。

辛弃疾在建康府所进奏的八条大计今虽不得其详，但必然是就南宋抗金的决策问题，经过深思熟虑才发表的意见。徐元杰的《稼轩辛公赞》也说："高宗劳师建康，亟入，条奏大计，上伟其忠，骤用之。"②这八条大计，或者就如他后来在《美芹十论》中所提出的那样，是在获得中原人民群众和起义武装的支持的前提下，就收复失地所提出的战略性意见。而长期受投降派把持的南宋政坛，很久没有听到这种气壮凌云的议论了；辛弃疾思辨的敏锐和卓越，也应是南宋王朝和宋高宗本人前所未闻的，所以才"伟其忠，骤用之"。

辛弃疾在建康，接触到南宋政府的许多重要人物，例如当时判建康府的老臣张浚，以及随同高宗视师的一些高级官员。他当时所谈何事，所接触何人，都不可考。不过他的一些重要见解，必然会对这些人加以陈述。例如他决策南向的本意就是要使起义军接受南宋政府的号令和支援，推动敌后战争的发展，即所谓"就战其地"，而不是把起义人马带回到南宋境内。这个南归的主旨，他一定力加阐明。可是，对金人已成杯弓蛇影的南宋当局却

---

① 见《辛弃疾集编年笺注》卷五《跋绍兴辛巳亲征诏草》，第447页。

② 徐元杰《梅野集》卷一一，文渊阁《四库全书》本。

只寄希望于金兵不再来犯，却不敢北向发一兵一卒。于是，在宣布了耿京等起义军将领的官职以后，便顺水推舟，把他们又遣送回山东复命去了。

在建康，辛弃疾与陪同高宗视师的殿中侍御史吴芾相识。吴芾字明可，台州仙居人。金主亮南犯时，他进言"今日之事，有进无退。进为上策，退为无策"[①]。既而金主亮毙，遂上疏力劝亲征。车驾至建康，芾请遂驻跸以系中原之望，高宗纳其说。吴、辛二人的友谊，应当是从这时开始的。

行文至此，还必须补写辛弃疾与党怀英的友谊及筮仕赋别的情景。

辛弃疾同党怀英的交谊，元好问《中州集》卷三只有二人同舍，俱学于亳社刘岩老的记载。而刘祁《归潜志》卷八则说："党承旨怀英、辛尚书弃疾，俱山东人，少同舍属。金国初遭乱，俱在兵间。"[②]《金史·党怀英传》、赵秉文《滏水集》卷一一的《翰林学士承旨文献党公碑》都不曾有具体记述。现可考知的仅为以下各事：

党怀英与辛弃疾共学之地既在亳州，党氏少年时家境贫寒，其父死于泰安任上，妻子却不能归故里，若无他人资助，无力就学于亳州。显然，党氏自少及壮，依附于辛氏，受庇佑多矣。

《归潜志》所说的"俱在兵间"，语意不明。辛弃疾率众起义，自可称在兵间，党怀英此时何在，党氏碑传对此全无一字记载。但《宋史·辛弃疾传》却还记载着辛、党筮仕之事：

---

① 《宋史》卷三八七《吴芾传》，第 11888 页。

② 刘祁《归潜志》卷八，第 84 页。

始筮仕，决以蓍，怀英遇坎，因留事金，弃疾得离，遂决意南归。①

而谢枋得则说：

公初卜，得离卦，乃南方丙丁火，以镇南也。②

按《周易正义》，坎是险陷之名，有固守不可以行之义；离是附丽之谓，有得其所而附着之义。史家取正义之说来解释辛、党在金国动荡期间所采取的不同立场。在金正隆六年（南宋绍兴三十一年，1161）金国南犯，中原民众纷纷起义反抗之时，是反金还是事金，辛、党显然未能取得一致。辛弃疾幼秉家教，忠义之心与建功之志，几乎可以说是他少年时的唯一信念，成为他生命的一部分。这一信念早已形成，在此机会千载难逢、理想即可付诸实践的关键时刻，他当然决不会动摇。而党怀英只是一文人，幼年家贫，生活、问学、游历都须他人资助，自然要"安贫守分"，不敢冒险行事。因此，在对待当时形势、农民起义和自身应采取何种立场的问题上，二人不能保持一致，于是采取筮仕的办法解决。筮仕的结果是二人所行皆合卦义，两位少年好友便分道扬镳，各行其是。

元王恽《秋涧集》卷九四《玉堂嘉话》曾载：

---

① 《宋史》卷四〇一，第 12161 页。
② 《叠山集》卷七《宋辛稼轩先生墓记》。

> 弃疾字幼安，济南人。姿英伟，尚气节。少与泰安党怀
> 英友善。肃慎氏既有中夏，誓不为金臣子。一日，与怀英登
> 一大丘，置酒曰："吾友安此，余将从此逝矣。"遂酌别而去。

其事是否如此，没有其他旁证。姑且看作是辛、党筮仕问卜的一个补充吧。倒是此文最后记载的一件他亲眼看到的摩崖石刻，具有很大的史料价值：

> 初，公在北方时，与竹溪尝游泰山之灵岩，题名曰
> "六十一上人"，破"辛"字也。至元二十年，予按部来游，
> 其石刻宛在。[1]

这件石刻，是辛弃疾行踪的一件重要证据。可惜，王恽未记下其年月，亦不知此石刻现尚存于世间否。竹溪是党怀英别号，其词又叫《竹溪词》。也许此文所说的"大丘"就是灵岩。这件事很可能在辛弃疾奉表南归之前。辛弃疾虽与党氏自幼友谊甚笃，但终以民族大义而绝交。

七　擒获叛徒张安国

驻跸建康的宋高宗既已用极品官位厚遇耿京，足可见南宋王

---

[1]　王恽《秋涧集》卷九四《玉堂嘉话》卷二，文渊阁《四库全书》本。"溪"字原本模糊不清，《四库全书》本填作"斋"字，甚误。

朝对山东起义军的重视。早在绍兴三十一年（1161）十一月己丑，李宝遣人前往临安报告胶西大捷时，高宗大概已得知山东起义军应援海道的功绩了。此后李宝同王世隆、开赵等人又于十一月下旬同舟到达行在，必然更详细了解了起义军的真实情况。这年十二月底，王友直、王任亦率河北起义军残部三百余人渡江归宋，尚在中原坚持武装反抗金朝统治的就只有耿京起义军了。

于是枢密院派两名使臣吴革和李彪携带耿京等二百余名将领的官告及天平军节度使节钺，与辛弃疾、贾瑞等返回山东。他们到达楚州后，革、彪等不敢进入金境，请在海州等候耿京前来接受节告。辛弃疾等只好同意。这时已从行在返回海州的京东招讨使李宝，特派遣王世隆率数十骑与辛弃疾、贾瑞等同行。①

就在辛弃疾等返回山东的途中，却传来了耿京被张安国、邵进等裨将杀害、起义军大部队被遣散的最坏消息。②这消息犹如晴天霹雳，使他们的满腔热情顿时化作冰冷，辛弃疾等人立即陷入进退两难的窘境。

金世宗入主燕京后，马上按着他即位赦书中"据亡命山泽，聚为盗寇。赦书到处，并限一百日，经所在官司陈首，与免本罪"的计划，着手瓦解山东起义军。他宣布起义军中"如系头领，能劝率徒众出首，委所在官司具姓名申覆尚书省奏闻，当议别加旌赏"③。又宣布振赐山东百姓粟帛，放还山东、河北等地征南步军，令官员"安抚山东百姓，招谕盗贼或避贼及避徭役在他

①　见《三朝北盟会编》卷二四九，第1787页。
②　据《宋史》卷三二《高宗纪》九："是月，张安国等攻杀耿京。"第609页。
③　《三朝北盟会编》卷二三三，第1676页。

所者，并令归业，及时农种，无问罪名轻重，并与原免"①。他还令都元帅奔睹开府山东，讨捕起义军。在这种威胁利诱面前，起义军中的叛贼张安国、邵进等贪图金人的厚赏，趁起义军核心人物如贾瑞、李铁枪、辛弃疾皆不在军中的机会，刺杀了耿京。起义军中农民出身的士兵，原就不够稳定，如辛弃疾所说，是"锄犁之民，寡谋而易聚，惧败而轻敌。使之坚战而持久，则败矣"②，人心思散，于是因耿京之被害一哄而散，以获取金政权的"赦宥"，归家重新为农去了。

辛弃疾等返回海州，与同行的起义军将领商讨对策。在这紧急关头，辛弃疾表现了不同寻常的胆识、大智大勇和领导才能。在群龙无首的情况下，他对众人说：

> 我缘主帅来归朝，不期事变，何以复命？

于是他约集原在耿京帐下的统制官王世隆和忠义军中的马全福等人，跟随他去擒拿张安国。他的这一倡议当即得到不少人的响应。辛弃疾选定王世隆所部二十人、起义军三十人，共五十骑，一道北上。

这时的张安国已接受金人招降，做了济州（山东巨野）知州，所裹胁的部众尚有五万人。辛弃疾等人深入金国境内六百里，提前做好返回的准备，每隔五里安排一人作为接应，辛弃疾乃与三十名起义军直扑济州。

---

① 《金史》卷六《世宗纪》上，第 126 页。
② 《辛弃疾集编年笺注》卷三《美芹十论·详战》，第 310 页。

　　张安国正与部将酗饮，辛弃疾与王世隆等突骑冲入，就在众人之中把惊愕未定的张安国擒获，如同捉拿狡兔一般，缚之上马，随即冲出济州，押解着张安国，束马衔枚，历尽艰险，昼夜兼程，从山东西路直趋淮河，向南疾驰，甚至一昼夜未进粒食，金将因此才没有追赶上。这支人马直到抵达淮河，才得以休息。①

　　是年闰二月，辛弃疾等将叛贼张安国献于行在，下廷尉，劾其反复状，张安国服罪，被斩于市。

　　记载辛弃疾擒获张安国的史籍，现在所能见到的仅有《宋史》的《辛弃疾传》。宋人章颖《南渡四将传·魏胜传》中的记载更详，然而却有多处失误，更令人遗憾的是抹杀了辛弃疾是创造这次惊天动地英雄壮举的最主要人物的事实。

　　这次有如史诗般的英雄行为，其策划者是辛弃疾，不是《魏胜传》中已然"开府"之张浚。张浚当时仅为建康留守，要到绍兴三十二年（1162）五月入见孝宗之后才被任命为江淮宣抚使。而赴金营捉拿张安国的组织者和实施者也正是辛弃疾。《宋史》本传上说："弃疾还至海州，与众谋曰：'我缘主帅来归朝，不期事变，何以复命？'乃约统制王世隆及忠义人马全福等径趋金营。"②而《魏胜传》中却说：张浚"问孰能为我生致安国者，王世隆应募愿往"，可知王世隆仅为应聘前往者。在耿京派往南宋投诚的使团中，辛弃疾是唯一的文职官员，也是决策的核心人物。王世隆其人，虽然也曾是耿京的马军将，但他在胶西之战后，过

---

① 见《宋史》卷四〇一《辛弃疾传》，第 12162 页；《南渡四将传》卷四《魏胜传》；洪迈《稼轩记》，收入祝穆《古今事文类聚》前集卷三六《民业部·农家类》，文渊阁《四库全书》本。

② 《宋史》卷四〇一《辛弃疾传》，第 12162 页。

早脱离了起义军队伍，投附了宋军，虽然统制官位高，也有二十名军士跟随他，却也为客非主，不足以成为五十人敢死队中的领导者。

辛弃疾等五十骑，自海州奇袭济州，当出其不意，潜入州府，才能成功捉拿张安国。《魏胜传》说"世隆以一骑至济州，谒入，安国骇曰：'世隆已南归，胡为至此？'使其人出视之，曰：'貌瘠而赤须也。'果然。出见之，世隆拔刀劫之"，未免夸大王世隆的作用。当时必是他与辛弃疾、马全福等人一拥而入，声言要"上马出郊议事"，在敌人惊愕之下将张安国摔之出厅。

自济州踏上归途，亦是一场生死较量。意辛弃疾一行南归所经，必有金兵拦截。本传所言"径趋金营"及"金将追之不及"[1]，或即发生在济州之郊。"赤手领五十骑，缚取于五万众中，如挟兔。束马衔枚，由关西奏淮，至通昼夜不粒食"[2]，乃为极其形象的写实。而"四十三年，望中犹记，烽火扬州路"[3]，乃是晚年的追忆。

在辛弃疾大义凛然的英雄行为的感召下，原起义军部下有数千人反正，并随后相继南渡，回到南宋。[4]其中，辛弃疾的夫人赵氏以及他们的两个儿子，很可能也随同返回南宋境内。[5]

---

[1] 《宋史》卷四〇一《辛弃疾传》，第 12162 页。

[2] 《稼轩记》。

[3] 《辛弃疾集编年笺注》卷一五《永遇乐·京口北固亭怀古》，第 1818 页。

[4] 据《归潜志》卷八："辛一旦率数千骑南渡，显于宋。"第 84 页。

[5] 据《菱湖辛氏族谱》卷首《济南派下支分期思世系》："初室江阴赵氏，知南安军修之女，卒于江阴。……生子九：长名稹，次名秬。"按：据同书，辛秬为金正隆四年（南宋绍兴二十九年，1159）生。《有宋南雄太守朝奉辛公圹志》："祖弃疾，……妣硕人赵氏、范氏。"

从正月二十日到这年的闰二月（以此月中旬斩张安国计），历时五十余天，行程为宋、金的海、沂、滕、济、单、归德、亳、宿、庐、滁、建康、广德、湖十三州之地，约为二千里之征程，历尽艰辛，饥餐渴饮，摆脱追堵，安然抵达临安。这一切都是为了完成一件事，即把公然背叛祖国，残杀上司、投靠敌人的叛徒张安国捉拿归案，绳之以法。辛弃疾千里深入敌寇，胜利完成了这一件事。这对南宋军民的抗金斗志，都是极大的鼓舞。

陆游于此年六月五日有一篇札子，论北界蒙城县官邢珪罪状，请宽贷其罪。其中谈到不久前发生的张安国事件。札子有云：

> 议者以谓张安国杀耿京事，与此略同，恐启宽贷之路，无以慰归附之人，则某谓不然。张安国中国人，又尝受旗榜招安，见利而动，贼杀耿京，反覆奸狯，罪恶明白，与珪实为不类，兼邢珪所犯，在未被大赦荡涤之前，张安国所犯，在已受旗榜招安之后。[①]

据知辛弃疾擒获张安国及张安国被正法于行在街市二事，在当时社会上受到极大重视，引起了轰动效应。

在这样一场敌我短兵相接的激烈搏斗中，辛弃疾以其传奇般的经历，英雄豪杰式的壮举，震惊了南北两地，充分表现了他足以建功立业的谋略、胆识、手段和才华。他深入金营擒获张安国

---

① 陆游《渭南文集》卷三《上二府论事札子》，收入《陆放翁全集》，中国书店 1986 年排印版，第 15—16 页。

千里献俘南来的突出事迹，受到社会各阶层的广泛赞誉。当时的著名文人洪迈在《稼轩记》中说：

> 余谓侯本以中州隽人，抱忠仗义，章显闻于南邦。齐虏巧负国，赤手领五十骑，缚取于五万众中，如挟虤兔。束马衔枚，间关西奏淮，至通昼夜不粒食。壮声英概，懦士为之兴起，圣天子一见三叹息，用是简深知。

谢枋得也在《宋辛稼轩先生墓记》中说：

> 耿京死，公家比者无位，犹能擒张安国归之京师，有人心天理者，闻此事莫不流涕。[1]

辛弃疾后来在其词中也一再回忆起当年这段经历，不能忘怀：

> 壮岁旌旗拥万夫。锦襜突骑渡江初。
> ——《鹧鸪天·有客慨然谈功名，因追念少年时事，戏作》[2]

> 四十三年，望中犹记，烽火扬州路。
> ——《永遇乐·京口北固亭怀古》[3]

---

[1] 《叠山集》卷七。
[2] 《辛弃疾集编年笺注》卷一四，第1711页。
[3] 《辛弃疾集编年笺注》卷一五，第1818页。

关于辛弃疾擒获张安国的史实，有两件事须在此辨明。

一是《宋史·辛弃疾传》对此虽有详载，但章颖撰《南渡四将传·魏胜传》时却将辛弃疾擒获张安国之功完全归之于王世隆，只字未提辛弃疾在其中的作用。《宋史·高宗纪》遂也大书："是月，张安国等攻杀耿京，李宝将王世隆攻破安国，执之以献。"① 亦未及辛弃疾，此何故？

今按，王世隆和马全福均为随从辛弃疾袭击张安国之人，诸人协力擒获张安国，但倡议者、奋勇擒获其人者均应以辛弃疾为首，《宋史》本传与洪迈及谢枋得均记载无误。《朱子语类》曾载："耿京起义兵，为天平军节度使。有张安国者，亦起兵，与京为两军。辛幼安时在京幕下为记室，方衔命来此，致归朝之义，则京已为安国所杀。幼安后归，挟安国马上，还朝以正典刑。"② 稍晚的陈振孙《直斋书录解题》亦载："京东义士耿京据东平府，遣掌书记辛弃疾赴行在，京后为裨将张安国所杀，弃疾擒安国以归，斩之。"③ 这些记载应当说十分可信。知当时的《国史》及《宋史·高宗纪》所载必系王世隆独上首功所致。辛弃疾有词曾云："声名少日畏人知，老去行藏与愿违。"④ 辛弃疾早年以报国为志，不以个人得失盈怀。然而这一件事却在当时轰动了社会各阶层，以致"壮声英概"，却不是国史记载所能抹杀了的。王世

---

① 《宋史》卷三二《高宗纪》九，第609页。

② 黎靖德《朱子语类》卷一三二《本朝》六《中兴至今日人物》下，中华书局1986年版，第3179页。

③ 陈振孙《直斋书录解题》卷二一《歌词类》，上海古籍出版社1987年版，第622页。

④ 《辛弃疾集编年笺注》卷一五《瑞鹧鸪·京口病中起登连沧观，偶成》，第1813页。

隆其人，虽粗有勇力，却是毫无见识的莽夫。他南归后虽被授予御前诸军统制，不久却因反复，欲行"作过"（阴谋反叛）而被南宋当局处死。[①]《魏胜传》亦言："其后，世隆为镇江府都统制刘宝所恶，有告其谋叛者，宝斩之。"直言为刘宝忌妒诬陷所致，然其人实不足道。

另外一事是关于辛弃疾是否曾率万众来归的问题。有人曾说辛弃疾在擒获张安国后，曾当场号召了上万起义士兵反正，并将他们带回江南。[②] 我以为这不是事实。一则因为它不见于史书记载。二则辛弃疾虽有"壮岁旌旗拥万夫"之句，但那是指其统率起义部队而言，与渡江南来不是一回事。三则辛弃疾擒获张安国后急于南归，以防金人追袭，故此所率领的全是"突骑"，而并没有步卒。从济州到淮河的直线距离是六百里，按《宋史·吴玠传》中"日夜驰三百里"[③] 的记载，恰是马军两昼夜的行程，如果有步卒同行，必得五六天方能到达淮河，如此一来，焉能不被金将追上？而当时张安国部下又如何会有上万骑兵可供辛弃疾统率？当时南宋缺少骑兵，据《三朝北盟会编》卷二四九"王友直、王任、王革来归"条记载，王任、王友直等率三百多名马军来归，宋廷授友直检校少保等高官，友直等均不敢接受，说："向若臣有众数万归朝廷，则受之不辞；今众不满万（包括家小），

---

① 据徐松《宋会要辑稿·兵》一九之一五："（隆兴二年闰十一月）十四日，诏：'左军第二将借补进义副尉李成、白身忠义效用秦飞，告首王世隆作过，各特与转七官资。'"中华书局 1957 年影印版，第 7088 页。

② 见邓广铭《辛弃疾（稼轩）传》，上海人民出版社 1956 年版，第 26 页。

③ 《宋史》卷三六六，第 11411 页。

而受如此之赏，不可。"[1]辛弃疾擒张安国后，宋廷亦未重加旌赏，可见后续来归者，即使如刘祁所谓"率数千骑南渡"[2]，也并没有为辛弃疾记功。

---

[1]　《三朝北盟会编》卷二四九，第 1787—1788 页。

[2]　刘祁《归潜志》卷八，第 84 页。

奏进万字平戎策

第五章　隆兴末奏进《美芹十论》

一　向张浚建议奇兵攻取山东

绍兴三十二年（1162）夏六月，当宋金对峙局面稍有稳定，那位制定并实行了二十多年对金屈辱求和政策的宋高宗，面对全国各地朝野上下不断高涨的抗金呼声，在不能继续维持这一政策之时，决定传位于太子赵昚，自己退居德寿宫，不再过问军国大事，一心"释去重负，以介寿臧"①。赵昚庙号孝宗，是高宗养子，太祖七世孙，从绍兴二年五月被选入宫中，直到绍兴三十二年才被立为皇太子。他和宋高宗有所不同，聪明英毅，素有恢复中原之志。即位后，首先恢复了绍兴八年因上书反对议和而被贬谪的胡铨的官职，接着又以宋高宗圣意的名义，追复岳飞原官，以礼改葬。又于七月五日召判建康府张浚入见，委派他为江淮宣抚

---

① 《建炎以来系年要录》卷二○○《绍兴三十二年六月御札》，第 3631 页。

使。同时下令由四川宣抚使吴璘兼任陕西、河东路宣抚招讨使，显示了恢复中原的意向。在短暂的时间里，朝野上下气象一新，对翘首企盼的南宋军民来说，宋孝宗的即位确实给人们带来了一缕希望之光。

张浚从绍兴十六年（1146）起因上疏论时事，加强边防，惹恼了秦桧，责徙广东的连州、湖南的永州居住。在他离开朝廷的十多年里，朝野的爱国志士都把恢复中原的希望寄托在他的身上，说他"忠义之心，虽妇人孺子亦皆知之，故当时天下之人惟恐其不得用"[①]。辛弃疾奉表南归建康入见之时，想必也曾得识张浚。史称张浚喜延揽豪杰，优待归正人。现在张浚奉命统率江淮军马，在镇江建立宣抚司，广揽人才，正是英雄大有为之时。急于把恢复中原的理想付诸实践的辛弃疾，跃跃欲试，准备把自己经过参加北方反金斗争酝酿的收复失地的一整套计划，向张浚全盘提出。于是他利用张浚出任宣抚使的时机，会见张浚，提出建议。

辛弃疾的建议，后来曾向好友朱熹陈述过，而朱熹又向他的弟子们转述，被记载了下来。朱熹先是说"辛弃疾颇谙晓兵事。云：'兵老弱不汰可虑'"，然后转述辛弃疾的建议：

> 某向见张魏公，说以分兵杀虏之势。
>
> 只缘虏人调发极难，元颜要犯江南，整整两年，方调发得聚。彼中虽是号令简，无此间许多周遮，但彼中人才逼迫得太急，亦易变，所以要调发甚难。只有沿淮有许多捍御之兵。

---

① 《朱子语类》卷一三一《本朝》五《中兴至今日人物》上，第 3150 页。

为吾之计，莫若分几军趋关陕，他必拥兵于关陕；又分几军向西京，他必拥兵于西京；又分几军望淮北，他必拥兵于淮北，其他去处必空弱。又使海道兵捣海上，他又着拥兵捍海上。

吾密拣精锐几万在此，度其势力既分，于是乘其稍弱处，一直收山东。虏人首尾相应不及，再调发来添助，彼卒未聚，而吾已据山东。才据山东，中原及燕京自不消得大段用力。盖精锐萃于山东而虏势已截成两段去。

又先下明诏，使中原豪杰自为响应。

是时魏公答以"某只受一方之命，此事恐不能主之"。①

魏国公是宋孝宗召见张浚时所赐予的封爵。"分兵杀虏"就是辛弃疾给张浚的建议。其要点是：第一，鉴于金国签征兵力十分困难，部署在沿淮边境上的只是一些守卫部队的特点，南宋的战略应当首先是"分兵"，即将南宋军队分为数军，分别在关陕、西京、淮北、海道一带实行佯攻，牵制、调动金人沿边守御部队，使其注意力集中在上述那几个他们认为必须防守的地区。敌之力量既已分散，我军则正可乘虚乘弱而入。第二，宋军的主攻方向是金人力量薄弱的山东，通过不事声张的拣选、训练，组成一支几万人的精兵，作为北伐的主力。看到敌人势力既已分散，于是从金国防守最薄弱处下手，实行突然袭击，一直打进山东。金人沿边的兵力都已被我军牵制吸引，首尾不相及，签军尚未集中，

---

① 《朱子语类》卷一一○《朱子》七《论兵》，第 2705—2706 页。此为朱熹绍熙三年（1192）以后的谈话，叶贺孙记。元颜即完颜，指完颜亮，元字避宋钦宗讳。

我军已经占领山东。只要占领了山东，中原和燕京不必花大力气便可收复。因为精锐部队一旦在山东立足成功，金国的军队就被拦腰斩断，难以再集中兵力，将被我军各个击破。第三是必须争取中原人民和豪杰的响应支持，配合南宋军队的进攻。

从辛弃疾"才据山东，中原及燕京自不消得大段用力"的话语中，可以看出他在南渡之初所策划的恢复大计的核心部分是：

他是以收复汉唐时期的中国领土为己任，不仅仅是恢复北宋的旧有疆土而已。按照辛弃疾的用兵计划，第一步是攻取山东，然后将燕京以南的中原旧地全部恢复。第二步就是如何收复燕京的问题了。既然说"燕京自不消得大段用力"，可一鼓作气取下，他的终极目标显然是要把包括燕京在内的唐五代旧疆燕云十六州等战略要地一并收归祖国版图，比照前代疆域完成统一祖国的伟大使命。

北宋王朝建立以后，曾为恢复燕云十六州同契丹进行过多次战争，最终仍未能如愿。宋金对立以来，南宋更是退缩到淮水以南。在宋高宗在位的三十六年间，南宋王朝受失败主义和屈辱投降论调的支配，除宗泽、李纲等主张不放弃河北、河东，岳飞抗金力主恢复两河外，朝野之中还没有人敢于提出恢复北宋全部领土的主张，更不敢想象汉唐旧境了。

自古以来，处在分崩离析时代的英雄人物，无不具有高瞻远瞩的战略家素质。史称韩信见用，先说项羽之短，其强易弱；邓禹进言，也认为必须延揽英雄，救天下万民之命。两人一开口所言都是统一天下的大计。辛弃疾南渡伊始，即提出一整套攻取战胜敌人的计划，其雄才大略，确实足以媲美韩信、邓禹等古代大英雄。

　　而张浚所答复，说他不能主持全局，不明确表明他接受辛弃疾的意见，却足以证明张浚的庸碌和徒有其名，如朱熹所说，他是一个"才极短""全不晓事"[1]的人物。然而他的这两句话，却可证明辛弃疾提上述建议的时间，必然在张浚担任江淮宣抚使之初，即绍兴三十二年（1162）的六七月间，其时辛弃疾已受命任江阴军签判。可能是在向张浚做出上述建议之后，便前往江阴军赴任去了。

二　担任江阴军签判

　　如前所述，山东各路起义军失败后，一部分已随李宝水军南下，编入南宋军队，如开赵所部到隆兴二年（1164）还保留着"沂州忠义军马"的称号，其余大部分溃散。王任、王友直南归后，所部被编入镇江都统司所辖军中，由王友直任统制。[2]辛弃疾等深入金境，捉获张安国的同时，率领一部分起义军将士南归。这些人的着落史书无记载，估计其中强壮者被编入军中，但是否流离失所、被南宋当局视为待安置的流民，就不得而知了。

　　南宋政府名义上实行怀诱和优恤归正军民的政策，实际上并没有很好地解决归正军民的出路问题。由于成批和分散来归的山东忠义人数甚众，南宋当局又并不真正倚重这支抗金力量，所

① 《朱子语类》卷一三一《本朝》五《中兴至今日人物》上，第3140页。
② 见《宋故武功大夫濮州团练使浙西路总管开公埋铭》;《宋史》卷三七〇《王友直传》，第11498页。

以，对归正军民的歧视、排斥，在宋金冲突相对缓和后便有增无已了。被改编的起义军卒，缺衣少粮，"口众，冬寒衣装多阙"；而被散置于淮南州郡的归正军民，到绍兴三十二年（1162）夏天更陷入"不能存活，日虞回归"的境地。① 辛弃疾曾说：

> 且今归正军民，散在江、淮，而此方之人，例以异壤视之，不幸而主将亦以其归正，则求自释于庙堂，又痛事形迹，愈不加恤。间有挟不平，出怨语，重典已絷其足矣。②

这真是山东起义军南归后受歧视的写照。

辛弃疾南归后，其天平军掌书记一职，自然无存。他所统率的起义军将士，既已被收编或流散于江南各地，等于已被解除了武装。他既不再担任军职，而这时的宋高宗也并无对金开展大举进攻、收复中原的明确表示，及重用起义军将领的意向。

不久，南宋朝廷也宣布辛弃疾任江阴军签判。辛弃疾这位北方豪杰，在被迫解除武装之后，就定居在江南，再也没有机会重返山东故乡。

两浙西路的江阴军，地处长江下游，所辖只有江阴一县，在北宋的士大夫中间就流传着江阴军是"两浙道院"之说。意思是，其地方偏僻，鲜有过客，不必为迎来送往终日忙碌，公事也极稀少，所以仕宦于此地最为优逸。③ 渡江以后虽然建都于临安，

---

① 见《宋会要辑稿·兵》一五之一〇、一三，第 7021、7023 页。
② 《辛弃疾集编年笺注》卷三《美芹十论·屯田》，第 276 页。
③ 见王辟之《渑水燕谈录》卷九《杂录》，吕友仁点校，中华书局 1981 年版，第 116 页。

但宋金使臣也不经此地。显然，南宋朝廷派给辛弃疾一个江阴签判的职务，想必也因此地讼稀事简，对于初次担任"亲民"官吏的归正人来说，是一种试用性质吧。

江阴以军小不设通判，由签判行使"倅贰郡政"①的职权，只是地位较低，一个从八品的京官而已。

江阴军的建置在南宋几经兴废，最近一次是在绍兴二十七年（1157）二月，以原知常州荣薿进言，谓江阴升为军治，"于朝廷初无所补，而民间实备其害。盖财赋本出一县，而官兵请终、券食公库、将迎使客，乃供一州之费，遂使徭役科率，倍于他州，而又常州失此一县之赋，两皆受弊。欲乞将江阴军复改为县。从之"②。但江阴罢军为县后，兵民不肯听从，集众喧哄。到绍兴三十一年遂又改江阴为军。是年十一月二日，"右朝请郎、新知严州杨师中知江阴军，填复置阙。江阴比废为县，至是复之"③。杨师中是恢复军级单位后的第一任知军，到任当在三十二年初，而辛弃疾虽也是第一任签判，但他的妻子赵氏原是江阴军人，在北方嫁与辛弃疾，此次重回故里，想必需要稍做安顿，正式上任要到绍兴三十二年的夏季以后了。在江阴和常州的地方志职官表中，辛弃疾是最早的一任签判。

从抗金战场上退下来的爱国志士，就在这样一个偏僻小郡中，寂寞地打发着时日。

这一年的十二月二十四日丙戌，是癸未年的立春日（隆兴

---

① 《宋会要辑稿·职官》四七之六二："通判掌倅贰郡政，凡兵民、钱谷、户口、赋役、狱讼听断之事，可否裁决，与守臣通签书施行。"见第3449页。
② 《宋会要辑稿·方域》六之二二，第7416页。
③ 《建炎以来系年要录》卷一九四"绍兴三十一年十一月"，第3486页。

元年癸未，立春在元日之前）①，辛弃疾南归后遭逢的第一个春天。为这个可纪念的日子，他特写作了南归后的第一首词《汉宫春·立春日》：

> 春已归来，看美人头上，袅袅春幡。无端风雨，未肯收尽余寒。年时燕子，料今宵梦到西园。浑未办黄柑荐酒，更传青韭堆盘？　　却笑东风从此，便薰梅染柳，更没些闲。闲时又来镜里，转变朱颜。清愁不断，问何人会解连环？生怕见花开花落，朝来塞雁先还。②

何以这首词便是《稼轩词》的开篇之作呢？原来词的上片是写对江南第一个春日的感触：美人头上春幡飘飘，表明春确已归来。但正由于春来得早，寒意尚未肯尽消，全不曾有家乡黄柑荐酒、春韭堆盘的场面，以致去年南来的燕子，料想今宵，也会梦归西园吧！这是把在济南家乡的立春同江南做了一番对比而发出的慨叹，故知此时距其南归，为期亦仅一年。接下来他又以一个刚从抗击金人的战场上来归而又度过了一段无所事事时光的战士的心情，推测此后的日子亦必平淡地消磨朱颜而无所作为。所以他要像齐国的君王后砸碎秦国的玉连环那样，寻找一个解决的办法。最令他不安的还是春天来而复去，不忍见塞雁先期北归！

这首词是辛弃疾为排解久蓄于中的情怀而作的。正因为是南归不久，对南宋最高当局的决策尚不很了解，所以词中表达了极

---

① 见《宋会要辑稿·运历》二之二七，第 2157 页。
② 《辛弃疾集编年笺注》卷六，第 457 页。

其强烈的思归之情。要打回老家去的愿望之感人至深，在南渡以来的词作中大概是前所未有的。而这首词以北方词人特有的细腻清丽的风格写出了对故国家乡的思念，其带给南宋文坛的新鲜气息和冲击，也是可以想见的。

三　符离之战及为回击议和派而作的《美芹十论》

（一）在辛弃疾签判江阴军期间，宋孝宗和张浚正筹划着发动一次对金人的军事行动。

自金主亮败亡到隆兴元年（1163），南宋文武臣僚有相当一部分人都是主张乘时对金用兵的，但攻击金人何地，意见并不统一，除辛弃疾主张奇兵取山东外，当时占上风的意见主要有两种。

早在宋高宗禅位之前，即绍兴三十二年（1162）三月，川陕宣谕使虞允文就曾同大将吴璘等商讨经略中原之策。孝宗受禅后，渐达成"恢复莫先于陕西"[①]的共识。虞允文上奏疏主张：

> 令董庠以本管兵守淮东，郭振以四统制兵守淮西，赵撙驻信阳，李道迫新野、唐、邓之间，各因其险而固守，勿与敌战，因得息兵以待用。先令吴拱选精兵二万人，从邓州路与王彦会于商州，以万人守潼关，使河南之敌不能进兵以援长安，又以万人与彦合力进讨，……因长安之粮而取河南，

---

① 《宋史》卷三八三《虞允文传》，第 11795 页。

因河南之粮而会诸军以取汴。[①]

这是一个首先攻取关陕重镇的用兵计划。

绍兴三十二年（1162）八月，陕西河东路宣抚、招讨使吴璘深入秦凤路，复秦州，攻取德顺军，金人来攻，两军相持数月，互有胜负。在西师既出之同时，辛弃疾向江淮宣抚使张浚提出了出奇兵攻山东的建议。

在辛弃疾建言之后，张浚等人也曾一度把进取山东作为对策向孝宗提出。绍兴三十二年冬，张浚借其子张栻同宣抚司判官陈俊卿入见的便利，附奏书请孝宗"临幸建康，以动中原之心；用师淮壖，进舟山东，以为吴璘声援"[②]。他认为："当令两淮之师虎视淮壖，用观其变，而遣舟师自海道摇山东，及多遣忠义结约中原，疑惑此虏，使有左顾右眄之虑。而德顺之师知我有奉制之势，将士当亦贾勇自奋。"[③]

张浚的建议显然吸纳了辛弃疾的部分意见，但他的用意仍在以两淮之师攻取淮壖，即黄河以南地区。由于宋军始终未能进克凤翔、西京，此年九月，宋孝宗为原潜邸旧臣、参知政事史浩"放弃陕西说"所惑，下诏吴璘力保川蜀，继而又于十二月宣布放弃德顺。隆兴元年（1163）正月，吴璘弃德顺而归，金军自其后追袭，宋军死亡两万三千人，所复州郡尽失，西出关陕的计划

[①]　虞允文《兴复关中疏》。收入贺复徵《文章辨体汇选》卷一〇六，文渊阁《四库全书》本。

[②]　《宋史》卷三六一《张浚传》，第 11308 页。

[③]　《朱熹集》卷九五下《少师保信军节度使魏国公致仕赠太保张公行状》下，四川教育出版社 1996 年版，第 4879 页。

彻底失败。

在这种情况下，隆兴元年三月，大将李显忠、邵宏渊乃提出攻汴京的主张。《宋史·李显忠传》载：

> 隆兴元年，兼淮西招抚使。时金主褒新立，……亟请和。显忠阴结金统军萧琦为内应，请出师自宿、亳趋汴，由汴京以通关陕；关陕既通，则鄜延一路熟知显忠威名，必皆响应。[①]

出兵关陕和汴京，目的都是夺取黄河以南地区。自建炎二年（1128）十一月宋东京留守杜充为阻止金军南下开掘黄河、致使黄河从汴京以东改道入淮河以来，南宋最高当局一直把收复这一地区当作恢复中原的终极目标。所以，南宋的所谓"主战派"历来的议论也都集中在这一地区的得失上。而宋金对立以来，南宋同金人曾多次在关陕、河南一带发生战斗，结果都不成功。金人完全清楚南宋的战略意图，于关陕、河南一带屯驻重兵，而山东一带却逐渐疏于防守。显然，宋军攻关陕、河南是无胜算可言的。

然而，不论是张浚的"用师淮堧，进舟山东"说，还是李显忠的出师宿、亳说，当其传播时，都受到史浩等朝臣的反对。史浩、陆游曾上封奏说：

> 窃以传闻之言，多谓敌兵困于西北，不复顾山东，加之

---

① 《宋史》卷三六七，第11431页。此处"褒"原作"襄"。

苛虐相承，民不堪命，王师若至，可不劳而取。审如此说，
则吊伐之兵，本不在众，偏师出境，百城自下，不世之功，
何患不成？万一未至尽如所闻，敌人尚敢旅拒，遗民未能自
拔，则我师虽众，功亦难必。而宿师于外，守备先虚。我犹
知出兵山东以牵制川陕，彼独不知警动两淮、荆襄以解山东
之急耶？①

又恐吓宋孝宗说："万一敌人有一骑冲突，则都城骚动，何以
处之？"②

张浚从此不提用兵山东，只支持李显忠的攻宿取汴计划。张
浚、史浩二人意见既不能统一，张浚无计可施，就在隆兴元年
（1163）四月，单独见宋孝宗，派李显忠、邵宏渊二将出师北伐，
命令不经由三省，直接下达诸将。

符离之战自李显忠、邵宏渊提军渡淮开始，双方动用了十余
万兵力，是宋、金间一次较大规模的局部战役。

四月二十八日，张浚命邵宏渊出泗州西北取虹县，李显忠出
濠州北上取灵璧。金河南都统萧琦来战，李显忠先败之于陡沟，
再败之于城下，五月七日复灵璧。邵宏渊攻虹县不下，李显忠遣
灵璧降卒开谕祸福，金知泗州蒲察徒穆及同知大周仁乃降。

五月十三日，萧琦降于李显忠。十四日，李、邵二将败金人

---

① 史浩《鄮峰真隐漫录》卷七《论未可用兵山东札子》，文渊阁《四库全书》
本。按：此札子乃史浩门生陆游所代作，又载《渭南文集》卷三，文字相同。
然陆游子陆子遹编集时，为替乃父避讳，将文题改为《代乞分兵取山东札子》，
内文并无改动。
② 楼钥《攻媿集》卷九三《纯诚厚德元老之碑》，《丛书集成初编》本。

于宿州。十六日，显忠、宏渊乘胜克复宿州，金兵死降三千人。宋军取宿州前后，李、邵二将为争名夺利矛盾日益公开化。邵宏渊耻于未能攻下虹县，及受李显忠节制。取宿州后，宏渊拟开仓库犒士卒，显忠则先任其部曲搬取府库钱物，而赏士兵三人共一缗，于是"军情愤詈，人无斗志"[1]。时金左副元帅纥石烈志宁自睢阳率骑兵五万趋宿州，河南副都统孛术鲁定方亦率步骑六万与之会合，金兵总数已超过十万，而宋军可战者仅六万。

五月十八日，纥石烈志宁军到宿州，与宋军战于城南。明日再与金人战，邵宏渊按兵不动，反讥笑李显忠"烈日苦战"，军心遂致动摇。宋军虽斩孛术鲁定方等金军五千人，但终于不支，被金军追至城下，统制常吉投降金人。是夜，邵宏渊部将周宏、邵宏渊子邵世雄、李显忠部将左士渊率所部军逃遁。二十日，张训通、张师颜等七名统制，以二将不和各自逃遁。李、邵二将既不能制止，遂率大军弃城南逃。退军之际全无纪律，一副溃不成军的样子，"器甲资粮，委弃殆尽。士卒皆奋空拳，掉臂南奔，蹂践饥困而死者，不可胜计"[2]。又明日，金军追至，杀宋军四千余人。李显忠于二十三日逃回濠州，金军并未越境追赶。[3]

宋军符离之战的溃败，使宋孝宗和张浚的虚荣心受到极大伤

---

① 周密《齐东野语》卷二《张魏公三战本末略·符离之师》，张茂鹏点校，中华书局1983年版，第31页。

② 《齐东野语》卷二《张魏公三战本末略·符离之师》，第31页。

③ 符离之战的过程，综合杜大珪《名臣碑传琬琰集》下卷二四《故太尉威武军节度使提举万寿观食邑六千一百户食实封二千户陇西郡开国公致仕赠开府仪同三司李公行状》（以下称《李显忠行状》）、《宋史》卷三六七《李显忠传》、《金史》卷八六《孛术鲁定方传》、卷八七《纥石烈志宁传》及《齐东野语》诸书写定。

害，想方设法掩饰战况真相。尽管此战使"国家平日所积兵财，扫地无余，反以杀伤相等为辞，行赏转官无虚日"[1]。宋人史书对此战亦讳莫如深。《少师保信军节度使魏国公致仕赠太保张公行状》和《宋史·张浚传》都讳言宋军失败，《李显忠行状》《宋史·李显忠传》则夸大宋军战绩，反映了南宋最高统治者的惶恐不安和所受到的刺激之深。

符离之战的溃败，使策划和指挥战争的张浚、李显忠、邵宏渊的无能、轻率、准备不足得到了充分的证明。

符离之战本是宋孝宗和张浚为收复河南领土的一次局部战争。正因怀有深刻的惧敌心理，宋孝宗和张浚等决策人物，才选择了一次局部战争，而对辛弃疾的决战建议不予理睬。然而，河南一带，自建炎以来便一直处在金兵防守之下。隆兴元年（1163），金都元帅仆散忠义驻守汴京，节制诸军，左副元帅纥石烈志宁驻守睢阳，河南沿边地区皆屯大军。敌既重点防守于此，如无出奇制胜之策，战端一开，岂能轻言胜负？所以，符离之战实际上是南宋当局战略的失败。孝宗和张浚讳言失败，自在意料之中。辛弃疾后来在《九议》的序篇中就自己所提出的战略计划时断言："苟从其说而不胜，与不从其说而胜，其请就诛殛，以谢天下之妄言者。"[2]实则是针对符离之役的非常沉痛的话语。

（二）符离之战后，在一个相当长的时期内，南宋当局的对金政策陷于一片混乱之中。首先是主战诸臣在朝中的优势让位于主和诸臣。枢密使、都督江淮诸路军马张浚降特进、江淮东西路

① 《齐东野语》卷二《张魏公三战本末略·符离之师》，第33页。
② 《辛弃疾集编年笺注》卷四，第334页。

宣抚使，官属各夺二官。李显忠责授清远军节度副使，筠州安置，再责授果州团练副使，潭州安置。邵宏渊降武义大夫江西总管，再责授靖州团练副使，南安军安置。

与此同时，主和派旧臣汤思退起为尚书右仆射，同中书门下平章事兼枢密使。在对金继续用兵还是遣使求和问题上，宋廷重又开始无休止的争论。

隆兴元年（1163）八月，金左副元帅纥石烈志宁致书宋三省枢密院，索求海、泗、唐、邓四州，并要求宋方恢复岁币、称臣、还中原归正人。汤思退急于求和，建议遣使持书报金人，左相陈康伯、同知枢密院事洪遵、参和政事周葵表示赞同，认为和则军民得以休息。于是宋孝宗决定由淮西安抚司干办公事卢仲贤为使，在关键的四州地、岁币问题上让步不大。但在卢仲贤出使后，孝宗又表示，四州地、岁币都可答应，只有君臣名分、归正人不能让步。

十一月，诏以议和遣使征询近臣意见，侍从、台谏参与者十四人，主和者占一半，不置可否者占一半，坚持不可议和者只有一人，可见反对和议者在朝中的孤立。

卢仲贤至宿州后，在金方的压力下，与金都元帅仆散忠义议定四事，即通书称叔侄，还四州，岁币如旧，还叛臣及归正人，则除了名分金人略有让步外，等于宋方完全同意了金方的要求。卢仲贤归来，臣僚以其出使辱国，擅许四州，下大理寺，夺三官。

隆兴二年，再以胡昉、杨由义使金军。拟推翻卢仲贤所议。金人以失信扣留宋使，后又以金主之命放归，和议遂再生波澜。宋孝宗又从和谈转而倾向于防守。

是年三月，诏右丞相张浚视师江淮，加强备战。汤思退等主和臣僚阴谋将张浚排挤出朝。户部侍郎钱端礼上言"愿以符离之溃为戒，早决国是，为社稷至计"①。宋孝宗诏金国通问使王之望勿行，除淮西宣谕使，王之望则疏奏沿边兵少粮乏，楼橹器械未备。四月，右正言尹穑上章论劾张浚跋扈，罢其右相、枢密使，解散江淮都督府。

六月，宋廷由汤思退主持，下令放弃唐、邓守卫。七月，又下令海、泗撤戍，主动迎合金人要求，进一步加快议和进程。②

（三）宋军在符离之战的溃败，对所有主张以武力恢复失地的朝野人士来说，都是一个沉重的打击。辛弃疾事前虽未必对此战抱着多大的希望，料其必能获胜而对形势产生巨大影响，但其结局竟致如此狼狈凄惨，却也大出辛弃疾意想之外。在隆兴元年（1163）下半年乃至隆兴二年初的一段时间里，他的感伤必定是很难排解发散的。这从他写于隆兴二年暮春的那一首《满江红》词中便已隐约透露出来：

> 家住江南，又过了清明寒食。花径里一番风雨，一番狼藉。红粉暗随流水去，园林渐觉清阴密。算年年落尽刺桐花，寒无力。　　庭院静，空相忆。无说处，闲愁极。怕流莺乳燕，得知消息。尺素如今何处也？彩云依旧无踪迹。谩教人羞去上层楼，平芜碧。③

---

① 《攻媿集》卷九二《观文殿学士钱公行状》。
② 见《攻媿集》卷九二《观文殿学士钱公行状》；《宋史》卷三三《孝宗纪》一，第 627 页；《宋史全文》卷二四上《宋孝宗》一，李之亮点校，黑龙江人民出版社 2005 年版，第 1627—1652 页。
③ 《辛弃疾集编年笺注》卷六《满江红·暮春》，第 463 页。

隆兴二年是辛弃疾寓居江南的第二个暮春，此词开头便已点明了时序。则"花径里一番风雨，一番狼藉"，正是以诗词常用的比兴手法，暗指一年前的那场符离之战的惨败。当时主持此战的张浚惶惧不知所措，而宋孝宗此后恢复之志亦大为衰减。满地落花，遭人践踏，一片狼藉凌乱景象。下片所言，又正反映了辛弃疾对这次出兵和失败以后宋金变化莫测的时局的迷惘不解。虽然他并没有点出符离之战的字样，却通过零乱纷繁的晚春景象表明他的关心。

隆兴二年（1164）上半年，南宋朝野上下，被失败的情绪所笼罩。所谓"符离之役，举一世以咎任事将相"[①]，而宋孝宗却也受主和派的迷惑，在战、守、和方针上犹豫不决，同样不能摆脱悲观情绪的影响，最终不得不"甘为伏弱"[②]，后退到屈己求和的立场上。主战派的软弱，恰似词中"算年年落尽刺桐花，寒无力"所描写的暮春景象。

在这种情况下，抗金恢复局面的丧失，就是不可避免的直接结果。辛弃疾既已意识到这种严重后果，就不能继续使自己处于一种忧伤颓废的情绪中，必须首先振作起来，才能力挽狂澜，把人们从悲观失望中解脱出来。

因此，正确认识金主亮进犯以来的宋金形势，特别是正确认识和评价符离之战，乃是当务之急。经过一番思索，辛弃疾痛感到，符离失利的根本原因，并不是用兵决策的错误，而应当是作

---

① 《刘克庄集笺校》卷九八《辛稼轩集序》，辛更儒笺校，中华书局2011年版，第4113页。

② 叶适《水心别集》卷一五《终论》三。收入《叶适集》，刘公纯、王孝鱼、李哲夫点校，中华书局1961年版，第822页。

战方针上的失误。所以，当"举一世以咎任事将相"时，辛弃疾必须为张浚、李显忠等人辩解，坚持从正面肯定符离之战在鼓舞军心士气方面的积极作用。

（四）从隆兴二年（1164）夏开始，辛弃疾动手写作一组讨论恢复大计的文章，起名叫《御戎十论》①，写完之后，又改名为《美芹十论》。嵇康《与山巨源绝交书》有"野人有快炙背而美芹子者，欲献之至尊"②的话。《美芹十论》的命名，即取"野人美芹而献于君"之义。

《美芹十论》共包括十篇论文和一篇奏进札子。

隆兴二年的夏秋间，南宋政府面临的最迫切、必须提出对策的问题，就是决定对金是战还是和的方针问题。辛弃疾自然是主张用武力恢复中原的，所以他在向南宋政府提出建议时，除了必须确定一个使南宋在对抗中取胜的战略方针，以供决策者采择外，还必须找出一套政治、军事、经济上的可行办法。而要实现上述目标，首要任务又必须振作弥漫在朝野上下的消极失败情绪，即通过对敌我形势的恰当分析比较，说服在战略决策方面举棋不定的南宋统治集团，使之不再摇摆于和战之间，坚定其斗志，然后才能谈到如何恢复中原的问题。《美芹十论》正是针对南宋当局采取的屈己求和立场，提出先积极防守，进而战胜攻取的建议的。

正是根据这样的宗旨，所以《美芹十论》的前三篇《审势》《察情》《观衅》论金国形势，第四至九篇《自治》《守淮》《屯

---

① 《美芹十论·久任》篇载张浚罢相事，知《十论》写作必以隆兴二年（1164）四月为始。

② 《文选》卷四三《书》下，上海古籍出版社1986年版，第1929页。

田》《致勇》《防微》《久任》论有关南宋内政、边防、供应、士气及保密、任官等方面应实行的重大举措。

《十论》的第一篇名曰《审势》，论述的主题是金国的形势。辛弃疾从军事理论的角度对形与势做了比较之后，即指出："虏人虽有嵚岩可畏之形，而无矢石必可用之势。"①这里的"形"，他指的是金国在疆域、资财、兵力方面的状况。如金国疆域辽阔，不行郊祀，加上横征暴敛和岁币相助，财政收入丰厚；北地多产战马，士兵又擅长骑射，兵员众多。因而金国表现出强大的外表。辛弃疾认为："以此之形，时出而震我，亦在所可虑。"②但他经过分析又认为：金国疆域虽大，民族矛盾激烈复杂，内部极易发生叛乱事件；财富虽丰，但"政庞而官吏横"③，往往中饱私囊；兵员虽众，但各民族签军调发不易，难于控制。因而金国的实力不能不大打折扣。

两年前辛弃疾会见江淮宣抚使张浚时便已经看到"虏人调发极难"，他举完颜亮南犯为例，说"元颜要犯江南，整整两年，方调发得聚。彼中虽是号令简，无此间许多周遮，但彼中人才逼迫得太急，亦易变，所以要调发甚难"。④可见他对金国兵力不足畏的认识，在其南归之初便已经形成。金主亮南犯导致众叛亲离、兵败身亡的历史正好证明了这一认识的正确。金世宗即位后，金朝内部各方用事者的矛盾并未缓和，其诸子为争夺储君之位互相谗毁，故必须将主要力量用于自保，很难如金主亮时大举

① 《辛弃疾集编年笺注》卷三，第 226 页。
② 《辛弃疾集编年笺注》卷三，第 227 页。
③ 《辛弃疾集编年笺注》卷三，第 227 页。
④ 见《朱子语类》卷一一〇《朱子》七《论兵》，第 2706 页。

南犯。形势的发展，也证实了辛弃疾论断的正确。

　　《十论》的第二篇名曰《察情》，所讨论的问题是金国的对宋策略。辛弃疾认为金国历来交替使用战争威胁与议和诱骗两手策略。他说："彼何尝不欲战，又何尝不言和？惟其实欲战，而乃以和狃我；惟其实欲和，而乃以战要我，此所以和无定论，而战无常势也。"[①] 从金国都元帅兀朮到金熙宗、海陵帝、金世宗，无不根据其需要，时而诱和，时而兵戎相见。金世宗"虽无必敢战之心"，却有"欲尝试之举"。[②] 王质在乾道初曾论证："葛褒谋和之序有三：势未安则欲啖我以为和，势稍立则就我以为和，势既振则胁我以为和。"[③] 此时正当金国"就我以为和"与"胁我以为和"并用之际，所以，辛弃疾敢于断定金人"虚声诡势"，盖欲以战为和。南宋的对策应当是"藏战于守，未战而常为必战之待；寓战于胜，未胜而常有必胜之理"[④]，即坚持以守为战，寓战于胜，以宋金两国长期相持为条件，在对抗中求胜利，决不可"观彼之虚声诡势以为进退"[⑤]，受敌人的迷惑，经常处于被动应付状态。

　　《十论》的第三篇名曰《观衅》，论述金国的弱点。辛弃疾指出：金国统治者在诉讼、土地占有、孳畜牧养、兵丁签征、赋役摊派等方面无不实行民族压迫政策，汉族人民受到比其他少数民族更多的歧视和虐待，以致"有常产者困窭，无置锥者冻馁"[⑥]，

① 《辛弃疾集编年笺注》卷三，第 238 页。
② 见《辛弃疾集编年笺注》卷三，第 240 页。
③ 王质《雪山集》卷一《上皇帝书》，《丛书集成初编》本。此处"褒"原作"襃"。
④ 《辛弃疾集编年笺注》卷三，第 238 页。
⑤ 《辛弃疾集编年笺注》卷三，第 240 页。
⑥ 《辛弃疾集编年笺注》卷三，第 251 页。

民族压迫问题是金国在北方统治不稳的根源，这个问题无法解决，所以导致绍兴三十一年（1161）北方大乱的因素在金国将长期发生作用。金国不动则已，若轻举妄动，就如同桀纣为汤武驱民，更将加快中原民心的转移。全篇所讨论的中心，都是如何争取中原人民支持的问题。

总之，《十论》前三篇是对金国形势的分析。

《十论》的第四篇名曰《自治》。所谓自治，指南宋立国的"规模"和"根本"。辛弃疾认为，自宋室南渡以来，当局者"痛惩往者之事（指靖康之变），而劫于积威之后（指建炎、绍兴间金人的屡次南犯）"，故散布"南北有定势，吴楚之脆弱，不足以争衡于中原"之说。[①] 投降派秦桧首先提出"南自南，北自北""南北之俗有异，因其君长而臣属之则可"的谬论。此后的主和派皆附和其说，至绍兴末隆兴初，汤思退、钱端礼、王之望等人更坚持此说。如王之望说："窃观天意，南北之形已成，未易相兼。"[②] 钱端礼则说："众寡强弱既已不同……未可与之较胜负。"[③]。悲观情绪弥漫朝野上下，首先就从精神上解除了武装。所以，辛弃疾在分析了金国的形势、策略、弱点之后，即着手破除南宋各阶层人士的畏敌情绪。他指出，东晋、南朝所以不能战胜北方的强敌，是因为其内部矛盾复杂，不能一致对外。这是由当时的形势决定的，并不说明南方一定不敌北方。而今日的金国却是矛盾交征不可克服，其势远不能同东晋和南朝时期的北方强敌相比。他批评那些主张"南北有定势"的人是"怀千金之璧，不

① 见《辛弃疾集编年笺注》卷三，第 258、256 页。
② 《宋史》卷三七二《王之望传》，第 11538 页。
③ 《攻媿集》卷九二《观文殿学士钱公行状》。

能斡营低昂"（拥有千金之璧却卖不上好价钱）、"惩蝮蛇之毒，不能详核真伪"（不能分辨壁上角弓之影非是蝮蛇）[1]。

对于南宋最高统治者口称恢复，而实际上并无破敌制胜、鼓舞士气的决心和韬略，辛弃疾深感痛惜，他在此文中有一番极为坦诚的陈述：

> 盖古之英雄拨乱之君，必先内有以作三军之气，外有以破敌人之心。……今则不然：待敌则恃欢好于金帛之间（指向金朝献纳岁币），立国则借形势于湖山之险（指偏处临安一隅），望实俱丧，莫此为甚。使吾内之三军，习知其上之人畏怯退避之如此，以为夷狄必不可敌，战守必不可恃，虽有刚心勇气，亦销铄委靡而不振，……外之中原民心以为朝廷置我于度外，谓吾无事，则知自备而已，有事，则将自救之不暇，……如是，则敌人将安意肆志，而为吾患。[2]

辛弃疾认为：向金人求和，不仅不能与敌人长期并存，且还将使敌人更加猖獗，外患也终难平息。在辛弃疾写作此文时，他正密切地关注着南宋的前途命运。

《自治》篇更引用了《史记·平原君虞卿列传》中虞卿向赵王所讲的反对赵国割地与秦国求和的话："秦之攻赵也，倦而归乎？抑其力尚能进，且爱我而不攻乎？……王又以其力之不能攻以资之，是助秦自攻也。"[3] 这段话显然是指隆兴元年（1163）宰

---

① 《辛弃疾集编年笺注》卷三，第258页。
② 《辛弃疾集编年笺注》卷三，第259页。
③ 《辛弃疾集编年笺注》卷三，第260页。

相史浩，不但将陕西新复州军拱手让与金人，而且自草诏书，其中竟有"弃鸡肋之无多，免狼心之未已"①之语。这可见，实施"助秦自攻"，是古往今来懦夫们的共同行为准则。

辛弃疾虽认为必须反对与金议和，但在实际操作时，却还不能同意当时所谓主战派先事迁都金陵、立即与金开战的主张。他断言，不出一二年，金人必以战要我，届时我应变而绝岁币，都金陵，则主动权在我。可知辛弃疾所确定的立国规模，即坚持与金国的对峙，如东晋之对付北方强敌，绝不纳币退让，同时积蓄力量，准备在时机成熟时用兵恢复。此文所提出的，实为南宋立国的根本政治纲领。

《十论》自《守淮》以下至《久任》，所讨论的都是在南宋同金国长期对峙的条件下，能够在对抗中求得胜利的一些必要举措。

《十论》的第六篇名曰《屯田》。屯田本是宋王室南渡后，为解决军粮供应紧张问题，效仿古人用过的办法，采取由军兵屯垦的一项临时性举措。但由于措施不当，时行时辍，效果不好。自绍兴三十二年（1162）在两淮恢复屯田，运行至隆兴二年（1164），盖已出现许多弊端。屯田不但消耗大量人力物力，而且所获不偿所投入，军需问题未能解决，还引发了屯田诸军的怨尤。所以内外朝臣对此议论纷纷，还有人主张用归正军民屯田，以救其弊。辛弃疾也向宋孝宗提出两条建议：一是将聚集在两淮的大批归正军民厘为保伍，置之军籍，使之屯田，在土地、粮种、耕具、租赋上给予优厚待遇，军人收入归己，百姓以十分之一为税，使之平日从事于农业生产，战时则操戈入队。二是调发

① 《宋史》卷三八三《虞允文传》，第 11795—11796 页。

江南诸州郡的士兵到两淮屯驻，与归正军民共同耕种，以代替御前诸军实行屯田。实行上述两个办法，可"内以节冗食之费，外以省转饷之劳，以销桀骜之变"①，辛弃疾提出的对策，较之当时内外群臣所奏，谋深虑远，确有过人之处，足见其治理军政民政的卓越才干。

《十论》的第七篇名曰《致勇》。所谈的是如何提高南宋军队的士气。自绍兴议和以来，由于上下偷闲苟安，以致军政不修，士卒不练，将帅贪鄙骄逸，刻削役使士卒，大失军心，故皆不可用。辛弃疾提出"得于行伍之说"："营幕之间，饱暖有不充，而主将歌舞无休时。锋镝之下，肝脑不敢保，而主将雍容于帐中，……而平时又不与之休息，以养其力，至使之异土运甓，以营私室，而肆鞭挞。"②所以辛弃疾敦促南宋当局"深探其情，而逆为之处"③。他所提出的办法是：对将领，须改变"儒臣不知兵，而武臣有以要其上"④的状况，今后在部队中，由朝廷选择"廉重通敏"的文臣当参谋，只参与计议，不互相统摄；对有功将领的奖赏须慎重，使其珍惜爵位，不敢再避战养贼而遗后患。对士兵，须赏功及时，并且加倍抚恤伤病及死亡者，严禁私自役使士卒，以联络士兵的感情。只有采取这些措施，才会使"骄者化而为锐，惰者化而为力"⑤。

《十论》的第八篇名曰《防微》。绍兴三十一年（1161）金主

---

① 《辛弃疾集编年笺注》卷三，第278页。
② 《辛弃疾集编年笺注》卷三，第286页。
③ 《辛弃疾集编年笺注》卷三，第285页。
④ 《辛弃疾集编年笺注》卷三，第285页。
⑤ 《辛弃疾集编年笺注》卷三，第287页。

亮南犯之前，苏州人倪询等叛投金人，进献海道进兵及造海船之策；隆兴元年（1163），又有无锡士人向金人提供情报，引其盛夏出兵，取得符离之战的胜利。鉴于此二事，辛弃疾建议广开言路，听取士人陈述的意见，对于可以采纳的给予官职，以收拾人心。与此同时，散发俸廪，蠲除苛敛，平亭狱讼，优恤归明归正之人，使他们不致因有志不逞而毁名败节，输情于敌。

　　《十论》的第九篇名曰《久任》。辛弃疾在此文中对南宋当局一直不能解决对主战派的信任问题提出批评。他说："臣闻天下无难能不可为之事，而有能为必可成之人。人诚能也，任之不专则不可以有成。"①南宋中兴之后，宋高宗信任秦桧，专一与金人解仇议和。其政策固然误国害民，然而宋高宗主之甚力，持之甚专，用秦桧十九年而不为外议所动摇。迨完颜亮南犯，宋孝宗即位，虽亟欲改变南宋臣服于金人的屈辱地位，但宋孝宗的主战意识却远不及高宗的主和意识之坚定不移。符离受挫，宋孝宗恢复信念动摇，将主战的重臣张浚罢免，起用主和派，再次与金人议和。故此，辛弃疾针对宋孝宗不能始终信任主战派而徘徊于战和之间的问题，论述恢复大业并非一朝一夕可以完成，用兵一胜一败乃兵家常事，提出宰相、计臣、郡守、边将皆须久任而见功效的观点。

四　《美芹十论》就南宋决策所提出的建议

　　《美芹十论》的第十篇名曰《详战》，论述南宋的进攻战略。

―――――――――

①　《辛弃疾集编年笺注》卷三，第 300 页。

辛弃疾一反南宋的传统防守战略，提出"出兵以战人之地"。他说："明知天下之必战，则出兵以攻人，与坐而待人之攻也，孰为利？战人之地，与退而自战其地者，孰为得？均之不免于战，莫若先出兵以战人之地，此固天下之至权。"[①]

辛弃疾在文中重复了两年前他向张浚提出的攻山东，出奇制胜的决策建议。他认为恢复失地非出兵山东不可。他分析了山东如何"形易"而"势重"，说"山东之民，劲勇而喜乱，虏人有事，常先穷山东之民。天下有变，而山东亦常首天下之祸。至其所谓备边之兵，较之他处，山东号为简略"，这是山东"形易"可攻的三条理由。他又说山东"于燕为近"，且"由泰山而北，不千二百里而至燕。……自河失故道，河朔无浊流之阻，所谓千二百里者，从枕席上过师也"[②]。也就是说，由山东下河北，其间无险可守，自此出师，可直捣敌之巢穴燕京，这是山东"势重"的两条理由。所以他得出结论：出兵山东，必将一举震动河北，而使燕山"塞南门而守"。

为达此目的，还必须有全局的配合。辛弃疾指出，金国东起淮阳，西到陇西，女真、渤海、契丹之兵不足十万，而又集中在关中、洛阳、汴京三地。南宋自应在敌人屯聚重兵的地方相应地集结力量，实行佯攻，例如扬言关、陇是秦汉故都，形势险要，不能不攻；洛阳是列祖列宗埋葬之地，久失祭祀，不可不取；汴京是社稷宗庙所在地，不可不复。可"多为旌旗金鼓之形，阳为志在必取之势"，使金人十万之众全被牵制于沿边一带，其中原

---

① 《辛弃疾集编年笺注》卷三，第 306 页。
② 《辛弃疾集编年笺注》卷三，第 307 页。

守军也将被相应调往沿边，使其"无所不备则无所不寡"，"则山东之地固虚邑也"。同时派战舰冲突山东沿海州郡登、莱、沂、密、淄、潍等州，使山东守军也"尽分于屯守"，到这时才可派出一支奇兵，步骑五万，堂堂正正地攻入山东，三日内抵达兖、郓州之郊。金国的战略纵深既已空虚，宋军直插山东，应当是无人可以为敌的。"山东已定，则休士秣马，号召忠义，教以战守，然后传檄河朔诸郡，徐以兵蹑其后"，山东盗贼必"溃裂四出"，契丹诸国必"相轧而起"。① 到这时，金国三路备边之兵，欲北归自卫，后路已断，欲逃窜北去，又恐我方追袭，则其主力也非崩溃不可。

这些论述，同他向张浚提出的建议虽然相同，论证却更缜密。其中有两个论点值得关注：

其一是不注重一城一地的得失，而是从战略全局上有计划地部署各个战役。他说："地有险易，有轻重，先其易者，险有所不攻；破其重者，轻有所不取。"② 在论及敌军主力因腹背受敌而陷困境时，他又说："当此之时，陛下筑城而降其兵亦可；驱而之北，反用其锋亦可；……不虞而后击之亦可。"③ 盖敌之有生力量被消灭，城池自然不难收复。这段话，充分体现了他研究战争规律时能够分清主次矛盾的辩证思维方式。

其二是决战应攻击敌人的要害。他说："今日中原之地，其形易、其势重者，果安在哉？曰：山东是也。不得山东，则河北

---

① 　见《辛弃疾集编年笺注》卷三，第308页。
② 　《辛弃疾集编年笺注》卷三，第307页。
③ 　《辛弃疾集编年笺注》卷三，第309页。

不可取，不得河北，则中原不可复。"①其意是：舍山东而由河南、陕西等地取中原，决不会成功。他引《孙子》中有关用兵和"常山之蛇"的说法：

> 古人谓用兵如常山之蛇，击其首，则尾应，击其尾，则首应，击其身，则首尾俱应。臣窃笑之。夫击其尾则首应，击其身则首尾俱应，固也。若夫击其首，则死矣，尾虽应，其庸有济乎？②

他认为《孙子》的说法中包含着不严密、不科学的成分。他主张用兵决不可如打蛇击其身尾，须击其首。"击其首，则死矣，尾虽应，其庸有济乎？"这实在是深知用兵之道的至理名言。现代战争中，运用"斩首"理论而取得决定性胜利的战役已有先例。辛弃疾主张在决战中对敌之要害处实施致命一击的理论，堪称古今兵学之魂。

在做了如上论述之后，辛弃疾接着又说：

> 然海道与三路备边之兵，将不必皆勇，士不必皆锐。盖臣将以海道、三路之兵为正，而以山东为奇。奇者以强，正者以弱，弱者牵制之师，而强者必取之兵也。古之用兵者，唐太宗其知此矣，尝曰："吾观行阵形势，每战，必使弱常遇强，强常遇弱。敌遇我弱，追奔不过数十百步，吾击敌弱，

---

① 《辛弃疾集编年笺注》卷三，第 307 页。
② 《辛弃疾集编年笺注》卷三，第 307 页。

常突出自背反攻之，以是必胜。"然此特太宗用之于一阵间耳。臣以为，天下之势，避实击虚，不过如是。苟曰不然，必将驱坚悉锐，由三路以进，寸攘尺取，为恢复之谋。则吾兵为虏弱久矣，骤而用之，未尝不败，近日符离之战是也。假设陛下一举而取京、洛，再举而复关、陕，彼将南绝大河，下燕、蓟之甲，东逾泗水，漕山东之粟。陛下之将帅，谁与守此？曩者三京之役是也。借能守之，则河北犹未病，河北未病，则雌雄犹未决也。以是策之，陛下其知之矣。①

这两段论述，乃是专门就"避实击虚原则应用于战略全局"问题做出理论层面的回答。首先关于示形于敌的问题。两敌相持，敌强我弱，以力较力，必欲决战以定胜负，是蠢人的行为。军事家面对强敌，应设虚形以分其势，敌则不敢不分兵以应我。敌势既分，其众必寡。我军主力集中于一处，则由寡变众。在我主攻方面，以众击寡，自无不胜。以我方之弱旅牵制敌之精兵，而我之精锐击敌之薄弱，即是全局上以弱击强得以成立的条件之一。其次是关于如何避实击虚的问题。我方精兵既担负着奇袭和突破的任务，则必须绕过敌方重兵屯聚的沿边地区，深入敌人腹心地带。如此，不但可震动敌国，还可使其主力处于腹背受敌的困境。韩信、耿弇"远其强而攻其弱，避其众而击其寡"的战例，正是古代军事家的杰作。

《详战》的战略决策，确实是一个非常杰出的恢复计划。对南宋传统战略的批判，也是极具远见卓识的。同时期和稍后的仁

---

① 《辛弃疾集编年笺注》卷三，第309页。

人志士所提出的恢复计划，以及对南宋历来战略失误的某些议论，虽可明显看出受辛弃疾的影响，如其好友、南宋杰出的功利主义思想家、浙东学派学者陈亮及叶适提出的恢复计划（见于陈亮乾道五年（1169）所上的《中兴五论》和叶适所著《终论》七篇），但在建议的可行性和兵法的周密性，以及《十论》那种抓住主要矛盾、高屋建瓴、势如破竹的气概方面，就不免略显逊色了。

五 《美芹十论》作于隆兴和议之前的确证

（一）《美芹十论》全文完成于隆兴二年（1164）的秋天。全文写完，辛弃疾又写了一篇奏进札子，同全文一道献于孝宗。

《美芹十论》完成于隆兴二年秋这一结论是全然无误的。《美芹十论》反映了隆兴二年秋宋金两国对立的形势，反映了辛弃疾对宋孝宗决意求和的深切忧虑。其写作主旨既是反对与金议和，通过对宋金形势的分析和恢复大计的提出，纾解南宋当局的失败颓废情绪，所以文中对和战问题所发表的意见，都是有针对性的。其鲜明的不迎合的态度，正是隆兴二年主和派得势时期辛弃疾战斗意志高昂的表现。而归正人的去留，岁币的与绝，又正是当时宋金在议和过程中双方交涉的两件要事，故《美芹十论》各篇均有大量涉及。

1.《审势》论述金人有"三不足虑"后又指出：金人"重之以有腹心之疾"，"且骨肉间僭杀成风，如闻伪许王以庶长出守于汴，私收民心，而嫡少尝暴之于其父，此岂能终以无事者哉?"[①]这里所涉及的是金世宗诸子争权事。伪许王即完颜永中，金世宗的庶长子，《金史·世宗纪》谓其"大定元年，封许王。五年，判大兴尹（大兴即燕京）。七年，进封越王"[②]。永中守汴事，《金史》无载，但《四朝闻见录》丙集的《司马武子忠节》条载隆兴二年（1164）三月，南宋都督江淮军马张浚遣人联络汴京司马通国等起义事，其文有云："先是，金主完颜褒之皇太子以都元帅留守大梁，乘十六传而至，以是月（指三月）十一日交事。……时魏公开督府于丹阳，盖以右相出使巡边回也。"[③]文中"皇太子"即指永中，宋人习惯称之为太子。永中在此年三月守汴京，正在辛弃疾写作《审势》之稍前。《四朝闻见录》又载永中对汴京起义者采取了"独罪首事"而余者不问的处理办法[④]，而当时永中与已经立为太子的金世宗嫡次子完颜允恭争权闹得不可开交，所以辛弃疾说他"私收民心""嫡少尝暴之于其父"，这正是《审势》作于隆兴二年夏的一个事例。

2.《察情》论"虏情有三不敢必战"，举例说："海、泗、唐、邓等州，吾既得之，彼用师三年而无成，则我有攻守之士，而虏人已非前日之比。"[⑤]按绍兴三十一年（1161）金主亮南犯前后，上述四州先后被南宋收复。从金人反攻海州开始到隆兴二

---

① 《辛弃疾集编年笺注》卷三，第 228 页。

② 《金史》卷八十五《永中传》，第 1897—1898 页。

③ 叶绍翁《四朝闻见录》丙集，沈锡麟、冯惠民点校，中华书局 1989 年版，第 100 页。此处"褒"原作"裒"。

④ 见《四朝闻见录》丙集《司马武子忠节》，第 100 页。

⑤ 《辛弃疾集编年笺注》卷三，第 239 页。

年（1164），恰好三年。宋廷决意放弃四州在是年七月，宋军从四州的撤退则在是年八月。可见，此文的写作必还在这年的七月之前。

3.《自治》篇建议绝岁币时，涉及岁币数额有云："臣闻，今之所以待虏，以缗计者二百余万，以天下之大，而为生灵社稷计，曾何二百余万之足云？臣不为二百余万缗惜也。"① 按绍兴十一年（1141）议和，规定宋每年向金输送银绢二十五万两匹，折合现钱，据《建炎以来朝野杂记》甲集之《乾道郊赐》条记载，乾道中每千匹两绢合银钱七八千缗。② 绍兴末大致相同，则文中所说的二百余万缗折合银绢正好为二十五万匹两的数额。可见这里所指仍为绍兴中的岁币而言，完全符合隆兴二年秋的实际情况。

4.《久任》篇论及宰相久任时举例说："顷者张浚虽未有大捷，亦未至大败，符离一挫，召还搂路，遂以罪去，恐非越勾践、汉高帝、唐宪宗所以任宰相之道。"③ 按张浚于隆兴二年四月罢相，八月忧愤死于饶州余干县。辛弃疾论述此宰相任事久短时，张浚尚在人世，可见此文的写作也不应晚于此年的八月。

（二）既然《十论》的写作尚在隆兴二年的八月之前，当是时，宋金议和使虽在为和议的若干条款争执不休，但宋孝宗尚未下定最后决心签订和约。所以辛弃疾的奏进札子仍对和战问题提出自己的意见，如谓"事未至而预图，则处之常有余；事既至而

---

① 《辛弃疾集编年笺注》卷三，第 258—259 页。

② 见李心传《建炎以来朝野杂记》甲集卷五《朝事》一，徐规点校，中华书局 2000 年版，第 127 页。

③ 《辛弃疾集编年笺注》卷三，第 302 页。

后计，则应之常不足"①。这里的所谓"事"，大致是这样一些可以
预料到的事件：在宋金的议和过程中，由于对宋人议和条件不能
满足，金方已拟定了对宋用兵的计划，企图以战压服南宋签约。
又说："今日之势，朝廷一于持重，以为成谋；虏人利于尝试，以
为得计。故和战之权常出于敌，而我特从而应之。"②等等。

　　由此看来，辛弃疾所说的"今日之势"，同"朝廷上策惟预
备乃能无患"③所指，都是说金人在议和掩护下的战备。《美芹十
论》各篇针对所讨论的敌国形势，也无一不是在这种情势下的应
对之策。

　　辛弃疾进献《美芹十论》时，必还在江阴军签判任上，所以
奏进札子又自称"官闲心定"④。迨至是年冬，当权的宰相汤思退
急于求和，讽侍御史尹穑乞置狱，取不肯撤备及弃地者二十余人
论罪。又恐宋孝宗悔悟，和议不成，阴通金人以重兵胁迫南宋议
和。金国都元帅仆散忠义遂遣兵渡淮。南宋都统制刘宝逃遁，知
楚州魏胜战死，楚、濠、滁皆陷。到十一月间，王抃使金，与金
人签订了另一个屈辱和约，归还所得四州，送回被俘人，宋金世
为侄叔国，只是将岁币减少了银绢各五万，宋金两国又恢复了有
协议约束的友邦关系。

　　辛弃疾披肝沥胆贡献的皇皇万言书《美芹十论》，终于没

---

① 《辛弃疾集编年笺注》卷三《美芹十论·进美芹十论》，第 215 页。
② 《辛弃疾集编年笺注》卷三，第 216 页。
③ 《辛弃疾集编年笺注》卷三，第 217 页。
④ 据万历《常州志》卷九，辛弃疾任江阴军签判到隆兴二年（1164）满，继
任为吴一能。诸《江阴县志》记载相同。以辛弃疾任期推考，其去任应在隆兴
二年的冬季。

有被南宋君相们采纳，他的乘时奋起的愿望也完全落空。然而，《美芹十论》虽没有在南宋决策者那里得到应有的回应，当其传播开来后，却在抗金派人士中引起强烈反响。因而，这决不说明《美芹十论》所提出的抗金决策，不具备可行性。元人王恽在一首诗中就说：

> 千古《美芹》高议在，不应成败论终初。①

---

① 《秋涧集》卷二〇《江山万里图》。

第六章　乾道间奏进《九议》

一　隆兴和议后的行踪及歌词创作

（一）辛弃疾江阴签判任满，宋廷宣布他为广德军通判。广德地处建康、平江、宣州之间，下辖广德、建平两县，比同下州，虽设通判一员，但同江阴军地位相差无几。郡称"桐川，旧称江东道院。其扁正偈通判厅燕息之堂"①。"地近事简，可以卧治。"②

通判是宋初为避免州郡长吏独断专行设置的地方官，作为佐吏，有别于幕僚，凡有关兵民、钱谷、户口、赋役诸事，都有可否裁决权，凡公事行文亦须与守臣共签方能生效。辛弃疾到广德通判任，大概是在乾道元年（1165）春。

乾道改元，宋金两朝结束了四年的战争状态，走向和平。但

① 黄震《黄氏日抄》卷八七《广德军通判厅佐清堂记》，文渊阁《四库全书》本。
② 《攻媿集》卷一〇四《朝奉大夫李公墓志铭》。

这个和平局面让双方付出了沉重的代价：金世宗从海陵帝灭宋的立场后退，实行"南北讲好"①；宋孝宗的用兵愿望也不得不暂时搁置，偏安再次成为既定格局。

然而偏安局面，却是辛弃疾这位爱国志士极难接受的。

辛弃疾既不能以自己的才智为南宋政治格局的确立出谋划策，遂使国家蒙受如此羞辱，他自己在经历了一任微官之后，又被派遣到一个无所作为之地做监州，他的痛苦心情可想而知。为了排解郁闷，抒写不平，他再次用到歌词创作。前辈词人苏东坡曾以长短句这种兴盛一时的诗体为自遣之具，他却要用歌词反映抗金报国的重大主题思想和爱国志士壮志难酬的坎坷遭遇，同时也多方面地反映江南丰富多彩的社会生活。因此，他必须像对待政治问题那样，全力以赴，认真对待。大概也就是从这时起，他开始了以词名家的歌词创作之路。

他的一首《满江红》词就作于隆兴元年（1163）：

> 点火樱桃，照一架荼蘼如雪。春正好见龙孙穿破，紫苔苍壁。乳燕引雏飞力弱，流莺唤友娇声怯。问春归不肯带愁归？肠千结。　　层楼望，春山叠。家何在？烟波隔。把古今遗恨，向他谁说？蝴蝶不传千里梦，子规叫断三更月。听声声枕上劝人归，归难得。②

词中充满了难以平息的春愁，无可倾诉的家山之念。在其心胸之

---

① 《金史》卷八《世宗纪》下，第 203 页。
② 《辛弃疾集编年笺注》卷六，第 460—461 页。

间，爱国热情之高涨，是其南渡以来素所蕴含的理想信念所使然。同调词中亦有"谩教人羞去上层楼，平芜碧"①一句，借用江淹《去故乡赋》中"穷阴匝海，平芜带天，于是泣故关之已尽，伤故国之无际"诸语之意所表达的思念故国家乡之情一般无二。

另一首《满江红》词则写于乾道元年（1165）：

> 倦客新丰，貂裘敝征尘满目。弹短铗青蛇三尺，浩歌谁续？不念英雄江左老，用之可以尊中国。叹诗书万卷致君人，翻沉陆！　休感慨，浇醽醁。人易老，欢难足。有玉人怜我，为簪黄菊。且置请缨封万户，竟须卖剑酬黄犊。甚当年寂寞贾长沙，伤时哭？②

开篇以三个进言不从而身处下僚的古人的遭遇相拟，大声疾呼"不念英雄江左老，用之可以尊中国"！此词高举正义之旗，突出举国抗金的正当性；不顾格律大致对偶的要求，写下这一联散句，对隆兴和议大加挞伐。这首词壮怀激烈，悲歌慷慨，的确为"自有苍生以来所无"③，是代表稼轩词风格的典型之作。

辛弃疾孤身一人前往广德任职，妻子还都在江阴。这年秋，他写了一首《绿头鸭》词，颇及他宦游的孤寂悲凉情景："叹飘零，离多会少堪惊。……谁念监州，萧条官舍，烛摇秋扇坐中庭！……欹高枕梧桐听雨，如是天明。"④

---

① 《辛弃疾集编年笺注》卷六《满江红·暮春》，第 463 页。
② 《辛弃疾集编年笺注》卷六，第 466 页。
③ 《刘克庄集笺校》卷九八《辛稼轩集序》，第 4113 页。
④ 《辛弃疾集编年笺注》卷六《绿头鸭·七夕》，第 478 页。

他还有一首《满江红·中秋寄远》词：

> 快上西楼，怕天放浮云遮月。但唤取玉纤横管，一声吹裂！谁做冰壶凉世界？最怜玉斧修时节。问嫦娥孤令有愁无？应华发。　　云液满，琼杯滑。长袖舞，清歌咽。叹十常八九，欲磨还缺。但愿长圆如此夜，人情未必看承别。把从前离恨总成欢，归时说。①

这些词作，显示了辛弃疾歌词风格的多样化，表明其正以新的面貌在南宋词坛上崭露头角。

辛弃疾南渡之初，多用《满江红》这一词牌，表达其慷慨淋漓、激昂悲愤的感情。这正是他一生词作的基调。

（二）乾道四年（1168），辛弃疾广德军通判任满之后，继除建康府通判。建康府是江南东路首府，是东南仅次于临安的大都会，南渡后宋高宗曾驻跸于此，故又设留守司，以知建康府兼行宫留守。辛弃疾到任，是在这年的春天。②

建康府设通判两名，绍兴三十二年（1162）五月，又增一添差通判。添差为不厘务官，不能与郡守签署公文，仅协助处理临时事务③，"例以处廷绅补外者。职清事简，府公不尽吏之，号方

---

① 《辛弃疾集编年笺注》卷六，第 471 页。
② 据周孚《蠹斋铅刀编》卷九《寄辛幼安二首》："我屋与君室，济河南北州。相逢楚天晚，却看蜀江流。……别去才三月，人来已两书。"此诗编次于《夜坐怀日新》诗之前，该诗有"忆昨乾元初，春风被檐榴。……别来四寒暑，归计犹未成"句，为乾道四年（1168）作。则其送辛幼安者，乃送其通判建康府耳。
③ 见《宋会要辑稿·选举》三一之八，第 4727 页。

外司马，人以为荣。"①地方志载建康府通判甚详，唯南渡中前期皆无添差通判名表，而辛弃疾恰为《建康志》不载，知为添差通判且已佚姓名无疑。

辛弃疾在建康府期间，知府是史正志。史正志是扬州人，字致道，绍兴二十一年（1151）进士，绍兴末曾进《恢复要览》五篇，乾道三年（1167）任中书门下省检正诸房公事，同年八月除知建康府。②

史正志是敢言恢复而颇受孝宗信任之人，他在建康府曾写了两首《新亭》诗，其中说"从此但夸佳丽地，不知西北有神州"，又说"坐中不作南冠叹，江左夷吾是素期"。③后两句正是以九会诸侯，一匡天下的管仲自期，且以此鼓励其僚属。对史正志的这番表示，辛弃疾极为赞赏，作《满江红·建康史帅致道席上赋》，上片云：

> 鹏翼垂空，笑人世苍然无物。又还去九重深处，玉阶山立。袖里珍奇光五色，他年要补天西北。且归来谈笑护长江，波澄碧。④

史正志在任内治军、理财方面的政绩皆不可考，现仅知屡兴工

---

① 周应合《景定建康志》卷二四引潘梦奇《南厅壁记》。收入《宋元方志丛刊》，第1717页。
② 据《景定建康志》卷一《行宫留守题名》："史正志，乾道三年九月，以集英殿修撰、安抚使兼行宫留守司公事。"第1338页。
③ 见《景定建康志》卷二二，第1667页。
④ 《辛弃疾集编年笺注》卷六，第496页。

役，如修贡院，重建新亭等，但最重要的还是修筑建康城池。乾道五年（1169）二月，辛弃疾作《千秋岁》词为史氏祝寿，小注中提到修城的"版筑役"。全词是：

> 塞垣秋草，又报平安好。尊俎上，英雄表。金汤生气象，珠玉霏谭笑。春近也，春花得似人难老。　　莫惜金尊倒，凤诏看看到。留不住，江东小。从容帷幄去，整顿乾坤了。千百岁，从今尽是中书考。①

这时的辛弃疾，对其时的一些高唱抗金的人物的真实情况尚未有更多的了解，故把增修城墙和恢复事业相联系，希望史正志多做这样的事情，为整顿乾坤而奋斗。

建康府是淮西江东总领的治所，也是江东转运司的治所，担负一路军民财赋重任的官员都聚集此地，辛弃疾既多闲暇，遂也经常参与他们的游赏和宴会，相与酬答唱和，并和其中一些人如叶衡、赵彦端、韩元吉、严焕、丘崈等人结下了友谊。而辛弃疾在这些应酬类的歌词中，也能随时随地表达他的复仇雪耻愿望。如他为江东转运副使赵彦端做寿的《水调歌头》词中写道：

> 唤双成，歌弄玉，舞丽华。一觞为饮千岁，江海吸流霞。闻道清都帝所，要挽银河仙浪，西北洗胡沙。回首日边去，云里认飞车。②

----

① 《辛弃疾集编年笺注》卷六《千秋岁·金陵寿史帅致道。时有版筑役》，第504页。

② 《辛弃疾集编年笺注》卷六《水调歌头·寿赵漕介庵》，第490页。

另一首"登建康赏心亭，呈史留守致道"的《念奴娇》词中也写道：

> 我来吊古，上危楼赢得，闲愁千斛。虎踞龙盘何处是？只有兴亡满目。柳外斜阳，水边归鸟，陇上吹乔木。[①]

全词沉浸在一片感念历史兴亡、勇于承担时代重任的悲凉哀婉的氛围中，下片更以"却忆安石风流，东山岁晚，泪落哀筝曲。儿辈功名都付与，长日惟消棋局"等词句，通过对谢安苦撑东晋政权等史事的回顾，表达他对时局的忧虑，对壮志未酬的悲慨。

（三）辛弃疾在北方时，曾娶妻生子。《菱湖辛氏族谱·济南派下支分期思世系》载："初室江阴赵氏，知南安军修之女，卒于江阴，赠硕人。……生子九，长名稹，次名秬。……九一公，讳稹，字兆祥。……九二公，讳秬，字广润。……宋绍兴己卯年生。"辛秬是辛弃疾次子，既然生于绍兴二十九年（己卯，1159），则其二子必都是夫人赵氏在北方所生。

赵氏夫人父修之，据《宋史》卷二三六《宗室世系表》二二，为颍川郡王德彝之后，右朝议大夫朝霭子，生平事迹不详，何时守南安军亦无考。赵氏"卒于江阴"，据前所述，应当不在辛弃疾任江阴签判时。辛弃疾为广德通判，赵夫人似未从行。其病逝，或许在辛弃疾官广德以后。

---

① 《辛弃疾集编年笺注》卷六《念奴娇·登建康赏心亭，呈史留守致道》，第500页。

　　《期思世系》还记载，辛弃疾"初寓京口"①。辛弃疾的好友，寓居镇江府（京口）的周孚，原也是济南人。周孚南渡甚早，《蠹斋铅刀编》卷一有《次韵陈可复见赠》诗，题下有"自甲戌始"小注，甲戌是绍兴二十四年（1154），是其在绍兴末年之前即已南归。但是，周孚与辛弃疾相识却在乾道四年（1168）。集中卷九《寄辛幼安二首》诗有句云："我屋与君室，济河南北州。相逢楚天晚，却看蜀江流。"可知，辛弃疾南归之初，官江阴，官广德，其妻子虽在江阴，而他本人却居无定所。赵夫人去世后，始卜地京口为其栖居之地，其时间，应当在乾道三年广德军任满之后。

　　正是因其居于京口的缘故，辛弃疾才得以在乾道末年续娶寓居京口的范氏。邓广铭的《增订辛稼轩年谱题记》中曾说："稼轩与范邦彦之女何时成婚，是我在一九三七年以来的半个世纪内未能加以解决的一个问题。这篇传略（按指《宋兵部侍郎赐紫金鱼袋稼轩公历仕始末》）中却说到稼轩在'壮岁旌旗拥万夫'而渡江南下之后，'初居京口'，这极为简单的四个字，就使我深受启发，使我联想到先于稼轩而渡江南下的范邦彦的全家人，也是定居京口的，联想到牟巘在《书范雷卿家谱》一文中所述范邦彦'与辛公弃疾先后来归，忠义相知，辛公遂婿于公'的那段话；还联想到稼轩的一首《满江红》词的起句为'家住江南，又过了清明寒食'；合此三者而求之，知辛范之完婚，必即在其南归之初寓居京口之绍兴三十二年之内。"②这大段话是完全说错了。

<hr>

① 此语亦见《宋兵部侍郎赐紫金鱼袋稼轩公历仕始末》一文。

② 邓广铭《辛稼轩年谱》增订本《增订辛稼轩年谱题记》，上海古籍出版社1997年版，第2页。

范氏是辛弃疾续娶的妻子，两人成婚，要到淳熙改元前。邓说之所以错误，是因为他未能得见包括《铅山辛氏宗谱》所有内容的《菱湖辛氏族谱》一书。

二　宋孝宗备战和辛弃疾论防守两淮

乾道元年（1165），和议甫成，宋孝宗却心生悔意，以为和议不可靠，有恢复用兵的意向。事情从这年四月金报问使完颜仲等入见，要求宋孝宗起立接金朝国书开始。原来受书礼仪在这次签订和议时未曾涉及，所以在完颜仲辞行和宋使李若川使金时，宋孝宗都曾口头传达改变这一礼仪的提议，但金世宗拒不接受。[①]

乾道二年十二月，魏杞拜右仆射，其时宋孝宗"已深悟前日和议之失，思欲亟致富强，以为恢复之渐"[②]。三年春，宋廷议修扬州城，守清河、楚州、高邮。是年七月，谏议大夫陈良祐反对修城及派兵渡江驻守，恐敌人得知，以为借口。宋孝宗说兵不临淮，又有何害？十月，筑真州城。乾道四年二月，蒋芾除右仆射，此人以论恢复进用。是年十月，蒋芾拜左仆射，宋孝宗下密旨，要在这年起兵北伐，实指望蒋芾予以支持，但蒋芾却以"天时人事未至"[③]回绝，大忤旨意。辛弃疾是年秋写寿词，有"闻道清都帝所，要挽银河仙浪，西北洗胡沙"句，所指即朝中的用兵

---

① 见《皇宋中兴两朝圣政》卷四八，《宛委别藏》本。
② 《朱熹集》卷九七《敷文阁直学士陈公行状》，第5002页。
③ 《宋史》卷三八四《蒋芾传》，第11819页。

意向已不再是秘密，且逐渐传播到社会的各个层面。

乾道五年（1169）三月，宋孝宗又下令修庐州、和州城。八月，以陈俊卿为左仆射，虞允文为右仆射。十二月，李显忠恢复了威武军节度使的官衔。乾道六年正月，修楚州城。①

概括而言，乾道初年宋廷的备战虽已表面化，宋孝宗恢复的决心很大，但朝中主和派众多，唯恐触怒金人，孝宗对此很无奈。而主战派则多为大言欺人之徒，某些近习佞幸则窥视朝廷动向，借此谋取私利。宋孝宗的决策往往受各方面力量的牵制，不能付诸实施。

乾道六年底，辛弃疾被召归行在。② 这时，叶衡、韩元吉都在朝中任要职。辛弃疾入见，宋孝宗在延和殿听取他对于恢复问题的意见。辛弃疾适时进奏了《论阻江为险须藉两淮疏》和《议练民兵守淮疏》。其前一篇有云：

> 臣窃惟自中兴以来，驻跸临安，阻江为险。然江之为险，须藉两淮。自古南北分离之际，盖未有无淮而能保江者。然则两淮形势，在今日岂不重哉？……
>
> 盖两淮绵地千里，势如张弓。若虏骑南来，东趋扬、楚，西走和、庐，苟吾兵无以断隔其中，则彼东西往来，其路径直，如走弦上，荡然无虑。若吾兵断隔其中，则彼淮东

---

① 修庐、和、楚三城，见《宋史》卷三四《孝宗纪》二，第645、647页。李显忠复节钺，见毕沅《续资治通鉴》卷一四一，中华书局1957年版，第3766页。

② 据《宋史》卷三四《孝宗纪》二，乾道六年（1170）三月，有两淮守帅久任之诏，与辛弃疾"守淮之臣应假以岁月"之论殆必同时，故据此推知召见岁月。

之兵不能救淮西，而淮西之兵亦不能应淮东。设使势穷力蹙之际，复由淮北而来，则走弓之背，其路迂远，悬隔千里，势不相及，入吾重地，兵分为二，其败可立而待。……

三国之时，吴人以瓦梁堰为身，筑垒而守之，而魏终不能胜吴者，吴保其身，而魏徒能击淮西之地也。五代之时，南唐虑周师之来，盖尝求吴人故迹而守之，功未成而周兵至，然犹遣皇甫晖、姚凤以精兵十五万扼定远县，负清流关而守，世宗亦以艺祖皇帝神武之兵当之。虏骑之来也，常先以精骑由濠梁破滁州，然后淮东之兵方敢入寇。其去也，惟滁之兵为最后。由此观之，自古及今，南兵之守淮，北兵之攻淮，未尝不先以精兵断其中也。况今虏人之势，一犯吾境，其所以忌我者非战也，忌吾有以兵以出其后耳。一出其后，则淮北之民必乱，而淮北之城亦可乘间而取，如向之海、泗、唐、邓是也。

今陛下城楚城扬于东，城庐城和于西，金汤屹然，所以为守者具矣。然臣以谓，两淮之中，犹未有积甲储粟，形格势禁，可以截然分断虏人首尾之处。以臣愚见：当取淮之地而三分之，建为三大镇，择沉鸷有谋、文武兼具之人，假以岁月，宽其绳墨以守之，而居中者得节制东西二镇。缓急之际，虏攻淮东，中镇救之，而西镇出兵淮北，临陈、蔡以挠之。虏攻淮西，中镇救之，而东镇出兵淮北，临海、泗以挠之。虏攻中镇，则建康悉兵以救之，而东西镇俱出兵淮北以挠之。东西镇俱受兵，则彼兵分力寡，中镇悉兵淮北，临宿、亳以挠之。此苏秦教六国之所以为守，而秦人闻之，所以不敢出兵于函谷关也。比之纷纷纭纭，自战其地者，利害不侔矣。①

　　辛弃疾在奏疏中力主屯兵两淮三镇，实现全局上的左提右挈，以战为守。他所提出的是一条积极防御的策略。

　　另一篇奏疏则提出，守淮必须依靠民兵。他说："守城必以兵，养兵必以民。""两淮民虽稀少，分则不足，聚则有余。若使每州为城，每城为守，则民分势寡，力有不给。苟敛而聚之于三镇，则其民将不胜其多矣。窃计两淮户口不减二十万，聚之使来，法当半至，犹不减十万。以十万之民供十万之兵，全力以守三镇，虏虽善攻，自非扫境而来，乌能以岁月拔三镇哉？况三镇之势，左提右挈，横连纵出，且战且守，以制其后，臣以谓虽有兀术之智，逆亮之力，亦将无如之何，况其下者乎！"

　　辛弃疾提出，"分淮南为三镇，预分郡县户口以隶之。无事之时，使各居其上，营治生业，无异平日。缓急之际，令三镇之将各檄所部州郡，管拘本土民兵户口，赴本镇保守。老弱妻子，牛畜资粮，聚之城内。其丁壮则授以器甲，令于本镇附近险要去处，分据寨栅，与虏骑互相出没，彼进吾退，彼退吾进，不与之战，务在夺其心而耗其气"②。这样，正规军才能以大兵伺敌之后，而两淮之民在敌人来犯时也不致流离奔窜，蒙受巨大损失了。

　　辛弃疾这两篇奏疏全是基于淮南战略地位的重要而提出的对策。早在他作《美芹十论》时，即曾写出《守淮》篇，建议以十万之军分屯于楚州、濠州和襄阳三地，而于扬州或和州置一大

---

① 《辛弃疾集编年笺注》卷四，第325—327页。
② 《辛弃疾集编年笺注》卷四，第331—332页。"各居其上"，《全宋文》作"各居其土"。

府以统之。但淮南分为三镇，襄阳则距淮东西甚为辽远，此防守体系难免有缺欠。时隔七年，当他再次考虑守淮时，遂对这一防守体系做了较大调整。他所提议的中镇，据疏中论证，似应在滁州，而东西镇则非楚州、高邮莫属。

乾道五年（1169），左仆射陈俊卿曾"以两淮备御未设，民无固志，万一寇至，仓卒渡兵，恐不及事，奏于扬州、和州各屯三万人，预为家计。仍籍民家三丁者取其一，以为义兵，授之弓弩，教之战陈。农隙之日，给以两月之食，聚而教之。沿江诸郡亦用其法。……要使大兵屯戍要害必争之地，待敌而决战，使民兵各守其城，相为掎角，以壮声势"。孝宗对此"亦以为然，诏即行之"。①然而此事实施未久，就遭到反对派的阻挠。《攻媿集》卷九九《朝议大夫秘阁修撰致仕王公墓志铭》即载："权司农寺主簿。知江阴军。在任得旨，沿江郡籍民为兵，防江守城，为大军声援。公（王正己）抗疏列上徒扰良民无益备御者七条。……公以此罢，而他郡亦徒扰如公言。"《朱熹集》卷九七《敷文阁直学士陈公行状》亦载："时朝廷欲调沿江数郡民兵列屯江津以备虏，公（陈良翰）力为宰相言：'虏未尝窥边，民兵未尝练习，无故点集，恐徒扰而无益。'语闻事寝。"②辛弃疾《议练民兵守淮疏》的奏进，恐怕就和上一年实施的聚集民兵守城一事有关，应当是在各种反对意见充斥之际，为了声援陈俊卿的建议，反驳反对派的言论，遂就民兵职守、训练等方案加以完善补充。然而陈俊卿在乾道六年五月罢相位，调民兵守淮一事，"竟为众论所持，公寻

① 见《朱熹集》卷九六《少师观文殿大学士致仕魏国公赠太师谥正献陈公行状》，第4928页。
② 《朱熹集》卷九七，第5001页。

亦去位，不能及其成也。"[①]

　　虽然史册并未明确做出记载，但由上述史料可知，辛弃疾议练民兵守淮的观点是曾得到宋孝宗、陈俊卿等人的认同的。

三　任司农寺簿

　　（一）乾道六年（1170）岁杪，辛弃疾被召赴行在。在临安，他与旧友吴芾相会。吴芾字明可，是台州仙居人，绍兴末、乾道初，屡任殿中侍御史、吏部侍郎、知临安府等要职。辛弃疾与之相识，是在绍兴三十二年（1162）正月起义南归，在建康府晋见宋高宗之时。十年后，辛弃疾在临安再次与吴芾相会，吴芾作诗记载他们的这段友谊："星斗潜移下九天，满城如画酒如泉。当时行乐陪千骑，今日重来恰十年。"其时吴芾已告老归乡。而辛弃疾答以《贺新郎·和吴明可给事安抚》词：

　　　　世路风波恶。喜清时边夫袖手，猛将帷幄。正值春光二三月，两两燕穿帘幕。又怕个江南花落。与客携壶连夜饮，任蟾光飞上阑干角。何时唱，从军乐？[②]

吴诗题原为"元夕用胡经仲所寄韵呈辛倅及诸僚友"，当作于乾

---

① 《朱熹集》卷九六《少师观文殿大学士致仕魏国公赠太师谥正献陈公行状》，第 4928 页。
② 《辛弃疾集编年笺注》卷六，第 510 页。此为上半阕。

道七年（1171）元夕，相距两人的初会恰好十年。此时仍以"辛倅"相称，知辛弃疾尚未被任命为司农寺簿。一个追忆十年前"陪千骑"的盛会，一个无限神往"从军乐"的峥嵘岁月。又在词的下片写下"归软已赋居岩壑。……都不恋黑头黄阁"，切近吴芾的近况。

辛弃疾被召见后，留朝中任司农寺主簿。六部九寺六监是职能机构，设主簿一人 [1]，其前任司农寺簿即王正己。

辛弃疾任职司农寺期间，任少卿者先后有李洪、姚宪，任丞者为留正。李洪弟李泳是辛弃疾歌词唱和的友人，而姚宪后来除参知政事，留正拜左丞相，与辛弃疾的仕进都有一些关系。

在临安，辛弃疾与著名理学家张栻、浙东学派的著名学者吕祖谦结下深厚友谊。

张栻字敬夫，学者称南轩先生，丞相张浚的长子。乾道六年，张栻自知严州召为吏部员外郎，后除侍讲兼左司员外郎。吕祖谦字伯恭，婺州人，当时学人称其为东莱先生。乾道五年五月，吕祖谦自严州教授召归，除太学博士，后兼国史院编修官、实录院检讨官。辛弃疾后来在一篇追悼吕祖谦的祭文中说：

> 弃疾半世倾风，同朝托契。尝从游于南轩，盖于公而敬畏。[2]

乾道六年，辛弃疾与张、吕二人同朝为官，悼词所谓"倾风""托契""敬畏"诸语，指的就是三人通过磋商，在探讨时局

---

[1] 见《宋会要辑稿·职官》二六之一九至二〇，第2929页。
[2] 《辛弃疾集编年笺注》卷五《祭吕东莱先生文》，第426页。

和朝政方面，特别是在恢复方略方面，观点都极为相似，因而颇有志同道合之感。据《宋史》，吕祖谦在太学博士任内轮对，曾上言：

> 恢复大事也，规模当定，方略当审。陛下方广揽豪杰，共集事功，臣愿精加考察，使之确指经画之实，孰为先后，使尝试侥幸之说不敢陈于前，然后与一二大臣定成算而次第行之，则大义可伸，大业可复矣。[①]

考察英才，排斥侥幸之说，以及论及"规模""审先后""成算"等意见，都是辛弃疾平素所讲且在这两年多次强调的问题。而张栻在隆兴初年所坚持的不与金人讲和、专务自强等言论，也与《美芹十论》的观点相近。

乾道五年（1169）张栻知严州，又重申其一贯主张：

> 今日之事，固当以明大义、正人心为本。然其所施有先后，则其缓急不可以不详；所务有名实，则其取舍不可以不审。[②]

而张栻在立朝期间一系列行事，特别是其凛然气节，尤为辛弃疾所钦仰。在与二人游从过程中，他也必然深得切磋之益。

（二）乾道五年八月，素主恢复的虞允文拜右仆射。在此之前，宋孝宗所任用的宰辅大臣，多不能奉行其意旨。虞允文入

---

① 《宋史》卷四三四《儒林》四《吕祖谦传》，第12872页。
② 《宋史》卷四二九《道学》三《张栻传》，第12771页。

相，迎合宋孝宗，一时恢复之说大行。

但正如朱熹后来所说："孝宗即位，锐意雪耻。……乘时喜功名轻薄巧言之士，……如王公明炎、虞斌父之徒，百方劝用兵，孝宗尽被他说动。其实无能，用著辄败，只志在脱赚富贵而已。所以孝宗尽被这样底欺，做事不成，盖以此耳。"①朱熹的话不无过当之处，但如果全面考察虞允文入相以后的言行，如其鼓唱用兵、一事无成等情节，同此前的宰执蒋芾、王炎等并无不同。从乾道五年（1169）到乾道七年，虞允文在当政期间所实行的并不是辛弃疾所倡导的"除戎器，练军实，修军政，习骑射，造海舰"以及"惜费用""宽民力"②等强兵富国之术，而是大做表面文章，摆出一副恢复的姿态：

一是荐举了一批海内外知名人士到朝中任职，希望借此提高其声望，大造用兵舆论；

二是派遣泛使出使金国，希望以卑辞厚礼劝说金人归还河南地；

三是搞了一些名为恢复实则耗损国力、骚扰地方的形象工程；

四是制订了一个东西两路出兵夺取河南的所谓用兵计划。

然而虞允文实行上述举措的结果是，不但于恢复事业无补于万一，而且全与南宋君相的初衷相反，先后以失败告终。

乾道六年五月，虞允文再次提出遣使求地的主张。这一次，宋孝宗坚持己见，一方面罢免坚持反对意见的左仆射陈俊卿，以

---

① 《朱子语类》卷一三三《本朝》七《夷狄》，第 3199 页。
② 见《辛弃疾集编年笺注》卷四《九议·其七》，第 358—359 页。

"不忠不孝"为名贬逐另一反对遣使的吏部尚书陈良祐,一面孤立独行,派遣范成大为祈请使。范成大抵金后,不但未能讨回一寸土地,反而暴露了南宋用兵的意图,金人"签发两河人及生女真"[①],同时严词拒绝南宋对陵寝地的请求,扬言出动三十万骑兵,把北宋诸陵迁至南宋境内。虞允文本打算假借奉祀陵寝为名,幻想敌人自动归还河南地。这不仅给了敌人以反击的借口,还在道义上、在外交上使自己陷于被动。遣使的失败,说明这是一次轻率鲁莽之举,是外交的耻辱,对南宋恢复事业的不利影响极为明显。

不仅遣使大失国体,虞允文当政的其他举措也多以无功而终。如虞允文入相后,为了敛财,于乾道六年(1170)三月设立江浙京湖淮广福建等路都大发运使,降缗钱三百万贯,为均输和籴之用。名为均输,实则剥夺了地方财赋,远近骚动。"会史正志为发运使,名为均输,实尽夺州县财赋,远近骚然,士大夫争言其害,栻亦以为言。上曰:'正志谓但取之诸郡,非取之于民也。'栻曰:'今日州郡财赋大抵无余,若取之不已,而经用有阙,不过巧为名色以取于民耳。'上矍然曰:'如卿之言,是朕假手于发运使以病吾民也。'旋阅其实,果如栻言。"[②]是年十二月,宋廷不得不以"广立虚名,徒扰州郡"为名,撤销都大发运使:"癸酉,诏史正志职专发运,奏课诞谩,广立虚名,徒扰州郡,责授楚州团练副使、永州安置。其发运司可立近限结局。"[③]

外交、经济等方面的努力均不成功,加深了虞允文的危机

---

① 《建炎以来朝野杂记》乙集卷二《上德》二《己酉传位录》,第517页。

② 《宋史》卷四二九《道学》三《张栻传》,第12772—12773页。

③ 见《宋史全文》卷二五上《宋孝宗》三,第1734页。

感。虽然虞允文入朝后，设立《材馆录》，把一大批知名人士如汪应辰、胡铨、梁克家、陈居仁、朱熹、张栻、吕祖谦、王希吕等网罗进来，其中就有辛弃疾在内。然而，他的一些举措，除得到其门徒如赵雄、汤邦彦等人的支持外，大多数朝臣都持批评态度。虞允文怂恿陈居仁言用兵，陈居仁回复说："若徒为大言，终必无成。幸成，亦旋败。"[①] 朱熹批评遣使是"纰缪倒置，有损无益"，并以"素论不同"，坚不奉召入朝。[②] 在"举朝以为非计"[③]的情势下，宋孝宗、虞允文疏远朝臣，亲信近习佞幸如张说、曾觌、王抃之流，许多朝臣因反对近习而得罪去朝。

四　《应问》三篇和《九议》的写作

乾道七年（1171），宋孝宗和虞允文的恢复备战活动处于高潮，朝野上下对此议论纷纭。此际，辛弃疾为回答宋孝宗有关抗金大计的问询，参与讨论并试图解决恢复的大政方针问题，先后写出《应问》三篇和《九议》等著作。《宋史·辛弃疾传》载：

> 时虞允文当国，帝锐意恢复，弃疾因论南北形势及三国、晋、汉人才，持论劲直，不为迎合。作《九议》并《应问》三篇、《美芹十论》献于朝，言逆顺之理，消长之势，

① 《攻媿集》卷八九《华文阁直学士奉政大夫致仕赠金紫光禄大夫陈公行状》。
② 见《朱熹集》卷二五《与张敬夫书》，第 1050 页；《建炎以来朝野杂记》乙集卷八《时事》一《晦庵先生非素隐》，第 633 页。
③ 叶适《水心别集》卷四《外论》三。收入《叶适集》，第 689 页。

技之长短，地之要害，甚备。以讲和方定，议不行。[①]

以上所论，于时、地、次序皆已颠倒错乱。《九议》应当是回答虞允文的询问而作，《九议》第一篇就有"欲乞丞相稍去簿书细务，为数十日之闲，舒写胸臆，延访豪杰"[②]语，而刘克庄《辛稼轩集序》也有"上虞雍公《九议》"[③]云云，知为进献于当时的左仆射虞允文之作，与《美芹十论》绝非作于一时。而作《九议》时和议虽已签订，宋孝宗却积极备战，要对金开战，用与不用，实与讲和无关。

《九议》的具体写作时次，史传所载既无足征，唯须考察书中所记情节。此书涉及时事，一则说"城和，城庐，城扬，城楚"[④]，再则说"日者，兵用未举而泛使行，计失之早也"[⑤]。筑楚州城在城庐、扬、和三州城池之后，是乾道六年（1170）年底事。[⑥]而所谓"泛使"（即特使），指范成大使金事，其乾道六年六月出国门，十月归国。所云"向""日者"，皆谓往日也。知《九议》必写于乾道七年，唯不知在何月耳。

《九议》的序引首先指出，恢复非难，但必须认识到主和派

---

① 《宋史》卷四〇一，第 12162 页。

② 《辛弃疾集编年笺注》卷四，第 336 页。

③ 《刘克庄集笺校》卷九八，第 4113 页。

④ 《辛弃疾集编年笺注》卷四《九议·其七》，第 358 页。

⑤ 《辛弃疾集编年笺注》卷四《九议·其四》，第 344 页。

⑥ 据《蠹斋铅刀编》卷二三《楚州新城记》："乾道六年春三月，诏城山阳，命守臣左祐董其事。……会左侯以疾卒，……光州观察使陈侯敏自高邮往代之。……自侯之至，为日者百八十有五，用人之力总六十一万有奇，而城以成。"陈敏为楚州守不得其日，若在是年五月，则楚州修城毕，亦应在是年十一月。

对恢复事业的严重危害。他说："天下未尝战也，彼之说大胜矣。使天下果战，战而又少负焉，则天下之事，将一归乎彼之说，谋者逐，勇者废，天下又将以兵为讳矣。则夫用兵者，讳兵之始也。"这是总结了符离之战和隆兴和议以来主和派得势的历史事实而发出的慨叹。而《九议》的主旨，就是："某以为，他日之战，当有必胜之术，欲其胜也，必先定规模而后从事。故凡小胜不骄，小负不沮者，规模素定也。"这同当时朱熹、张栻、吕祖谦等人所论也并无不同。《九议》还指出："苟从其说而不胜，与不从其说而胜，其请就诛殛，以谢天下之妄言者。"① 由此激烈之言辞中看出，辛弃疾对其素所抱定的恢复计划具有何等的自信。

《九议》各篇内容大致是：

第一篇，论用人，即用智勇豪杰之士。而智通之士有经理天下的能力，却不肯轻易许诺于人，随意附会于人，要须再三敦请，才肯出任天下事。所以，"欲乞丞相稍去簿书细务，为数十日之闲，舒写胸臆，延访豪杰，无问南北。择其识虚实兵势者十余人，置为枢密院属官，有大事，则群议是正而后闻"②。

第二篇，论持久。辛弃疾认为，恢复事业成败的关键有三：无欲速，宜审先后，能任败。他说：

> 凡今日之弊，在乎言和者，欲终世而讳兵；论战者，欲明日而亟斗。终世而讳兵，非真能讳也，其实则内自销铄，猝有祸变而不能应。明日而亟斗，非真能斗也，其实则恫

疑虚喝，反顾其后，而不敢进。此和战之所以均无功而俱
有败也。①

这可以说是切中南宋立国以来战和两派要害的精辟言论。对主战
者而言，主张明日便开战的人，之前已有符离之战的失败教训，
已有蒋芾平时鼓吹用兵却临事退缩的事例。更有甚者，乾道七年
（1171），宰相虞允文千方百计劝用兵，但到了乾道九年，当虞允
文任四川宣抚使，手握西兵时，宋孝宗令其出师，他以"机不可
为"②加以拒绝。历史事实证明了辛弃疾论断之正确。

第三篇，论宋金彼此的优势及弱点。辛弃疾在《美芹十论》
中本已详尽论述了金国的优势及诸多弱点。至此，他又把宋金两
国的优势及弱点进行对比分析，论证金国是可以战胜的。金之所
长在客观条件，宋之所长在民心，长短条件虽不能改变，但胜负
因素却可逆转。"故以形言之，是谓小谋大，寡遇众，弱击强。
以情言之，则其大可裂也，其众可蹶也，其强可折也。"③

第四篇，论用计迷惑敌人。这是对南宋外交失误提出的质疑
和相应的对策。辛弃疾认为，不久前的范成大使金事件，暴露了
宋方用兵意图，引起金人的警觉，对南宋恢复事业不利。为今之
计，应设法让金人防范意识松懈下来，直到用兵之时，才可传檄
天下，宣布收回陵寝地的真实意图。敌方用急，我方以缓应之。

① 《辛弃疾集编年笺注》卷四，第338页。
② 《杨万里集笺校》卷一二〇《宋故左丞相节度使雍国公赠太师谥忠肃虞公神
道碑》，第4616页。
③ 《辛弃疾集编年笺注》卷四，第342页。

"故彼缓则我急，彼急则我缓，必胜之道也。"[1]

第五篇，论用间谍。"善为兵者阴谋。阴谋之守坚于城，阴谋之攻惨于兵。"[2]可知辛弃疾对用间的重视。对金用间的重点应当是离间女真族的上层决策人物，争取州府的兵卒哗变。

第六篇，论夺取山东的重要性。对于南宋"以弱胜强"的条件，辛弃疾也有精彩的论述：

> 盖天下之势有虚实，用兵之序有缓急，非天下之至精，不能辨也。故凡强大之所以见败于小弱者，强大者分，而小弱者专也。知分之与专，则吾之所与战者寡矣。所与战者寡，则吾之所以胜者必也。[3]

所谓"强大者分，而小弱者专"，就是在战略上处于劣势的弱者，懂得并善于集中兵力，而处于优势的强者适得其反，这是小弱战胜强大的唯一条件。可知，能不能够集中优势兵力，对分散之敌实行各个击破，是辛弃疾所认识到的决定战争胜负的规律性问题。这正是辛弃疾兵家理论的精粹，他能把这个具有规律性的问题加以总结提升，不但在宋代兵家著作中独树一帜，即使在历代兵法家中，也是无人能出其右的。

根据敌分我专的原则，选择敌方兵力最薄弱的地方实施攻击，正是《美芹十论》论用兵山东的理论根据。而在《九议》的第六篇中，他又把精兵锐卒攻取山东，直下河北，然后夹击沿边

---

① 《辛弃疾集编年笺注》卷四，第345页。
② 《辛弃疾集编年笺注》卷四，第348页。
③ 《辛弃疾集编年笺注》卷四，第353页。

三路金军的计划向虞允文陈述了一番。

对那支步骑三万攻取山东的主力由哪些将领统率，《九议》做了安排："令李显忠将之，由楚州出沭阳，鼓行而前。先以轻骑数百，择西北忠义之士，令王任、开赵、贾瑞等辈领之，前大军信宿而行。"[①]当辛弃疾作《十论》时，李显忠正因符离之役被黜责居潭州，自不应推其为主帅。而到了乾道七年（1171），李显忠不但早已内徙，且节度使也已恢复。开赵此时则任浙西兵马钤辖、平江府驻扎。[②]贾瑞、王任虽不知其时在何地，但亦必还在军中任职，所以辛弃疾适时推荐他们到抗金战场上再现雄威。

第七篇，论富国强兵，重点论理财。辛弃疾认为："富国之术，民无余力，官无余利矣，国不得而富也。"所以提出两条富国之术：惜费，宽民力。接着他举出三年来在恢复名义下所实施的一些举措，"于恢复之功，非有万分之一"，完全是浪费财力。如果把这些浪费的巨额资金集中起来，以三年为期，"当战之岁，岁币可绝也，郊祀可展也，如是而得三千万缗矣。今帑藏之储又仅二千万，合五千万缗而一战，岂不绰绰然有余裕哉？"[③]

王安石在熙宁四年（1071）二月论理财时指出："今所以未举事者，凡以财不足，故臣以理财为方今先急。未暇理财，而先举事，则事难济。臣固尝论天下事如奕棋，以下子先后当否为胜

---

① 《辛弃疾集编年笺注》卷四，第 354 页。

② 见《吴都文粹》卷三八《宋故武功大夫濮州团练使浙西路总管开公埋铭》。

③ 见《辛弃疾集编年笺注》卷四，第 358—359 页。辛弃疾谓三岁大举用兵，当战之岁郊祀可展，知在其计划中，乾道九年（1173）或可一战。而是年也恰为南宋郊祀之年，则《九议》作于乾道七年亦于此可见。

负。"①辛弃疾对理财一事的重视，同王安石的意见是完全一致的。

第八篇，论迁都。对当时主战派普遍支持的未战先迁都建康的观点，辛弃疾并不表示赞同。他认为"先事而迁"有害无利：一是使敌人预先知晓我方意图；二是过早激励士气，往往临战而竭；三是如若敌方也迁都汴京，胁以兵力，中原之民不敢起事，失去应援，战争胜负未可料。因此，必须在临战之前车驾才可上道，驻跸建康以张声势，到大军渡淮，便应亲临庐、扬以决胜负了。

《九议》的第九篇论团结，包括各种政治力量，如归正人士，"使之合志并力，协济事功"②。

《九议》诸篇对上述九个方面的问题虽未做详尽论证，但议论十分精辟，充分体现了辛弃疾思想体系中所擅长的谋略与机变，如刘克庄所说："辛公文墨议论，尤英伟磊落。乾道、绍熙奏篇，及所进《美芹十论》、上虞雍公《九议》，笔势浩荡，智略辐凑，有《权书》《衡论》之风。……又欲使显忠将精锐三万，出山东，使王任、开赵、贾瑞辈，领西北忠义为前锋，其论与尹少稷、王瞻叔诸人绝异。乌虖，以孝皇之神武，及公盛壮之时，行其说而尽其才，纵未封狼居胥，岂遂置中原于度外哉？"③查北宋苏洵著《权书》与《衡论》，"大抵兵谋权利机变之言也"④。然而苏洵这两部著作，只作史论，未及时事。其对北宋民族矛盾的现

---

①　李焘《续资治通鉴长编》卷二二〇《神宗》，文渊阁《四库全书》本。

②　《辛弃疾集编年笺注》卷四，第 368 页。

③　《刘克庄集笺校》卷九八《辛稼轩集序》，第 4113 页。

④　邵博《邵氏闻见后录》卷一四，刘德权、李剑雄点校，中华书局 1983 年版，第 111 页。

实也仅能起到影射或暗示的作用而已。辛弃疾《九议》却不然，完全是紧密结合宋金和战斗争的实际提出相应的对策，所以，若说它与老苏的著作同样充满了策谋，诚然如此。然而，《九议》虽有其纵横议论之风，却所以不能与之相提并论者，在于它是指导南宋的抗金事业走向胜利的谋略，因而不但充满了民族斗争的智慧光芒，还展示了辩证思维的魅力。

五　《九议》对虞允文恢复方略的批判

尽管辛弃疾在《九议》最后一篇中说，他对恢复大计的建议，"其详可次第讲闻也"[1]，然而，作为宰相的虞允文在读过《九议》之后，究竟采取了什么态度不得而知，事实上也并没有采纳其各项建议的任何迹象。《九议》没有在虞允文那里换回预期的反响，自然就不会有"次第讲闻"之事了。《九议》等论战著作不被采纳，《宋史》以为是因讲和方定之故。

《九议》未被虞允文采纳，自是事实。其原因，却并非由于议和。在宋孝宗和虞允文竭力鼓吹用兵之际，《九议》论战，不正是他们之所需要吗？问题在于，《九议》所提出的恢复大计，完全不同于宋孝宗和虞允文的一贯主张。不仅如此，《九议》各篇章还针对虞允文入相后的言论举措，随时给予不留情面的批评，本传所说的"持论劲直，不为迎合"[2]就指此而言。

---

① 《辛弃疾集编年笺注》卷四，第 368 页。
② 《宋史》卷四〇一《辛弃疾传》，第 12162 页。

在后世史家的言论中，虞允文并未如张浚一般，因败绩而痛遭诋毁。相反，他却因采石之战的胜利受到称许，以致种种缺失都被掩盖起来。在为人虚夸、浮躁大言和缺少军事谋略方面，虞允文与张浚并无不同。宋孝宗即位之初，冲动浮躁，动辄便欲"明日亟斗"。虞允文入朝后，为迎合宋孝宗，达到用兵的目的，屡议向金国派遣祈请使，一方面心存侥幸，以为金人会自动放弃河南，一方面主动暴露用兵意图，以挑起争端，把两国推入战争中而不考虑胜负。及至遣使目的全部落空，宋孝宗决定单方面用兵时，虞允文又推三阻四，不肯响应。所以朱熹才有"孝宗尽被这样底欺，做事不成，盖以此耳"[①]的感慨。

虞允文乾道间主战的最大行动就是遣使。而朱熹认为这与《春秋》复仇之义"背驰之甚"[②]。张栻也认为，陵寝隔绝，"今未能奉词以讨之，又不能正名以绝之，乃欲卑词厚礼以求于彼，其于大义已为未尽"[③]。辛弃疾也反对遣使，但他不仅从道义上，而且从对敌斗争的策略上考虑问题。他认为金国不讲信义，决不会自动放弃一寸土地，南宋若通过外交活动提及河南领土，应当是分散敌人兵力以创造进攻山东有利态势的一种策略。用兵应讲谋略，出其不意才能占得先机，未战之前决不可泄露用兵意图。因此，《九议》说："今不泄于吾之共事者，而泄于敌，其泄之也甚矣。"[④]又说：

① 《朱子语类》卷一三三《本朝》七《夷狄》，第3199页。
② 《朱熹集》卷二五《与张敬夫书》，第1050页。
③ 《朱熹集》卷八九《右文殿修撰张公神道碑》，第4548页。
④ 《辛弃疾集编年笺注》卷四《九议·其一》，第336页。

日者，兵用未举而泛使行，计失之早也。大用兵之道有名实，争名者扬之，争实者匿之。吾惟争名乎？虽使者辈遣，冠盖相望，可也。吾将争实乎？吾之胜在于攻无备，出不意，吾则捐金以告之："吾将与汝战也。"可乎？……

虽然，事有适相似者。里人有报父之仇者，力未足以杀也，则市酒肉以欢之，及其可杀也，悬千金于市，求匕首，又从而辱之。意曰："汝詈我则斗。"曾不知父之仇则可杀，以酒肉之欢则可图，又何以詈为哉？计虏人之罪，诈之不为不信，侮之不为无礼，袭取之不为不义，特患力不给耳。区区之盟，曾何足云？故凡求用兵之名，而泄用兵之机者，是里人之报仇者也。[1]

在辛弃疾看来，对罪行深重的女真贵族，采用任何手段加以报复，都不为过。倘若有足够的实力，自应以堂堂正正的名义征讨，不然，便应诈之，侮之，袭取之。而遣使求地，不仅大义先亏，策略已失先着，如同乡里无知的报私仇者。这些专对虞允文遣使一事的严厉批评，充分体现了辛弃疾正义凛然的大节和胆识，是《九议》最富战斗力的篇章之一。

对于虞允文乾道间在备战名义下大力实施的某些举措，辛弃疾也持批评态度。如《九议·其七》指出：

自朝廷规恢远略以来，今三年矣。其见于施设者，费不知其几也。城和，城庐，城扬，城楚，筑堰，募兵，建

---

[1] 《辛弃疾集编年笺注》卷四《九议·其四》，第344—345页。

康之寨，京口之寨，江阴之寨，与夫泛使赂遗，发运本钱，
其他便宜造次，恩泽赏给，不可得而纪者，合千有余万缗
矣。一岁之币，三年而郊，又二千万矣。岁币、郊祀之费是
不得已而为之者，其他得已而不已者，为恢复计也，然而
于恢复之功，非有万分一也。非有恢复之万一而费之，则费
为可惜矣。[1]

修城、筑堰、募兵、建寨[2]，并不是为了进取而必须采取的施设，
即使对于守淮，也并非最关键的环节。而乾道以来，宋孝宗和
虞允文却在恢复的名义下，花费巨大财力从事这样一些不急之
务，在辛弃疾看来，这同遣使一样，有其名而无其实。所以《九
议·其八》指出："所谓战者，将姑为是名耶，其亦果有志于天
下耶？……向之城扬，城庐，费累百万，其实甚无益也。"[3]在《九

---

[1]　《辛弃疾集编年笺注》卷四《九议·其七》，第358—359页。

[2]　《九议》提及乾道间筑堰、建寨诸事，筑城、募兵事俱见史册，而筑堰、建
寨事则分见诸书。略引证如下：蔡戡《定斋集》卷一五《故朝议大夫直宝文阁
学士胡公墓志铭》："公讳坚常，字秉彝。……徙滁州。值增筑维扬古城，调瓴
甋，傍郡骚然。独滁赋不加，民先期而集。有请调夫真、滁、和，筑六合瓦梁
堰，以备敌。朝廷下其议，公抗论以为非策。……提举江西常平。"按：胡坚常
提举江西在乾道四年（1168）。又，虞集《道园学古录》卷四〇《题先丞相寨屋
亲帖》："右先丞相雍国忠肃公五月十日寨屋札子真迹，当是故宋乾道七年，在
相位时，与洪公遵之书也。按家传，是年五月丁亥，……公奏云：'遵言建康寨
屋，间有木植小者，若欲覆瓦，须当抽换。……'适有中使自海上还，言马司
人至新寨，无不叹喜。"又，《吴都文粹》卷二吴英《申增顾迳水军利使》："本
司兵额虽曰万人，除分屯顾迳、黄鱼垛、江阴寨及楚州管下淮海等处捍御，出
江下海，巡捕盗贼，诸杂轮流差使，逃亡名阙外，许浦在寨人数无几。"此虽为
南宋后期所言，江阴军有水军寨于此可见。

[3]　《辛弃疾集编年笺注》卷四，第365页。

议》之七中又指出：

> 今世之所病者，深根固本，则指为迂阔不急之论，从事一切，则目为治办可用之才。国用既虚，民力又竭，求强其手足而元气先弱，是犹未病而进乌喙，及其既病也，则无可进之药，使扁鹊、仓公望而去者是也。[1]

上述培植根本、致国富强的主张，同朱熹、张栻的言论十分近似。张栻于乾道六年（1170）十一月的奏疏中明确提出明大义、植根本、致富强为恢复之道，宋孝宗也以为"前始未闻此论也"[2]。乾道七年后，张栻同虞允文在恢复问题上的分歧已经势不两存。而辛弃疾论及虞允文时也以危害人命的庸医为喻，其批评力度并不比张栻弱。

《九议》还批评宋孝宗、虞允文用兵河南的军事计划，认为"今之论兵者，不知虚实之势，缓急之序，乃欲以力搏力，以首争首，寸攘尺取以觊下，譬之驱群羊以当饿虎之冲，其败可立待也"[3]。

辛弃疾既然指责虞允文遣使为"计失"，指责其备战措施使国家"元气先弱"，指责其用兵为浪战，又把他同庸医，同"里人之报仇者"相提并论，则他对虞允文的鄙薄，及对其所谓恢复的否定，岂不十分清楚吗？

辛弃疾对宋孝宗的信用的宰执大臣和相与勾结的佞幸、近

---

[1]《辛弃疾集编年笺注》卷四，第359页。
[2]《宋史》卷四二九《道学》三《张栻传》，第12772页。
[3]《辛弃疾集编年笺注》卷四《九议·其六》，第355页。

习、宦寺们的厌恶和抵触，是其一贯秉持的立场。早在乾道六年
（1170）的中秋，当他还担任建康府通判之时，就曾在一首赠予
同官于建康府的吕大虬的《太常引·建康中秋夜为吕叔潜赋》的
词中写道：

> 一轮秋影转金波，飞镜又重磨。把酒问姮娥：被白发欺
> 人奈何？　　乘风好去，长空万里，直下看山河。斫去桂婆
> 娑，人道是清光更多。①

吕叔潜名大虬，是建炎间尚书右丞吕好问之孙，吕用中之四子，
也是辛弃疾好友吕祖谦的堂叔。据浙江婺州武义县明招山出土吕
氏家族墓地的《夫人韩氏墓埋铭》，"夫人"为用中妻，卒于乾道
六年十一月，吕大虬为其四子，其时以右文林郎为总领淮西江东
军马钱粮所准备差遣，与辛弃疾同时居官建康。

孝宗自即位以来，以鼓动对金用兵，重用佞幸、宦寺、近
习，宰相陈俊卿曾说："臣闻诸将多以贿得。曾觌、王抃招权纳
贿，进人皆以中批行之。赃吏已经结勘，而内批改正，将何所劝
惩？"②《宋史》载："乾道三年，龙大渊、曾觌以潜邸恩幸进，台
谏、给舍论驳不行。"③"时曾觌以使弼领京祠，王抃以知阁门兼枢

---

① 《辛弃疾集编年笺注》卷六，第 507 页。清周济《宋四家词选》论此词末
二句云："所指甚多，不止秦桧一人而已。"按：桧音与桂相同，故周济疑稼轩
"桂婆娑"即指秦桧。其实，这里所指的当是高宗、孝宗两朝的近习佞幸等诸多
邪恶势力的代表。
② 《宋史》卷三八三《陈俊卿传》，第 11789 页。
③ 《宋史》卷四三三《儒林》三《林光朝传》，第 12862 页。

密都承旨，昇为入内押班，相与盘结，士大夫无耻者争附之。"①
孝宗朝表面积极向上的政治生态竟至如此堪忧，所以，"斫去桂
婆娑"一句，其所包含的意蕴，实则直指当时的邪恶势力，应即
不言而喻。

《朱子语类》卷一〇三和《宋史·赵雄传》载，张栻论恢复
深得孝宗肯定，手诏"恢复当如栻所陈方是"，并除其侍讲，谓
"且得直宿时与卿论事"。"虞允文与雄之徒不乐，遂沮抑之。"②
当宋孝宗准备采纳张栻的主张时，虞允文等却以阴谋手段勾结近
习，合中外之力把张栻排斥出朝。

时人黄震的《黄氏日抄》卷三九《南轩先生语录·立朝》曾
载数事："张说除签书，先生（张栻）极论其不可，又责宰相虞允
文曰：'宦官执政，自京、黼始。近习执政，自相公始。'允文谓
同僚难论列。先生曰：'张九龄论牛仙客，陆贽论裴延龄，非同僚
耶？'允文不能答。曾觌除某官，中书舍人赵雄当制在假，先生
戏其为樊须。雄由是深怨，与允文表里，谮先生于上，谓其目献
寿为胡舞，欲窜之。上于是出先生知袁州。"张说为孝宗皇后的
妹夫，其父为省吏出身，士大夫耻与之同列。张栻为反对近习执
政而出国门。

可见虞允文也并非度量很大的长者。而辛弃疾致书虞允文，
不但坚持己见，决不迎合，而且多所驳正，在这种情况下，怎能
指望虞允文采纳《九议》的主张？辛弃疾在司农寺簿任上两年未
尝升迁，接着便被派往边地任守臣，这和张栻的情况大致相仿。

---

① 《宋史》卷四六九《宦者》四《甘昇传》，第13673页。
② 见《宋史》卷三九六，第12074—12075页；《朱子语类》卷一〇三《胡氏
门人·张敬夫》，第2609—2610页。

六　著《杜鹃辞》以见意

辛弃疾向虞允文进献《九议》，积极陈述抗金大计，却被当权者束之高阁而不予理睬。尽管宋孝宗及其宰执大臣一再重申复仇雪耻的决心，实际上却以"讲和方定"为由，拒绝爱国志士所提出的各项建议。据崇祯《历城县志》卷一〇所载，当此情实之下，辛弃疾内心极度失望，愤而写下《杜鹃辞》，"以劝动人心，极其哀至"。

《杜鹃辞》是辛弃疾的重要文学作品，却没有流传下来。但是，清初许多文人在诗中提到了这篇辞赋。方绍纶《过辛稼轩故居》诗说："南渡君臣主和议，几人泪堕杜鹃辞？"任宏远《四风闸访辛稼轩故宅》诗有句"可知持节地，不异拜鹃人"，后有小注："南渡后以恢复中原为心，作《杜鹃辞》以寓意。"① 符兆纶《吊辛稼轩》诗也有"故宅一廛空济上，东风惆怅杜鹃声"②的诗句。杜甫《杜鹃》诗云："杜鹃暮春至，哀哀叫其间。我见常再拜，重是古帝魂。"《诗话总龟》卷七有云："按《博物志》：杜鹃生子，寄之他巢，百鸟为饲之，今江东所谓'杜宇曾为蜀帝王，化禽飞去旧城荒'是也。且禽鸟之微，知有所尊。故子美诗云'重是古帝魂'，又'礼若奉至尊'，子美盖讥当时之刺史有不禽鸟若也。"③

《杜鹃辞》虽不知何时何地写成，其内容若何，但必定也是

---

① 《辛弃疾集编年笺注》附录一，第2200页。
② 《辛弃疾集编年笺注》附录一，第2201页。
③ 《诗话总龟》卷七，人民文学出版社1987年版，第76页。

"类有所感托物以发者"①。后来，辛弃疾还在一首《定风波·再用韵和赵晋臣敷文》的词中写有"野草闲花不当春，杜鹃却是旧知闻"②的语句，犹以杜鹃啼苦、古帝魂悲为词的切入点。

---

① 《诗话总龟》卷七，第 76 页。
② 《辛弃疾集编年笺注》卷一四，第 1664 页。

重建滁州和讨平茶商武装

第七章　小试滁州及讨论纸币发行对策

一　宝马嘶归红旆动

乾道七年（1171）一整年，辛弃疾在司农寺簿任上。司农寺是一个业务繁杂的职事部门。《宋史·职官志》五载："元丰官制行，始正职掌，置卿、少卿、丞、主簿各一人。卿掌仓储委积之政令，总苑囿库务之事而谨其出纳，少卿为之贰，丞参领之。……凡苑囿行幸排比及荐飨进御、颁赐植藏之物，戒有司先期办具，造曲蘗、储薪炭以待给用。天子亲耕藉田，有事于先农，则卿奉耒耜，少卿率属及庶人以终千亩。分案六，置吏十有八。"又载："乾道三年，诏粮纲有欠，从本寺断遣监纳。……监仓官分上中下界，司其出纳。诸场皆置监官。外有监门官，交量则有检察斛面官，纲运下卸有排岸司官，各分其事以佐本寺。"①

———————

① 《宋史》卷一六五，第 3904、3906 页。

司农寺簿除了完成卿少长吏分配的工作外，就是督办常务。显然，被事务性工作纠缠的辛弃疾，亦应终年忙于庶务，碌碌而无他作为。

正因为如此，辛弃疾自乾道六年（1170）赴司农寺簿任以后，以至乾道七年整年，在余暇所作歌词数量亦甚少。能够编年的也只有三首，即《好事近·西湖》《青玉案·元夕》和《满江红·题冷泉亭》而已。《青玉案·元夕》只用"众里寻他千百度，蓦然回首，那人却在，灯火阑珊处"[1]寥寥数语，便写尽灵魂的寂寞、孤独与伤心人独有的怀抱。而冷泉亭上的"醉舞且摇鸾凤影，浩歌莫遣鱼龙泣。恨此中风物本吾家，今为客"则是独客临安时不尽的乡愁，以及故土之情、家山之念。[2]

乾道八年正月，辛弃疾奉命出知滁州。

从建康府渡大江北上，在前往滁州的程途中，路过某处梅溪，风景甚佳，辛弃疾作《满江红·再用前韵》词，用冷泉亭词韵，词云：

> 照影溪梅，怅绝代佳人独立。便小驻雍容千骑，羽觞飞急。琴里新声风响佩，笔端醉墨鸦栖壁。是使君文度旧知名，今方识。　　高欲卧，云还湿。清可漱，泉长滴。快晚风吹赠，满怀空碧。宝马嘶归红旆动，龙团试水铜瓶泣。怕他年重到路应迷，桃源客。[3]

---

[1]　《辛弃疾集编年笺注》卷六，第 520 页。
[2]　辛弃疾的故居在济南，历下名泉出地表，亭台自古称泉城。杜甫《陪李北海宴历下亭》诗云："海右此亭古，济南名士多。"
[3]　《辛弃疾集编年笺注》卷六，第 526 页。

既然是其首次出知州郡之作，故多用郡守的掌故，而且词中充满了首度出任郡守的希望和兴奋。辛弃疾心情舒畅，一路上伴随着高处的云，长年滴淌的泉水，心中真是寥廓无边。在随从用铜瓶汲水时，突然听到一声战马的嘶鸣，竟是自家那匹追随多年的老马在长嘶不已。辛弃疾的骏马，是他的亲密战友，当年，是它承载着辛弃疾在起义军中奋勇杀敌，杀义端，擒张安国，束马衔枚，由关西奏淮，处处都有这匹马矫健的身影。

这匹宝马，曾被辛弃疾称为"马作的卢飞快"，从征战中原开始，前后历经十一年。从江阴到广德，再到临安，步步南进。一直到了乾道八年（1172）的春天出任滁州守臣，方始向北，渡过长江，踏上淮北的土地。跟随主人一生的识途老马，看惯了主人的南行，如今渡过大江，它以为主人真的要打回北方去了，就要回到故乡了。在一片猎猎翻飞的红旗下，宝马嘶归。一个"归"字，蕴含了词人多少往事的辛酸，又是何等的激昂壮烈！

据地方志记载，"辛弃疾为淮东帅，以吏事闻。每出，于车前张二旗，书云：'抚军恤民，斩贼配吏。'"[1]辛弃疾生平未尝为淮东安抚使，其唯一一次出知淮东州郡，即此年知滁州事。而这八个字，是辛弃疾临民守土的一贯原则，与其平生主张极为一致，想必为滁州迓吏来迎时所见到的情景吧。

---

[1]　李贤等《明一统志》卷一二《扬州府》，文渊阁《四库全书》本。其事又见彭大翼《山堂肆考》卷六七《臣职》之《车前张旗》条，文渊阁《四库全书》本。

二　重建滁州于废墟

（一）辛弃疾在乾道六年（1170）所进奏的《论阻江为险须藉两淮疏》中，曾举三国时吴、魏之争和五代南唐旧事，论述了滁州战略地位的重要，有"虏骑之来也，常先以精骑由濠梁破滁州，然后淮东之兵方敢入寇。其去也，惟滁之兵为最后。由此观之，自古及今，南兵之守淮，北兵之攻淮，未尝不先以精兵断其中也"①云云。又在《九议·其五》中论两淮"太守数易，才否并置"，"有其器而不知其用"②。对这些话语，不知宰相虞允文做何感想。总之，当乾道七年底滁州缺守时，他便委派辛弃疾出守滁州。

南归以来，辛弃疾的仕进并不顺利。晚于他入仕的，在虞允文当政时，往往不次迁擢。辛弃疾的姓名虽被载入虞允文的《材馆录》中，然而在朝两年，仍沉埋下僚，至此又被派往淮东"地僻且险，民瘠而贫"③的偏州任守臣，许多人为他不平。但辛弃疾却认为，既然士大夫视滁州为畏途，说明其地正需要一位有才干的人去治理。而"二千石能宣主德属之民，则居者以宁，流者以还，否则境内萧条，民戚戚不奠厥居"④，因而滁州正是大有作为之地。

---

① 《辛弃疾集编年笺注》卷四，第 326 页。

② 《辛弃疾集编年笺注》卷四，第 350 页。

③ 《蠹斋铅刀编》卷一九《代辛滁州谢免上供钱启》。所致启者疑为户部尚书杨倓。

④ 崔敦礼《宫教集》卷六《代严子文滁州奠枕楼记》，文渊阁《四库全书》本。

乾道八年（1172）正月，辛弃疾抵达滁州。[1]到任这天，他巡视城郭，所见到的只是一片屋舍荡然无存的废墟。滁州百姓编茅结苇，搭盖一些简易的草棚栖身，有的干脆在瓦砾场上露宿。每当春日，居民惴惴不安，怕大风卷走草庐。全城没有像样的居舍，逆旅没有屋顶。由于上一年歉收，滁州人备受饥饿困扰，商贩不愿来此交易，物价昂贵。百姓连鸡犬也养不起，早上听不到鸡鸣。[2]

滁州在十多年间，两次经历兵燹，一次是绍兴三十一年（1161）金主亮的南犯，一次是隆兴二年（1164）金帅纥石烈志宁的南犯，城池两遭陷没，两遭焚屠，破坏严重。乾道改元以后，边陲罢兵，烽火撤警，逃往内地的边民收卷戈甲，回归田垄。然而正由于是两淮偏僻州郡，朝廷不加重视，几任守臣应付差遣，不负责任。[3]加上八年间有四年遭遇水旱灾害，所以滁州到此仍然一派残破荒陋景象，这全是守土者之责。

辛弃疾周视既毕，慨然作色言道：

> 是可已也耶？自兵休迄今，江以北所在宁辑，鸡鸣犬吠，邑屋相接，而独滁若是，守土者过也，余何辞！[4]

于是他日夜思虑，要想出尽快使滁州改变面貌、让百姓安居乐业

---

[1]　见光绪《新修滁州志》卷四，清刻本；《蠹斋铅刀编》卷二三《滁州奠枕楼记》。

[2]　见《宫教集》卷六《代严子文滁州奠枕楼记》。

[3]　据《新修滁州志》卷四，乾道元年（1165）至此，先后守滁州者为杨由义、胡坚常、赵善仁。而赵善仁于辛弃疾去任后再任滁州守。

[4]　《宫教集》卷六《代严子文滁州奠枕楼记》。

的办法。

按照"可以息民者息之，可以予民者予之"①的"宽民力"的一贯思想和滁州的实际情况，辛弃疾实行宽征薄赋的政策。滁州百姓欠官钱共约五百八十余万缗，大概是十余年间民间常赋应交而未交纳的总数。鉴于滁民已无任何偿还能力，于是辛弃疾经请示，把这笔巨额欠款全部核销了，这首先从心理上也从经济上解除了滁民的沉重负担。

到这年秋，辛弃疾又"不避再三之渎"②，免除了滁民当年的上供钱约八万缗。为此，他专门致启表示感谢。

> 伏念某偶以一介，得领偏州。较之两淮，实为下郡。地僻且险，民瘵而贫。兵革荐更，慨莫如其近岁；舟车罕至，叹有甚于昔时。忽于疮痍之余，督以承平之赋。符檄相仍而至，官吏莫知所为。虽载在有司，当谨出纳之数；然验之近制，尚有蠲免之文。云不敛民，实为罔上。不避再三之渎，庶期万一之从。逮被湛恩，实逾始望。
>
> 某官仁不间远，明可烛微。伊尹佐君，耻一夫之不获；周公在内，期四国之是皇。故令穷陋之区，亦在怜悯之数。向愁与叹，今舞且歌。③

州郡每岁以赋税、榷卖的粮以及帛、银、钱定额上交户部，称之上供钱。细琐收入如盐、酒、经总制钱等原无定额者又称无

---

① 《辛弃疾集编年笺注》卷四《九议·其七》，第359页。
② 《蠹斋铅刀编》卷一九《代辛滁州谢免上供钱启》。
③ 《蠹斋铅刀编》卷一九《代辛滁州谢免上供钱启》。

额上供钱。滁州上供钱定制多少，原无可考。《宋会要辑稿·食货》三五之三八载："（绍兴）二十六年八月十二日，诏滁州合起上供钱，权以六分为额起发，以本路转运司言，本州上供已发八万，委无所出，乞蠲免故也。"[1] 据此记载，八万缗似已和六分的额度相差无几，最多不当超过十万。乾道间的上供数也应无所改变。但辛弃疾以为，虽为八万，但连年受灾，商业萧条，滁州财政十分困窘，无力支持常平之赋。于是经他一再争取，蠲免了当年的上供钱，这对恢复生产、重建家园的滁民，无疑是值得歌舞庆贺之事。

辛弃疾接着又开始实行一系列恢复滁州正常生产的有力措施。

滁州面临最需解决的问题是兴建民居。辛弃疾动用官府的力量，组织百姓烧瓦制砖，砍伐木材，并借钱给百姓，让他们重新营建住房，免除风灾火灾之难。滁州劳动力不足，户口减少，辛弃疾"招流散""练民兵""议屯田"，按照他在《美芹十论·屯田》中的主张，分配给他们一些土地、种子、器具，平时使之耕种，闲暇时把他们组织为民兵，加以教练。逃亡者得以返乡，回归本业。这一年，夏麦大熟，滁州民力得到了复苏。四境之外的商贾旅客也纷纷汇集到滁州，榷酤的课额激增。辛弃疾又制定了优惠商旅的政策，凡在滁州经商者，赋税比照旧额减少百分之七十。为了振兴商业，他修复了城内颓败不堪的酒楼酤肆，使百姓和商旅有了娱乐的场所。滁州没有接待客人的驿馆，辛弃疾认为，"凡邸馆所以召和气，作民之欢心也，非直曰程课入云尔"，

---

[1]《宋会要辑稿·食货》，第5427页。

于是用公余钱，自州西南的琅琊山上买来木材，役使州里的厢兵，在酒楼之旁建筑了一座馆邸，取名繁雄馆。"宿息屏蔽，罔不毕备。纳车聚桥，各有其所。四方之至者不求，皆予之以归。自是流递四来，商旅毕集，人情愉愉，上下绥泰，乐生兴事，民用富庶。"①

邸馆既成，辛弃疾利用余材在其上又建造了一座楼，名为奠枕楼。意思是要与滁民岁时登临，歌舞相庆。奠枕楼在左厢招福坊②，高踞客邸之上，气势雄伟，堪壮滁州景观。从楼头下瞰，城内街巷果然呈现清明繁荣气象，原来的荒陋已经一扫而空。在楼落成仪式上，辛弃疾召集滁州父老，举酒祝贺，做了即席讲话：

> 今日之居安乎？壮者擐甲胄，弱者供转输，急呼疾步，势若星火，时则思太平无事之为安。水旱相仍，秉耒耜者一堕不得起，籴甚贵，衾裯不易斗粟，时则思丰年乐岁之为安。惊惧盗贼，困逼于饥馑，荡析尔土，六亲不得相保，时则思按堵乐业之为安。今疆事清理，年谷顺成，连甍比屋之民各复其业，吾与父老登楼以娱乐，东望瓦梁清流关，山川增气，郁乎葱葱，前瞻丰山，玩林壑之美，想醉翁之遗风，岂不休哉！③

为纪念此举，辛弃疾特写信给在平江府家居的旧友严焕（字子文），请他为作记文。而严焕转请其时任平江府府学教授的崔敦

---

① 《宫教集》卷六《代严子文滁州奠枕楼记》。
② 见《舆地纪胜》卷四二《淮南东路·滁州》；光绪《滁州志》卷一之三。
③ 《宫教集》卷六《代严子文滁州奠枕楼记》。

礼（字仲由）撰写了一篇《代严子文滁州奠枕楼记》。崔敦礼曾任江宁县尉，其时就与辛弃疾相识。他的记文，全面反映了辛弃疾治理滁州的政绩，文末又写道：

> 侯喜其政之成，移书二千里，乞余文以为记。余曰是不可不书也。故为之书。侯有文武材，伟人也，尝官朝，名弃疾，幼安其字云。

这年秋季，寓居京口待真州教授阙的周孚，应邀来滁州做客。周孚字信道，与辛弃疾皆为济南人，周孚长五岁，大概也是在绍兴末"避乱南徙"。南渡后寓居于京口，登乾道二年（1166）进士第，"辛弃疾少壮时兄事之"[①]。周孚为南宋诗人，曾作《寄辛幼安》诗云："我屋与君室，济河南北州。相逢楚天晚，却看蜀江流。"[②]诗即作于滁州。其时，辛弃疾向他解释奠枕楼命名的意义时说：

> 滁之为州，地僻而贫。其俗勤于治生而畏官府，自力田之外无复外慕，故比他郡为易治。然处于两淮之间，用兵者之所必争。是以比年以来蒙祸最酷。自乾道初元迫今八年矣，天子之涵养绥抚两淮者至矣，而滁之水旱相乘凡四载，民之复业者十室而四。吾来承乏，而政又拙，幸国家法令明备，循而守之，无失阙败。今岁又宜麦而美禾，是天相吾民

---

① 《京口耆旧传》卷三《周孚传》，文渊阁《四库全书》本。
② 《蠹斋铅刀编》卷九《寄辛幼安二首》。

也。吾之名是楼，非以侈游观也，以志夫滁人至是始有息肩之喜，而吾亦得以偷须臾之安也。子以为如何？①

周孚在记文中认为："今以侯之仕进，而较其同列，盖小屈矣。人意侯不乐于此也，而侯勿惰勿偷，以登于治，亦可谓贤矣。故楼之役虽小，而侯之心其规规然在民者，尚可验也。夫敏以行之，不倦以终之，古之政也，其可无传哉？故予乐为之书。"

为纪念辛弃疾治滁之政绩及此次胜会，周孚还写了一篇《奠枕楼赋》，题为"济南辛侯作奠枕楼于滁阳，余登而乐之，遂为之赋"。文云：

税余车于南樵兮，岁方迫于凛秋。纷丛薄与灌莽兮，无以荡吾之幽忧。杖予策而出游兮，舒予情于兹楼。脱尘垄之喧卑兮，揖群山于几席。嶔岑龛岰以献伎兮，余应接之不暇。纷清风飒以来滕兮，暖归云之娱予。渺大江之何许兮，钟阜淡其欲无。酹文饶于怀嵩兮，吊子羽于阴陵。面清流之故关兮，快晖凤之就擒。放远目以四顾兮，恐夕阳之西沉。振予衣而欲起兮，顾坐客而复止。眷兹地以择胜兮，将谁为之肇始？压锋镝之余腥兮，焕丹垩于蒿艾。惟因名以见意兮，识若人之有在。

吾闻哲人之忧乐兮，盖视民而后先。匪土木之惟尚兮，庶逋播之少安。使辈呻之一有兮，吾将食而不下咽。招父老以前进兮，洁予尊而使饮。凛德星于虚危兮，固尔曹之深

① 《蠹斋铅刀编》卷二三《滁州奠枕楼记》。

幸。屹琅琊之千仞兮，与兹楼而相望。虽岁月之逾迈兮，尔思侯兮勿忘。①

按：其时滁州教授一职尚阙，周孚既来为客，辛弃疾即邀请他以真州待阙教授身份权代滁州教授。洪迈《容斋四笔》卷一五《教官掌笺奏》条载云："所在州郡，相承以表奏书启委教授，因而饷以钱酒。"故而乾道八年（1172）秋冬，周孚代辛弃疾所作表启诸文，就有《代辛滁州谢免上供钱启》《跋王嵒帖》《代贺叶留守启》等，皆收录于周孚所著《蠹斋铅刀编》中。辛弃疾同周孚的友谊于此可见。可惜，周孚大才不遇，五年后，即于淳熙四年（1177）死于真州教授任上，年仅四十四岁，后辛弃疾为之整理文稿，刊为《铅刀编》以纪念之。

（二）在辛弃疾出守滁州前后的日子里，南宋行在的政治局势也在发生着变化。尽管遣使乞求陵寝地失败，宋孝宗和虞允文并未从中得到教训，仍然希望借遣使获致某种效果。乾道六年十一月，宋孝宗派中书舍人赵雄使金，附书要求更改受书礼。其中说"惟列圣久安之陵寝，既难一旦而骤迁，则靖康未返之衣冠，岂敢先期而独请"，表示不再请归陵寝地，但又希望更改受书仪一事"尚冀允从"。②乾道七年二月，赵雄至金，金拒其请。金世宗遣人宣示赵雄："汝国既知巩、洛陵寝岁久难迁，而不请天水郡公（即宋钦宗赵桓）之枢，于义安在？朕念天水郡公尝为宋帝，尚尔权葬，深可矜悯。汝国既不欲请，当为汝国葬之。"无

---

① 《蠹斋铅刀编》卷一。
② 见《续资治通鉴》卷一四二《孝宗绍统同道冠德昭功哲文神武明圣成孝皇帝》，第3789页。

一语及受书事。① 在遣使一事的过程中，宋廷十分被动，一再因钦宗灵柩问题受金方的侮辱。

乾道八年（1172）二月，南宋又遣给事中姚宪使金贺上尊号，附书请改变受书仪。同月，为了扩大宰相事权，宋廷改左右仆射为左右丞相，虞允文为左，梁克家为右，并兼枢密使。同时以外戚张说为签书枢密院事。七月，姚宪自金归来，南宋的请求又被金拒绝。

乾道八年九月，虞允文罢相。在此之前，任枢密使、四川宣抚使的王炎被召赴行在，赴都堂治事。王炎字公明，有"济时之略"②，然"与宰相虞允文不相能，屡乞罢归"③，但宋孝宗却召其入朝，故虞允文请罢相，这反映了宋孝宗对其在位期间诸事无成颇感失望。但是，宋孝宗仍给予虞允文极大的礼遇，拜节度使，命宣抚四川。"上用李纲故事，御正衙，亲酌卮酒赐之，俾即殿门乘马持节而出"。④"会虞允文由左相宣抚西川，自诡北伐"⑤，于是"上谕以进取之方，期以某日会河南。允文言：'异时戒内外不相应。'上曰：'若西师出而朕迟回，即朕负卿；若朕已动而卿迟回，即卿负朕。'"⑥

---

① 见《续资治通鉴》卷一四二《孝宗绍统同道冠德昭功哲文神武明圣成孝皇帝》，第 3795 页。

② 汪应辰《文定集》卷八《新除参知政事兼同知枢密院事王炎乞于所除新命特免一职事不允诏》，《丛书集成初编》本。

③ 周必大《庐陵周益国文忠公集》卷一四《王炎除枢密使御笔跋》。收入《宋集珍本丛刊》，线装书局 2004 年版，第 218 页。

④ 《宋史全文》卷二五下《宋孝宗》四，第 1758 页。

⑤ 《庐陵周益国文忠公集》卷六六《敷文阁学士李文简公（焘）神道碑》，第 642 页。

⑥ 《宋史》卷三八三《上德》三《虞允文传》，第 11799 页。

　　然而虞允文至蜀一年，却仍未有进兵之期。"既而上密诏趣师期。允文奏军须未备"[1]，且上疏说"机不可为，但令机至勿失耳。……安敢趣师期为乱阶乎"[2]。由于西师不出，宋孝宗无法实施东西并出取河南的企图，酝酿筹划达九年之久的用兵计划便落个徒劳无益的失败结局。虞允文也死于淳熙元年（1174）的二月。

　　据虞允文晚年事迹，其举措多轻率。他既主张从四川出兵关中，会同淮北之师取河南，在方略上说服了宋孝宗，自当在大用之后实施其计划。经多年经营，在宋孝宗准备与之一同举兵时，他岂可背信弃义，以军需未备按兵不动？况且，乾道八年（1172）他在位时曾奏言："我之所谓未备不足者，非兵与财也。古之议师一起，附我者皆兵，应我用者皆财也。"[3]然而转瞬之间，便出尔反尔。所以他死后，宋孝宗"甚衔之"，有"国朝以来，过于忠厚，宰相而误国者，大将而败军师者，皆未尝诛戮之"[4]的话，言其虽死而犹有余罪也。

　　（三）辛弃疾在滁州，史料所载，还有以下几事：

　　一是，在乾道八年的某月，辛弃疾致书朝廷，论当时朝廷所面临的隐忧。谢枋得《江东运司策问》转引了如下一段话：

　　　犹记乾道壬辰，辛幼安告君相："敌六十年必亡，敌亡而

---

①　《宋史全文》卷二五下，第 1758 页。
②　《杨万里集笺校》卷一二〇《宋故左丞相节度使雍国公赠太师谥忠肃虞公神道碑》，第 4616 页。
③　明杨士奇等《历代名臣奏议》卷三三六《虞允文奏》，文渊阁《四库全书》本。
④　《建炎以来朝野杂记》乙集卷三《上德》三《孝宗论用人择相》，第 545 页。

中国之忧方大。"绍定验矣。惜乎斯人之不用斯世也。[1]

宋理宗绍定六年（1233），金国在宋蒙的联合攻击下灭亡。辛弃疾在乾道间就看到，在金国的北方，蒙古族正在骤然兴起，以其敏锐的政治远见，断定将来灭金国者必蒙古人（这似乎表明，辛弃疾已认定宋孝宗与虞允文乾道间的用兵计划必然劳而无功）。而灭金之后，蒙古族便成为南宋生存的最大威胁。从乾道八年（1172）到绍定六年，为时恰好六十一年。辛弃疾得知蒙古族的崛起，当然是因滁州近边可以得到来自金国后方消息的缘故。这也说明，他时刻不忘祖国的安危，具有强烈的民族意识。而后来宋金、宋蒙对抗形势的演变，证明了他的预见之正确，所以谢枋得才有"斯人不用斯世"的感慨。

二是，乾道九年正月，辛弃疾同滁州的官员在大雪之后登上琅琊山，在开化寺以东的清风亭石壁上留下了一段题名：

乾道癸巳正月三日，大雪。后二日，辛弃疾、燕世良、陈弛弼、周孚、杨森、慕容辉、□恕、戴居仁、丁俊民、李扬、王□、李浦来游。[2]

除周孚为滁州兼摄教授外，自燕世良以下，都应是滁州所属官

---

[1]　刘埙《隐居通议》卷二〇。周密《浩然斋意抄》及《两钞摘腴》亦载此策问，未载作者。今据《通议》还谢枋得之名。

[2]　见《琅琊山石刻选》，安徽人民出版社1989年版，第95页。宋开化寺即今滁州琅琊寺，见俞凤斌、姜义田、姬树明编著《琅琊山》，黄山书社1992年版，第44页。又见《辛弃疾资料汇编》，第393页。□系原文无法辨识的字。

吏。燕世良字文伯，周孚《蠹斋铅刀编》卷一一有《题滁倅燕丈文伯蓬庐》诗。燕世良在乾道八年（1172）继范昂之后任滁州通判[①]，淳熙三年（1176）任大理正[②]，淳熙七年任两浙运判[③]，淳熙九年任太府少卿兼权户部侍郎[④]。杨森字继甫，任滁州判官。《蠹斋铅刀编》卷一一有《次韵奉答杨判官继甫》诗，编于《谢端砚辛滁州幼安》诗前，中有"向君官升今复滁，十年两地无此儒"句。李扬，应即《稼轩词》中涉及的李清宇。《蠹斋铅刀编》卷一三有《送李清宇因寄滁阳旧游》诗。同书卷二五《送李清宇序》云："延安李君清宇，予始识之于滁。与之语欢甚，视其所去取与所趋避，鲜有不与予同者。盖其疾犹予也。是以出宦十年，而穷愈甚。"李清宇在滁任何职，无考。其他诸人，或为滁州其他职事官，或为清流县官吏，事迹亦多无考。

辛弃疾乾道八年秋在滁州，曾作《木兰花慢》词送离任的通判范昂。下片有"征衫便好去朝天。玉殿正思贤。想夜半承明，留教视草，却遣筹边。长安故人问我，道愁肠殢酒只依然。目断秋霄落雁，醉来时响空弦"[⑤]诸句，虽然滁州大治，却仍然以不能实现素来的愿望而满怀惆怅。又次李清宇的词韵，作登奠枕楼的《声声慢》词云：

　　　　征埃成阵，行客相逢，都道幻出层楼。指点檐牙高处，

① 见《新修滁州志》卷四。
② 见《宋会要辑稿·选举》二一之一，第 4586 页。
③ 见《咸淳临安志》卷五〇。
④ 见《宋会要辑稿·职官》七二之七，第 3991 页。
⑤ 《辛弃疾集编年笺注》卷六《木兰花慢·滁州送范倅》，第 538 页。

浪涌云浮。今年太平万里，罢长淮千骑临秋。凭栏望，有东
南佳气，西北神州。　　千古怀嵩人去，还笑我身在，楚尾
吴头。看取弓刀陌上，车马如流。从今赏心乐事，剩安排酒
令诗筹。华胥梦，愿年年人似旧游。①

此词寓意仍同《木兰花慢》词。"今年太平万里，罢长淮千骑临
秋"，真是具有讽刺意味的词语！南宋决策者们依恃着得天独厚
的江南形胜，却忘记了神州陆沉，以致不敢向长江以北派出一兵
一卒。所以在下片中，辛弃疾又不无感慨地写道："千古怀嵩人
去，还笑我身在，楚尾吴头。……华胥梦，愿年年人似旧游。"
看来，恢复神州的夙愿，以后大概只能在梦中求得了。

三是，为鼓励在滁州任职的官员，乾道九年（1173）冬，经
辛弃疾陈请，将滁州州县官任满推赏改照极边对待，到任即减一
年磨勘，任满减二年磨勘。②

三　因病退归京口

辛弃疾通判建康府时结识的友人叶衡，于乾道五年召为太府
少卿，继除户部侍郎。丁母忧，于乾道七年四月起复，帅淮西，
未赴任，改除枢密都承旨。乾道九年知荆南府，除敷文阁学士，

---

① 《辛弃疾集编年笺注》卷六《声声慢·滁州旅次，登奠枕楼作，和李清宇
韵》，第533页。
② 见《宋会要辑稿·职官》五九之二九，第3731页。

知成都府，继除知建康府①。据民国《湖北通志》卷一〇〇所载三
游洞题名"乾道癸巳十月既望，荆帅叶公移帅成都，道出夷陵"
语，及《景定建康志》卷一四"淳熙元年正月二十六日，敷文阁
学士左朝散大夫叶衡知府事、提举学事兼管内劝农营田使"②，知
叶衡到成都，交接未定，即有改知建康之命，其到建康任既在
正月二十六日，则其自成都启程东下，亦必在乾道九年（1173）
十二月末。前后来往于道途，席不暇暖。

　　当乾道九年冬，辛弃疾得知叶衡复有知建康府之命，而自己
也已被任命为江东安抚司参议官时，请待阙的教授周孚代作了一
篇启文，呈送叶衡：

　　　　伏自顷者易镇南荆，抗旌西蜀。相望百舍，缅惟跋涉之
　　劳；欲致一书，少效寒暄之问。适以筋骸之疾，退安闾里之
　　居。既乏使令，莫附置邮。虽攀援之意未始少变，而弛旷之
　　罪其何以逃？非大德之普容，岂细故之可略！兹承使节，归
　　尹别都。新命一闻，孤愫增抃。

　　　　恭惟某官，以伊皋之业，值唐虞之时。智略足以烛微，
　　器识足以任重。出临方面，靡容毫发之奸；入佐经常，不益
　　锱铢之赋。爰总戎于武部，旋承命于枢廷。睿眷弥隆，舆情
　　攸系。惟此保厘之任，实为柄用之阶。以理而推，数日可
　　待。路车乘马，少淹南土之居；衮衣绣裳，遄俟东都之逆。

　　　　自惟菅蒯，尝侍门墙。拯困扶危，韬瑕匿垢。不敢忘提
　　耳之诲，何以报沦肌之恩？兹以卑身，复托大府。虽循墙以

---

① 见《宋史》卷三八四《叶衡传》，第 11823 页。
② 《景定建康志》卷一四《建康表》十，第 1504 页。

省，昔虞三虎之疑；然引袖自怜，今有二天之覆。伫待萤煌之坐，少陈危苦之辞。[1]

据此书启，可以考知辛弃疾于乾道九年（1173）冬，曾因病回归京口旧第。自叶衡"归尹别都"任建康留守，而自己亦以"卑身""复托大府"，任帅府参议官，故致此启。

然而，并不仅仅是属官致启长吏那么简单。这篇书启还追忆了当年辛弃疾通判建康府的某些往事，有"自惟菅蒯，尝侍门墙。拯困扶危，韬瑕匿垢。不敢忘提耳之诲，何以报沦肌之恩"诸语，邓广铭先生考证道："借知稼轩于乾道四五年内任建康府通判时，处境盖多舛迍，甚至时遭诬枉与谤毁。其时叶氏以总领江东钱粮而治所亦在建康，对稼轩甚多'拯困扶危'之举措，故稼轩深感其有'沦肌之恩'。此可证知稼轩渡江初年，虽尚沉沦下僚，而已屡遭摈挤，惜其具体事节均莫可考知耳。"[2] 所谓屡遭摈挤，盖即"三人言而成虎"一类诽谤而已。

辛弃疾乾道九年冬告病归京口，还可能和他续娶范氏一事相联系。前引《济南派下支分期思世系》又载，辛弃疾"继室范氏，蜀公之孙女，封令人，赠硕人"。蜀公即封蜀郡公的范镇。辛弃疾岳父范邦彦，即范镇之孙，曾为金蔡州新息县令，绍兴末年南归，先任镇江军签判，继除本府通判，遂家于京口。牟𪩘

---

① 《蠹斋铅刀编》卷一九《代贺叶留守启》。据洪迈《容斋四笔》卷一五《教官掌笺奏》："所在州郡，相承以表奏书启委教授，因而饷以钱酒。"辛弃疾召周孚入滁州幕，实遵旧例，委以笺奏，故《铅刀编》中多代辛作，盖以属官待之。又《铅刀编》卷一一有《谢端砚辛滁州幼安》诗，皆故事也。
② 《辛稼轩年谱》增订本，第47页。

《陵阳集》卷一五《书范雷卿家谱》载："公与辛公弃疾先后来归，忠义相知，辛公遂婿于公。"《至顺镇江志》卷一九载："范邦彦字子美，……绍兴中率众开蔡州以迎宋师，遂南徙于润。授湖州签判，改镇江签判，升通州，卒于官。"辛弃疾与范邦彦相识，应当在乾道三年（1167）移居京口之后，时范邦彦任镇江通判。其亡殁，则或在乾道四、五两年内。范邦彦子如山（字南伯），亦与辛弃疾为友。刘宰《漫塘集》卷三四《故公安范大夫及夫人张氏行述》载："公讳如山，字南伯。……通判没，太夫人年高须养，复注监真州都酒务。……女弟归稼轩先生辛公弃疾，辛与公皆中州之豪，相得甚。"范如山曾访辛弃疾于滁州。辛弃疾之"以筋骸之疚，退安闾里"，应与娶范南伯之女弟有关。

四 再到建康

叶衡于淳熙元年（1174）正月二十六日到建康府，下车未久，即于二月被召。

辛弃疾之赴建康府江东安抚司参议官任，稍晚于叶衡。周孚《送辛幼安》诗写道："西风掠面不胜尘，老欲从君自濯薰。两意未成还忤俗，一饥相迫又离群。只今参佐须孙楚，何日公卿属范云？节物关心那可别，断红疏绿正春分。"[1]诗中有"参佐"句，知为送辛弃疾往建康参议之作。淳熙元年的春分为二月九日[2]，辛

---

① 《蠹斋铅刀编》卷一〇。

② 据《宋会要辑稿·运历》二之二七，乾道九年十二月二十四日为立春，可推知翌年春分为二月九日。见第2157页。

弃疾到建康应不晚于二月中旬。

范南伯亲送妹夫去建康。辛弃疾有《西江月·为范南伯寿》词：

> 秀骨青松不老，新词玉佩相磨。灵槎准拟泛银河，剩摘天星几个（南伯去岁七月生子）？　莫枕楼头风月，驻春亭上笙歌。留君一醉意如何？金印明年斗大。[①]

驻春亭，在建康府廨东北镇青堂左，亭周围遍种芍药。[②]据"莫枕楼头"二句，可知范南伯先后做客滁州和建康府的情景。

辛弃疾受叶衡荐举，任江东帅参议，甫至而叶衡被召，其心中的惆怅可想而知。他有一首《一剪梅·游蒋山呈叶丞相》词，极写这种怅恨之感：

> 独立苍茫醉不归。日暮天寒，归去来兮。探梅踏雪几何时？今我来思，杨柳依依。　白石冈头曲岸西。一片闲愁，芳草萋萋。多情山鸟不须啼。桃李无言，下自成蹊。[③]

白石冈应在蒋山西，与曲折北流的秦淮河为邻，应即送别叶衡、"探梅踏雪"同游的处所。而此词是别后独自来游所作，杨柳依

---

① 《辛弃疾集编年笺注》卷六，第 541 页。
② 据《景定建康志》卷二四："镇青堂在府廨之东北，其上为钟山楼。其后为青溪道院。木犀亭曰小山，菊亭曰晚香，牡丹亭曰锦堆，芍药亭曰驻春，皆在堂之左。""剩摘"，多摘也。第 1711 页。
③ 《辛弃疾集编年笺注》卷六，第 548—549 页。

人、芳草萋萋与日暮天寒节侯迥别。

辛弃疾还有一首"金陵赏心亭为叶丞相赋"的《菩萨蛮》词：

> 青山欲共高人语，联翩万马来无数。烟雨却低回，望来终不来。　　人言头上发，总向愁中白。拍手笑沙鸥，一身都是愁。①

万马奔腾的青山好似要和高人对话，这是词人在建康城楼的赏心亭远眺时眼前的一片幻影。然而伫立良久，青山万马始终迟回不至，以致词人为忧愁而白头。词意甚妙，而更值得注意的是词人再回建康的那一个"愁"字。

不仅这两首怀念叶衡的词作表达了无尽忧愁，辛弃疾在建康帅属所作歌词也大都为忧愁所笼罩。有一首和赵彦端的《新荷叶》词：

> 人已归来，杜鹃欲劝谁归？绿树如云，等闲付与莺飞。兔葵燕麦，问刘郎几度沾衣！翠屏幽梦，觉来水绕山围。　　有酒重携，小园随意芳菲。往日繁华，而今物是人非。春风半面，记当年初识崔徽。南云雁少，锦书无个因依。②

赵彦端字德庄，寓居余干。乾道四年（1168）十月自江东转运副

---

① 《辛弃疾集编年笺注》卷六，第 547 页。
② 《辛弃疾集编年笺注》卷六《新荷叶·和赵德庄韵》，第 552 页。

使移福建提刑，留为左司郎中，乾道六年（1170）六月出知建宁府，七年六月罢归余干。[①] 赵彦端原词有"曾几何时，故山疑梦还非"和"可人怀抱，晚期莲社相依"[②]句，知作于闲退期内。后淳熙二年（1175），赵彦端卒于饶州余干家中。[③] 辛词即移江东帅属时所唱和，因有"人已归来，杜鹃欲劝谁归"及"刘郎几度沾衣"句，皆重归建康时有感而发。词中虽没有一个字说到愁怀，但"有酒重携，小园随意芳菲。往日繁华，而今物是人非"数语，分明是为往日繁华不再而忧伤。

辛弃疾数年之后再归建康，固然因"物是人非"而顿感落寞，但其忧伤必还有更深层的原因。他在此年秋再登赏心亭所作的《水龙吟》词即将这层含蕴表露无遗：

> 楚天千里清秋，水随天去秋无际。遥岑远目，献愁供恨，玉簪螺髻。落日楼头，断鸿声里，江南游子。把吴钩看了，栏干拍遍，无人会，登临意。　　休说鲈鱼堪脍，尽西风季鹰归未？求田问舍，怕应羞见，刘郎才气。可惜流年，忧愁风雨，树犹如此！倩何人唤取，红巾翠袖，揾英雄泪？[④]

---

① 赵彦端以太常少卿知建宁府，见《宋会要辑稿·选举》三四之二四。同书三四之二六又载乾道七年（1171）六月以浙西提刑任文荐知建宁府，知赵氏罢知建宁，当在此稍前。第4787、4788页。

② 赵彦端《新荷叶》二首，见《介庵词》。转引自《全宋词》，中华书局1965年排印版，第1442—1443页。

③ 见韩元吉《南涧甲乙稿》卷二一《直宝文阁赵公墓志铭》，《丛书集成初编》本。

④ 《辛弃疾集编年笺注》卷六《水龙吟·登建康赏心亭》，第559页。

上片虽亦说到"愁"与"恨"，但未做任何诠释，只是连续去写天、水、青山、秋色，尽力烘托处在落日余晖、断鸿声中的江南游子的情怀。直至临近换头，才道出别有一番"登临意"，然而却又是在吴钩看罢、栏干拍遍、无人理睬下的点题。引人注意的，是上片离群之雁和江南游子之间的某种暗示和联系。辛弃疾是从烽火连天的反金战场南归的。作为一名被解除了武装的归正人，不能置身于抗金斗争之中，其痛苦当可想见。南归十二年来，尽管他做了种种努力，仍然不被南宋当局重用，英雄无用武之地，满腔忧愤，无处发泄，遂于登临之际，眺望楚地大好河山，慷慨悲歌，抒发报国无门的忧愤和饱经折磨的痛苦。下片他先为自己设想了两种归宿，旋即一一被否定。张季鹰可以为家乡的鲈鱼脍而弃官，他自己的家乡却在女真人统治下的山东，有家难奔，季鹰能做到自己却做不到。难道不可以在江南求田问舍？许汜有此言行，已被刘备嘲笑，自己难道也要落个千古笑柄？在踟蹰中，期待中，失望中，岁月蹉跎，机会延误，流年不待。满腔不平气，一把英雄泪，只好请一个善解人意的歌女去拂拭了。

《水龙吟》以牢骚不平，熔铸了一首千古传唱的名词。这一年辛弃疾三十五岁，英雄渐老，不能在大有作为的年华里建功立业，岂不是人生的莫大悲哀？这就是词中"可惜流年，忧愁风雨"的内涵所在。

五　在仓部郎中任上论行用会子

淳熙元年（1174）初，叶衡入朝任户部尚书，四月签书枢密院事，六月参知政事，十一月拜右丞相兼枢密使。叶衡为人"负才足智"[①]，理财理兵很有本事。其与辛弃疾相知相惜甚深。既入相，力荐辛弃疾"慷慨有大略"[②]。辛弃疾因此得宋孝宗召见，迁仓部员外郎，继迁仓部郎中。[③]

辛弃疾被召入朝在淳熙二年初。他参佐江东时，建康留守为胡元质，字长文，平江府人，绍兴十八年（1148）进士。据《景定建康志》卷一四，胡元质于淳熙元年十二月十一日被召赴行在。辛弃疾在此年十月曾为庆贺胡元质生辰写下《八声甘州·寿建康帅胡长文给事……》词，而淳熙二年元月又有为叶衡祝寿的《洞仙歌》词，首句即"江头父老，说新来朝野，都道今年太平也"，又有"遥知宣劝处"[④]云云，知其淳熙二年初必还在建康府，而召赴行在自当在二年二月间。

仓部隶属于户部，郎中为之长，掌国之仓储及给受之事。

淳熙元年、二年两年，南宋在内政方面出现的最大问题是行用会子之弊。宋孝宗后来曾说，他为会子问题几乎十年睡不着觉。[⑤]

---

① 《宋史》卷三八四《叶衡传》，第 11823、11824 页。
② 《宋史》卷四〇一《辛弃疾传》，第 12162 页。
③ 见《宋兵部侍郎赐紫金鱼袋稼轩公历仕始末》。
④ 《辛弃疾集编年笺注》卷六《洞仙歌·寿叶丞相》，第 566 页。
⑤ 见洪迈《容斋三笔》卷一四《官会折阅》，上海古籍出版社 1978 年版，第 585 页。

会子是绍兴末年创行的一种纸币，又称楮券。绍兴中，临安之豪户已经私置一种"便钱会子"，到绍兴三十年（1160），临安守臣钱端礼始夺其利归于官，第二年得到朝廷许可，遂置行在会子务，发行数百万贯，流通于东南各路，与现钱并行。

会子发行后的第一次危机在乾道二年（1166），时会子初行，军中、民间多以为不便，宋孝宗出南库银回收会子，但不久又重新发行，终不能废止。

乾道四年会子始纳入正规化。这一年新造会子一千万贯，立为第一界会子，将收回的旧会"毁抹截凿，付会子局重造……更不行用"[1]。

会子立界以后数年，由于发行量尚少，又便于商贾贩运和远途旅行，会价及信誉尚较好，每贯会子与现钱面值相差无几。但到了乾道九年发行第三界会子[2]时，由于官府不能严格履行赋税、上供、请买支发钱会中半的法令，会子大幅度贬值。当时虽有诏州郡许用七分会子、三分见钱，然而有司从民间收纳悉用现钱，以致引起这次更严重的会子危机。淳熙元年（1174）六月叶衡自户部尚书除签书、参政以后，曾建议取湖广会子，尽以京会之限易之。十一月入相后，叶衡又主持了用钱兑换旧会之事。《宋史·叶衡传》载：

时会子浸患折阅，手诏赐衡曰："会子虽曰流通，终未

---

① 马端临《文献通考》卷九《钱币考》二，文渊阁《四库全书》本。
② 关于会子各界起讫情况，参见汪圣铎《南宋各界会子的起讫、数额及会价》一文，《文史》第二十五辑，中华书局 1985 年版；《两宋货币史》，社会科学文献出版社 2003 年版，第 663—667 页。

尽惬人意，目即流使有二千二百余万。今用上下库黄金、白金、铜钱九百万，内藏库五百万，并蜀中钱物七百万，尽易会子之数，专命卿措置，日近而办，卿真宰相才也。"[1]

经过这次兑收，会价复升至七百余文（时流行省陌钱，以七百七十文为一贯）。《皇宋中兴两朝圣政》卷五四载：

（淳熙二年）夏四月壬子朔，内殿进呈淮东、西两总领各乞以金银兑换会子支遣。

上曰："纲运既以会子中半入纳，何故乃尔阙少？"

叶衡、龚茂良奏："缘朝廷以金银换收会子，桩管不用，金银价低。军人支请折阅，所以思用会子。"

上曰："何幸得会子重，但更思所以阙用之因。"

三日，复宣问及此，衡奏："户部岁入一千二百万，其半为会子，而南库以金银换收者四百余万，流行于外者才二百万，安得不少？"上曰："此是户部之数，不知两总领所分数入纳如何？两处且各以三十万与之兑换金银。"

及钱良臣申到，民间入纳阙少会子，并两淮收换铜钱，已支绝会子，乞再给降。上曰："会子直如此少？"茂良奏："闻得商旅往来贸易，竞用会子，一为免商税，二为省脚乘，三为不复折阅。以此观之，大段流通。"

上令应副，因宣谕曰："卿等子细讲究本末，思所以为善后之计。"

---

[1] 《宋史》卷三八四，第11823—11824页。

宋孝宗令有关臣僚讨论会子善后问题，任职于仓部的辛弃疾乘时奏进了一篇《论行用会子疏》，对处理会子危机提出了建议。

这篇又名为"淳熙乙未登对札子"的奏疏首先论述了会子创行以来的经验教训，认为：

> 臣窃见朝廷行用会子以来，民间争言物货不通，军伍亦谓请给损减。以臣观之，是大不然。盖会子本以便民，其弊之所以至此者，盖由朝廷用之自轻故耳。

他接着又指出：

> 往时应民间输纳，则令见钱多而会子少；官司支散，则见钱少而会子多。以故民间会子一贯，换六百一二十足。军民嗷嗷，道路嗟怨。此无他，轻之故也。

这里所举述的情况，应该属于乾道九年（1173）会子大幅度贬值引发危机的事件。辛弃疾认为，这次会子折阅是朝廷未能严格执行钱会中半的政策，重铜钱、轻会子的结果。他又说道：

> 近年以来，民间输纳，用会子见钱中半，比之向来，则会子自贵，盖换钱七百有奇矣（江阴军换钱七百四十足，建康府换钱七百一十足）。此无他，稍重之故也。①

---

① 淳熙二年（1175）知江阴军严焕为辛弃疾旧友，故知晓江阴会价。而建康则为辛弃疾去年仕宦之地。

这里所讲的，是经过淳熙元年（1174）至二年以金银、铜钱兑收会子以后会价得到回升的情况。于是在辛弃疾写此奏疏之前，便出现了《皇宋中兴两朝圣政》所记载的民间思用会子的反映。他从会子价值的一贬一升中道出结论，认为这主要取决于南宋政府对会子政策的调整。他进一步分析了会子折阅乃至引发危机的深层原因，指出是第二、三界会子印造量过大而流通不广所造成的。因此，对解决会子流通中的弊端，他在文中提出了相应的办法，这就是：

> 臣愚欲乞姑住印造，止以见在数泄之诸路。
>
> 先明降指挥，自淳熙二年以后，应福建、江、湖等路，民间上三等户租赋，并用七分会子、三分见钱输纳。民间买卖田产价钱，悉以钱会中半，仍明载于契。或有违戾，许两交易，并牙人陈述，官司以准折受理。……
>
> 会子之数有限，而求会子者无穷，其势必求买于屯驻大军去处，如此，则会子之价势必踊贵，军中所得会子，比之见钱反有赢余，顾会子岂不重哉？
>
> 行一二年，诸路之民，虽于军伍市井收买，亦且不给，然后多行印造，令诸路置务给卖，平其价值，务得见钱而已，则民间见钱将安归哉？此所谓"将欲取之，必固予之"之术也。①

淳熙二年（1175）会子流通总量（即"见在数"），《宋史·叶衡

---

① 《辛弃疾集编年笺注》卷四，第373—375页。单行本《美芹十论》改此文题目为《上光宗疏》，甚误。

传》谓二千二百万贯,《鼠璞·楮券源流》谓二千四百万贯[1],两者有二百万之差,不知孰是。此应为两界会子的总和。经叶衡主持收兑,应民间要求,复又流出。而辛弃疾主张停止再造新会,让这两界会子继续流通,通过政策调整,会价相应回升,一二年后,会子需求增大,并渐向偏僻地区流行,然而才可增加印造,使会子流行而不生弊端。

辛弃疾提出的"姑住印造",实行整顿,然后大量印行以解决会子危机的对策,同宋廷其后所实施的办法完全契合。淳熙二年(1175),宋廷未造新会,直至淳熙四年,会子整顿已达到预期目标,宋廷才开始印造超过乾道九年(1173)定额的第五界会子,其发行情况表明,会子流通良好,会价稳定。此后十余年,终宋孝宗之世,会子未产生明显弊病。淳熙十年,时任参知政事的周必大曾说:"近缘印会子稍多,止可作七百七十一文行用。"[2]又有资料记载:"淳熙末,江浙会子一千率得铜钱七百五十。"[3]宋孝宗也因会子状况良好,而有"闻此间军民不要见钱,却要会子"[4]的得意语。可知淳熙二年对会子的整顿,确实发挥了积极作用。

辛弃疾所谓"将欲取之,必固予之"之术,是他提出对策的主导思想,但这并非权术,而是他利国便民、扶植根本的一贯思想。尽管这种思想仍然是替南宋政府出谋划策,以解决富国强兵

---

① 见戴埴《鼠璞》。收入《百川学海》,中国书店 1990 年影印版,第 265 页。
② 《庐陵周益国文忠公集》卷一四四《论和籴》,第 453 页。
③ 谢维新《古今合璧事类备要外集》卷六六《财用门·楮币》,文渊阁《四库全书》本。
④ 《皇宋中兴两朝圣政》卷六三。

为动机，但其积极意义应予肯定。

通过这次会子危机的讨论，确实可以看出辛弃疾在解决某些军国棘手问题上的眼光、胆略和手段都非比寻常。即使是解决南宋面临的财政问题，也表现了辛弃疾的"慷慨大略"。由于在中枢决策机构中有宰相叶衡的支持，所以辛弃疾的对策能够被采纳，这在他的一生经历中是不多见的。

第八章　讨平茶商武装暴乱

一　严禁盗贩私茶引发茶商反抗

宋代茶法复杂多变。茶税是宋代财政收入的主要来源之一，虽不及盐酒实行专利经销之利润几达国家财政收入的一半，但在国家财政年收入中仍占重要地位。宋代立国之后，承继唐、五代之制，首先对茶叶之产销实行禁榷之法，夺民之利归于国家。

国家垄断经营茶叶的禁榷法自宋初起经历了将及百年。到宋仁宗嘉祐四年（1059）转而实行税茶法，即纵园户自由贸易，官收租钱。宋徽宗即位后，除崇宁元年（1102）恢复禁榷法旋即罢废外，基本上实行的是茶引法，罢官场，由商贾在所在州县购买茶引，持茶引自买于园户，经州县合同场验视后，按规定数量、地点、时间运销。长引一年，行销他路，短引一季，行销本路。茶引法通行后，南宋沿用不变。

据《玉海》卷一八《唐税茶法》，唐代税茶每岁收入不过四十万贯。北宋大观三年（1109），东南七路一岁茶税收入即达一百二十五万一千九百余缗。[①]北宋末年到南宋中期，实行茶引法，国家茶息收入虽不及实行禁榷法时的一半，但仍然是国家税收的主要来源之一。绍兴二十五年（1155）九月，宰执言，今天下一岁茶利收入，都茶场等三处共得卖茶钞钱二百七十余万缗，宋高宗犹以为少。[②]

由于经销茶叶获利甚厚，所以北宋以来，不论是禁榷时期还是实行税茶以后，茶商盗贩私茶的现象屡禁不止。北宋初年私贩茶者众，甚至官吏也参与盗贩活动，朝廷遂采用严厉手段禁止私贩。宋太宗时立法，主吏盗官茶贩卖钱三贯以上则黥面送阙下；巡防卒私贩，加一等论罪；凡结徒持杖贩易私茶，遇官司擒捕抵拒者皆死；商贾出售私茶一斤杖一百，二十斤以上弃市。[③]《宋史·食货志》下六记载了当时茶商盗贩私茶的情形：

> 初，官既榷茶，民私蓄盗贩者皆有禁，腊茶之禁又严于他茶，犯者其罪尤重，凡告捕私茶皆有赏。然约束愈密而冒禁愈繁，岁报刑辟，不可胜数。园户困于征取，官司并缘侵扰，因陷罪戾至破产逃匿者，岁比有之。[④]

然而实行税茶法以后，由于茶法更加严密，掊息益厚。大观元年（1107）后，令诸路再增茶息，每年春茶上市时，召集商贾以

① 见《宋史》卷一八四《食货志》下六，第 4503 页。
② 见《宋会要辑稿·食货》三一之一一，第 5346 页。
③ 见《宋史》卷一八三《食货志》下五，第 4478—4479 页。
④ 《宋史》卷一八四《食货志》下六，第 4494 页。

近三年和本年茶价上报户部，贩茶器具皆由官制，长短引均制定严格的路程远近和重量限制，超过者一律没收，园户私卖或有引所卖逾数，皆坐重法，持短引出路贩卖即坐两千里流放，告者赏钱百万。在这种情况下，园户乃与茶商联合起来，以无引盗贩为对抗手段，以致《宋史·食货志》也认为北宋末年已是"盗贩公行，民滋病矣"[1]。

宋在江南立国以后，继续推行茶引法，国家对茶商和园户的搭克盘剥愈重，盗贩现象愈不可止。"私贩之多，百倍于有引贩茶之数"。[2] 而且在绍兴十一年（1141）宋金议和之后，东南茶商盗贩私茶更表现出两个突出的特点：

其一，茶商盗贩的一个重要销售点是同南宋接壤的金国沿边地区。绍兴十三年二月十七日知楚州纪交申户部，茶商"沿淮近岸冒法私渡"。十四年三月二十六日，淮南东路提举茶盐司申报言："客贩茶所以冒法私渡淮河，一则获利至优，二则避免榷场（指宋、金榷贷场）贴纳官钱。"[3]《建炎以来系年要录》卷一七七"绍兴二十七年七月"亦载：

> 庚午，给事中王师心言："鼎、澧、归、峡产茶，民私贩入北境，利数倍，自知戾法不顾，因去为盗。由引钱太重，贫不能输，故抵此。望别创凭由，轻立引价，既开其衣食之门，民必悔过改业，而盗自消矣。"上览疏，谓宰执曰："茶盐禁榷，本为国用所需，若财赋有余，则摘山煮海之利，朕

---

① 《宋史》卷一八四《食货志》下六，第 4503 页。
② 《历代名臣奏议》卷二七一《左司李椿奏减茶引价钱疏》。
③ 《宋会要辑稿·食货》三一之七、九，第 5344、5345 页。

当与百姓共之。姑遵旧制可也。"①

鼎州即常德府，与澧、归、峡州都属湖北路。从原湖北路帅臣王师心的奏疏中可知，绍兴末年以后，湖北茶商销售私茶的主要方式就是走私金国。由于北方不产茶，而需求量又相当大，茶商虽可持引通过榷场由官府主持进行公开交易，但从中获利微薄，而走私却可获得数倍以上的暴利，这就鼓励了茶商冒险渡淮，将私茶转入北界。为此，宋廷不断加强湖北的军事力量，镇压茶商的走私活动。《建炎以来系年要录》卷一八五"绍兴三十年四月"的"庚午"条载，在此之前，"朝廷以弹压茶寇为词，命田师中遣（李）道以所部五千人戍荆南府。至是，帅臣刘锜奏改为前军右军，以道统之。于是，荆南之戍，合锜所募效用为万有一千人，然犹未成军也"②。同年八月丙辰，宋高宗说：

> 私贩之禁，非不严备，第官司奉行失信耳。朕闻私贩，多以大风雨夜，用小舟破巨浪，潜行般置。巡尉素不谙熟，岂肯冒不测之渊，以冀赏给哉？③

这是在提举两浙西路常平茶盐公事杨偰请以查获私贩者配隶诸军时说这番话的，其所描述的正是茶商走私渡淮的场景。

宋孝宗即位后，茶商走私现象有增无已。《宋史·食货志》下六载：

---

① 《建炎以来系年要录》卷一七七，第 3103 页。
② 《建炎以来系年要录》卷一八五，第 3287—3288 页。
③ 《建炎以来系年要录》卷一八五，第 3307 页。

　　孝宗隆兴二年，淮东宣谕钱端礼言："商贩长引茶，水路不许过高邮，陆路不许过天长，如愿往楚州及盱眙界，引贴输翻引钱十贯五百文，如又过淮北，贴输亦如之。"当是时，商贩自榷场转入虏中，其利至博，几禁虽严，而民之犯法者自若也。[①]

《宋会要辑稿·食货》三一之一七载：

　　（乾道）三年三月二十五日，户部侍郎李若川言："……今闻客人规避，多私渡淮，不唯走失翻引钱，又失榷场所收之数。"[②]

王质《雪山集》卷三《论镇盗疏》，言及乾道末年江西茶商盗贩不可禁绝时指出：

　　臣尝推其原，以为非独此曹之过也。北界利其茶，则以货诱之于外；园户利其货，则以茶诱之于内。北界虽未可以制，而园户我之所及制也。

以上记载足可说明，从绍兴末至淳熙初的十余年间，湖北、江西、两淮一带的茶商盗贩私茶的主要销路确实是在淮河以北。这是不容置疑的事实。

---

① 《宋史》卷一八四《食货志》下六，第4508—4509页。
② 《宋会要辑稿·食货》，第5349页。

茶商盗贩私茶的另一特点，便是结成武装集团，对付官府的
镇压。

《建炎以来朝野杂记》甲集卷一四之《江茶》条载：

> 自江南产茶既盛，民多盗贩，数百为群，稍诘之则起而
> 为盗。[①]

前引王质《论镇盗疏》记载更为详确：

> 臣往在江西，见其所盗贩茶者，多辄千余，少亦百数。
> 负者一夫，而卫者两夫，横刀揭斧，叫呼踊跃，以自震其
> 威，使人有所畏而不敢迫。其在江西，则江州、兴国军屡被
> 其害。其在江北，则舒、蕲之国不堪其扰。积累浸渍而不
> 已，臣恐其患不止此数郡也。

江州、兴国及江北一带的茶商，在乾道末年正由零散的武装贩运
汇集成军，构成对地方治安的威胁。在湖北，茶商武装更由小股
势力发展起来。其原因，一是官府对盗贩私茶加紧镇压，进而构
成了对商贩的骚扰。如《宋会要辑稿·刑法》二之一一八所载，
淳熙二年（1175）二月二十三日中书门下省言："湖南北路每岁
贩茶，除官司差拨军兵戍守弹压，访闻所差官以巡绰为名，将过
往客旅兴贩物货不问有无文引，拦截搜检骚扰。"[②]二是江西北部、

---

① 《建炎以来朝野杂记》甲集卷一四《财赋》一，第304页。
② 《宋会要辑稿·刑法》，第6554页。

湖南北连年大旱，灾民冒险劫掠者增多，茶商武装迅速扩大。史籍载："（乾道七年）十一月二十一日，权发遣隆兴府龚茂良言：'江州、兴国军接连淮甸、江东、湖北，每岁常有茶客百十为群前来。今岁大旱，茶芽不发，皆积压在园户等处人家住泊，窃虑此曹乘时荒歉聚集作过，乞下江州都统司轮差官兵一二百人前去屯驻弹压。'"①

乾道八年（1172）十一月知常德府刘邦翰言："本府素为茶寇出没之地，今岁湖南北旱伤，持杖劫掠者日多，欲望札下鄂州都统司差拨五百人赴府出戍，庶几镇压寇盗，民得奠枕。"②《宋史·孝宗纪》亦载，乾道八年，隆兴府、江州、筠州、兴国军、临江军大旱；乾道九年，江东西、湖北旱。③ 由于灾伤，流民铤而走险，使茶商武装在一个时期形成上千人或几千人之军，于是攻掠州府，扰乱治安，危及湖北、江西一带的安定，逐渐成为南宋政府的心头之患，引起地方官员的忧虑。乾道九年六月十六日，知荆南府叶衡言："近日兴国一带多有劫盗，数百为群，劫掠舟船，往往皆系兴贩私茶之人及刺配逃军。州县虽有巡尉，力不能敌。乞自今令江、鄂州，襄阳并逮屯驻水军各差一二百人，于所管界内往来江中巡逻，仍令主帅择将官一员部辖，率以四月下江，至九月水落归军，庶几江湖数千里，免有盗贼之虞。"从之。④

---

① 《宋会要辑稿·兵》五之二九，第 6854 页。
② 《宋会要辑稿·兵》一三之二九，第 6982 页。
③ 见《宋史》卷三四《孝宗纪》二，第 654、656 页。
④ 《宋会要辑稿·兵》一三之二九至三〇，第 6982 页。

二 茶商武装转战湖、湘、江西

乾道末，茶商武装多活动于湖北荆南府、鄂州，江西兴国军等沿边州军。到淳熙改元以后，茶商武装已由小股汇集成军，湖北乃成为其暴动起事的策源地。

淳熙元年（1174），茶商武装军数千人从湖北进入湖南。大概因为人数众多，恐成为鄂州大军追捕目标，茶商选择了没有大军屯驻、兵力较弱的湖南一路，要在那里开辟一处活动区域。但这次军事尝试却被当时知潭州兼湖南安抚使的刘珙采用分化手段瓦解了。有关此战的过程，仅有少许文字记载：

> 一旦茶盗数千人入境，疆吏以告，公曰："此非必死之寇，缓之则散而求生，急之则聚而致死。"乃处处揭榜，喻以自新，声言大兵且至，令属州县具数千人之食，盗果散去，独余五百许人。公乃遣兵，戒曰："来毋亟战，去毋穷追，毋遏其涂，不去者乃击之耳。"于是盗之存者无几，进兵击之，尽擒以归。公独奏诛首恶数人，余悉以隶诸军。①

刘珙字共父，建安人，刘子羽长子，乾道元年（1165）知潭州时，曾镇压过郴州宜章县弓手李金因政府强制向民户推销乳香而领导的起义。乾道八年十二月其再知潭州，九年夏到任。对湖北

---

① 《朱熹集》卷九七《观文殿学士太中大夫知建康军府事兼管内劝农使充江南东路安抚使马步军都总管营田使兼行宫留守彭城郡开国侯食邑一千六百户食实封二百户赐紫金鱼袋赠光禄大夫刘公行状》，第 4962 页。此事亦参同书卷八八《观文殿学士刘公神道碑》，第 4539 页。

入境的茶商武装，刘珙采用安抚分化手段，使之知湖南有备而自行溃散，最后官军所与之交战的茶商武装仅有数十人，故能"一战败之，而尽擒以归"①。茶商余部转移他处，酝酿着新的行动。故刘珙的措置虽能获致一时的效果，却伏下了茶商再度爆发的隐忧。赖文政的再起，就是一年前茶商武装反抗事件的继续。

淳熙二年（1175）四月，茶商武装的余部在赖文政统领下重新集结，于湖北常德府（今湖南常德）再度举起武装反抗官府的大旗。②

赖文政又称赖五③，是荆南府贩卖私茶的商贾，年已六十，为人足智多谋。淳熙元年茶商在潭州失败后，残部数百人推举赖文政为首领。

五月，赖文政茶商武装再度进入湖南。原知潭州兼湖南安抚使刘珙已离任，继任知潭州兼湖南安抚使的是前枢密使、观文殿大学士、太中大夫王炎。王炎闻知茶商武装入境，认为这是前帅姑息养寇之责，不应再行招安，表示要把茶商武装尽数剿灭。④不料茶商得此讯息，也决心死战到底。结果双方甫一交战，不堪一击的湖南军反被茶商武装歼灭。王炎字公明，相州安阳人，南渡寓居隆兴府。乾道四年（1168）二月自兵部侍郎赐同进士出身，除签书枢密院事，五年出任四川宣抚使，七年七月除枢密

---

① 《朱熹集》卷八八《观文殿学士刘公神道碑》，第 4539 页。

② 据《重修琴川志》卷八《钱佃传》："时盗赖文政起武陵。"收入《宋元方志丛刊》，第 1227 页。武陵即常德治所。此处"赖文政"原作"赖文正"。

③ 见袁燮《絜斋集》卷一八《运判龙图赵公墓志铭》，《丛书集成初编》本。

④ 据《南轩集》卷二八《与曾节夫抚干》，五月初，寓居潭州的张栻尝向朝廷进文字，主张招降茶商武装。长春出版社 1999 年版，第 939 页。

使，依前宣抚四川。八年九月命王炎赴都堂治事，九年罢枢密使提举京祠。王炎在士大夫中间颇有名望，居蜀时在军政方面也曾有所作为，号称"知兵"。可惜此人也属于虞允文那种轻锐无术的人物。茶商武装军再入湖南，奋其锐气，欲报前日溃败之耻，王炎视其为乌合之众，贪功欲速，以致一战败北，全军覆没，将尉被杀者多人。①

茶商武装军剿灭湖南军后，进入江西。江西安抚使汪大猷令于境上防御，未及部署，茶商已至吉州永新境内。江西军主要依赖赣州、吉州将兵，茶商武装与吉州兵接战，又获胜，官军一名官阶为使臣②的统兵官战死。于是茶商武装在禾山洞扎下营寨，前后二十余日。③汪大猷派明州观察使、江西路兵马副总管贾和仲统领数州兵前往镇压。茶商武装军只有六百多人④，官军数倍于茶商。但贾和仲虽为老将，却颇轻率大意。当时已有人评论此人难任此事，然而统兵官中没有比他更合适的人选了。六月初，朝廷旨意下，果然委派了贾和仲。贾和仲得知朝廷专委，便自作主张，凡事不做商量，一到禾山，不顾士兵的疲劳，乘夜上山搜捕。茶商武装军以逸待劳，又尽得山林险阻之利。虽处江西，却能以利交结当地土人，甚得耳目之便。官军一举一动，茶商武装尽皆知晓，而茶商设伏于山谷间，官军却全无觉察，贾和仲的失

---

① 见《朱熹集》卷九七《观文殿学士……光禄大夫刘公行状》，第4962页。
② 南宋武臣，承信郎以上为小使臣，修武郎以上为大使臣。
③ 见《南轩集》卷二八《与曾节夫抚干》，第939页。
④ 据《攻媿集》卷八八《敷文阁学士宣奉大夫致仕赠特进汪公行状》，茶商武装初就招安，列名六百余人。而周必大《庐陵周益国文忠公集》卷一三七《论任官理财训兵三事》视茶寇为"四百辈无纪律之夫"。当以茶商武装自报为准。

败则在必然之中。双方一接触，贾和仲便被打得大败，全军中伏，几乎覆没。盖官军在湖南大败以后，至此复又大败，前后临阵作战被杀的将官达数十人。[①]

其时兵部侍郎兼直学士院周必大论及此事时说："臣旬日来闻湖南茶贼转剽吉州界，其徒仅数百人，乃敢覆军杀将，盗据县邑，略无忌惮。"[②]茶商武装军湖南、江西两战皆胜所引起宋廷的惊恐，当可想见。

三 平息茶商武装

（一）赖文政率领的茶商武装军在湖南、江西两地歼灭、重创官军。六月中旬，消息传来，南宋朝廷震动。宋孝宗和宰执大臣认为，首先必须就当时最为紧迫的人事方面的安排做出决策。于是，宋廷陆续发布以下命令：

其一，追究湖南军"失律"的责任，免去王炎的湖南安抚使职务，以转运副使李椿摄帅事。[③]十七日，又用左司谏汤邦彦言，以欺君罪落王炎观文殿大学士，令袁州居住。[④]

其二，六月十一日，以新江西提刑方师尹别与差遣，"坐老耄畏怯，闻江西茶贼窃发，畏避迁延，不敢之官故也"[⑤]。方师

① 见《攻媿集》卷八八《敷文阁学士宣奉大夫致仕赠特进汪公行状》。
② 《庐陵周益国文忠公集》卷一三七《论军政》，第413页。
③ 见《朱熹集》卷九四《敷文阁直学士李公墓志铭》，第4769页。
④ 见《宋史》卷三四《孝宗纪》二，第659页。
⑤ 《宋会要辑稿·职官》七二之一三，第3994页。

尹，信州弋阳人，绍兴十八年（1148）进士，此时已七十五岁。[①]
原江西提刑叶行己由于"盗贼纵横，略无措置，但有畏怯"，已
降官放罢，令永不得监司差遣。[②] 前湖北提刑徐宅，则因"盗发
所部，措置乖方"，亦降官放罢。[③]

　　鉴于茶商武装军占据江西西部，官军屡败，宋廷需要重新
考虑江西提刑的人选问题。按当时的形势，新江西提刑须负起整
个军事责任，而这样合适的人物，不但当时极难选择，而且一般
朝臣也多不愿意接下这样一个棘手的任务，怕弄不好，落个和前
两任宪臣同样的下场。在南宋决策当局正难择人之际，辛弃疾却
挺身而出，自告奋勇，请求前往江西讨平茶商武装军，并做出在
一个月内结束军事行动、荡平茶商武装的保证。[④] 宰相叶衡也力
荐辛弃疾的军事才能堪当此任。于是在六月十二日，宋廷任命辛
弃疾为江西提点刑狱，节制诸军，全权负责进击茶商武装的军事
行动。包括五月间受命讨捕茶商军的鄂州都统司军兵、江州都统
司军兵和赣、吉军兵，以及诸邑土军弓手，皆可由辛弃疾节制调
用。同时，又颁布赏格，即捕杀茶商军首领一人，特补进武校
尉；二人至五人，补承信郎至成忠郎。[⑤]

　　辛弃疾是七月初离开临安前往江西的。大概抵达江西提刑司
治所赣州要到七月的中旬。在此期间，江西前线的军事形势又发

① 见《绍兴十八年同年小录》，文渊阁《四库全书》本。
② 见《宋会要辑稿·职官》七二之一三，第3994页。
③ 见《宋会要辑稿·兵》一三之三一，第6983页。
④ 见《梅野集》卷一一《稼轩辛公赞》。《菱湖辛氏族谱》引《铅山志》亦载：
"会逆寇攻剽江右，公毅然请行，衣绣节制军马，期以一月荡平。"
⑤ 见《宋会要辑稿·兵》一三之三〇，第6982页。

生了很大的变化。

贾和仲溃败后，茶商武装气势大盛。在辛弃疾未到任之前，江西军务由安抚使汪大猷负责。七月初，汪大猷率诸郡兵自隆兴府奔赴吉州，冒暑兼程上路，会战茶商武装。不料到达禾山后，却发现茶商主力已经转移。原来，茶商武装大胜贾和仲之后，忽然遣使请降，而且以折箭为誓。贾和仲败衄之余，正是求之不得，故此也不察真假，欣然准可。等到茶商武装送上人员花名册，官军前往招安时，却发现茶商武装营寨仅空立旗帜，已寂无一人，主力早于数日前由间道南奔，留下与官军周旋的少数兵士，常隐伏在丛林险阻地带，使官军矢石无用武之地。茶商武装每次与官军交战，多相遇在形势狭隘处所，交锋数合便即转移。官军虽欲与之列阵对垒，但茶商武装却不肯正面作战，坚持与官军捉迷藏，使官军疲于奔命，伤亡日渐增多。①

贾和仲溃败和擅自招安，以致茶商武装主力安然转移，深令宋孝宗震怒。七月二十八日，委派贾和仲出兵的汪大猷先由敷文阁直学士降职龙图阁待制，继而复降集英殿修撰。八月，宋孝宗决定对贾和仲处分时，亲谕辅臣道："和仲当小寇乃失律如此，设有大敌当如何？不诛无以警众将。"既而复谕曰："和仲本欲行军法，（然）其罪在轻举进兵。朕观汉、唐以来，将帅被诛，皆以逗留不进或不肯用命，如和仲正缘轻敌冒进，诛之却恐诸将临阵退缩。"②于是贾和仲被除名勒停，送贺州编管。

茶商武装屡败官军，使南宋当局束手无策，周必大有一篇奏

---

① 见《攻媿集》卷八八《敷文阁学士宣奉大夫致仕赠特进汪公行状》。

② 《宋会要辑稿·职官》七二之一三、一四，第3994—3995页。

札说：

> 四百辈无纪律之夫，非有坚甲利兵也，又非有奇谋秘画也，不过陆梁山谷间转剽求生耳。自湖北入湖南，自湖南入江西，今又睥睨二广，经涉累月，出入数路。使帅守、监司、路分将官稍有方略，用其所部之卒，自可殄灭。顾乃上烦朝廷，远调江、鄂之师，益以赣、吉将兵，又会合诸邑土军弓手几至万人，犹未有胜之之策，但闻总管失律，帅臣拱手，提点刑狱连易三人，其他将副巡尉犇北夷伤之不暇，小寇尚尔，倘临大敌，则将若何？[①]

辛弃疾到赣州后，总结前此官军作战失利的教训，对战术做了相应的调整。他认真听取各路官员和江西属吏的意见，如潭州通判赵善括主张在赣、吉、袁、抚四州招募土豪，团结枪手，置立山寨，鼓励其上阵立功。同时分化茶商武装，许其自新。[②] 赣州县丞孙逢辰亦主张"精择土军，参以赣卒、郴桂弓手，别募敢死军，分委偏将。或扼贼要冲，或驰逐山谷间，而命荆鄂之师养威持重，乘贼惫尾于后"[③]。江西帅属钱之望等人也都提出了切合实际的建议，辛弃疾一一采纳。他认为江、鄂大军士气低落，又不熟悉山地作战的特点，而今令其披甲荷戈，大部队与机动灵活的茶商武装周旋于山谷丛薄间，是以短击长，故而每战皆败。当令

---

① 《庐陵周益国文忠公集》卷一三七《论任官理财训兵三事》，第415页。
② 见《应斋杂著》卷一《茶寇利害札子》。
③ 《庐陵周益国文忠公集》卷七四《朝奉郎袁州孙使君（逢辰）墓志铭》，第696页。

其分兵把守茶商军出没转徙的要冲之地，对茶商武装形成包围之势。与之作战则应以地方武装为主，即由赣、吉等地土军弓手、民兵前往讨捕，角逐于高山峡谷中，使之势穷力屈，方能击败茶商所部。

为组织一支能与茶商武装作战的敢死军，辛弃疾首先对乡兵实施拣选，淘汰老弱，组织少壮而又谙熟战阵、可以一当十者为敢死士。结果大失所望，州郡兵多是老弱，凡有稍壮的军士，都被各军政职司借去充当事役。①辛弃疾检阅了一千多名亲军，挺身而出应召充当敢死士者，只有张忠一人和他的十八名响应者，要增募一人竟不可得。②辛弃疾又征调安福等县的土豪彭道等人，令其各率乡兵，随时准备入山搜捕。

辛弃疾在赣州从容训练敢死军，部署围剿计划，此时茶商武装主力却越过五岭，在广南东路与所部摧锋军遭遇。由于与江西为邻的诸路都加强了戒备，茶商武装自禾山转移很不顺利。湖南方面，李椿招集散亡将士，扼守攸县、茶陵、桂阳一带，茶商武装不能再入湖南。③广东方面，当地摧锋军在提刑林光朝督率下阻击茶商所部，使其损失惨重。④这是茶商武装起事以来遭遇到的第一次挫折，只得再入江西南部，但全军也只剩下一二百人了。而江西诸军得此空隙进行调整，军势顿增。茶商武装等于钻

① 见《朱子语类》卷一一〇《朱子》七《论兵》，第2705页。
② 见曹彦约《昌谷集》卷一三《上荆湖宣谕薛侍郎札子》，文渊阁《四库全书》本。
③ 见《杨万里集笺校》卷一一六《李侍郎传》，第4452页。
④ 见《杨万里集笺校》卷一二九《罗价卿墓志铭》，第4982页；林光朝《艾轩集》卷一〇《附录·神道碑》，文渊阁《四库全书》本。

进了官军为他们布置的口袋中，只待收紧袋口，实行总攻击了。

茶商武装自广东败归，重返江西赣、吉等地，为是年八月事。一者因其势力已弱，二者在吉州龙泉、永新、安福及赣州兴国等地，辛弃疾部署的乡兵都已到位，对茶商武装的堵截已形成包围之势。所以，茶商武装军过去所依恃的便于在深山峡谷、竹木丛薄间驰骋冲突的特点都得不到施展。八月二十六日，茶商军在吉州的安福、萍乡一带又遇鄂州军统制解彦祥率领的官军，伤亡数十人，余部南下永新，向兴国方向转移。

彭龟年《止堂集》卷一一《论解彦祥败茶寇之功书》对此记述颇详：

> 八月二十六日，贼自安福由良子坑过萍乡，卜于大安之龙王祠。不得卜，遂以其众潜于东冈之周氏家。二十九日，解彦祥令四兵侦探，遇寇渔于周氏之塘，二人为寇所杀，二人脱走归报，乃管界巡检马熙所辖也。解知寇处，因以马熙之兵为乡导，亲提其众，即东冈与贼阵于周氏之门前田中。田皆淤泥，仅有径阔尺余，寇据田上，我兵弓弩并发。一寇长而髯者奋身前格，彦祥一箭中之，寇坠淤泥中，兵因刿其首。已而又毙一寇无唇者，贼气遂索，我兵大振，自巳战至申酉，凡获十二级。贼稍稍引却，日昏乃遁，马熙袭之，贼自赤竹凹复入安福高峰寺，解以其众自萍乡之楼下越宜春仰山，复过安福讨贼，贼已从永新迤逦南奔向兴国矣。方贼去萍乡时，某以宪檄捕寇于安福之白云寺，去高峰二十里。某至白云时，寇新退，询之土人，皆云贼留高峰三日，被创者四五十人，疲不能起者，往往自毙之而行。小山有土豪彭

道，以辛宪命往捕，因大搜高峰山中，得数尸木叶下，皆被
重创而死，人始知茶寇衅于萍乡亦不细也。①

解彦祥所率鄂州将兵约两千人，前此与茶商军作战伤亡
一百一十四人，临阵逃亡数百人，最后只余九百多人。②尽管有
此小胜，最后解彦祥还是被都统制李川奏劾，受到勒停追三官的
处分。③

九月，辛弃疾率领敢死士，在乡兵的配合下，自兴国追击
茶商军，将其围困在瑞金县。赣州各县均已戒备，茶商军势穷力
屈，奔向瑞金。瑞金知县张广"严立保伍，机察奸细"，"茶寇
自兴国抵瑞金不能三十里，而先事有备"④。最后的决战便在瑞金
展开。在茶商武装进退失据的情势下，辛弃疾又"亲提死士与之
角"，茶商武装遭受重创，至此陷入"困屈"之中。⑤"首入敌阵，
以倡大军，即前日应募张忠者也。"⑥朱熹也曾说："闻辛幼安只是
得所募敢死之力。"⑦

茶商武装被困于瑞金，辛弃疾乘机招诱茶商武装投降。江西
帅属钱之望建议，派兴国县尉黄倬前往劝降，辛弃疾同意了。黄
倬带随从入山，赖文政等少数首领遂决定要与黄倬面见辛弃疾，
商定投降的时日。

---

① 彭龟年《止堂集》卷一一，文渊阁《四库全书》本。
② 见《历代名臣奏议》卷九六《司农卿李椿奏疏》。
③ 见《宋会要辑稿·兵》一三之三一，第6983页。
④ 《宋会要辑稿·职官》四八之四〇，第3475页。
⑤ 见罗大经《鹤林玉露》甲编卷二《盗贼脱身》，中华书局1983年版，第37页。
⑥ 《昌谷集》卷一三《上荆湖宣谕薛侍郎札子》。
⑦ 《朱熹集》卷二七《与林择之书》，第1144页。

茶商武装因决战不胜，困屈请降。与其他几个首领见过辛弃疾回去后，赖文政对其部属说：

> 辛提刑瞻视不常，必将杀我。

欲逃不可，赖文政还是决定投降。①

赖文政自首后，被辛弃疾押解遣送到赣州，由知赣州陈天麟就地处死。茶商武装军的余部，少数人被遣散回乡，大多数人都被江州都统制皇甫倜招募入伍。②

辛弃疾自七月间"驰驱到官，即专意督捕，日从事于兵车羽檄间，坐是佊倦，略亡少暇"③，做迎击茶商武装的准备工作。从八月中下旬茶商重返赣、吉地区，到九月下旬茶商武装被扑灭，在一个多月的时间里，果如其所言，通过围剿与招降的手段，将久未平息的茶商军平定，解决了南宋当权者的一大隐患，也为毫无战斗力的南宋军队挽回了一点面子。这确实说明了辛弃疾所具有的谋略和军事指挥才能。当茶商武装尚未平定之时，以敷文阁待制兼权兵部侍郎兼直学士院的周必大于九月五日上了一篇《论平茶贼利害》，其中不无忧虑地谈到：

---

① 见《攻媿集》卷八八《敷文阁直学士宣奉大夫致仕赠特进汪公行状》;《水心文集》卷一八《华文阁待制知庐州钱公墓志铭》，收入《叶适集》，第 342 页;《鹤林玉露》甲编卷二《盗贼脱身》，第 37 页。

② 见嘉庆《宁国府志》卷二七"陈天麟"条;《建炎以来朝野杂记》甲集卷一四《财赋》一《江茶》，第 304 页。

③ 《辛弃疾集编年笺注》卷五《与临安友人札子》，第 418 页。

　　臣于前月二十七日，因进故事，具言贼徒常逸，故多
胜；官军常劳，故多败。而又奸氓利贼所得，反以官军动静
告贼，故彼设伏而我不知，我设伏则彼引避。今驱迫甲兵，
驰逐山谷，且使运粮之夫，颠踣道路，最可虑之大者。欲
乞指挥皇甫倜将诸处官军，只分布在江西、湖南控扼去处，
使贼不敢睥睨州县，……却专令辛弃疾择巡尉下弓兵土
豪壮健者，随贼所在，与之角逐，庶几事力相称，易于成
功。……至于方略，则难遥授。但观其为人，颇似轻锐，亦
须戒以持重。①

　　所谓"轻锐"，正是指辛弃疾出使江西时的胆略和勇气，周必大
担心他重蹈汪大猷、贾和仲的覆辙。事实证明，这种担心完全是
没有必要的。

　　在进击茶商武装的过程中，知赣州陈天麟不但给养供应无
缺，还提供了不少可行的建议。事后，辛弃疾上奏宋廷："今成
功，实天麟之方略也。"② 史籍记载，担任粮饷供应的赣州县丞孙
逢辰、严守地方的龙泉县令范德勤、瑞金县令张广、知吉州王滁
等人也都为平定茶商军做出了贡献。③

　　茶商武装事件的平息，在这年的九月。闰九月二日，周必大
在文字中已记载"辛弃疾诱贼戮之"④，而《宋史·孝宗纪》等史

──────────

① 《庐陵周益国文忠公集》卷一三八《论平茶贼利害》，第 417 页。
② 见嘉庆《宁国府志》卷二七"陈天麟"条。
③ 张广事迹已见前文。孙逢辰、范德勤、王滁事迹见《庐陵周益国文忠公集》
卷七四《朝奉郎袁州孙使君（逢辰）墓志铭》、光绪《吉安府志》卷二○，以及
《宋会要辑稿·职官》六二之二○、七二之一五，第 3792、3995 页。
④ 《庐陵周益国文忠公集》卷二○《金溪乡丁说》，第 280 页。

书却都载于此年闰九月底，并不准确。茶商武装军六个月来纵横四路，连续重创官军，并准备深入广东，这与茶商所从事的贩卖私茶活动有关。乾道、淳熙以来，官军加强了沿江守备，防止私茶出境。湖北茶商面对的是江、鄂大军，要打通一条大规模通向北界的贩茶路线实属不易，而广东历来产茶极少，需求却颇大，茶商武装故此要向南发展，开辟一条新的贩茶通道，所以才有了这次震撼数路的武装反抗行动。可知官方宣传的"非有奇谋秘画也，不过陆梁山谷间转剽求生耳"①，皆不实之词。茶商武装军的反抗和官军的镇压，其实是茶商和国家争夺茶叶专销之利的斗争，《历代名臣奏议》卷二七一《左司李椿奏减茶引价钱疏》认为茶商武装的反抗主要是湖南北茶引过重所引发。园户从私贩中获得比茶引销售更多的利益，故对茶商予以支持，茶商为了保证走私行销的畅行无阻，遂由小规模的武装贩运发展到大规模的起义，而这场历时半年之久的战斗，早在十数年前或更长的时间便已开其端倪了。

平定茶商武装之后，宋孝宗两次言及辛弃疾应予嘉奖：

> 淳熙二年闰九月……二十四日，上谓辅臣曰："江西茶寇已剿除尽，皇甫倜虽有节制指挥，未及入境，辛弃疾已有成功，当议优与职名，以示激劝。自余立功人可次第推赏。"②

---

① 《庐陵周益国文忠公集》卷一三七《论任官理财训兵三事》，第 415 页。
② 《宋会要辑稿·兵》一九之二六，第 7093 页。

（闰九月）二十八日，宰执进呈："昨茶寇自湖北入湖南、江西，侵犯广东，已措置剿除，理宜黜陟。"上曰："辛弃疾捕寇有方，虽不无过当，然可谓有劳，宜优加旌赏。汪大猷身为帅守，督捕玩寇，不可无罚。广东提刑林光朝不肯避事，躬督摧锋军以遏贼锋，志甚可嘉。……"于是诏江西提刑辛弃疾除秘阁修撰。……林光朝特进职一等。……前江西帅臣汪大猷落职送南康军居住。①

在宋孝宗等人看来，不论辛弃疾在此次军事行动中尚有怎样的过当之处（可能指辛弃疾"所起民兵数目太多"②之类），总之是能不负重托，因而是有功可录的。诚如当时任袁州宜春县尉的彭龟年在本年略晚些时写给辛弃疾的一篇贺启中所说："伏遇某官，道不绝物，志在济时。诞布宽恩，不惮驱驰之苦；能令歉岁，亦无攘夺之风。非惟称部使者严重之名，盖不负圣天子临遣之意。"③

乾道、淳熙以来，宋孝宗靳惜职名，非有功不除。这次授予辛弃疾的秘阁修撰，据《宋史》卷一六二《职官志》二，系待"馆阁之资深者"④，多由直龙图阁迁除。而辛弃疾超越直秘阁至直龙图阁数级，被授予秘阁修撰，确系"优与职名"。自此，辛弃疾才算取得了担任东南诸路帅、漕、宪等地方大吏的资格，虽不能说已取得南宋政府的重视和信用，但在其仕途上毕竟迈出了重要的一步。

---

① 《宋会要辑稿·兵》一三之三一，第 6983 页。
② 《庐陵周益国文忠公集》卷一三八《论平茶贼利害》，第 417 页。
③ 彭龟年《止堂集》卷一三《上宪使启》。
④ 《宋史》卷一六二，第 3821 页。

（二）在平定茶商武装事件中小试身手的辛弃疾，尽管为南宋当局解除了一个危及国家稳定的内政问题，然而在他的心中，却仍然埋下对南宋王朝安危的深层次考虑。他必然要想到：下一次类似的民众反抗事件在什么时候、什么地点爆发？它将对聚集国力，应付北方的强敌产生怎样的影响？茶商武装的平定，并没有给他带来多少欣慰，而是加深了他的忧患意识，在他恢复中原的理想上罩上了一层阴暗的色彩。在一次参加赣州太守陈天麟的宴会上，辛弃疾作了一首《满江红》词，其中有以下词句：

> 些个事，如何得？知有恨，休重忆。但楚天特地，暮云凝碧。过眼不如人意事，十常八九今头白。①

晋人羊祜曾说："天下不如意，恒十居七八，故有当断不断。天与不取，岂非更事者恨于后时哉！"②这是羊祜建议伐吴而不被采纳，失望之余所发出的慨叹。辛词既把羊祜的话融会词中，想必是与其要恢复中原的壮志不能实现的悲慨有所感同的缘故。

忧国之念难以忘怀，思乡之情无处不在。抱定迫切的愿望和对时局的忧疑，辛弃疾在江西提刑任内又写了一首千古绝唱《菩萨蛮·书江西造口壁》词：

> 郁孤台下清江水，中间多少行人泪？西北望长安，可怜

---

① 《辛弃疾集编年笺注》卷六《满江红·赣州席上呈太守陈季陵侍郎》，第579页。
② 《晋书》卷三四《羊祜传》，上海古籍出版社、上海书店1985年影印版，第117页。

无数山。　　青山遮不住，毕竟东流去。江晚正愁余，山深闻
鹧鸪。[①]

词是辛弃疾自提刑司所在赣州北上，路过江西中部吉州万安县西
南六十里的造口溪时题写在石壁上的。虽是写于造口，但全词却
与造口以及首句"郁孤台"均无关。盖郁孤台在赣州章、贡二水
的交汇处，是一块高达数丈的巨石，台建石上，为一郡形胜地所
在。作者从郁孤台启行，借行路的艰辛起兴，寄托恢复事业的曲
折艰难。自此北上，深山丛莽，清江滩险。民生多艰，国难未
已，履艰难而思中原，虽有无尽的忧愁、万重的艰险，却阻挡不
了，也损伤不了志士心中的信念。

---

① 《辛弃疾集编年笺注》卷六，第 582 页。

转徙江湘——颇多建树的地方大吏

第九章　二年历遍楚山川

一　奉调京西

淳熙二年（1175）九月，举荐辛弃疾任江西提刑的右丞相叶衡被罢免。

这年八月，宋孝宗宣谕执政选使使金，仍向金人请求归还河南地，他对行之七年的遣使求地屡次受挫犹未死心，想做一次最后的努力。叶衡推荐左司谏汤邦彦充当申议使。汤邦彦字朝美，汤鹏举之孙，镇江府金坛县人，在虞允文为相时，深得器重。虞允文任四川宣抚使，辟汤邦彦从行，任大使司干办公事。虞允文死后，他还朝任秘书丞、起居舍人、中书舍人，迁左司谏兼侍读，"论事风生，权幸侧目"①，颇得宋孝宗信任。他得知使金出自叶衡推荐，恨遭排挤，便设法探听叶衡的阴私，果然打听到叶衡

---

① 刘宰《京口耆旧传》卷八《汤邦彦传》。

有对宋孝宗不敬的话，立刻用以弹劾。宋孝宗得疏大怒，即日罢免叶衡右丞相之职。继而又以臣僚论列，责授安德军节度副使，郴州居住。①

宋孝宗于遣使的同时，令福建造海船，起两淮民兵赴合肥训练，并诏诸军做好战斗准备，以待汤邦彦争河南地激怒金人动武时乘机北伐。②所以对汤邦彦的公忠许国，期待甚高。然而汤邦彦私愤虽得以一逞，后来的事实却证明，他也只是一个空说大话的人物。他到达燕山后，金人对他很不客气，把他冷落在馆驿十天不予理睬，及至引见时，又夹道布置了张弓露刃的武士加以威胁，汤邦彦大为恐怖，朝见时不敢申诉一言就退了出去，无功而返。孝宗于是震怒，将其审贬到广东南端的新州。汤邦彦出使辱命，南宋外交努力再次受挫，宋孝宗通过遣使企求河南陵寝地的意愿从此破灭，停止向金国派遣泛使。③

叶衡居相位期间，遇事果决，理兵理财都有可观之处，且深知辛弃疾的才智，与其意气投合。南渡以来，叶衡是可以给辛弃疾以支持助力的唯一一位宰相，可惜因汤邦彦挟私报复，不能长久在位，这对辛弃疾来说是一个不小的损失。

淳熙三年（1176），辛弃疾改任京西转运判官。

是年秋冬，任真州教授的友人周孚自任所寄诗来，问讯辛弃疾何时赴京西任：

---

① 见《皇宋中兴两朝圣政》卷五四；《宋史》卷三八四《叶衡传》，第 11824 页。
② 见《皇宋中兴两朝圣政》卷五四。
③ 见《宋史》卷三八六《李彦颖传》，第 11866 页。

孤鸿茫茫暮天阔，问君章贡何时发？去年不得一字书，今日又看千里月。①

鸿雁南徙正是入冬的节候，可知辛弃疾自赣州赴襄阳任所，应在十月以后，而赣州和襄阳相距一千五百里，恐怕到任也要在十一月至岁末之间了。

启程之前，赣州通判罗愿特地写了一首《送辛殿撰自江西提刑移京西漕》的长诗，以壮行色：

峨峨郁孤台，下有十万家。喧呼隘城阙，恋此明使车。忆公初来时，狂狡啸以哗。主将失节度，玉音为咨嗟。一朝出明郎，绣衣对高牙。持斧自天下，荒山走矛叉。光腾将星魄，枉矢失惊蛇。氛雾果尽廓，十州再桑麻。恩令撰中秘，天笔有褒嘉。

辛氏世多贤，一姓古所夸。太史善篆阙，伊川知辞华。谁欤立军门？杖节来要遮。亦有救折槛，叩头当殿衙。英风杂文武，公独可肩差。佩玦善断割，挥毫绝纷葩。时时有纵舍，惠利亦已遐。

京西故畿甸，傍塞闻悲笳。明时资馈饷，岂减汉褒斜？勿云易使耳，重地控荆巴。三节萃一握，眷心良有加。古来居此人，爱国肯雄夸。羊祜保至信，陶公戒其奢。安边有成略，此道未全赊。公今有才气，功名安可涯？愿低湖海豪，磨砻益无瑕。凌烟果何晚？犹有发如鸦。②

---

① 《蠹斋铅刀编》卷一四《闻辛幼安移漕京西》。
② 罗愿《鄂州小集》卷一。

这首五言诗自首句到"天笔有褒嘉",赞颂辛弃疾任江西提刑平定茶商武装的功绩:一旦以前郎官出任宪使,节制军马,持斧衣绣,自天而下,威武耀于荒山,于是迷雾果然扫数廓清,十州百姓又可以安心种桑积麻了。又说辛弃疾一身兼有文武之材,明决果断,机敏仁惠,美名远播江西之外。而京西路在北宋离京畿很近,现在却成了与金国为邻的边塞。倘若出兵北伐,此地的作用当不下于汉代的褒斜。又说辛弃疾受皇帝的眷顾,"三节萃一握"。这大概是指其以转运使而兼权提点刑狱和提举常平茶盐。祝穆《方舆胜览》载,襄阳府为京西转运、提刑、提举治所。[①]三使通称监司,故谓之三节。罗愿又举出古时在此镇守的名人如羊祜、陶侃以为鼓励,希望他收敛湖海豪气,不必再为岁华消逝而忧愁。

　　罗愿字端良,号存斋,徽州人,绍兴间侍御史罗汝楫第三子,博学好古,文章高雅,为时所重。通判赣州,陈天麟罢后曾摄州事,辛弃疾奏荐其政绩于朝,秩满,差知南剑州。三年后,当淳熙六年(1179)二月,罗愿除知南剑州时[②],曾有谢启,其中写道:

　　　　兹盖伏遇某官,文武兼资,公忠自许。胸次九流之不杂,目中万马之皆空。见辄开心,不假越趄嗫嚅之请;称之

----

① 见《宋本方舆胜览》卷三十二《京西路·襄阳府》,上海古籍出版社1991年影印版,第308页。
② 《鄂州小集》卷首载曹泾撰《鄂州太守存斋先生罗公愿传》,内有"详刑使者剡闻于朝,谓公宜在清要之选,秩满差知南剑州。陛对第一札,主于富民不为浮文"语,而卷五《南剑州上殿札子》题下署"淳熙六年二月三日"。

极口，率皆沉着痛快之词。襄衮甚荣，梦刀既叶。季布河东
之召，誉偶出于一人；袁安楚郡之除，选第因于三府。至于
羁迹，全赖公言。①

可见他与辛弃疾交谊深厚，并不仅限于辛弃疾对他的推荐引进。

二　移帅江陵

　　辛弃疾自淳熙三年（1176）十一月到襄阳府京西运判兼提
刑、提举任，第二年二月即奉调移知江陵府兼湖北安抚使，在京
西前后停留不过三个月，大概襄阳地方的欢迎酒宴尚未收场，就
忙于准备送别筵席了。所以，有关辛弃疾在京西的活动，史册上
没有留下任何痕迹，后来辛弃疾只是在一篇《论荆襄上流为东南
重地疏》中提到过襄阳的地名。

　　江陵府古称荆州，南渡后升帅府，称荆南，淳熙四年二月
二十三日，以臣僚奏请，复改称江陵府。辛弃疾移帅江陵，当在
此年二月之后。

　　乾道末年以来，湖北治安渐趋恶化，两次成为茶商军武装
暴动的策源地。茶商武装虽遭到镇压，动乱根源并没有消除。大
规模的贩运私茶、"聚众作过"事件虽有所收敛减少，各类违法
走私活动仍连续不断。湖北路是近边地区，且有信阳军与金交
界，与京西随州、光化军等边州亦相距甚近。走私活动遂成为诱

———————

① 《鄂州小集》卷五《谢辛大卿启（幼安）》。

发作奸犯科、危及社会安定的根源。《宋会要辑稿·刑法》二之一五八载：

> （乾道七年）六月十八日，知兴州府、两浙东路安抚使蒋芾言："据本司参议官高敞札子，顷在北方，备知中原利害。……及唐、邓州收买水牛皮、竹箭杆、漆货，系荆襄客人贩入北界。缘北方少水牛，皮厚可以造甲。至如竹箭杆、漆货，皆北所无。伏望敷奏，于沿海沿淮州军严行禁绝，如捕获客人有兴贩上项等事，与重置典宪。"从之。①

可见走私水牛皮、竹箭杆等货物，不但干扰宋金间的正常贸易，且向金人提供了军用物资，是增强敌人实力、危害国家安全的严重行为。淳熙初年，茶商军事件既已平息，宋廷遂一再申饬，禁止向北界的走私，但冒禁者不绝，前引《宋会要辑稿》同条之上还记有淳熙四年八月二十七日诏书：

> 累降指挥，立法禁止私贩耕牛过界。如闻近来边界多有客旅依前私贩，显是沿边州军奉行灭裂。自今如有一头透漏过界，因事发觉，其守臣以下取旨重作施行，帅臣监司亦坐以失觉察之罪。②

基于形势的严峻，辛弃疾到任后，雷厉风行，采取有力措施，尽

---

① 《宋会要辑稿·刑法》二之一五八至一五九，第6574—6575页。
② 《宋会要辑稿·刑法》二之一一九，第6555页。

快改善当地的治安环境。

　　他首先制定政策，宣布今后如有客商以耕牛、战马负茶过北界，按走私通敌罪，并依军法处置。知情不举、为违法客商作向导或为之运送、窝藏者，以及与之勾结的官吏、公人、兵级，都以贩卖军用物资论罪。同时允许社会各界告发捕捉，赏钱二千贯。知情窝藏者、同船同行的梢工、水手以及雇用的人力和仆人、女使告首，除免本罪外，还与其他人赏格同等对待。后来，辛弃疾又把这些规定作为建议向朝廷奏报，并得到批准。这就是《宋会要辑稿·刑法》二之一一九、一二〇所载淳熙五年六月二十日诏，"湖北、京西路沿边州县，自今客人辄以耕牛并战马负茶过北界者，并依军法"条所载的内容，其中还规定"其知情、引领、停藏、乘载之人，及透漏州县官吏、公人、兵级，并依兴贩军须物断罪。许诸色人告捕，赏钱二千贯，仍补进义校尉，命官转两官。其知情、停藏同船同行梢工、水手能告捕及人力女使告首者，并与免罪，与依诸色人告捕支赏。知、通任内能捕获，与转两官"[1]。

　　对公然违抗官府通令者，辛弃疾予以从严治罪。文献记载："大卿辛公弃疾帅江陵，治盗素严。"[2]又载："前帅颇厉，威严治盗不少贷。"[3]为起到警戒劝戒作用，惩处不法之人，不免矫枉过正。江陵县有盗牛者，大概尚未发现有走私出境罪行，被发配江州。官吏迎合，私下要将盗牛者投入江中，江陵县令曹蛊以为不妥，向辛弃疾禀报，得到认同，最终按法令对盗牛者做了流放处

①《宋会要辑稿·刑法》，第6555页。
②《攻媿集》卷一〇六《朝请大夫曹君墓志铭》。
③《浙江通志》卷一六〇。

分。①继辛弃疾知江陵府的姚宪，谈到辛弃疾治盗的举措时说："故帅得贼辄杀，不复穷竟，奸盗屏迹。自仆至，获盗必付之有司，在法当诛者初未尝辄贷一人，而群盗已稍出矣。"②

姚宪所说的"得贼辄杀"，即根据前项法令，"并依军法"而不必经有司审理之意，并非不问罪由，草菅人命。然而，上述整顿治安秩序的做法，虽取得明显效果，却不可避免地招致某些守旧官吏和庸碌者的非议和诽谤。后来辛弃疾被罪弹劾，所谓"凶暴""敢于诛艾，视赤子犹草菅"③，便成为其借口。甚至十余年后，当执政者讨论其差遣时，周必大尚对王淮说："凡幼安所杀人命，在吾辈执笔者当之。"④

辛弃疾在任内还兴修水利，鼓励流离失所的农民归业，发展农业生产，使社会闲杂人等得以弃末务本。据载，江陵"寸金堤去城二里，实捍大江冲突之患，岁役人夫数千，具文而徒劳。君调夫均平，躬自督课，增卑培厚，以为永利。又以农隙，修筑沿江官堤，使前日巨浸冲决之地，复为膏腴。流移归业，耕垦日辟"⑤。这些都是辛弃疾在任期间之事，至少都是在辛弃疾倡议下实施的。

经过一番整顿治理之后，湖北治安状况大为好转。江陵府诗人、淳熙二年（1175）进士项安世曾写诗道：

---

① 见《攻媿集》卷一〇六《朝请大夫曹君墓志铭》。

② 《嘉泰会稽志》卷一五《姚宪传》。收入《宋元方志丛刊》，第6993页。

③ 崔敦诗《西垣类稿》卷二《辛弃疾落职罢新任》，文渊阁《四库全书》本。

④ 张端义《贵耳集》卷下，《丛书集成初编》本。

⑤ 《攻媿集》卷一〇六《朝请大夫曹君墓志铭》。

十五年前号畏途，只今开辟尽田庐。分明总是辛卿赐，谁信兜鍪出袴襦？

诗后自注："辛卿名弃疾，前此帅荆，弭绝群盗。"[1] 这首诗作于绍熙初年，在辛弃疾知江陵之后十五年间，当年所谓"群盗之区"的"畏途"，已经开辟为桑麻之地，项安世认为，这都应归功于辛弃疾。

三 因率逢原事件与近习发生冲突

淳熙四年（1177）冬，发生了江陵统制官率逢原纵容部曲殴打百姓事件，引起军民纠纷，辛弃疾认为这一事件全是兵士违纪的过错，于是写奏札上报朝廷，请求予以惩处。孰料宋孝宗读奏状后，反而偏袒率逢原，把辛弃疾从湖北调移到江西为帅。

此时在朝中任刑部侍郎兼给事中的程大昌，挺身而出，认为这样处置不公正，极论自此以后，屯戍大军的州郡，守臣难以治理。宋孝宗却为率逢原辩护，说："朕治军民一体，逢原已削两官，降本军副将矣。"[2] 程大昌字泰之，徽州休宁人，绍兴二十一年（1151）进士，辛弃疾任江西提刑时，程大昌曾任本路转运副使，故深知其为人。

---

① 《永乐大典》卷二五九七村字韵引项安世《文村道中》。
② 《庐陵周益国文忠公集》卷六三《龙图阁学士宣奉大夫赠特进程公（大昌）神道碑》，第616页。

一个驻军统制官违法乱纪，何以竟能得到宋孝宗的容忍和庇护，并以此迁徙一路的帅臣，岂不荒谬？

率逢原，《宋史》无传，出处不详，但其人在当时学士大夫中声名狼藉。在江陵殴打百姓之前，淳熙三年（1176），他随荆鄂统制明椿（即与辛弃疾同在山东起义的归正人）镇压湖南猺人姚明敖，"姚明敖已就禽，而率逢原擅入多杀"①，引起朝臣的议论。此次降副将，但不久即复职，且晋升为鄂州副都统，又干预朝政，甚至影响一路帅臣的去留。故彭龟年说他"虽有粗才，为人凶横"，又说"向者辛弃疾之事"，即此人"启之"。②淳熙六年，彭龟年致书宰相赵雄，说"某昨日窃闻建康、泸南易帅。……究其所以易者，则云因一军帅逢原尔。未知果否。若果尔，则云不得不骇矣。此人近招军士之谤，朝廷纵之不行，人已稍稍。今又因而易一连帅，……人为大丞相亦未必有此力也"③。楼钥作《宋故宝谟阁待制赠通议大夫陈公神道碑》载："率逢原粗暴，恃有奥援，所至凶横。其在池阳，几至军变，为总领郑湜所发，按其偏裨，上命枢臣镌戒，方待罪间，自副都统升都统。"④这里所说的"奥援"，谓宫中人，即指率逢原勾结宦官，以为内助，又得到宰相赵雄的包庇，故此宋孝宗、光宗父子都对他颇为偏袒。陈傅良则在《缴奏率逢原除都统制状》中揭露："臣将指湖湘，已闻率逢

<hr>

① 《攻媿集》卷八七《少师观文殿大学士鲁国公致仕赠太师王公行状》。姚明敖，原出处作姚明敷，诸书或作姚明教、姚明傲，未知孰是。《历代名臣奏议》所收录辛弃疾《淳熙己亥论盗贼札子》作姚明敖，今从之。
② 见《止堂集》卷六《代襄阳帅张尚书论边防事宜画一疏》。
③ 《止堂集》卷一二《上丞相论泸南建康易帅书》。
④ 陈傅良《止斋集》附录，文渊阁《四库全书》本。

原之为人，且见其行事矣。其在江陵，其在襄阳，与今在池阳，监司帅守皆患苦之，屡有文字上烦朝廷。"[1]

江陵府是上游藩镇，帅臣权重，隆兴间曾是制置司所在地。乾道以来，多命重臣镇守，有所升迁皆自此始。如乾道四年（1168）以后，任帅臣者方滋、张孝祥、姜诜、叶衡、薛良臣皆侍从，刘珙、杨倓、王炎皆曾执政，胡元质、沈复自湖北帅迁四川制置使或宣抚使，而沈复、叶衡终为宰执。辛弃疾自提刑、转运判官擢升湖北帅，资历不如上述诸人，显有大用之意。可惜这一趋势，却被率逢原事件破坏殆尽。辛弃疾以雷厉风行的手段处理湖北长期未能解决的治安问题，已使守旧庸碌的官僚阶层深感不安，视之为"遽暴过愆"[2]。率逢原事件更引起朝中弄权干政的宦官近习[3]的不满。辛弃疾移帅隆兴府，虽为平迁，然其仕途之蹭蹬，自以此为导火索。

四 任大理少卿

（一）辛弃疾于淳熙四年（1177）底移帅隆兴府（今江西南昌）。次年三月被召，在江西安抚任上仅三个月。

辛弃疾在地方大吏任上，每到一地，必荐举贤良，论劾腐败

---

[1] 《止斋集》卷二四。

[2] 《西垣类稿》卷二《辛弃疾落职罢新任》。

[3] 据《前汉书》卷二七中之下《五行志》七中之下："习，狎也。近狎者，则亲爱之同类者。"收入《二十五史》，上海古籍出版社、上海书店1985年影印版，第138页。

官吏，尽心尽力地完成兴利除弊的职责。在隆兴府也不例外，他曾弹劾知兴国军黄茂材多收百姓苗米，黄茂材被罢免后仍特降两官，以示儆尤。淳熙五年春，辛弃疾在安抚使任上组织人力，治理洪水。他创筑的丰城县新埽，数百年后犹为后人津津乐道。据江西地方志所载，"丰城官埽，自唐永徽间始迁县治，即筑堤，由张家埠至宝气亭、阳灵观，周回十余里。……淳熙五年，知隆兴府辛弃疾创建两埽于宝气亭前、濯缨巷口，以杀奔湍"[①]。两埽为石为土，已不详，据明代丰城县人杨廉所撰《丰城县新埽记》，两埽至明代尚发挥作用。杨廉记文称赞辛弃疾创建丰城埽的智慧时说：

> 治水犹用兵，以正合，以奇胜，而后可以尽用兵之术。正以为之堤，奇以为之埽，而后可以尽治水之术。……
>
> 丰城地势低洼，当春夏水生之时，所恃者堤而已。然诸堤以县治之堤为要，县治之堤以埽为要。是埽也，横波突出，成功最难。堤之有埽，自宋淳熙间辛帅弃疾始。……自余皆忽不知务，波涛啮及，则退而示弱，而堤始不胜其任。犹用兵无奇，终亦折北，溃散而已。……今侯去辛帅三百余年，而见与之合，且不局局于昔人之陈迹，其功之卓，当与辛帅并矣。[②]

---

① 雍正《江西通志》卷一四。埽者，挡波涛、护堤岸也。宝气亭在丰城县西北赣江边。

② 雍正《江西通志》卷一三一。杨廉字方震，丰城人，成化进士，著名学者，《明史》卷二八二有传。

此事的详情已鲜有记载。辛弃疾在江西任时间极短，犹有如此伟绩，可见其为民兴利的志愿及治水的智略。杨廉的记文把治水比喻为用兵，认为辛弃疾创建县埠犹如出奇制胜，对辛弃疾治水的功绩给予了高度评价。

（二）辛弃疾在隆兴府的江西安抚使任上为时未久，就接奉朝旨，被召入朝。他是在淳熙四年（1177）底到江西的，五年三月别去，在隆兴府整三个月。

行前，江西转运副使王希吕和寓居隆兴府的前江西、京西、湖北总领司马倬设宴送别，司马席间赋《水调歌头》词，辛弃疾即席次韵的一首，是遭遇率逢原事件以来，最能看出他当时内心创伤而饱含摧抑不平之痛的作品：

> 我饮不须劝，正怕酒尊空。别离亦复何恨？此别恨匆匆。头上貂蝉贵客，花外麒麟高冢，人世竟谁雄？一笑出门去，千里落花风。　孙刘辈，能使我，不为公。余发种种如是，此事付渠侬。但得平生湖海，除了醉吟风月，此外百无功。毫发皆帝力，更乞鉴湖东。①

据词题所载，离任之际，适当寓居隆兴府的前枢密使王炎病卒。故有"头上"三句的慨叹。王炎与虞允文的矛盾由来已久。乾道八年（1172）九月，以虞允文代王炎为四川宣抚使。淳熙二

①《辛弃疾集编年笺注》卷七《水调歌头·淳熙丁酉，自江陵移帅隆兴。到官之三月被召，司马监、赵卿、王漕钱别，司马赋〈水调歌头〉，席间次韵。时王公明枢密薨，坐客终夕为兴门户之叹，故前章及之》，第602页。司马倬原词已佚。

年六月，王炎帅湖南，虞允文同党汤邦彦以湖南兵败于茶商武装，论王炎有欺君之罪，落职贬袁州居住。《宋宰辅编年录》卷一七载："（淳熙）三年七月，上宣谕龚茂良等曰：'有一事，累日欲与卿言。昨汤邦彦论蒋芾、王炎、张说三人者，朕思之，王炎似无大过，非二人之比。'茂良等奏：'仰见圣明洞照。邦彦论王炎事多非其实，人皆能言之。宜蒙圣恩宽贷。'"王炎遂于淳熙三年（1176）十二月复资政殿大学士，知江陵府。但辛弃疾以淳熙四年二月知江陵府，王炎应当未到江陵任，家居隆兴府以终。辛弃疾在题中说，因王炎之死，宴席上"坐客终夕为兴门户之叹"，可见他对朝臣党与交攻、两败俱伤现象的憎恶。通过王炎受排挤谗毁而联想到自家的遭遇，不免有"是非成败，万事皆空"的感慨，因此虽然是"一笑出门去，千里落花风"，其心境却极为哀伤。

过片后所用的几处典故，更是表达了这种心情。孙资、刘放是魏文帝、明帝两朝的文学近幸之臣，明帝时"制断时政，大臣莫不交好"，而辛毗独不与二人往来。[①]春秋时期鲁襄公二十八年（公元前545），齐国执政的庆封败亡，其党卢蒲嫳被放逐于边境。鲁昭公三年（前539）八月，齐侯田猎于齐东境莒地，卢蒲嫳求见，哭求齐侯道："余发如此种种，余奚能为？"自言如此衰老，不能复为乱。齐侯答应回去后同执政的二公子子尾、子雅商议，子雅说，卢发虽短而"心甚长"，还想把我剥了皮当褥子睡。九

---

① 见《三国志》卷二五《魏书·辛毗传》。收入《二十五史》，上海古籍出版社、上海书店1985年影印版，第84页。

月，卢蒲嫳又被放逐于更远的北燕。[1] 辛弃疾两处用典，意思是明确的。辛毗宁可不做三公，也不肯毁名败节，向恃宠弄权的贵幸低头，似乎和被放逐的卢蒲嫳哀告齐侯之事自相矛盾，其实不然。自率逢原事件后，辛弃疾必然感觉到，他是因主张制裁骄兵悍将引起宦官近幸的不满而左迁江西的，到江西喘息未定，即被召还，来去匆匆之间，使他为国为民的所有努力全化作了乌有，自此以往，除了饮酒赋诗外，什么事也做不了。这当然与他敢于任事负责、一往直前的风范是不相容的。于是令辛毗不至三公的孙、刘辈便做了他鞭笞、嘲讽的替身。在士大夫竞相趋附奔走于宦官佞幸之门的时候，辛弃疾如此行事，自应付出沉重的代价。然而他仍然认为宋孝宗还能明察是非，可以保全自己，故又以卢蒲嫳自拟。

宋孝宗本是一个聪明英毅的君主，史臣谓其"卓然为南渡诸帝之称首"[2]，然而他却偏听偏信，以致近习、佞幸、宦官相互勾结，干扰朝政，成为沉疴痼疾。

早在隆兴之初，即因宋孝宗潜邸旧人曾觌、龙大渊等除任要职，导致一批朝臣去国，近习也为此稍稍退避。乾道六年（1170），宰相陈俊卿罢任，虞允文容忍近习怙权，曾觌遂被召回除节度使，提举京祠。他同宦官入内押班甘昪、另一近习知阁门事兼枢密都承旨王抃相与盘结，用富贵权位拉拢士大夫和武人，干预地方行政和军务，左右朝臣的进退任免，在淳熙初年更为猖獗，尤以斥逐龚茂良事件为巅峰。

---

① 见《春秋左传正义》卷四二。收入《十三经注疏》，中华书局 1980 年影印版，第 2032 页。

② 《宋史》卷三五《孝宗纪》三，第 692 页。

　　淳熙四年（1177）龚茂良以参知政事行宰相事，因实施文武官各随本色荫补法，得罪曾觌。曾觌指使其同党言官谢廓然论劾龚茂良擅权不公。龚茂良被安置英州，五年闰六月死于贬所。近习弄权，斥逐大臣，自此以后，遂不可遏制。辛弃疾得罪宦官权幸，仅仅是近习弄权过程中的一个插曲而已。

　　在这次告别江西及远赴临安的江行途中，辛弃疾写下好几篇长歌短句，但都不是徒吟风月，其中贯注的是一种不屈不挠的气概和风骨，如以"离豫章，别司马汉章大监"为题的《鹧鸪天》词：

> 聚散匆匆不偶然，二年历遍楚山川。但将痛饮酬风月，莫放离歌入管弦。　　萦绿带，点青钱，东湖春水碧连天。明朝放我东归去，后夜相思月满船。[1]

又如同调词有云：

> 唱彻《阳关》泪未干，功名余事且加餐。浮天水送无穷树，带雨云埋一半山。　　今古恨，几千般，只应离合是悲欢。江头未是风波恶，别有人间行路难。[2]

　　（三）龚茂良罢政后，暂以参知政事代行宰相事的是李彦颖和王淮。淳熙五年（1178）三月二十八日，宋孝宗再次用史浩为

---

[1] 《辛弃疾集编年笺注》卷七，第609页。
[2] 《辛弃疾集编年笺注》卷七《鹧鸪天·送人》，第622页。

右丞相。辛弃疾被召尚在史浩为相之前，故友人陈亮所说"辛幼安王仲衡诸人俱被召还，新揆颇留意善类"①并不准确，但辛弃疾抵达行在，恐已在史浩拜相之后。

辛弃疾入朝被任为大理少卿，分掌折狱、详刑、鞠谳之事，为时亦仅数月。其间与辛弃疾有关的大理寺公事，据史籍所载，为是年闰六月五日，"大理卿吴交如等札子：'本寺公事勘断尽绝，并无收禁罪人。见今狱空，欲依故事上表称贺。'诏免上表，令降诏奖谕"②。

吴交如字亨会，镇江丹徒人，淳熙四年（1177）任大理卿，他与辛弃疾同事，于奏进狱空之后，遽然病故。③《宋史·辛弃疾传》载："为大理卿时，同僚吴交如死，无棺敛，弃疾叹曰：'身为列卿而贫若此，是廉介之士也！'既厚赙之，复言于执政，诏赐银绢。"④

---

① 《陈亮集》增订本卷二九《与石天民（斗文）》，邓广铭点校，中华书局1987年版，第395页。王仲衡名希吕。
② 《宋史全文》卷二六下《宋孝宗》六，第1825页。宋孝宗奖谕狱空敕书见载《咸淳临安志》卷六。
③ 《京口耆旧传》卷二《吴大卿交如传》谓吴交如"淳熙五年闰六月卒于位，年六十一"。
④ 《宋史》卷四〇一，第12165页。

第十章　在两湖转运副使任内的政绩

一　移漕湖南

（一）淳熙五年（1178）秋，辛弃疾再出国门，任湖北转运副使。

这次辛弃疾在临安为官不到五个月，何以不能久居于朝，史传皆无说明。但是联系到此年前后，曾觌、王抃、甘昇等近习佞幸暗中操纵朝政，左右朝臣进退的情形，和辛弃疾自负气节，及抱定"孙刘辈，能使我，不为公"的一贯态度，他与上述权贵之间的关系必甚紧张，其不能久居朝列的原因，概可想见。而他从江西帅赴调时便萌发的意兴阑珊、倦游归去之念，至此更加强烈。这在赴湖北途中所作的诗词中并不只是一二见的。如以下二词：

落日塞尘起，胡骑猎清秋。汉家组练十万，列舰耸层

楼。谁道投鞭飞渡？忆昔鸣髇血污，风雨佛狸愁。季子正年
少，匹马黑貂裘。　　今老矣，搔白首，过扬州。倦游欲去
江上，手种桔千头。二客东南名胜，万卷诗书事业，尝试与
君谋。莫射南山虎，直觅富民侯。

　　　　——《水调歌头·舟次扬州，和杨济翁、周显先韵》[1]

　　过眼溪山，怪都似旧时曾识。还记得梦中行遍，江南
江北。佳处径须携杖去，能消几緉平生屐？笑尘劳三十九年
非，长为客。　　吴楚地，东南坼。英雄事，曹刘敌。被西
风吹尽，了无尘迹。楼观才成人已去，旌旗未卷头先白。叹
人间哀乐转相寻，今犹昔。

　　　　——《满江红·江行，简杨济翁、周显先》[2]

辛弃疾溯江而上，一路上同杨炎正（字济翁）、周显先二客赋咏
酬唱。舟过扬州，他回忆起十六年前金主亮被杀时，自己匹马黑
裘率众南归的情景。彼时其心中收复家山创建惊世伟业的向往，
殆已成为他终生难忘的伤痛。

　　（二）辛弃疾在鄂州（今湖北武昌）湖北路转运副使任为时
亦甚短，仅半年有余。在他任职期间，湖北帅、漕、宪三司正因
招募土丁为刀弩手事争论不休。

　　湖北招募土丁屯田，教以武艺，在北宋政和间已经实行，南
渡以后罢废。到了淳熙五年（1178），湖北提刑尹机强迫郡县招
募（湖北提刑司治所在常德府），却无田可屯，土人多有怨言。

---

① 《辛弃疾集编年笺注》卷七，第631页。
② 《辛弃疾集编年笺注》卷七，第636—637页。

李焘自礼部侍郎出知常德府，力言招募不便。此时张栻正在湖北安抚使任上，颇认同李焘的意见。帅宪议论不合，辛弃疾建议把各自的意见上奏裁定。而辛弃疾的具体主张怎样，今已无从考证。但他的意见大概是支持招募的，与李焘和张栻有所不同。其后，张栻与李焘联合上言，请"去其病民罔上者数条"，为朝廷接纳，招募一事始得以继续。①

（三）淳熙六年（1179）正月，湖南又爆发了农民起义：郴州宜章县农民陈峒因不堪忍受官府以"和籴"为名强行征收粮米，率众反抗。这完全是一起官逼民反的恶性事件，官府也不得不承认，州县官吏的措置失当是激发起义的直接原因。

从乾道元年（1165）以来的十五年间，湖南"大盗三起"，这就是乾道元年的李金起义、淳熙三年的姚明敖起义和本年的陈峒起义，这还不包括起于湖北，纵横湖南、广东、江西的赖文政茶商武装暴乱事件。每一次起义都形成了数百至数千人不等的规模，坚持数月，蹂践数州乃至数路，迫使南宋朝廷出动大军，配合地方武装全力围剿，才得平息。对这一次次起义，南宋王朝统治者虽深感震撼和打击，然而事件平息之后却只把过失推给负有责任的地方官吏，做一番奖罚陟黜了事，从不深思导致屡次镇压屡次起义的根源所在，更不知如何寻求补救的办法，这不能不使关心国家命运的爱国志士深为忧虑。

是年三月，陈峒起义武装声势大振，已发展为数千人之军，连破湖南道州的江华、桂阳军的蓝山和临武、广东连州的阳山四

---

① 见《建炎以来朝野杂记》甲集卷一八《兵马》之《湖北土丁刀弩手》，第414页；《庐陵周益国文忠公集》卷六六《敷文阁学士李文简公（焘）神道碑》；《朱熹集》卷八九《右文殿修撰张公神道碑》，第4553页。

县，使湖南各州处于一片惊恐之中。① 三月十一日，宋廷命湖南帅臣负责讨捕陈峒，辛弃疾也奉诏由湖北改湖南转运副使。其时知潭州兼湖南安抚使是王佐，湖南转运判官是陈孺。对他的这项任命，大概只能理解为：让他去帮办粮饷供应，协助王佐扑灭这次起义。

三月下旬，辛弃疾自湖北转运司所在地鄂州启程赴湖南。行前，湖北转运判官王正之于副使衙中的小山亭置酒饯行，席间，辛弃疾写下了一首《摸鱼儿·淳熙己亥，自湖北漕移湖南，同官王正之置酒小山亭，为赋》词：

> 更能消几番风雨？匆匆春又归去。惜春长怕花开早，何况落红无数！春且住，见说道天涯芳草无归路。怨春不语，算只有殷勤，画檐蛛网，尽日惹飞絮。长门事，准拟佳期又误。蛾眉曾有人妒。千金纵买相如赋，脉脉此情谁诉？君莫舞。君不见玉环飞燕皆尘土！闲愁最苦。休去倚危栏，斜阳正在，烟柳断肠处。②

这是一首被称为"千古所无"的著名词篇。从文学的角度看，它是借惜春怨春的主题，反映对抗金事业及国家、个人前途命运的忧虑。上片写在风雨摧残下春天的归去，痛惜春天的早来早归，伤心春天的无力反抗，写痛恨春归后蛛网柳絮的猖狂。这是借春的夭折，写恢复事业的失败、词人希望的破灭。下片则在哀伤恢

---

① 见《渭南文集》卷三四《尚书王公墓志铭》。收入《陆放翁全集》，第210—211页。
② 《辛弃疾集编年笺注》卷七，第647—648页。

复大计受挫之余，也为个人屡被排斥不受任用而伤怀。

这首词确实为动荡不安的时局而写作。宋孝宗朝一向被史学家视为南宋历史上的最好时期，而辛词却有"斜阳烟柳"的比喻，画出了一幅岌岌可危的江山落日图，前人多不理解，认为是危言耸听。但是，倘若能认真对待这一时期发生的一系列历史事件及其后果，便知辛词的忧虑就绝不是杞人忧天。盖自淳熙改元以来，虞允文以言恢复误国，汤邦彦以出使辱国，以及宰相叶衡被斥，都迫使宋孝宗不得不放弃遣使求地、乘机恢复中原的目标。而连年爆发的农民起义，又使南宋朝廷疲于应付。这些挫折和失败，导致南宋的内外政策被迫转向自治。楼钥撰《少师观文殿大学士鲁国公致仕赠太师王公行状》载："（淳熙）三年，申议使汤邦彦使回，上怒金人无礼。公奏天下为度，惟当讲自治之策以待之。"又说："孝宗皇帝以不世出之资，直欲鞭笞四夷，以遂大有为之志。一时进用，多趋事赴功之人。淳熙以来，益务内治，选任儒雅厚重经远好谋之士，而公为之称首。"① 即明确这种转折的标志是淳熙三年（1176）汤邦彦辱国事件。然而正是在宋孝宗"益务内治"时，竟致连续发生了民众起义事件，这对借口恢复中原而实施残酷剥削的南宋政权来说，是一个沉重的打击。

南宋当局放弃恢复中原的努力，正是辛弃疾不愿看到的结局。

自宋孝宗登极以来，从匆忙北伐到任用大言误国之人，这些决策举措，竟无一件有补于恢复大计，亦无一不以失败结束。然而失败虽是接踵而来，宋孝宗君臣却从未吸取教训，反而从积极

———————

① 《攻媿集》卷八七《少师观文殿大学士鲁国公致仕赠太师王公行状》。

进取转向消极守成，听凭近习佞幸对爱国志士实行迫害打击。这一切使辛弃疾深感失望。所以，《摸鱼儿》这首词，正是写出了在此情势之下的辛弃疾心中的全部感怀，是他长期以来对时局不断思索的一个结果。

当这首词广泛传播之后，竟也被宋孝宗看到。《鹤林玉露》一书载："词意殊怨。'斜阳''烟柳'之句，……使在汉唐时，宁不贾种豆种桃之祸哉！愚闻寿皇见此词，颇不悦。然终不加罪，可谓至德也已。"[①] 但我以为，宋孝宗对这首词不满，大概不只因为"斜阳""烟柳"之句。盖宋孝宗自许甚高，曾以唐太宗自拟。[②] 如今辛弃疾却独以玉环、飞燕为嘲笑对象，这不等于将宋孝宗讥讽为汉、唐的成帝和明皇两位好色误国之君吗？我以为宋孝宗的不满，真正原因恐在于此。

二　对王佐杀戮湖南民众不满

王佐对陈峒起义军的杀戮极其严厉残酷。

淳熙六年（1179）四月，王佐把潭州厢禁军及忠义寨军兵八百人交给流放在潭州的武臣冯湛统率，并奏请调发荆鄂军三千人会同征剿陈峒。宋廷要王佐节制诸路兵马后，又下令广南摧锋军分屯要害，防备陈峒南下。起义军得知广南戒严，又得知冯湛

---

① 《鹤林玉露》甲编卷一《辛幼安词》，第 12 页。
② 见《宋史》卷三八八《陈良祐传》："上锐意图治，以唐太宗自比。"第11902 页。

领兵，遂带着所获辎重返回宜章，筑寨坚守。湖南转运司认为"贼已穷蹙，自守巢穴"，移文诸州，要求在农忙季节，"毋以备御妨农"。王佐却反对这一意见，他说，陈峒未败，不得称"穷蹙"；宜章在广东西和湖南交界处，山林险隘，出入莫测，不得谓之"自守"。他还上奏说，若解除戒备，"贼必更猖獗，愚民且有附和而起者，非细事也"。又奏称，前连州李晞反，州郡接受其招安，不久又反，成为陈峒的副手，因此对起义军必须一意剿除，决不可宽贷遗祸。这一指导思想得到宋孝宗的赞同。四月下旬，王佐带兵至宜章，五月一日命冯湛及鄂州军统领夏俊分五路进兵。陈峒营寨尚未完成，出战又不胜，余兵遂溃败奔走，官军乘胜追击，杀死陈峒、李晞，起义军除少数被俘外，皆被官军屠杀。① 事件平息后，王佐由集英殿修撰进显谟阁待制。

南宋诸路转运司一般置副使、判官各一人，副使职位高于判官。辛弃疾既为漕长，自不能不负军饷供应之责，这有他所作的《阮郎归·耒阳道中为张处父推官赋》词为证：

> 山前灯火欲黄昏。山头来去云。鹧鸪声里数家村。潇湘逢故人。　挥羽扇，整纶巾，少年鞍马尘。如今憔悴赋招魂，儒冠多误身。②

耒阳在郴州北，属衡州，距宜章仅二百里。词的下片回忆他少年时的戎马生涯，说如今是在白发憔悴之际再次来到军前，实非出

---

① 见《渭南文集》卷三四《尚书王公墓志铭》。收入《陆放翁全集》，第211页。
② 《辛弃疾集编年笺注》卷七，第656页。

于自愿，故而自嘲一生都为儒冠所误。据此可知辛弃疾曾一度亲临前敌，而他的无奈却也皆暴白于词中。

王佐字宣子，绍兴山阴人，绍兴十八年（1148）进士第一人。他在宋高宗、孝宗朝屡被罢斥，此次平定陈峒起义有功，遂超除侍从，从此一帆风顺，官至知临安府，除户部尚书。对于这次讨平陈峒起义，辛弃疾与王佐意见并不一致，如在要求诸州不可放弃农业生产问题上，帅漕二司即发生龃龉。辛弃疾也对王佐纵兵杀戮不满，大约在事平王佐除职后，曾作《满江红·贺王帅宣子平湖南寇》词一首，下片在应酬祝贺之余有云：

> 三万卷，龙头客。浑未得，文章力。把诗书马上，笑驱锋镝。金印明年如斗大，貂蝉却自兜鍪出。待刻公勋业到云霄，浯溪石。①

据宋末人周密说，王佐得此词后，"疑为讽己，意颇衔之"。但周密解释说，辛词"三万卷"四句，是用陈师道《送苏尚书知定州》"枉读平生三万卷，貂蝉当复作兜鍪"句意，并非讥讽王佐以屠杀平民换取爵位。然而王佐却不这样认为，他于淳熙七年（1180）十一月任京尹时，上书执政说："佐本书生，历官处自有本末，未尝得罪于清议。今乃蒙置诸士大夫所不可为之地，而与数君子接踵而进，除目一传，天下士人视佐为何等类？"②可知对其湖南行径非议者并不止辛弃疾一人，知识阶层中

---

① 《辛弃疾集编年笺注》卷七，第 659 页。
② 周密《齐东野语》卷七《王宣子讨贼》，第 130—131 页。

的"清议"多半如此。后来，王佐里居时，又与乡人陆游谈及此事云：

> 里中或谓仆以诛杀众，故多难。不知仆为人除害也。湖湘乡者盗相踵，今遂扫迹者二十年，绵地数州，深山穷谷之氓得以滋息，而仆以一身当祸谴，万万无悔。①

王佐为其屠杀民众的行径辩护，把湖湘之安定归功于自己，当然得不到舆论的肯定，也是辛弃疾所不赞成的。

三 奏进《论盗贼札子》

（一）自淳熙二年（1175）以来，辛弃疾宦游之迹遍及江西、两湖，担任过提点刑狱、转运副使、安抚使等职务。上述地区自乾道元年（1165）以后（即宋孝宗即位未久）曾多次爆发有相当规模的起义事件，即：乾道元年，因官府强行推销积存已久的乳香引发的郴州宜章弓手李金起义，起义军人数达万人，一度攻占郴、韶、连等州，同年秋，起义由鄂州统制杨钦带兵扑灭；淳熙二年四月，湖北茶贩赖文政起事于湖北常德府，转攻湖南、广东、江西，同年九月，由辛弃疾招降；淳熙三年四月，湖北武冈军商人郭三同徭人姚明敖在湖北靖州起事，以重新分配土地为目

---

① 《渭南文集》卷三四《尚书王公墓志铭》。收入《陆放翁全集》，第212页。

标，同年八月，被鄂州统制明椿扑灭①；淳熙五年、六年，广西连州李晞、湖南郴州陈峒等人为反抗官府强行征收粮米而起义，淳熙六年（1179）五月被湖南帅臣王佐带兵扑灭；淳熙六年六月，即陈峒起义被扑灭不到一个月，就在广西与广东交界处又爆发了以李接、陈子明等为首的武装起义，起义军声势浩大，连破容、化、郁林州，这次起义至十月方被广西经略刘焞等扑灭②。上述起义何以集中在两湖、两广一带，特别是湖南地区？爆发起义的原因何在？辛弃疾任职于江西、湖北、湖南，在对民情做了普遍深入的了解之后，对上述问题就有了透彻的认识。于是，在这一年的六七月间，他向宋孝宗上奏了一篇《淳熙己亥论盗贼札子》，对百姓困苦之根源，亦即接连不断爆发起义的原因所在，做了深刻的分析和论述。这篇札子的全文为：

> 臣窃惟方今朝廷清明，法令备具，虽四方万里之远，涵泳德泽，如在畿甸。宜乎盗贼不作，兵寝刑措，少副陛下厉精求治之意。而比年以来，李金之变，赖文政之变，姚明敖之变，陈峒之变，及今李接、陈子明之变，皆能攘臂一呼，聚众千百，杀掠吏民，死且不顾，重烦大兵，剪灭而后已，是岂理所当然者哉？臣窃伏思念，以为实臣等辈，分阃持节，居官亡状，不能奉行三尺，斥去贪浊，宣布德意，牧养小民，孤负陛下使令之所致。责之臣辈，不敢逃罪。

---

① 见《宋史》卷四九四《蛮夷》二《西南溪峒诸蛮传》下，第14191页。
② 见魏了翁《鹤山大全集》卷八九《敷文阁直学士赠通议大夫吴公行状》，文渊阁《四库全书》本；蔡戡《定斋集》卷一《御盗十事札子》，文渊阁《四库全书》本。

臣闻，唐太宗与群臣论盗，或请重法以禁。太宗哂之，曰："民之所以为盗者，由赋繁役重，官吏贪求，饥寒切身，故不暇顾廉耻尔。当轻徭薄赋，选用廉吏，使民衣食有余，则自不为盗，安用重法耶？"大哉斯言！其后海内升平，路不拾遗，外户不闭，卒致贞观之治。以是言之，罪在臣辈，将何所逃？

臣姑以湖南一路言之。自臣到任之初，见百姓遮道，自言嗷嗷困苦之状，臣以谓，斯民无所愬，不去为盗，将安之乎？臣一一按奏，所谓"诛之则不可胜诛"。臣试为陛下言其略：

陛下不许多取百姓斗面米，今有一岁所取，反数倍于前者；陛下不许将百姓租米折纳见钱，今有一石折纳至三倍者。并耗言之，横敛可知。陛下不许科罚人户钱贯，今则有旬日之间，追二三千户而科罚者。又有已纳足租税，而复科纳者。有已纳足，复纳足，又诬以违限而科罚者。有违法科卖醋钱，写状纸、由子、户帖之属，其钱不可胜计者。军兴之际，又有非军行处所，公然分上中下户而科钱，每都保至数百千；有以贱价抑买，贵价抑卖百姓之物，使之破荡家业，自缢而死者；有二三月间，便催夏税钱者。其他暴征苛敛，不可胜数。

然此特官府聚敛之弊尔。流弊之极，又有甚者：

州以趣办财赋为急，县有残民害物之政，而州不敢问；县以并缘科敛为急，吏有残民害物之状，而县不敢问；吏以取乞货赂为急，豪民大姓有残民害物之罪，而吏不敢问。故田野之民，郡以聚敛害之，县以科率害之，吏以取乞害之，豪民大姓以兼并害之，而又盗贼以剽杀攘夺害之。臣以谓

"不去为盗，将安之乎"，正谓是耳。

且近年以来，年谷屡丰，粒米狼戾，而盗贼不禁乃如此。一有水旱乘之，臣知其弊有不可胜言者。

民者，国之根本，而贪浊之吏迫使为盗。今年剿除，明年扫荡，譬之木焉，日刻月削，不损则折。臣不胜忧国之心，实有私忧过计者。欲望陛下，深思致盗之由，讲求弭盗之术，无恃其有平盗之兵也。

臣孤危一身久矣，荷陛下保全，事有可为，杀身不顾。况陛下付臣以按察之权，责臣以澄清之任。封部之内，吏有贪浊，职所当问。其敢瘝旷，以负恩遇！自今贪浊之吏，臣当不畏强御，次第按奏，以俟明宪。庶几荒遐远徼，民得更生，盗贼衰息，以助成朝廷胜残去杀之治。但臣生平，刚拙自信，年来不为众人所容，顾恐言未脱口，而祸不旋踵，使他日任陛下远方耳目之寄者，指臣为戒，不敢按吏，以养成盗贼之祸，为可虑耳。

伏望朝廷，先以臣今所奏，申敕本路州县：自今以始，洗心革面，皆以惠养元元为意。有违弃法度，贪冒亡厌者，使诸司各扬其职，无徒取小吏按举，以应故事，且自为文过之地而已也。臣不胜幸甚。[①]

（二）在奏札的开头，辛弃疾举述宋孝宗即位以来爆发于湖南、湖北、广西等地的起义事件，并指出，参加起义的平民百姓甘冒一死，杀身不顾，这同号称政治清明的孝宗朝是极不相

[①]《辛弃疾集编年笺注》卷四，第380—383页。

称的。

接着，辛弃疾转引唐太宗有关弭盗的一段话，意义重大。唐太宗认识到民去为盗，"由赋繁役重，官吏贪求，饥寒切身"，故能轻徭薄赋，选用廉吏，致天下于贞观之治。宋孝宗平素常自比唐太宗，然而他即位以来，却不能像唐太宗那样真正减轻人民负担，沉重的压榨剥削已将农民逼迫到不反无以为生计的地步。辛弃疾说他自到湖南，见父老拦路述说困苦之状，得知百姓深受官府横征暴敛之害，遂认为"斯民无所愬，不去为盗，将安之乎"，即百姓为盗，全由官府逼迫，别无出路之故。因此，采取严厉镇压手段，并不能从根本上解决问题。他引用《孟子·梁惠王》中的话，说老百姓是"诛之不可胜诛"的。可以看出，他反对单凭武力镇压反抗、屠杀百姓的态度。

作为臣子，辛弃疾当然要避免涉及指斥皇帝，所以他只能将导致不断爆发农民起义的原因归结为地方官吏贪求，不恤百姓。湖南一路，官吏贪求尤为严重，他一一列举，向宋孝宗揭露这种横征暴敛的严重程度。

他列举了湖南地区于常赋之外，州、县、胥吏巧立名目，对农民进行法外横敛的暴虐情况，计有七类：一、多取斗面米；二、将租米折纳现钱；三、科罚；四、非地方经营的违法科卖；五、假借军用科敛；六、贱买贵卖百姓钱物；七、超前征收二税。对这类残民害农的行径，辛弃疾指出：南宋朝廷为应付巨大的军事开支和向金国交纳岁币，迫令州县交纳上供钱、无额上供钱、从民间交易中抽取的经总制钱、按月解送的月桩钱，州县无所从出，只有增立名目，向民间索取。湖南一路的横征暴敛，有些甚至毫无名目，如科罚人户钱贯，民户既已纳足租税，而官府却硬要诬以违限科罚，甚至再二再三科罚。至于他所指出的后几类搜括民财的行径，更几乎等同于公开的劫夺。从根本上讲，湖南如此横暴地把民脂民膏剥削殆尽，只能是统治集团征调急苛的直接结果。州、县、胥吏上行下效，相互包庇，而朝廷则纵而不问，故而他指出：田野之民，身受州、县、胥吏、豪民大姓之害，已到了不起来反抗就别无出路的地步。应当说，他的这篇札子，虽是作为统治阶级一员写给最高统治者皇帝的，但他对当时农民所遭受困苦的描述，却像是代表了这些受剥削压榨而无处诉说的劳动人民，对统治集团提出控诉。他生当那样的时代，能替农民说出上面的话，这在统治阶级中就算不是绝无仅有，恐怕也是不多见的。

（三）辛弃疾的奏札引起了宋孝宗的重视。八月七日，宋孝宗对此做出批示，并向执政大臣说："批答辛弃疾文字，可札下诸路监司、帅臣遵守施行。"又说："亦欲少警诸路监司、郡守也。"宋孝宗的御笔批示是：

> 卿所言在已病之后，而不能防于未然之前，其原盖有三焉：官吏贪求而帅臣、监司不能按察，一也；方盗贼窃发，其初甚微，而帅臣、监司漫不知之，坐待猖獗，二也；当无事时，武备不修，务为因循，将兵不练，例皆占破，才闻啸聚，而帅臣、监司仓皇失措，三也。夫国家张官置吏，当如是乎？且官吏贪求，自有常宪，无贤不肖，皆共知之，亦岂待喋喋申喻之耶？今已除卿帅湖南，宜体此意，行其所知，

无惮豪强之吏，当具以闻。朕言不再，第有诛赏而已。①

宋孝宗说辛弃疾的奏札只提出了问题的补救办法，而未能防患于未然，这个结论似乎全无道理。辛弃疾认识到爆发农民起义的根本原因是南宋政府对人民的剥削压榨，因而把惩处贪官污吏，减轻人民负担作为解决问题的关键，这正是防患于未然，解决连年爆发农民起义的唯一正确途径。而宋孝宗却完全避开了南宋统治者横征暴敛的问题，把责任推到地方官吏上。因此他才特别强调帅臣监司的职守。按照宋孝宗的批示，则只能处于被动应付状态，完全谈不上从根本上解决农民起义问题。所以宋孝宗这段话，反映了他的认识只停留在"头痛医头，脚痛医脚"的肤浅水准上，和辛弃疾奏札中所达到的认识高度不可同日而语，这当然由宋孝宗维护其统治基础的立场所决定。然而宋孝宗的批示毕竟有限度地同意了整顿吏治的主张，这对减轻湖南人民的痛苦，改善农民的生存状况还是有利的。

---

① 《宋史全文》卷二六下《宋孝宗》六，第1839页。其中"帅臣、监司漫不知之"一句，点校本误作"漫不如之"，今据四库本改。

第十一章　在湖南安抚使任内的政绩

一　整顿湖南乡社

王佐帅湖南，既因诛杀起义民众引起物议，宋廷遂将其调往淮东知扬州。[①] 辛弃疾改帅湖南，虽有宋孝宗八月的手札，知此年秋已有帅湖南之命，但是在此年秋接手帅任，还是在王佐此年十月改知扬州之后，尚不能考知。

湖南几经灾难性的事变蹂践，已到了民不聊生的地步。如何做好善后工作，对湖南百姓抚绥惠养，是南宋当局需要认真考虑的问题。辛弃疾在奏札中既建议"深思致盗之由，讲求弭盗之术，无恃其有平盗之兵"，已显示其对这一问题有了成熟的看法。为了缓解矛盾，安定地方，辛弃疾在帅臣任内，采取了不少积极的措施，力求使湖南不再成为多事之区。

---

① 　据《攻媿集》卷九〇《直秘阁知扬州薛公行状》，薛居实于淳熙六年（1179）八月知扬州，十月四日卒于任内，王佐移知淮东，应即在十月内。

从淳熙六年（1179）秋冬到次年冬，辛弃疾在湖南安抚使任上约十余个月。其间他怎样惠养百姓、弹劾不法官吏，书册所存史料十分缺少。现能查到的数事又都在淳熙七年，六年秋冬竟无一事可述，故其湖南政绩仅能从此数事中窥其大端了：

一是淳熙七年春，他令湖南诸州，以官府储备的粮食招募民工，浚筑陂塘。这样一方面可在春夏青黄不接之际解决饥民的生计，另一方面，陂塘筑成，便于灌溉，可谓一举两得。①

再是奏言"溪流不通，舟运艰涩"，请于湖南进纳的桩积米中支付十万石，振粜邵州二万石，永州三万石，郴州五万石。同年二月十七日宋廷批准了这一请求。②

三是奏请在郴州的宜章县、桂阳军的临武县创置学校，以教养峒民子弟。获致宋廷批准，已在淳熙八年四月，辛弃疾离任之后。③故淳熙十四年陈傅良知桂阳军，曾有奏札，谓"前后臣僚屡言郴、桂之间宜兴学校以柔人心""郴之宜章、本军临武两县创建县学，所以劝奖风厉，条目甚备""欲使边氓同被文化，幸甚幸甚"④。

四是弹奏知桂阳军赵善珏贪浊，罢其知军。此为淳熙七年六月事，辛弃疾按劾赵善珏"昏浊庸鄙，窠占军伍，散失军器，百

---

① 见《宋会要辑稿·食货》六一之一二六，第5936页。
② 见《宋史》卷三五《孝宗纪》三，第672页；《宋会要辑稿·食货》六八之七六，第6291页。
③ 《宋会要辑稿·选举》一七之三置此事于淳熙七年（1180）六月，恐系奏请时日，见第4532页。《宋史》卷三五《孝宗纪》三记此事于淳熙八年四月癸丑，此从后说，见第675页。
④ 《止斋集》卷一九《桂阳军乞画一状》。

姓租赋科折银两赢余入己"①，正是依照其《论盗贼札子》所主张的"自今贪浊之吏，臣当不畏强御，次第按奏，以俟明宪"原则行事。可以想见，辛弃疾在湖南任上，所弹劾的贪浊之吏当不止一人，惜文献记载都已缺佚了。

　　辛弃疾在湖南所做的另一件大事是整顿湖南乡社。湖南乡社是由各乡的豪民大姓统领的地方武装，其任务是弹压乡民，或缉捕盗贼。有统领二三百家以上的大社，遍布湖南南北各州郡如长沙及连、道州以及广东英、韶州，而南部数郡为数尤多，如郴、桂、宜章诸郡县尤盛。乾道七年（1171）春，知衡州王琰曾奏请在湖南八郡三丁取一，可得民兵一万五千人，被湖南帅臣沈德和否决。淳熙七年（1180）春，有臣僚奏言乡社扰民，请求全部解散乡社。朝廷札下湖南安抚司提供对策，辛弃疾遂上疏道：

　　　　乡社皆杂处深山穷谷中，其间忠实狡诈，色色有之，但不可一切尽罢。今欲择其首领，使大者不过五十家，小者减半，属之巡尉，而统之县令，所有兵器，官为印押。②

宋廷也采纳了这一建议。

　　以上各事，全都是为解决湖南农民的生活、教育、治安、吏治等方面的紧迫问题所实行的一些措施，其着眼点自然是安定地方，收抚人心，鼓励生产，使湖南从纷乱扰攘中解脱出来，步入有秩序的社会环境中。其重点振棗的几个州军，也正是历次农民

---

① 《宋会要辑稿·职官》七二之二八，第4002页。
② 《建炎以来朝野杂记》甲集卷一八《兵马》之《湖南乡社》，第417页。

起义爆发的集中地区，而被辛弃疾弹劾掉的赵善珏，正是在《论盗贼札子》得到孝宗批复之后，违背"不许将百姓租米折纳见钱"的申饬，公然"将百姓租赋科折银两"，且还"赢余入己"。这样的贪官污吏，当然应受到惩办。

二　创建湖南飞虎军

（一）湖南虽有一定数量的厢禁军，然而力量薄弱，在几次应付突发事件中暴露得最为清楚。淳熙二年（1175），湖南军曾被赖文政茶商武装军重创，几致覆灭。淳熙六年对付陈峒起义时，王佐令冯湛带兵征剿，所能派遣的厢禁军和忠义寨兵也只有八百人，最后还得仰仗荆鄂大兵才得以获胜。淳熙四年春，枢密院认为"江西、湖南多盗，诸郡厢、禁军单弱，乞令两路帅司各选配隶人置一军，并以敢勇为名，以一千人为额"①。然而当时江西、湖南两路帅臣吕企中、王佐却以亡命之徒难以约束为由拒绝了这一建议。及至辛弃疾为帅后，其意识到，湖南与广南东西路接壤，其间溪峒相连，经常发生峒民造反一类事件，这不仅因为徭人风俗强悍，也由于湖南武备空虚。他于是便根据前时枢密院的提议，向朝廷递进了一篇奏疏，陈述创建一支湖南新军——他命名这支拟议中的新军为飞虎军——的理由：

　　　军政之散，统率不一，差出占破，略无已时。军人则

① 《建炎以来朝野杂记》甲集卷一八《兵马》之《湖南飞虎军》，第420页。

利于优闲窠坐，奔走公门，苟图衣食。以故教阅废弛，逃亡者不追，冒名者不举。平居则奸民无所忌惮，缓急则卒伍不堪征行。至调大军，千里讨捕，胜负未决，伤威损重，为害非细。

　　乞依广东摧锋、荆南神劲、福建左翼例，别创一军，以湖南飞虎为名，止拨属三牙、密院，专听帅臣节制调度，庶使夷獠知有军威，望风慑服。①

这篇奏疏，仅见于《宋史》本传，当是经删节的原疏主要段落。至其原文，今已无从得见了。但从同时人复述奏疏的大意中，知主要内容已尽此疏。如周必大本年十月论步军司差拨将佐往潭州飞虎军云：

　　臣窃见湖南帅臣辛弃疾，以本路地接蛮猺，时有盗贼，创置飞虎一军，免致缓急调发大兵。……预先拨属三衙，专听帅臣节制，庶免他时潭州占破差使。②

辛弃疾在奏疏中对湖南军队在风纪上存在的种种弊端一一做了陈述：如节制和统率的事权不统一，多数士兵被统兵将校私自役使，派遣他们兴建土木工程，营建屋舍，甚至派去作商贾，负贩各地。而士兵只有被某个将校占为己用，得以奔走公门，才能衣食暖饱，因而不可能有军事技能上的操练时间，也更无所谓教习

---

① 《宋史》卷四〇一《辛弃疾传》，第12163页。
② 《庐陵周益国文忠公集》卷一四三《论步军司多差拨将佐往潭州飞虎军》，第448页。

和检阅等军纪了。地方武装既然军纪败坏到如此程度，已经是"逃亡者不追，冒名者不举。平居则奸民无所忌惮，缓急则卒伍不堪征行"[①]，要将其整顿为一支能够作战和应对突发事变的武装，当然不可能做到了。为此，创建一支新军，成为湖南安抚司可以仰仗的军队，已势在必行。宋孝宗下诏批准了这一陈请，并委托辛弃疾负责全盘规划。

辛弃疾受诏后，首先着手选择飞虎军营址。五代马殷的营垒故址据说就是三国时关羽同黄忠交战处，飞虎军营寨就选在这里。[②] 按计划，飞虎军应招募步军两千人、马军五百人，随侍将官的傔人尚不包括在内。战马和铁甲也须一应俱全。在此之前，辛弃疾已用缗钱五万，从广西境外买马五百匹。朝廷又下令每年由广西代买三十匹。

建飞虎营寨须扩展道路，需用大量石块。在长沙城北五十里，有一山叫麻潭山，是湘水和麻溪会合处，所谓湘浦就在这里。形胜家又称之为芦花鞭[③]，山形像骆驼嘴。长沙有句谚语道："骆驼嘴断出状元。"麻潭山多巨石，屹立于麻潭中。辛弃疾征调当地的囚犯前往麻潭开凿石头，允许他们以一定数量的石头代赎其罪，以减轻刑罚。从这里取来的石头不计其数。石料既源源不断，工程进展十分顺利。[④]

在飞虎寨施工期间，枢密院有一个对辛弃疾创建飞虎军不

---

① 《宋史》卷四〇一《辛弃疾传》，第 12163 页。
② 见嘉庆《长沙县志》卷二三，清刻本。
③ 见嘉庆《长沙县志》卷四。
④ 见洪迈《夷坚志》支戊卷八《湘乡祥兆》，中华书局 1981 年版，第 1114 页。

满的人物，对施工横加干预，屡加阻挠。但辛弃疾却不予理会，只是更加紧了招募训练士兵和营寨建筑工作，建军进程遂致不能遏制。但这个与之作对的人是谁呢？淳熙七年（1180）在枢密院任职的官员有枢密使王淮、签书枢密院事谢廓然。史书记载，谢廓然是曾觌党羽。淳熙四年，曾觌为驱逐参知政事龚茂良，通过内批赐此人出身，以户部员外郎除殿中侍御史，甫入台，即连续弹劾龚茂良擅权矫旨，罢其参政，责英州安置，父子死于贬所。谢廓然充当了曾觌斥逐大臣的帮凶和工具，因而得以通显，至本年五月十七日遂入为签书。还有，此年任枢密院都承旨的佞幸王抃正在怙势招权，枢密院编修官王蔺阿谀权幸，正在窥伺时机，谋取高位，因而全都站在辛弃疾的对立面上。[1]辛弃疾同近习的冲突旷日持久，他在《论盗贼札子》中曾说："臣孤危一身久矣，荷陛下保全。"又说："年来不为众人所容。"他以建功立业为己任，刚直不阿，坚持己见，勇于整顿吏治，为民请命，这些都与操权得势的佞幸势力格格不入。辛弃疾创建飞虎军的建议获得宋孝宗采纳应当在这年五月之前，其时谢廓然尚未佐院，及其执事西府之后，正当辛弃疾全力实施建军计划之际，故而得以与王抃、王蔺等人处处沮抑，必欲使之大功不就，半途而废。

　　创建飞虎军，在辛弃疾是煞费苦心、艰难经营的一件大事。总计耗费湖南一路财力达四十二万缗。[2]在施工关键时刻，当各

---

[1]　谢廓然签书枢密院事见《宋史》卷二一三《宰辅表》四，第5583页；王抃任枢密都承旨见《宋史》卷四七〇《佞幸》之《王抃传》，第13694页；王蔺为枢密院编修官见《宋史》卷三八六《王蔺传》，第11853页。

[2]　见《朱熹集》卷九四《敷文阁直学士李公墓志铭》，第4775页。

项工作井井有条，进展顺利之际，枢密院中人得知这一工程经费以巨万计之后，立即论奏湖南建军聚敛民财，让宋孝宗也不免疑惑起来，于是由枢密院自御前降下金字牌，急速传递到潭州，要辛弃疾将各项正在进行的建设立即停止。辛弃疾在此时刻表现了他处理事务的聪明和勇气。他接奉金牌后，并未停止建军工作，而是把金牌藏了起来，不向僚属公布，同时召集监办工程者，限期一个月完成飞虎营寨，逾期按军法处置。

当时正值六七月间，淫雨连绵，几乎连月不晴，使急需的瓦无法烧制。监办工程者申说他事皆易办，唯有造瓦，恐不能完成使命。辛弃疾问："需瓦几何？"

回答道："二十万。"辛弃疾说："勿忧。"

他下令给潭州厢官，要求全城的居民，自神祠官舍以外，每户以一百文提供檐前瓦二十片，限期交付官府。于是所需要的瓦在两日内全部凑齐。安抚司和潭州的僚属无不叹服辛弃疾的才干和机敏。①

为堵塞朝中的悠悠谗口，辛弃疾在建军工作如期完成之后，上奏章详叙飞虎军的创建过程、所需费用的来源，并把飞虎军营栅绘图缴进。宋孝宗览疏后，对辛弃疾所谓"聚敛"的真相有所了解，解除了对他的疑虑。

到这年七月间，飞虎军已招募步军一千余人、马军一百六十八人。②八月五日，宋廷正式颁布了飞虎军的名称，到十八日，又下

---

① 见《宋史》卷四○一《辛弃疾传》，第12164页；《鹤林玉露》乙编卷六《临事之智》，第220—221页。

② 见《庐陵周益国文忠公集》卷一四三《论步军司多差拨将佐往潭州飞虎军》，第448页。

旨将飞虎军拨属步军司。①

到这年十月，步军司向飞虎军派遣将官四员、拨发官一员、训练官十五员。在三四个月内，飞虎军的建制、装备、训练，都已基本走上了正轨。

在创建飞虎军的过程中，辛弃疾特别注意对精壮军士的选拔，并且严加训练。朱熹曾说，辛弃疾对飞虎军"选募既精，器械亦备，经营葺理，用力至多"②。飞虎军一建成，即以其雄壮军威声震湖南一方，在江上诸军中也是最为精锐的一支。

对于飞虎军的创建，尽管当时许多只求安静无事、庸庸碌碌、无所作为的士大夫官僚阶层人士都持反对态度，甚至对辛弃疾横加诬蔑，但还是有人说出了几句公道话，道出了飞虎军创建后对稳定地方所发挥重要作用的事实。如李椿于淳熙八年（1181）帅湖南时曾指出：

> 长沙一都会，控厄湖岭，镇抚蛮徼，而二十年间大盗三起，何可无一军？且已费县官缗钱四十二万，民财力不可计，何可废耶？③

淳熙十三年（1186）周必大（时任枢密使）致书湖南安抚使赵彦逾曰：

---

① 见《宋史》卷三五《孝宗纪》三，第 673 页；《庐陵周益国文忠公集》卷一四三《论步军司多差拨将佐往潭州飞虎军》，第 448 页。

② 《朱熹集》卷二一《乞拨飞虎军隶湖南安抚司札子》，第 881 页。

③ 《朱熹集》卷九四《敷文阁直学士李公墓志铭》，第 4775 页。

> 人皆云飞虎当并入江陵。殊不思湖南岁有猺人强盗，自得此项军兵，先声足以弹压。①

朱熹也言道：

> （自建飞虎军）数年以来，盗贼不起，蛮猺帖息，一路赖之以安。……本路别无头段军马，唯赖此军以壮声势。②

三十多年后，有人在谈到飞虎军在加强南宋国防力量方面所发挥的作用时还说：

> 臣照对湖南飞虎一军，自淳熙间帅臣辛弃疾奏请创置，垂四十年，非特弹压蛮猺，亦足备御边境。北敌颇知畏惮，号"虎儿军"。③

从这些议论中，可知辛弃疾创建飞虎军的功绩，人皆能道，是无法抹杀的。

（二）辛弃疾创建飞虎军，既然耗资甚大，湖南财政状况难免因此窘困。而建军之后，又须以财力赡养，必须广开财源，增加收入。于是，淳熙七年（1180）夏季，辛弃疾在湖南对关乎财计的酒实施专卖。

宋代诸州城多实行榷酒法，即由官府置务酿酒，而县镇以至乡里则多许民间自酿。湖南从南渡之初的绍兴元年（1131）即开始实行税酒法。当时流冠袭扰，潭州等城市商业萧条，帅府有人建议，由所募专业户在城外酿酒，拍卖户则许在城中自由出售，酒户入城时，按酒坛数量收取税钱。这样，官府可不必支出薪炭或粮米，坐获税收之利，百姓也不因私酿违反限额而犯法。税酒法维持了近五十年，潭州每岁酒税钱收入约为十四五万缗左右。乾道二年（1166）刘珙帅潭州，镇压李金起义，增置新兵，驻军郴州、桂阳军，军费开支增大，为此曾部分实行官酿官卖，创置糯米场，开设南、北、楚三酒楼，稍夺民间之利。辛弃疾创建飞虎军以后，多方面理财，对酒法进行变革，遂于此年夏向朝廷建议，变税为榷，实行官府专卖。

兴建飞虎军营寨、房舍、走廊过程中，所招募的大量工匠夫役，对酒的需求颇大，官府垄断酒务后，日收入达到七八百缗。如果这是平均值，全年收入即可达税酒收入的一倍以上。创建飞虎军的支出，大概颇得榷酒之力。

但辛弃疾在湖南实行榷酒法未久，便受到一些臣僚的非议。淳熙八年，兵部侍郎权给事中芮辉（字国瑞，湖州乌程人）奏言："潭州自行税酒法，人甚安之，官不费一钱而日有所入。今变税为榷，皆谓不便，人多移徙，虚市一空。始行之初，所得虽多，今止及半，而米曲之本，官吏之给，尽在其中。夫以小利易大不便犹不可，况初无可得之利。且彼方新经陈峒猖獗之后，又可遽扰之乎！"这年冬，李椿帅湖南，也上奏疏，认为榷酒法"虚有废罢酤户之名，实无所益"，建议"依旧于行酤户税卖，而帅司楼店亦且开沽，俟税课登羡日止"。这一建议得到宋廷允准，潭州一地的榷酒法实行不到两年，便被废止了。①

---

① 　见真德秀《西山文集》卷九《潭州奏复税酒状》，文渊阁《四库全书》本。

第十二章　在江西安抚使任内的政绩

一　江右救荒

淳熙七年（1180），江南东西两路、浙西、湖北都发生了较大的旱伤灾害。南宋政府下令蠲免农民的租赋，开仓救济灾民，同时督促州县把积压下来待审的案件赶快了结，缓和官府同农民的矛盾，还以补授官职的办法鼓励地方富民大姓赈济，避免因灾害严重而激发民众的不满，引起反抗。

这年年底，正在湖南安抚使任上的辛弃疾，进职右文殿修撰，从湖南调往江西，知隆兴府兼江西路安抚使，并特别下诏，要他担当处理荒政的责任。辛弃疾这是第二次任江西帅臣了，若从他任江西提刑算起，是第三次在江西任职。他对江西是熟悉的，对江西灾害的严重和饥民人数之多，当然也是有充分估计的。

江西灾伤之普遍和严重，史书用"江右大饥"一词来概括。

当时江西邻路江南东路的信州有一位文士赵蕃（字昌父），曾写下一首题为《春雪》的诗，描写了江南东西两路的灾害形势：

> 旱历三时久，荒成比岁连。只疑吾邑尔，复道数州然。
> 懔懔沟虞坠，嗷嗷釜苦悬。县官深恻怛，长吏阙流宣。
> 赈米多虚上，蠲租岂尽捐？处心诚昧己，受赏更欺天！
> 敢谓皆如此，其间盖有贤。大江分左右，万口说朱钱。
> （自注：谓南康朱熹元晦使君、江西钱佃仲耕运使。）①

说旱灾蔓延了春夏秋三季，不仅信州闹饥荒，近邻各州亦复如此（包括江西在内）。百姓为饿死沟壑发愁，家家等米下锅。官府口头上说赈济，实际虚报成绩，租赋也没有全部蠲免。昧心的官吏敢于欺天，却受到奖赏。当时知江东南康军的朱熹和江西运副钱佃在救灾方面多有成效，颇得舆论的好评，所以诗中有"万口说朱钱"句。

在辛弃疾未抵任时，前任江西帅臣张子颜也曾奏请在江西对各州县任救荒的官员实行考核，比较功绩而加以赏罚，尽量避免百姓大批流徙。②

面对江西饥荒的严峻情势，辛弃疾到任之初，便采取了迅厉果断的措施，首先控制住扰攘的局势，然后进行紧急赈济。在南昌的通衢大道上，他张贴出只有八个字的榜文：

---

① 赵蕃《章泉稿》卷二《春雪四首》之一，《丛书集成初编》本。"蠲租岂尽捐"，原作"蠲租岂尽损"，据《四库全书》本改。
② 见《皇宋中兴两朝圣政》卷五八。

闭籴者配，强籴者斩。①

这个八字榜文，在当时士大夫和民众中间广为流传，传诵中便形成了不同的词句，或作"劫禾者斩，闭粜者配"，或作"闭粜者籍，抢掠者斩"。② 文字虽有不同，但意思还是大致相近。即强迫有意囤积粮食以赚取不义之财的富户粮商公开卖粮，不得闭粜；另一方面，也严禁缺粮人家向粮食大户强行抢劫。不法粮商囤粮待价，固然置饥民死活于不顾，自应严重厉惩处，但饥民哄抢粮食，不仅影响赈济正常运行，也无济于解决严重的饥荒问题。

南昌城中是否已出现囤积闭粜和抢劫粮食现象呢？史书未有具体记载。但我以为，后一现象，必定产生于前一现象持续既久之后。故此辛弃疾须首先严禁粮商利用粮食短缺之机控制粮食市场，避免百姓粮米不继之外又加倍受粮商的盘剥。粮商既已不能闭粜，如再出现劫夺者，当然也须以峻法严禁。由以推知，当时南昌百姓虽处在饥饿中，但只要有粮可买，尚不致发生抢劫事件。因而辛弃疾这一简便明了的措施，对于因粮荒而引发的抢劫暴动事件，必定会产生有效的预防作用。史书未载江西在救荒中曾流放了何人，又曾杀了多少人，便足以证知这一措施的确收效甚大。江西其他闹饥荒的城市，大概也都按辛弃疾这一指令行事，故此局势很快得以稳定下来。

在局势平稳下来后，辛弃疾随即下令，拿出官府库存的全部钱贯、银器，又召集府县官吏、府学儒生、各行商贾，以及部分

① 《宋史》卷四〇一《辛弃疾传》，第 12164 页。
② 见《朱子语类》卷一一一《朱子》八《论民》，第 2717 页；《黄氏日抄》卷七八《抚州晓谕贫富升降榜》，文渊阁《四库全书》本。

百姓，让他们各举有才干有实绩的代表，向官府商借钱物，责成
他们担任购买、运送、销售粮米工作，不向他们征收利息；要求
在一个月内将粮食运抵南昌城下发售。于是在规定的期限内，一
队队装载粮米的船只陆续由外地抵达，南昌和其他州县粮米价格
一时大降，百姓赖以渡过饥荒。当时信州守臣谢源明① 请求江西
拨出部分粮米救灾，帅府的幕属中没有一个表态愿意相助，而辛
弃疾却说：

> 均为赤子，皆王民也！②

于是把十分之三的粮船转送信州，解救了那里严重的粮荒。

当其时，江西南部的州郡如赣、吉州以及湖南鼎、沣州都未
遭遇旱灾③，但是前江西帅臣张子颜却对下游的江东受灾州郡实行
扼籴，所有客贩粮米的船只皆阻绝。知南康军朱熹得知籴米的船
只被隆兴府截留后，曾屡次作书，力恳放行，而隆兴府的遏籴愈
益严格，以致朱熹不得不作书与江西诸司并申报朝廷。④ 所以当
淳熙八年（1181）初，辛弃疾自淮东归来的客舟运牛皮过南康军

---

① 谢源明，字不详，邵武人，绍兴三十年（1160）特奏名。淳熙八年
（1181）知信州，绍熙间任左司谏、吏部侍郎，见《续编两朝纲目备要》卷五
《宁宗皇帝》，中华书局1995年版，第84页。庆元间任四川制置使，同上。当
时信州属江南东路，与江西非一路。

② 《宋史》卷四〇一《辛弃疾传》，第12164页。

③ 见《朱熹集》卷二六《与陈帅书》，第1111页；同卷《与漕司画一札子》，
第1114页。

④ 见《朱熹集》卷二六《与江西张帅札子》二则、《与江西钱漕札子》等，第
1115至1117页。

时，船上虽挂着"新江西安抚"的牌子，却被朱熹的守卒截获、搜查、扣留，以为报复。后来，还是辛弃疾亲自写信给朱熹，告知是从军中收买的物品，朱熹才勉强给还放行。[①]

正由于前任帅守遏籴，因此，辛弃疾援救信州灾民之举就显得胸怀宽广，他的言行更受到后代君臣的赞扬。[②]

隆兴府新建县令汪义和，奉辛弃疾檄文，巡视府辖各县旱情。来归后，他首言因旱，已许各县赋税蠲免十分之八。辛弃疾不悦其擅许减赋，汪义和答道：

> 农民已困，将为饿莩，赋安从出？明示以所减数，俾户知之，犹足以系其心，必待禀明，缓不及事，奈何？

辛弃疾虽对其专擅不满，但减免赋税是有利于农民生息渡过灾荒的必要措施，也就不再责备他，将府属八县的赋税一律按八成减免。[③]

知袁州宜春县的许及之写了一首五言诗，上辛弃疾，其中便谈到江西救荒各事，有句云：

> 更治今冯翊，重归旧颍川。载途明积雪，嗣岁卜丰年。
> 封殖棠阴盛，欢迎竹马鲜。恩波行处足，威誉向来传。

---

① 见《朱熹别集》卷六《与黄商伯》。收入《朱熹集》，第5492页。

② 见《钦定续通志》卷三九五，文渊阁《四库全书》本；《御览经史讲义》卷二五，文渊阁《四库全书》本。

③ 见袁燮《絜斋集》卷一八《侍御史赠通议大夫汪公墓志铭》，《丛书集成初编》本。

> 此独疮痍甚，方疑雨露偏。禁通邻邑粟，费减月桩钱。
>
> 斋戒逾三日，遭逢有二天。执鞭吾所慕，负弩敢驱前。[①]

其中"禁通邻邑粟"一句，即指"以米舟十之三予信"[②]；而"费减月桩钱"则未见文献记载。盖月桩钱为南渡后向各州军征调，以供应军队为名目的那部分钱贯，因其按月上解，故称月桩钱。它原是由所上供销、经制等钱凑数发运，不足则以地方法外横敛凑数。[③]总之，辛弃疾在江西的确实行宽征薄赋，江西人民才得以艰难地熬过严重的旱灾。

对江西举办荒政的成绩，宋廷于七月十七日下诏，以"修举荒政，民无浮殍"为由，奖励有关人员。受奖者计有：江西运判尤袤、提举朱熹皆除直秘阁；江西帅臣辛弃疾、运副钱佃各转一官。[④]

二　隐忧和期待

（一）几年来，辛弃疾不断迁徙于江西、两湖等路，被朝廷频繁调遣，应付地方上种种亟待解决的棘手问题。对这种来去匆

---

① 许及之《涉斋集》卷一三《上辛安抚二十韵》，文渊阁《四库全书》本。许及之，字深甫，温州永嘉人，隆兴元年第进士，知袁州分宜县。见《宋史》卷三九四《许及之传》，第12041页。
② 《宋史》卷四〇一《辛弃疾传》第12164页。
③ 见《建炎以来朝野杂记》甲集卷一五《财赋》二《月桩钱》，第322—323页。
④ 见《宋会要辑稿·瑞异》二之二五，第2094页。

匆的仕宦生涯，辛弃疾已甚为厌倦。尤其是当他逐渐认识到，他这样被驱来遣去，并不是南宋当局对他的信赖，加以重用，而仅仅把他作为危急之际排除忧难的人物对待时，他感到十分失望。南宋王朝既已不再把恢复失地作为既定的奋斗目标，自然也无须收揽英雄豪杰式的人物以为己用。为求得相对的安定，南宋王朝宁可选用静默无为的庸碌之辈。在这种情势下，辛弃疾慢慢体会出，宋孝宗和他周围的宰执大臣对他的兴趣日渐减少。加以佞幸们的不断谗毁和排摈，他在仕途上已被各方政治势力挤入绝境，到了不斥逐不足以平息怨恨的地步。淳熙六年（1179）《论盗贼札子》所说的"臣孤危一身久矣，荷陛下保全。事有可为，杀身不顾"，就是指他匹马南来，朝中并无内援，身处孤立的境况。所谓"但臣生平，刚拙自信，年来不为众人所容，顾恐言未脱口，而祸不旋踵"，表明他对自身处境已有所觉察。[①] 在近几年所赋写的歌词中，上述感受曾不止一次地重复表现出来。

淳熙七年秋，当辛弃疾还在湖南时，赴江陵县令的赵奇晡[②]途经潭州，与之相唱酬，辛弃疾曾作《水调歌头》词，上片有云：

> 官事未易了，且向酒边来。君如无我，问君怀抱向谁开？但放平生丘壑，莫管傍人嘲骂，深蛰要惊雷。白发还自笑，何地置衰颓！[③]

---

① 见《辛弃疾集编年笺注》卷四《淳熙己亥论盗贼札子》，第382—383页。
② 赵奇晡，字景明，淳熙八年（1181）罢江陵令。叶适有《送赵景明知江陵县》诗，见《水心文集》卷六，收入《叶适集》，第36页。
③ 《辛弃疾集编年笺注》卷七《水调歌头·和赵景明知县韵》，第678页。

可知这一年他已经有了无地"置衰颓"的感受。淳熙八年
（1181），寓居鄱阳家中已经十三年的前宰相洪适[1]，作了一首调寄
《满庭芳》的遣兴词，其中感怀多年退闲生涯，堪堪垂老；自伤
壮怀销铄，无药可医。适逢其季弟洪迈（字景庐）有南昌之行，
即以其词录示尽地主之谊、与之同游南昌东湖的辛弃疾。

辛弃疾得读其词，引起同感，遂步洪适原韵，接连写下三首
《满庭芳》词。其第一首上片有云：

> 倾国无媒，入宫见妒，古来輋损蛾眉。看公如月，光彩
> 众星稀。袖手高山流水，听群蛙鼓吹荒池。[2]

人才须经佞幸小人的荐举方得见用，否则即受小人们的妒忌摧
毁，这真是古往今来的大悲哀。洪适之一斥不复，朝省之荒芜
乏才，同自己的被妒遭忌，正是这几句歌词自伤、伤人的主旨
所在。

洪迈于淳熙七年五月罢知建宁府，他也是继其仲兄洪遵、长
兄洪适之后任职于学士院的一代文学之士，因求琼花免官，此时
也与其兄一样家居于鄱阳。辛弃疾在和洪适韵呈洪迈的两首《满
庭芳》词中，一则道：

> 曾是金銮旧客，记凤凰独绕天池。……只今江海上，钓

---

[1] 洪适，字景伯，洪皓长子，鄱阳人。乾道元年（1165）十二月拜尚书右仆
射。未久罢归，家居十六年卒。见《宋史》卷三七三《洪适传》，第11564—
11565页。

[2] 《辛弃疾集编年笺注》卷七《满庭芳·和洪丞相景伯韵》，第689页。

天梦觉，清泪如丝。算除非痛把，酒疗花治。[1]

说洪景庐钧天梦醒时的痛苦，只有饮酒看花才能治疗。再则道：

> 谁将春色去？鸾胶难觅，弦断朱丝。恨牡丹多病，也费医治。梦里寻春不见，空肠断怎得春知？[2]

春色既尽，无足留恋。如琴弦既断，无处可觅鸾胶；又如多病牡丹，医治极难。只好将对春意的思念，托付给梦魂。这些词句，隐隐约约传达出辛弃疾对南宋王朝的失望情绪和对国家命运的忧虑，这同几年前写的《摸鱼儿》等词并无不同。

（二）辛弃疾是一个英雄豪杰式的人物，正如叶嘉莹女士在其《论辛弃疾词》的长篇力作中所说的：

> 辛弃疾实在不仅只是一位有性情、有理想的诗人而已，他同时也还是一位在实践方面果然可以建立事功的，有谋略、有胆识、有眼光、有手段、有才华，而且有权变的英雄豪杰式的人物。而他整个生命的重心，则是他的心心念念不忘收复中原的志意。这其间自然有他对于国家的一份忠义之心，也同时有属于他自己的一份故乡之念。[3]

---

① 《辛弃疾集编年笺注》卷七《满庭芳·游豫章东湖，再用韵》，第 696 页。
② 《辛弃疾集编年笺注》卷七《满庭芳·和洪丞相景伯韵，呈景卢内翰》，第 693 页。
③ 《灵谿词说》，第 413 页。

其意也是认为，我们不应当仅仅以一位杰出的词人去看待他。辛弃疾首先是一位爱国志士，是在南北分裂的特定环境中，出现的一位足以用他的才智弥缝这种分裂局面、挽狂澜于既倒的英雄豪杰。这样的人物，不但在宋金对峙的当时，即使在历史上也有如晨星一现，并不多见。因而，当辛弃疾在金国乘时奋起、率众南归之后，虽处于官卑位微的境况下，却已经赢得了士大夫们的赞誉，以必能创建功业期待于他了。

临事果毅，有机敏应变之才，可以托付重任，正是辛弃疾得到士大夫们交口赞誉的主要原因。当辛弃疾以"中州之豪"的勇气和胆略擒获张安国千里献俘行在之际，他的英雄行为已为社会各阶层所敬仰。洪迈为辛弃疾所作的一篇《稼轩记》中即写道：

> 予谓侯本以中州隽人，抱忠仗义，章显闻于南邦。齐虏巧负国，赤手领五十骑，缚取于五万众中，如挟兔。束马衔枚，由关西奏淮，至通昼夜不粒食。壮声英概，懦士为之兴起，圣天子一见三叹息。

南宋的理学大师朱熹也把辛弃疾擒获张安国的事迹原原本本地讲述给他的门人，后为黎靖德编入《朱子语类》卷一三二的《中兴至今日人物》下中，显然是把此事作为中兴以来的杰出人物事迹加以传述的。

同是从中原南归、曾任军器少监的韩玉[①]，在为辛弃疾祝贺生

[①]　韩玉，字不详，原为北方之豪，绍兴末南归，授江淮都督府计议军事。见叶绍翁《四朝闻见录》丙集《司马武子忠节》条，第100页。所著有《东浦词》，有传本。

日的《水调歌头》词中，也写道：

> 重午日过六，灵岳再生申。丰神英毅，端是天上谪仙
> 人。凤蕴机权才略，早岁来归明圣，惊耸汉廷臣。[①]

曾知鄂州的赵善括，为辛弃疾生日祝贺，写下"正彩铃坠盖，玉燕投怀，梦符佳月。五百年间，诞中兴人杰。杖策归来，入关徒步，万里朝金阙。贯日精忠，凌云壮志，妙龄英发"[②]的赞美言词。这些都不是应付式的陈腐套语，而是表示了由衷的赞誉，说他的确堪当"中兴人杰"的称号。

南渡以后，在担任地方官期间，辛弃疾以奋发有为的精神，多有兴建。滁州之政，在短时期内，便使一座凋敝荒废的城市焕发生气，面貌一新。为此，崔敦礼在《代严子文滁州奠枕楼记》不胜赞叹地写道：

> 侯喜其政之成，移书二千里，乞余文以为记。余曰：是
> 不可不书也，故为之书。侯有文武材，伟人也。[③]

当私贩茶叶走私境外的茶商，积十余年屡禁不止的声势，于淳熙二年（1175）聚众起事，蹂践湖北、湖南、广东、江西，南宋当局调集禁军和地方军队亦久未能平时，辛弃疾却剿抚并用，短短

---

① 韩玉《水调歌头·上辛幼安生日》，见《东浦词》。转引自《全宋词》，第2058页。
② 《应斋杂著》卷六《醉蓬莱·辛帅生日》。
③ 《宫教集》卷六。

一两个月间便平息了这一事件。这也使士大夫们认识到，辛弃疾的确是可以建立事功的人物。洪迈为此赞叹道：

> 顷赖氏寇作，自潭薄于江西，两地惊震，谈笑扫空之。①

罗愿赞叹道：

> 忆公初来时，狂狡啸以哗。主将失节度，玉音为咨嗟。
> 一朝出明郎，绣衣对高牙。持斧自天下，荒山走矛叉。
> 光腾将星魄，枉矢失惊蛇。氛雾果尽廓，十州再桑麻。②

许及之亦有诗赞叹道：

> 谈笑潢池净，生成壁垒坚。丈夫真细事，余子敢差肩。③

《宋史》本传说辛弃疾"豪爽尚气节，识拔英俊"④。他担任东南各路帅、漕、宪数年，十分注意人才的选拔奖用。

淳熙三年（1176）辛弃疾任江西提刑。时通判赣州罗愿摄知州事。罗愿之父是绍兴间的御史中丞罗汝楫。罗汝楫曾追随奸相秦桧陷害岳飞，名声很坏。罗愿却和其父不一样，是一位品德学问都很优秀的人士，他善于文辞，笔底的古文有先秦两汉之风，

---

① 《稼轩记》。
② 《鄂州小集》卷一《送辛殿撰自江西提刑移京西漕》。
③ 《涉斋集》卷一三《上辛安抚二十韵》。
④ 《宋史》卷四〇一，第12165页。

为朱熹、周必大等人推重。赖文政茶商军被平定，罗愿治理州事，务求政清讼简，化美风俗，尤其热心教育，不避繁难，亲至学校讲授。辛弃疾把罗愿的事迹上奏朝廷，说罗愿应当担任朝中清要之职。于是罗愿在任满之后，被差知南剑州。罗愿在《谢辛大卿启（幼安）》中曾谈到受其恩遇一事：

> 伏念某顷为别驾，得近行台。表于属吏之中，期以古人之事。……揆以生平，知我莫如鲍子；闻之道路，逢人更说项斯。意朝廷诸公之贤，多门墙一日之雅。倘非凭借，曷有超逾？①

淳熙四年（1177），辛弃疾在江陵府任湖北帅。常德府知武陵县彭汉老颇著政声。境内有两名百姓为争田诉讼到县衙，彭汉老没有予以治罪，而是劝说这两位邻舍应当友善相处，使二人感化悔悟，主动撤回了讼书。还有一个出身士大夫家庭的女儿，被当地一名姓祝的武官强抢去做了侍女，彭汉老得知后，强令武官予以开释，给她选择了夫婿，并从自己的俸禄中拿钱资助她出嫁。这些事迹传出后，辛弃疾即与湖北提刑尹机共同上奏其事，将彭汉老的政绩记录在簿册中，作为迁除的资据。②

潭州衡山县尉戴翊世是登第后的初仕，他尽职尽责，境内的盗贼息声匿迹。辛弃疾帅湖南时知他才干，行檄令他代理知县职务。帅府和提刑司分别向朝廷荐举他的事迹，任满迁官，补赣州

---

① 《鄂州小集》卷五。
② 见《杨万里集笺校》卷一一九《中散大夫广西转运判官赠直秘阁彭公行状》，第4581页。

雩都县丞。[①]

淳熙七年（1180）八月，湖南解试在潭州举行。考试已毕，有应试举子向辛弃疾控告考官滥取，并举第十七名《春秋》卷为例。辛弃疾调出这名举人的原《春秋》试卷阅读，知控告的全是事实，于是决定用乙榜的《春秋》卷作调换。等到开启弥封的卷子，则考生名叫赵鼎，与绍兴间宰相赵鼎同名。辛弃疾十分生气，他说："佐国元勋，忠简一人（赵鼎谥忠简），胡为又一赵鼎！"以为这是考生对中兴名相的不敬，便把试卷掷到地上，取消了录取资格。又调阅《礼记》卷，发现某篇试卷极为出色，高兴地说："观其议论，必豪杰士也，此不可失！"[②]打开弥封，这名考生名叫赵方。

赵方字彦直，是南宋宁宗嘉定间的抗金名臣，于淳熙八年，即解试合格的翌年登进士第。赵方嘉定间官京湖制置使，在襄阳戍边十年，与南迁的金军相抗衡，屡败金军，一身系国安危。淮蜀沿边屡被金人之祸，而京西一境独得保全，都是赵方的功绩。其子赵范、赵葵，在抗金抗蒙战争中也都有所建树，亦为南宋名臣，事迹分别入《宋史》各传中。辛弃疾识拔赵方于布衣之时，见于《宋史》本传，自属绝对可信。元人刘一清编的《钱塘遗事》中还记载：

　　方初登第作尉时，尝访辛稼轩，留三日，剧谈方略。辛喜之，谓其夫人曰："近得一佳士，惜无可为赠。"夫人曰：

①　见《庐陵周益国文忠公集》卷七七《二戴君墓碣》，第716页。
②　《宋史》卷四〇一《辛弃疾传》，第12165页。

"我有绢十端尚在。"稼轩遂将添作赆仪，且奉以数书云诸监
司觅文字。赵极感之。①

辛弃疾在湖南创建军旅，飞虎军成，雄镇一方。有一小官，曾于
山前效力，备著辛劳，辛弃疾上其功，奏报朝廷，功赏未报间，
辛弃疾去职，赏格不下。后其人来访，辛弃疾已退闲，遂赋诗送
别。此事为刘克庄《后村诗话》后集所载。全诗是：

> 青衫匹马万人呼，幕府当年急急符。愧我明珠成薏苡，
> 负君赤手缚於菟。观书到老眼如镜，论事惊人胆满躯。万里
> 云霄送君去，不妨风雨破吾庐。②

此诗题为《送别湖南部曲》。《后汉书》载，马援征交趾归
国，带回一车薏苡，准备用为种子移种中土。岂料后来竟有上书
者谗毁马援所载回的全是南方的明珠文犀。辛弃疾用此典故，说
他因湖南建军而遭小人谗毁，影响了部属的前程，深感惭愧。全
诗以其悲壮雄迈之气，表达了他对其部属遭遇的同情，

朱熹、张栻、吕祖谦是当世最著名的学者，人称"东南三
贤"。辛弃疾与三人友善，交谊颇深。张、吕二人均壮年早逝，
辛弃疾仕宦东南期间，尤与二人为挚友。

对于张栻、吕祖谦的学术思想，辛弃疾十分钦敬，但他与二
人交谊深厚，却不在讲学，而在于政治立场。乾道六、七两年，

① 刘一清《钱塘遗事》卷三《赵方威名》，上海古籍出版社 1985 年影印版，
第 72 页。
② 《刘克庄集笺校》卷一七六，第 6822 页。

辛弃疾任司农寺簿，张栻、吕祖谦同时在朝中任职。两人虽都是虞允文所要网罗的人物，然而却不愿按照虞允文的纵臾，附和其用兵主张，以致后来都为和虞允文相互结托的近臣佞幸所排挤而次第去国。

张栻于淳熙七年（1180）二月病逝，吕祖谦于淳熙八年（1181）七月病逝，辛弃疾在一篇《祭吕东莱先生文》中充满深情地写道：

> 弃疾半世倾风，同朝托契。尝从游于南轩，盖于公而敬畏。兹物论之共悼，宁有怀于私惠？

并在祭文中对吕祖谦的操守学养给予极高的评价，说他"不力而勇，甚和而毅"，在纷乱复杂的事物面前"审是决疑"，皆能切中要害。又说他的学术上承北宋伊洛学派，别立门户，使"圣传不坠"，可与朱熹、张栻并驾齐驱。祭文中说：

> 惟公天质之美，道学之粹。操存之既固，而充养之又至。一私欲未始萌于心，极万变不足以移其志。故不力而勇，甚和而毅。泯爱憎以无迹，更毁誉而一致。宜君上益信其贤，而同异者莫得窥其际也。任重道远，发轫早岁。遗外形体，辍寝忘味。事物之来，若未始经吾意；迫夫审是决疑，则精微正大，中在物之理而尽处物之义。私淑诸人，固已设科不拒，闻者心醉。道行志得，抑将使群才并用，而众志咸遂也。
>
> 乃若生长见闻，人物门第，高文大册，博览强记，虽皆

过绝于人，要之盖其余事。厥今上承伊、洛，远溯洙、泗，
金曰朱、张、东莱，屹鼎立于一世。学者有宗，圣传不坠。
又皆齿壮而力强，夫何南轩亡而公病废？上方付公以斯文，
谓究用其犹未。传闻有瘳，士夫增气。忽反袂以相吊，惊邮
传于殄瘁。①

南宋还有一位以心学为核心思想的理学家陆九渊，亦与辛弃
疾交往。陆九渊字子静，抚州金溪人，登乾道八年（1172）进士
第。辛弃疾任江西安抚使时，任建宁府崇安县主簿的陆九渊上书
辛弃疾，对江西政事多有指责，大致是言胥吏欺上瞒下，草菅民
命，巧取豪夺。②

陆九渊淳熙间致故旧书函，大抵所论皆抚州政事，未尝涉及
其他州郡，盖亲历之事，言而有据。从《象山集》中所能查到的
资料看，这一时期也没有陆九渊曾前往隆兴府的记载，因而他所
论不知是否来自传闻，能中綮否。

尽管陆九渊对辛弃疾的批评未必皆实，尽管辛弃疾对此做何
反映也难考知，但从其后所发生的事情看，他并没有因陆九渊对
他的发难、苛责而种下宿怨。在其诗词中，虽然有"耕也馁，学
也禄，孔之徒。青衫毕竟升斗，此意政关渠。天地清宁高下，日
月东西寒暑，何用着功夫？"③的语句，来反诘陆九渊的学术观点。
陆九渊曾作《经德堂记》，藐视科名之无足轻重，而其师徒却汲

---

① 《辛弃疾集编年笺注》卷五，第 425—426 页。
② 见《陆九渊集》卷五《与辛幼安》，中华书局 1980 年版，第 72—73 页。
③ 《辛弃疾集编年笺注》卷一三《水调歌头·题吴子似县尉黉山经德堂。堂，
陆象山所名也》，第 1526 页。

汲以功名为念。辛弃疾故作《水调歌头·题吴子似县尉瑱山经德堂……》调笑之。然而，辛弃疾对于后来从政的陆九渊知荆门军的成绩却赞誉有加，曾写书与朱熹，高调赞扬。朱熹于绍熙三年（1192）致函陆九渊，有如下语句：

> 近辛幼安经由，及得湖南朋友书，乃知政教并流，士民化服，甚慰！①

辛弃疾表现出宽阔的胸怀和气度，与陆九渊是不同的。

辛弃疾还同陆九渊的二兄九龄交好。九龄少有大志，浩博无涯，登进士第，授兴国、全州教授，未上而卒。学者称为复斋先生。据徐乾学《资治通鉴后编》卷一二八所载，乾道中，陆九龄调兴国军教授。"未上，会湖南茶寇剽庐陵，声摇旁郡。旧有义社以备寇，郡从众请以九龄主之，门人多不悦，九龄曰：'文事武备，一也。古者有征讨，公卿即为将帅，比闾之长，则伍两之卒也。士而耻此，则豪侠武断者专之矣。'遂领其事，调度屯御皆有法。寇虽不至，而郡县倚以为重。"可知陆九龄问学之外，极为重视事功，与九渊略有不同，这也许就是他得到辛弃疾敬重的缘故。因此，在陆九龄淳熙七年（1180）九月病逝后，辛弃疾特为其撰作《复斋陆先生传》，可惜，这篇辛弃疾亲书的传文到清代还保存在苏州虎丘甫里祠中，到近代却毁灭了。

辛弃疾在南归以后所展现的风范，虽赢得很多士大夫阶层人士的称颂，却也招致某些统治集团中人的忌妒，使人们对他创立

---

① 《陆九渊集》卷三六《年谱》，第511页。

更大功业的期待终致落空。

三　被劾罢官

　　淳熙八年（1181）十一月，辛弃疾改除两浙西路提点刑狱公事，未及赴任，十二月初二日，有言官奏劾辛弃疾"奸贪凶暴，帅湖南日虐害田里"①，遂落其职名，并罢新任。

　　《宋史》本传说"台臣王蔺劾其用钱如泥沙，杀人如草芥"②。辛弃疾罢官制词由直学士院崔敦诗起草，制词略云：

> 　　淫风殉货，义存商训之明；酷吏知名，事匪汉朝之美。岂意公平之世，乃闻残黩之称。罪既发舒，理难容贷。尔乘时自奋，慕义来归，固尝推以诚心，亦既委之方面。曾微报效，遽暴过愆。肆厥贪求，指公财为囊橐；敢于诛艾，视赤子犹草菅。凭陵上司，缔结同类。愤形中外之士，怨积江湖之民。方广赂遗，庶消讥议。负予及此，为尔怅然。尚念间关向旧之初心，迄用平恕隆宽之中典。悉镌秘职，并解新官。宜讼前非，益图后效。③

制词将弹章中的各项罪名全都摘录引用，但仍不过是两项，即贪

---

① 《宋会要辑稿·职官》七二之三二，第 4004 页。
② 《宋史》卷四〇一《辛弃疾传》，第 12164 页。
③ 同治《苏州府志》卷一四一《金石志》。又见崔敦诗《西垣类稿》卷二《辛弃疾落职罢新任》。

黩和凶暴。制词上说"肆厥贪求,指公财为囊橐;敢于诛艾,视赤子犹草菅",即言官论列中所谓"奸贪凶暴,帅湖南日虐害田里",亦即所谓"用钱如泥沙,杀人如草芥"。这些主要指他在湖南日的所作所为。辛弃疾创建湖南飞虎军时的确动用了当时湖南的大量人力财力,周必大曾说他"竭一路民力为此举"。但湖南建军本来是一项正当的事业,动用钱财是免不了的,这同他在江西救荒中动用了全部库存钱物一样,都是不应非议的行为。问题是,既然辛弃疾在湖南"用钱如泥沙",无所爱惜,这公财又是如何变成为"囊橐"的呢?弹章似乎也举不出任何辛弃疾贪污的证据,把辛弃疾在湖南"创置飞虎一军,欲自行赡养,多方理材"[①]一事诬为"贪求",把用于建军的费用诬为落入其私囊中的赃款,岂不荒唐?这显然是诬谤之辞。而为了达到罢黜的目的,似乎也顾不上名正言顺了。至于说辛弃疾"杀人如草芥",落实到湖南日,却也毫无踪影。史书说"盗连起湖湘,弃疾悉讨平之"[②],其后便列举辛弃疾《论盗贼札子》中李金、赖文政以及陈峒、陈子明等起义诸事,但这诸次起义,除茶商武装确系辛弃疾平息以外,其余诸次起义的平息则均与他无关,所以《宋史》本传的话实在不够准确。如果这指辛弃疾在湖北帅守任上采取严厉打击盗贼的措施,即对当地走私金国的不法商贾绳以军法之事,也是被无限夸大,和事实并不相符的传言。史书又载辛弃疾在湖南,因其地屡经兵祸,故力主惠养元元,胜残去杀,未载其在湖南有多杀之事。然而这些时地

---

① 《西山文集》卷九《潭州奏复税酒状》。
② 《宋史》卷四〇一《辛弃疾传》,第 12162 页。

彼此不相干的事情，一旦被罗织拼凑，就都变成了罪状。总之，制词和弹章对辛弃疾的所有指责，都不过是政治上的对立者为了需要诬构出来的不实之词。

王蔺一章奏进，不容分辩，宋廷立即批复施行，不但罢免了辛弃疾的新任职务，而且连他的右文殿修撰的贴职也削夺了。这可见宋孝宗对他的态度已发生了很大的变化，绝非偶然事件。个中可以窥察的信息大致有三点：

第一，辛弃疾从南归之日开始，便不顾官卑职微，屡次向南宋朝廷进献恢复中原的建议，而其凡有所进奏，又都根本不去考虑如何逢迎当权者们的好恶，"持论劲直，不为迎合"[1]，不但引起朝中主和派们的极大反感，同时也为当时主战派所不满。其间如张浚、虞允文、赵雄等又都先后执政，门人弟子充斥于朝廷中。尤其是对乾道六年、七年以后宋孝宗、虞允文、赵雄等施行的政治、经济、军事诸方面决策，以及对金策略，辛弃疾差不多全都采取了否定的态度。虞允文之事且不论，据《宋史·赵雄传》，赵雄字温叔，资州人，虞允文宣抚四川，辟为干办公事。此人以大言为孝宗所喜。"雄极论恢复。孝宗大喜，……雄请复置恢复局，日夜讲磨，条具合上意。"乾道六年（1170）自选人入馆，不满岁除中书舍人。淳熙五年（1178）除参知政事，八个月后拜右丞相，"每进见，必曰'二帝在沙漠'，未尝离诸口也"[2]。其任右丞相，一直到淳熙八年的八月。这样一个言必称恢复、大言无实的人物长期执政，可以说是忠实继承了虞允文空谈误国的传

---

[1] 《宋史》卷四〇一《辛弃疾传》，第 12162 页。
[2] 《宋史》卷三九六《赵雄传》，第 12073—12074 页。

统。《延祐四明志》卷五曾指出："孝宗锐意复北疆，虞允文、王蔺、赵雄以言兵骤进。"辛弃疾在乾道七年（1171）把写给虞允文的策论命名为《九议》，其意所指，即虞允文所施行的各项"规恢远略"都是亟须商酌非议的。他的这种见解和态度，在朝中虞允文的门徒看来，是难以忍受的。这些人对宋孝宗的态度所产生的影响不容忽视。辛弃疾力主抗金的计划始终不被宋孝宗采纳，而辛弃疾的被弹劾罢免，都是虞允文及其党羽合力排斥的结果，这便很能说明问题之所在了。

第二，宋孝宗即位以后，信任非人，一时宦寺、佞幸、近习，皆投其所好，纷纷以拥护恢复受到庇护。辛弃疾既被南宋君臣和社会各界人士目为归正人，从一贯排斥、歧视北人的立场出发，辛弃疾虽已屡膺阃寄，多次奉命处理南宋政府交办的紧急公务，并且被认为是有功之人，然而结局却往往相反。这是因为，出自为人民群众排解疾苦的愿望，辛弃疾在各地执行公务时，都力求解除这些病痛的根源，他的敢作敢为触犯了统治阶层某些代表人物的利益，因而即使他有所兴建，并且这些兴建有利于人民群众和国家的长久利益，但也总是遭到不应有的责难，不能被容忍。他和邪恶势力的对立日渐突出。最明显的事例是淳熙四年（1177）同湖北军帅率逢原的矛盾。淳熙六年，又因创建湖南飞虎军，同参知政事周必大、同知枢密院事谢廓然、枢密都承旨王抃、枢密院编修官王蔺发生冲突。这些人同擅政的曾觌关系密切，相互勾连。辛弃疾曾在《论盗贼札子》中说："臣孤危一身久矣，荷陛下保全。"然而，无论是孝宗本人还是其信任的邪恶势力，都不曾对他稍加顾念，有任何保全之举。

第三，辛弃疾南归以后，其一心一念志在恢复中原的理想全部落空，特别是宋孝宗在几经挫折后，改规恢远略为自治之策，使英雄豪杰老于江左，无用武之地，"楼观才成人已去，旌旗未卷头先白"①，遂把一份忠义，满腔悲愤，全都托之于写作，发泄于歌词中。当乾道、淳熙间，《稼轩词》已在社会各阶层和士大夫中广泛传播，其词中所寄托的某些忧国忧民的感情，对南宋统治集团打击迫害抗金人士的痛心和憎恶，悲歌慷慨，讥刺怨怼，已足以引起宋孝宗君臣的不悦。他的《摸鱼儿》一词传入宫中之后，便被认为是在诽谤朝政，对皇帝本人不敬。辛弃疾之最终为宋孝宗所不容，在遭受弹劾后不但立即落职罢任，而且终宋孝宗之世，得不到起复机会（自此至宋孝宗禅让光宗，尚有八个年头），这也是一个极为重要的因素。

弹劾辛弃疾的监察御史王蔺②字谦仲，无为军人（今属安徽），乾道五年（1169）进士。淳熙八年（1181）八月由宋孝宗亲擢为言官。此人极善钻营，以进言恢复骗取时誉，一时内外之臣遭其论劾者不知其数。有人说他受到宠幸是因"淳熙乙未（二年），驾幸太学，蔺为武学谕，在班列中，人物伟然，上一见奇之，自是擢用，驯至执政"③。王蔺"以言进用，……妄肆臆说，相师成风"④，后来也为宋孝宗觉察⑤，曾说过言官有"好名之士，

① 《辛弃疾集编年笺注》卷七《满江红·江行，简杨济翁、周显先》，第637页。
② 王蔺，王之道子，后官至枢密使。见《宋史》卷三八六《王蔺传》，第11853页。
③ 《直斋书录解题》卷一八《别集类》下，第548页。
④ 《攻媿集》卷八七《少师观文殿大学士鲁国公致仕赠太师王公行状》。
⑤ 见《攻媿集》卷九三《忠文耆德之碑》。

至于以虚为实，毁誉乱真"① 的话。然而王蔺由于赵雄、周必大暗中帮忙，并未被逐出朝廷。因此其弹劾辛弃疾，不过是逢迎孝宗、宰执及佞幸意旨而已。

① 《攻媿集》卷八七《少师观文殿大学士鲁国公致仕赠太师王公行状》。

不妨风雨破吾庐——第一次废黜

第十三章　带湖买得新风月

一　初寓带湖

（一）在江南东路的西隅，江、吴、闽、越的交汇处，有一重要的城市名曰信州，郡号上饶。宋人所著方志如《方舆胜览》上称其"地僻山深，尚带瓯闽之俗；民贫赋啬，偶联江浙之区"，又称其"郡分江左，奈土俗之素贫；地近日边，幸政声之易达"。① 就是说，上饶虽穷，但同临安毕竟不太远，可很方便地得知朝中的信息，所以便成为士大夫乐于居住的地方。淳熙八年（1181）底，辛弃疾罢江西帅来归，就家居于此，并且一住就是十余年。

信州城北原有一片旷土，连接一条狭长如带的湖泊，辛弃疾把它买下来，进行了一番修葺，打算作为弃官以后的新居。为

---

① 见《宋本方舆胜览》卷一八《江东路·信州》，第195页。

此，他把自然景观连同依山傍水所建造的房舍一一起了相应的名字。这条长湖便被命名为带湖，而其中一间最重要的建筑物被命名为稼轩。自从这座茅舍建成后，他便有了一个别号叫作稼轩居士。同时的友人和后世学人都乐于以这一别号相称，如苏轼之以东坡居士呼之，这比称名道字更能表达人们对词人的敬仰和亲近之意。

据《宋史》本传，辛弃疾曾有一段名言道：

> 人生在勤，当以力田为先。北方之人，养生之具不求于人，是以无甚富甚贫之家。南方多末作以病农，而兼并之患兴，贫富斯不侔矣。[①]

从这段话中可以看出他对农业生产和对农村问题的重视。他之以稼名轩，正是表示要大力提倡发展农业生产，而不是要亲自力作耕田。

带湖新居中的稼轩，是淳熙六年（1179）落成的。而他是什么时候买得带湖这片荒地的呢？书册中并无确切记载。淳熙八年春，当稼轩友人洪迈前往南昌时，辛弃疾不但陪同他游览了东湖等胜景，还委托他作了一篇《稼轩记》，记述带湖新居的经营始末。记文的开头便谈到辛弃疾最初购置新居的情况。记云：

> 国家行在武林，广信最密迩畿辅。东舟西车，蜂午错出，处势便近，士大夫乐寄焉。环城外中，买宅且百数，基

---

① 《宋史》卷四〇一《辛弃疾传》，第12165页。

局不能宽，亦曰避燥湿寒暑而已耳。

  郡治之北可里所，故有旷土存，三面傅城，前枕澄湖如宝带。其从千有二百三十尺，其衡八百有三十尺，截然砥平，可庐以居。而前乎相攸者皆莫识其处，天作地藏，择然后予。济南辛侯幼安最后至，一旦独得之。

辛弃疾是何时曾到上饶，独具慧眼而购得这块众人皆莫能识的旷土，记文也未做说明，但据我考索，似应在淳熙二年（1175）。因为信州既当瓯闽江浙之冲，辛弃疾南渡以后，除一度寓居镇江以外，近二十年不是居官行都，便是转徙任职于江淮、京西、两湖，所往来之地也大都是长江及其左近地区，上饶却不在经行途中。只有一次例外，即淳熙二年秋，辛弃疾除江西提刑，奉命自行在赴赣州讨捕赖文政，不须经行大江，得以经严、衢、信州入江西抚、赣州。带湖"天作地藏，择然后予"，或是在这次行旅中被选定而后购得的。

  据《稼轩记》和《江西通志》及上饶地方志，带湖位于上饶城北灵山门外一里左右，这是一块长 1320 尺、宽 830 尺的荒地，以今 1 米等于南宋 3.17 尺计算，大约长为 389 米，宽 263 米，面积颇为不小。另据对上饶的实地考察，这是一片靠近信州城郭的丘陵地带，所谓带湖，既横贯于这片荒地的南端，则亦不过是百数十米长并且由积水蓄成而没有水源的带状小湖泊，被山冈丘峦围绕着[①]，湖水较浅，大概只能养莲藕。洪迈的记文又说：

---

① 见戴表元《剡源集》卷一《稼轩书院兴造记》，《丛书集成初编》本。又见《辛弃疾集编年笺注》附录，第 2231 页。

既筑室百楹，度财占地什四，乃荒左偏以立圃，稻田泱泱，居然衍十弓。意它日释位而归，必躬耕于是，故凭高作屋，下临之，是为稼轩。而命田边立亭曰植杖，若将真秉未耡之为者。东冈西阜，北墅南麓，以青径款竹，以锦路行海棠。集山有楼，婆娑有堂，信步有亭，涤研有渚。皆约略位置，规岁月绪成之。而主人初未之识也，绘图畀予，曰："吾甚爱吾轩，为我记。"

这段话表明，在淳熙八年（1181）洪迈作记文时，辛弃疾在这块荒地上已经葺造了上百楹房屋（可能是十余栋），其中包括东临带湖的稼轩。而所谓植杖亭、集山楼、婆娑堂、信步亭只是"规岁月绪成之"，亦即在待建中。后来辛弃疾的诗词文中再也未出现这些名字。"初未之识"诸语，表明直到这年春天，辛弃疾也还未曾得暇亲到带湖新居去阅视一番，他是从绘寄来的带湖图景中了解新居的经营情况的，而《稼轩记》当然也是凭借此图写出来的。

过去，人们都认为带湖在上饶城北，在旧城的灵山门外，本来没有错，但这是明、清时期的旧城，现存的各种地方志中记载无不如此。比如明代嘉靖《广信府志》，以及清代康熙、乾隆、同治间编刊的《广信府志》，以及康熙、乾隆、道光、同治《上饶县志》中，凡载及明、清上饶城的修建变迁沿革，无不以和现今浙赣铁路走向平行的上饶旧城为其北城墙。至于宋、元时期的旧城，则大都记载阙如。如雍正《江西通志》卷六记载：

宋信州城旧基，周围七里五十步，高二丈一尺，址广二丈有奇，崇广如制。皇祐二年水圮，州守张公实修筑。中为子城，围一里二百八十三步，高二丈五尺，后亦圮。淳熙七年，州守林枅因旧址筑牙门，韩元吉记。淳祐十二年复罹泽水，甚于皇祐。宝祐二年州守陈昌世重修，王雷记。初置四门，曰广信、灵山、阛阓、玉溪。后辟八门，曰望云、信溪、葛溪、玉溪、香濠、渌津、春浦、三港。元因宋旧。明洪武初，修筑罗城，围九里二十步，高二丈二尺，广一丈五尺，仍置四门，门覆以楼，楼外为月城。

此所记载沿革甚清，唯其中两宋信州城的变迁，实无一字道及。可知旧志所知盖亦甚少。

不明宋、元时期上饶城的变迁情况，特别是上饶北城的变迁沿革，这是当代学者无法判清历史真面目的主要原因。

正因为如此，按照现存明、清两代地方志的记载，带湖是在明、清上饶城外，这和洪迈"郡治之北可里所，故有旷土存。三面傅城，前枕澄湖如宝带"[1]的说法大相径庭。洪迈说带湖新居和带湖都在上饶城内，三面傅城，即三面靠近北城。而戴表元也说带湖书院"长湖宝带横其前，重关华表翼其后"[2]，重关华表，都是指上饶北城之灵山门而言。而辛弃疾自己在《新居上梁文》中也说："虽在城邑阛阓之中，独出车马嚣尘之外。"[3] 其意是：新居虽处于城邑市肆之中，却能摆脱城内车水马龙的纷扰。明确说明新居处在上饶城内。那么，宋、元上饶北城的位置到底何在？

---

① 《稼轩记》。
② 《剡源集》卷一《稼轩书院兴造记》。
③ 《辛弃疾集编年笺注》卷五，第 420 页。

原来，南宋时期，上饶的北城门，即灵山门，不在现在的北门村一带，而是向北延伸到了龙牙村以北，即向北延伸了一里左右。我从现存的《永乐大典》卷八〇九三城字韵引《广信府志》的记载中查到一条重要资料：

> 本府旧城南抵信河，北自古城岭过带湖之南至东门，周回七里五十步，高二丈一尺，阔二丈，下阔三丈。宋皇祐二年，为大水破坏，知州晋陵张公复筑城垣九千尺。至南宋改筑于带湖之北，北广旧城一里许。庚子年，归附国朝，复筑于带湖之南，因带湖以为北壕。

这段记载虽然文字不长，却非常重要，可以补上历来上饶地方志有关宋元城墙记载的阙佚。文中"古城岭"，应即指北门村外、今龙牙亭路东侧的高地，辛弃疾带湖新居的很多建筑都在这片高地上。北宋时期，北城的位置在古城岭南边的带湖以南，大体上与后来明清旧城的北城位置重叠。南宋时期才延伸至带湖以北一里。此文还提到"庚子年归附"一语，庚子为元至正二十年（1360），据嘉靖《广信府志》卷一《疆域》所载："元改信州路，升铅山县为州，直隶浙江行中书省。壬辰，徐寿辉陷信州。己亥，伪汉陈友谅弑寿辉，窃据于王溥。明年秋，我师取信州，拔之。改为广信府，复铅州为县，实洪武之二年。"壬辰为至正十二年，己亥为十九年。"明年"即庚子，为至正二十年。徐寿辉陷信州，这是汉族武装从元人手中解放信州之年，翌年则正式为明王朝所占据。因知《大典》所引用的《广信府志》，应当是洪武间编纂的上饶地方志，文中的"国朝"即指明朝而言。今此志虽已佚失，然而以上记载，却是目前我们所能见到的最早的上饶地方志文字。其所述史料的重要价值是不容置疑的。

　　据此可知，南宋时期（目前还不能考知上饶北城之扩展在南宋何时，但初步推断，当在宋高宗绍兴间，却没有任何一种史籍对此有记载），上饶北城已延伸至带湖以北，使北宋比较周正的城墙向北突出一里有余，恰将带湖以北的地区包括在其中。古城岭也恰好被包括在内，使辛弃疾带湖新居成为西北东三面傅城的地方。除了前面已举出的证据之外，辛弃疾友人韩淲《涧泉集》卷一有《同尹一游茶山齐贤继来》诗："蒸雨隘闾巷，茶山午风清。同吟方斋人，禅老相送迎。隔城带湖光，更约畅叙情。"[1]茶山在带湖新居之西，南宋时期茶山不在城内，韩诗恰好写出了茶山与其东的带湖隔信州城相望的事实。

　　到了明初，因改筑旧城，所以北城又恢复了北宋旧城的规模，《永乐大典》所引《广信府志》的这条记载确切载明"复筑于带湖之南"。特别是此志所标明的"因带湖以为北壕"一句，更是明确地指出了带湖的位置，即今明、清北城的城壕，就是明初改造带湖形成的。[2]这是迄今为止，清楚地写明带湖方位的唯一记载。过去，许多人推测带湖是古城岭西低洼池沼地带，而《永乐大典》的记载表明，带湖是一条横亘东西的长湖，与明清北城平行，所以才能被改造成北壕。可知这段记载对历史因革做了准确解释，确立了带湖遗址的正确方位。

　　上饶城的北壕，在原清北城根，折向西，与西壕相连，现今

---

① 韩淲《涧泉集》卷一，文渊阁《四库全书》本。
② 据雍正《江西通志》卷六《广信府》："明洪武初，修筑罗城，围九里二十步，高二丈二尺，广一丈五尺。"文渊阁《四库全书》本。

叫解放河。那么，这个北段城壕，正应是宋代如带状的半个带湖经明清改造以后形成的护城河。2012年10月，在张玉奇教授等上饶师院同行的陪同下，我曾对现尚残存的一段北城壕做了考察。这一段城壕长不过二百余米，仅为带湖的西段遗址。其中段和东段，现在当已全部湮塞。辛词中所说的"东岸绿阴少，杨柳更须栽"①和"东冈更葺茅斋，好都把轩窗临水开"②的情景已不能复原。因而，这段残存的带湖遗迹，应该是七八百年前辛弃疾生活在上饶带湖时所留下的唯一历史痕迹。

当淳熙六年（1179）为新居中的稼轩举行上梁典礼时，按照习俗，工程兴建者特请主人作文。辛弃疾于是依照旧俗，写出了一篇《新居上梁文》：

> 百万买宅，千万买邻，人生孰若安居之乐？一年种谷，十年种木，君子常有静退之心。久矣倦游，兹焉卜筑。
>
> 稼轩居士，生长西北，仕宦东南。顷列郎星，继联卿月。两分帅阃，三驾使轺。不特风霜之手欲龟，亦恐名利之发将鹤。
>
> 欲得置锥之地，遂营环堵之宫。虽在城邑阛阓之中，独出车马嚣尘之外。青山屋上，古木千章；白水田头，新荷十顷。亦将东阡西陌，混渔樵以交欢；稚子佳人，共团栾而一笑。梦寐少年之鞍马，沉酣古人之诗书。虽云富贵逼人，自觉林泉邀我。望物外逍遥之趣，"吾亦爱吾庐"；语人间奔竞之流："卿自用卿法。"始扶修栋，庸庆抛梁：

---

① 《辛弃疾集编年笺注》卷八《水调歌头·盟鸥》，第748页。
② 《辛弃疾集编年笺注》卷七《沁园春·带湖新居将成》，第723页。

　　抛梁东，坐看朝暾万丈红。直使便为江海客，也应忧国愿年丰。

　　抛梁西，万里江湖路欲迷。家本秦人真将种，不妨卖剑买锄犁。

　　抛梁南，小山排闼送晴岚。绕林乌鹊栖枝稳，一枕薰风睡正酣。

　　抛梁北，京路尘昏断消息。人生直合住长沙？欲击单于老无力！

　　抛梁上，虎豹九关名莫向。且须天女散天花，时于维摩小方丈。

　　抛梁下，鸡酒何时入邻舍？只今居士有新巢，要辑轩窗看多稼。

　　伏愿上梁之后，早收尘迹，自乐余年。鬼神呵禁不祥，伏腊倍承自给。座多佳客，日悦芳尊。①

从辛弃疾自述其仕宦经历得知，作此文时，他正在湖南转运副使任上，亦即淳熙六年（1179）夏季。而到了这年八月，他已就除本路安抚使。在此之前，他的仕历恰与文中所言相符，即曾任仓部郎中（"顷列郎星"）、大理少卿（"继联卿月"）、湖北安抚使、江西安抚使（"两分帅阃"）、京西运判、湖北转运副使、湖南转运副使（"三驾使轺"）。

　　这篇《上梁文》，文笔优雅，但字里行间却反映了辛弃疾面对随时可能出现的归休的那种被迫和无可奈何的悲愤心情。即使

---

① 《辛弃疾集编年笺注》卷五，第 420—421 页。

在表达忧国忧民壮志的"抛梁东，坐看朝暾万丈红。直使便为江海客，也应忧国愿年丰"诸语中，这种心情也了然可见。而"抛梁西，万里江湖路欲迷。家本秦人真将种，不妨卖剑买锄犁"之以汉代被弃置不用的飞将军李广自比，以及"抛梁北，京路尘昏断消息。人生直合住长沙？欲击单于老无力"诸句对朝中政治局势的深切关注，还有以汉代久谪长沙的贾生、垂老犹欲出击匈奴的马援自比的心情，更是屡遭谗毁、排挤使之壮志难酬的悲慨的体现。因此，那些向往"安居之乐"，渴望"东阡西陌，混渔樵以交欢；稚子佳人，共团栾而一笑"的表白，其中含蕴的种种酸辛，足令读之者为之下泪。而此文的写作，恰尚在辛弃疾任职于湖南，写出《淳熙己亥论盗贼札子》为民请命的同时，是应当引起注意的。

（二）对辛弃疾所流露的"早收尘迹，自乐余年"的归休之念，在他的友人中，很多人都是不以为然的。他们认为那不过是词人经常用以显示旷达高蹈的姿态。像他这样一个勇于承担天下大事，而且功名声誉处于鼎盛时期的人物，怎么可能急于问圃学稼？作《稼轩记》的洪迈，对此也是不肯相信的。记文的后几段说的就是这方面的问题：

予谓侯本以中州隽人，抱忠仗义，章显闻于南邦。齐虏巧负国，赤手领五十骑，缚取于五万众中，如挟兔。束马衔枚，由关西奏淮，至通昼夜不粒食。壮声英概，儒士为之兴起，圣天子一见三叹息，用是简深知。入登九卿，出节使二道，四立连率莫府。顷赖氏寇作，自潭薄于江西，两地惊震，谈笑扫空之。使遭事会之来，挈中原还职方氏，彼周公瑾、安石事业，侯盖饶为之。此志未偿，顾自诡迹，放浪林泉，从老农学稼，无亦大不可欤？

若予者倀倀一世间，不能为人轩轾，乃当夫须被襫，醉眠牛背，与菟童牧孺肩相摩，幸未黧老时及见侯展大功名，锦衣来归，竟厦屋潭潭之乐，将荷笠棹舟，风乎玉溪之上，因围隶内谒曰："是尝有力于稼轩者。"侯当辍食迎门，曲席而坐，握手一笑，拂壁间石细读之，庶不为生客。

洪迈也认为，以辛弃疾深入金营擒获张安国、千里献俘行在和谈笑间扫平赖文政的长才，正应当为君王完成收复中原的伟业，做出比周瑜赤壁败曹操、谢安淝水败苻坚更出色的成绩，怎么可能要去"从老农学稼"呢？即使有那一时刻，也应当是"展大功名，锦衣来归"之后，而不可能近在目前。

洪迈的胞兄洪适为稼轩赋诗，也说出了同样一番道理：

济时方略满襟胸，卜筑依城乐事重。岂是求田谋万顷，聊因学圃问三农。高牙暂借藩维重，燕寝未须归兴浓。且为君王开再造，它年植杖得从容。[①]

寓居豫章的友人赵无咎善括也赋词道：

虎啸风生，龙跃云飞，时不再来。试凭高望远，长淮清

浅；伤今怀古，故国氛埃。壮志求申，嫖姚未老，早以家为
何谓哉？多应是，待着鞭事了，税驾方回。①

尽管友人中没有人相信辛弃疾真的肯急流勇退，但他本人却感觉
到，来自各方面的谗毁，已使他不可能在影响南宋君相规恢远略
方面发挥任何作用，即使在居外官为地方百姓兴利除弊方面也因
受到重重阻挠而举步维艰。他的报国雄心、承担重任的奋斗精神
不断受到伤害，遂尔产生消极情绪，一个时期以来，退闲的念头
在其所作的词文中屡有袒露。然而之所以没有请求休致，却是还
对宋孝宗皇帝存在幻想，认为他总能理解自己的忠肝义胆，给予
保全，不大像就要抛弃自己的样子。这年秋，他有一篇题为"带
湖新居将成"的《沁园春》词，写的正是其内心深处的矛盾：

　　三径初成，鹤怨猿惊，稼轩未来。甚云山自许，平生
意气；衣冠人笑，抵死尘埃？意倦须还，身闲贵早，岂为莼
羹鲈脍哉？秋江上，看惊弦雁避，骇浪船回。　　东冈更葺
茅斋。好都把轩窗临水开。要小舟行钓，先应种柳；疏篱护
竹，莫碍观梅。秋菊堪餐，春兰可佩，留待先生手自栽。沉
吟久，怕君恩未许，此意徘徊。②

这首词，没有用曲折含蕴的写法，而是明白晓畅地告诉读者，他
要与云山为伴，同张翰之思念吴中莼羹鲈鱼脍的怀归故土心境全

---

① 《应斋杂著》卷六《沁园春·和辛帅》。
② 《辛弃疾集编年笺注》卷七，第 723 页。

不相干。他是领略了仕途上的惊涛骇浪之后，为躲避灾祸和风险而采取了主动退避举措。词中给人的印象是：虽然他还不能忘情于皇帝的"圣眷"，但离他归去来必已为期不甚遥远了。他又有一首小词《菩萨蛮》写道：

> 稼轩日向儿童说：带湖买得新风月。头白早归来，种花花已开。　　功名浑是错，更莫思量着。见说小楼东，好山千万重。①

在稼轩词中，还有一首《洞仙歌·开南溪初成赋》词，首句即"婆娑欲舞，怪青山欢喜，分得清溪半篙水"，其中应有"所居伎山，为仙人舞袖形"②的小注。而这小注，原本为四卷本的题目，历来却不曾为研究者所重视顾及。其实这一题目的意义极大，正是这一句不为人们所称颂的题下小注，告知人们，辛弃疾带湖新居的位置就在伎山。这个"伎"字，在四卷本，原来左边偏旁是作双立人"彳"的，实即"亻"的异写，此字应即"伎"字。辛弃疾殆因伎山如同一个专事歌舞的仙女舞动长袖形状，故而命名。后来辛弃疾在此建集山楼，亦取其同音字，改"伎山"为"集山"。很有可能，这就是带湖最主要建筑雪楼的最初名字。仙人舞袖形，实际上应即起伏如波浪之状。当然，现在龙牙亭以东的古城岭高地上，已经不能看出山势起伏之状（不仅如此，稼轩词中的"见说小楼东，好山千万重"，今日也一概不复得见，盖

---

① 《辛弃疾集编年笺注》卷七，第 734 页。
② 《辛弃疾集编年笺注》卷八，第 810—811 页。

八百年的沧桑变迁，和近百年的城市扩建，已使原来如山形的丘陵全已改建成居民区）。然而，不论地形地貌发生何种大的变动，某种地名的历史成因也会看出一些问题。我意以为，龙牙亭之命名，就恐怕与山势起伏有关。民间传说，龙牙亭与明代某一官员的某事有关，那只是后起之义，其嵯峨之状，只能是象形。此外，龙牙亭村有一山丘，当地俗称为"祭鬼排"，我觉得，这也不排除是伎山的另一个俗名。

果然，和朋辈们的期待相反，当洪迈《稼轩记》中所昭示的"事会"尚未到来，辛弃疾取中原还于版图的志愿亦未及实现，被称为"自诡"的"放浪林泉，从老农学稼"便成了他真正的预言了。既然如此，辛弃疾就不得不放弃仕途，来到营建已久的带湖新居，提前享受"厦屋潭潭之乐"去了。

（三）辛弃疾在江西罢官，已是淳熙八年（1181）的岁杪，最晚在淳熙九年初，辛弃疾一家便已迁居到带湖新居，从此在这里度过了十年以上的家居时光，从绍兴三十二年（1162）春南归，开始仕宦于东南各地，到淳熙九年春，正好是二十年整。这一年辛弃疾才四十三岁，虽说已不再是少壮，但仍然处在年富力强的人生阶段，却被迫赋闲，面对这样一个人生的重大转变，任何人都会感到无所适从。

稼轩词中，有三首《水调歌头》，真实地反映了他初归带湖时的生活和情感。第一首题为"盟鸥"，词云：

> 带湖吾甚爱，千丈翠奁开。先生杖屦无事，一日走千回。凡我同盟鸥鹭，今日既盟之后，来往莫相猜。白鹤在何处？尝试与偕来。　　破青萍，排翠藻，立苍苔。窥鱼笑汝

痴计，不解举吾杯。废沼荒丘畴昔，明月清风此夜，人世几
欢哀？东岸绿阴少，杨柳更须栽。[1]

围绕着一条带状小湖泊，这位扶杖的先生，每天都要走上千个来
回（"一日走千回"者，文学夸张之辞也）——这显然发生在归
寓带湖之初的日子里。在这往日的废沼、今日如镜的湖边走来走
去，难免引起鸥和鹭等水鸟的惊疑，所以要赶快和它们订立个盟
约：要让我们彼此共处，相安无事。白鹤在何处？不妨把它也一
块招来吧！

结盟原指春秋时期诸侯间订立攻守同盟，《左传》中相关记
载随处可见。僖公九年（前651）齐侯会诸侯于葵丘，盟誓说：
"凡我同盟之人，既盟之后，言归于好。"[2]但与鸥鸟为盟，真是
前所未闻。所以当这篇妙词传抄开来后，友人纷纷步韵唱和。不
但谪居信州的汤邦彦（字朝美）有和章，就是远在吴地昆山的旧
友严焕（字子文）、闽地泉州的友人傅自得（字安道）也写来和
章。辛弃疾便又用韵作了两首答词，致严、傅的词中说到近况，
有云：

短灯檠，长剑铗，欲生苔。雕弓挂壁无用，照影落清
杯。多病关心药饵，小摘亲锄菜甲，老子政须哀。夜雨北窗
竹，更倩野人栽。[3]

---

① 《辛弃疾集编年笺注》卷八《水调歌头·盟鸥》，第748页。
② 见《春秋左传正义》卷一三。收入《十三经注疏》，第1800页。
③ 《辛弃疾集编年笺注》卷八《水调歌头·严子文同傅安道和前韵，因再和谢
之》，第762页。

说他不必做文章写小字，不必习武舞长剑，以致短灯檠和长剑铗几乎生出苔衣。雕弓挂在壁上，也只能作蛇影照落酒杯中，别无他用。一个奋发有为的爱国志士到了只关心药饵、亲自锄菜的地步，岂不可悲可悯？答汤朝美的词中写道：

> 白日射金阙，虎豹九关开。见君谏疏频上，谈笑挽天回。千古忠肝义胆，万里蛮烟瘴雨，往事莫惊猜。政恐不免耳，消息日边来。　　笑吾庐，门掩草，径封苔。未应两手无用，要把蟹螯杯。说剑论诗余事，醉舞狂歌欲倒，老子颇堪哀。白发宁有种？——醒时栽。[①]

汤朝美名邦彦，是汤鹏举的孙子。汤鹏举在秦桧死亡后，致力于铲除其奸党，不遗余力，名震高宗一朝。汤朝美是虞允文一党，当谏官时弹劾叶衡，致其罢相。这次他因出任申议使使金辱命，一斥不复，淳熙九年（1182）前方自谪居地新州遇赦，量移信州居住。辛弃疾与汤邦彦本来分属不同的政治派系，两个政坛上的失意人，一个因量移迁徙，一个因黜放归来，却在上饶冰释前嫌，成了唱和之友。

辛弃疾自到带湖以来，深居简出，打发着寂寞的日子，以致门前小路长满了野草荒苔。实在无法排解，便拼命喝酒，有时一个人狂歌醉舞，完全是一副烂醉颓废的神态。为什么如此沉湎于酒？他回答说，头上白发，都是在清醒时候生出来的。大概写出

---

① 《辛弃疾集编年笺注》卷八《水调歌头·汤朝美司谏见和，用韵为谢》，第750—751页。

这两句词的时候，宿醉犹未缓解吧。

　　上面转引的这三首词，只如实写了他的近况，对于被谗归寓，全然没有只言片语的表达。说"老子颇堪哀"，也是指他的潦倒孤寂的生活而言。然而，他只能把遭受谗毁、诬蔑的悲慨不平，对遭受蹂践、销铄的不解，对时事国事的哀伤感叹，深深埋藏起来，却始终遗忘不得，排解不得，只要清醒，就无时无刻不在心头。从事力所能及的劳动、绕湖独行、门前徘徊以及消极的饮酒消愁，都解除不了他的痛苦。他的七绝《即事二首》说：

　　　　野人日日献花来，只倩渠侬取意栽。高下参差无次序，
　　要令不似俗亭台。
　　　　百忧常与事俱来，莫把胸中荆棘栽。但只熙熙闲过日，
　　人间无处不春台。①

两首诗所反映的心态，就是那种对痛苦抑制却又抑制不住的情景。他又有一首用经句的《踏莎行》词，为带湖的稼轩而作：

　　　　进退存亡，行藏用舍。小人请学樊须稼。衡门之下可栖
　　迟，日之夕矣牛羊下。　　去卫灵公，遭桓司马。东西南北
　　之人也。长沮桀溺耦而耕，丘何为是栖栖者？②

其意是说，他不能成为孔子那样的圣人，只能做学稼的小人。然

---

① 《辛弃疾集编年笺注》卷一，第18—19页。
② 《辛弃疾集编年笺注》卷八《踏莎行·赋稼轩，集经句》，第767页。

而孔子大圣，却四处碰壁，自己还有什么不满足呢？

朋友对他的状况十分关心。曾一度赋闲的友人丘崇（字宗卿，江阴军人），来函劝慰，建议他"点检笙歌多酿酒"。到了春末，幸有友人杨炎正（字济翁）偕辛弃疾妻舅范如山（字南伯）来访，确实为孤寂哀伤的他排解了许多忧思。在带湖的稼轩，西园的柳荫花丛深处，携手游春，歌酒酬唱，倒也"消得情怀"①。可惜时日无多，范如山东归京口，杨炎正为赋《蝶恋花》饯别，辛弃疾作和词，表达说不尽的惜别之情：

> 泪眼送君倾似雨。不折垂杨，只倩愁随去。有底风光留不住？烟波万顷春江艣。　　老马临流痴不渡。应惜障泥，忘了寻春路。身在稼轩安稳处，书来不用多行数。②

这词是借韵写给范如山的，说自己在带湖平安度日，不必惦念，来书更不必千言万语相叮咛。

不知是否为送别范如山，辛弃疾于是年暮春曾远足距上饶东北一百里的属县玉山，适逢玉山县令陆翼年（字德隆）免官归吴中。陆氏曾于淳熙八年（1181）访辛弃疾于江西，此后任玉山县令亦仅数月即去职。辛弃疾写了两首《六幺令》为之送行，其第二首有"看君归兴，如醉中醒梦中觉"句，感叹其在任之短暂，有如浮生一梦。陆氏家乡吴中本是辛弃疾南归之初曾漫游的地

---

① 杨炎正《蝶恋花·稼轩坐间作，首句用丘六书中语》，见《西樵语业》。转引自《全宋词》，第2116页。
② 《辛弃疾集编年笺注》卷八《蝶恋花·继杨济翁韵，饯范南伯知县归京口》，第758页。

方，至此，词的下片拟答吴中旧友的问讯道：

> 江上吴侬问我，——烦君说。坐客尊酒频空，剩欠真珠
> 压。手把渔竿未稳，长向沧浪学。问愁谁怯？可堪杨柳，先
> 作东风满城雪！①

自称客人不多，而酒杯常空，不能与孔融相比，须多酿酒；又说
试向沧浪学钓，而手把渔竿未稳，须尽力习惯于赋闲生涯。

在度过最初的一段无所适从的时光之后，淳熙九年（1182）
夏秋间，辛弃疾与寓居或逗留在信州的友人的交往逐渐增多。韩
元吉是他通判建康府时的旧交，淳熙七年自宣州移居信州，家在
州南近郊，自号南涧。辛弃疾移居信州后，淳熙九年秋九月九
日，二人同游城西三十里的云洞，韩元吉赋《水调歌头》词，辛
弃疾和韵两首。

稍后，朱熹回乡路过上饶。朱熹自淳熙八年十月除提点两浙
东路常平茶盐公事，九年八月因弹劾唐仲友一案改除江西提刑，
朱熹上章辞免，遂于九月十二日取道上饶归武夷。在上饶，他和
辛弃疾、韩元吉以及信州的诗人徐安国（字衡仲）有一次聚会。
韩元吉之子韩淲有诗纪其事：

> 忆昨淳熙秋，诸老所闲燕。晦庵持节归，行李自畿甸。
> 来访吾翁庐，翁出成饮饯。因约徐衡仲，西风过游衍。辛帅
> 倏然至，载酒具肴膳。四人语笑处，识者知叹羡。摩挲题字

---

① 《辛弃疾集编年笺注》卷八《六幺令·再用前韵》，第745页。

在，苔藓忽侵遍。壬寅到庚申，风景过如箭。惊心半存没，历览步徐转。①

这首诗记载了此年九月二十八日在上饶南岩的盛会。②南岩在上饶西南十里，岩下有寺。辛弃疾多次来游此地。其题字刻于摩崖，明代尚存。明代铅山人龚敩有一首诗写道：

溪南十里南岩寺，老柏经年泣象龙。林屋山光春皎皎，石阑云影午重重。胜游佳客身亲到，惠寄新诗手自封。南渡老臣遗墨在，想因忠愤久填胸。③

南渡老臣，即指辛弃疾言。这年秋间，任坑冶铸钱司干官的扬州人李泳（字子永）任满东归，辛弃疾写了三首词送他。其中一首也是步韩元吉《云洞》韵的《水调歌头》词：

君莫赋《幽愤》，一语试相开。长安车马道上，平地起崔嵬。我愧渊明久矣，犹借此翁湔洗，素壁写《归来》。斜日透虚隙，一线万飞埃。　断吾生，左持蟹，右持杯。买山自种云树，山下㕮烟莱。百炼都成绕指，万事直须称好，人世几舆台？刘郎更堪笑，刚赋看花回。④

---

① 《涧泉集》卷二《访南岩一滴泉》。
② 此会的时日据戴表元《剡源文集》卷一○《游南岩诗序》。考证见《辛弃疾资料汇编》，第145页。
③ 龚敩《鹅湖集》卷二《次韵吴自修游南岩》，文渊阁《四库全书》本。
④ 《辛弃疾集编年笺注》卷八《水调歌头·再用韵，答李子永提干》，第780页。

李泳所任干官的坑冶司，在产铜的信州有分署，他长年住上饶，与信州友人多有往来。人世的黑暗污浊，官场上的意外风波，大概是朋友间经常议论的话题，而此词反而劝慰友人莫赋《幽愤》诗（《幽愤》诗是晋人嵇康系狱后的愤世之作），万事称好（汉末司马徽不议时人，一皆言佳）。这些话当然是有针对性的。词中又拿自己来和陶渊明比较，说他不能主动归隐，被弹劾后才退出官场，实在有愧于陶渊明，因此要借此翁的《归去来辞》，时时鞭策自己。

话虽如此，在为李子永写的另一首《水调歌头》的小序中。他却勉励友人进取说："君才气不减流辈，岂求田问舍而独乐其身耶？"词中有句云："饭饱对花竹，可是便忘忧？"①这也是世事萦怀，欲忘不得的意思，其内心深处的矛盾，隐然可见。

（四）淳熙九年（1182）以后的四五年间，正是辛弃疾五十岁之前的壮年时期，但在这被迫退休的日子里，辛弃疾在带湖却几乎无所事事，更难有任何作为。他除了同寓居或任职于信上的友人有一些交往外，便多半沉湎于饮酒作词和长年不断的游山观水之中。

习惯了做老百姓，心情也逐渐趋于平静的辛弃疾，对待生活随随便便：他既不经营生产，也不准备给儿孙留下家业，他有一首《和赵直中提干韵》的诗中说道：

---

① 《辛弃疾集编年笺注》卷八《水调歌头·提干李君索余赋〈秀野〉〈绿绕〉二诗。余诗寻医久矣，姑合二榜之意，赋〈水调歌头〉以遗之。然君才气不减流辈，岂求田问舍而独乐其身耶》，第784页。

　　　　万事推移本偶然，无亏何处更求全？折腰曾愧五斗米，
　　负郭元无二顷田。城碍夕阳宜杖履，山供醉眼费云烟。怪君
　　不顾笙歌误，政拟新诗去鸟边。①

虽然他计划在带湖以东开垦一片稻田，有十弓之地（一弓即一步，五尺长，十弓之地不足半亩），但结果并未如愿，所谓"将真秉未耨之为"就成了空中楼阁。这首诗更表明，他在带湖并未购置田产。所以，他在退闲之前所说的"人生在勤，当以力田为先"其实也并未付诸实践。

　　然而，他对于带湖山园风光的经营，同朋辈的友情，同当地农民的感情以及游山玩水，都持有极其认真、执着的态度，包括全部身心的投入。以下我要举出一些事实，对这一时期的辛弃疾的生活和思想，做一记述。

　　这一年，上饶春水泛滥，带湖水涨。为使带湖水有疏泄渠道，辛弃疾在带湖南端开凿了一条小溪，使之流入信江。他为此作了一首《洞仙歌》词记其事：

　　　　婆娑欲舞，怪青山欢喜，分得清溪半篙水。记平沙鸥
　　鹭，落日渔樵，湘江上，风景依然如此。　　东篱多种菊，
　　待学渊明，饮酒诗情不相似。十里涨春波，一棹归来，只做
　　个五湖范蠡。是则是一般弄扁舟，争知道他家，有个西子。②

---

① 《辛弃疾集编年笺注》卷一，第40页。赵直中，名不详。
② 《辛弃疾集编年笺注》卷八《洞仙歌·开南溪初成赋》，第810—811页。

有了这条"清溪半篙水",带湖又增添了新风景,仿佛当年湘江上的落日渔樵。他诙谐地说,去年东篱种菊,今年泛舟春水,却不像陶渊明和范蠡,只因家中缺一个西施。

这条南溪的开凿,是辛弃疾寓居带湖后唯一的一次兴建活动,他很爱这条小溪,曾写《清平乐》词赞道:

> 路转清溪三百曲,香满黄昏雪屋。①

二 待他年整顿乾坤

(一)咏云洞的三篇词,是辛弃疾寓居上饶以后最重要的山水词。

宋孝宗淳熙九年(1182)秋九月,辛弃疾来到上饶带湖定居之后,在游览上饶的风景名胜时,最先注意到的就是位于信州城西的云洞。为此,他创作了三首《水调歌头》词。其前一首题为"九日游云洞,和韩南涧尚书韵":

> 今日复何日,黄菊为谁开?渊明谩爱重九,胸次正崔嵬。酒亦关人何事,政自不能不尔,谁遣白衣来?醉把西风扇,随处障尘埃。 为公饮,须一日,三百杯。此山高处东望,云气见蓬莱。翳凤骖鸾公去,落佩倒冠吾事,抱病且

---

① 《辛弃疾集编年笺注》卷九,第935页。

登台。归路踏明月，人影共徘徊。[①]

韩元吉原词，相对于稼轩词来说，当是其与辛弃疾同日所赋词作，即在同辛弃疾淳熙九年（1182）九月初九游览云洞时所题写下的一首山水词。辛弃疾结合着重九陶渊明饮酒的典故，写下了"渊明漫爱重九，胸次正崔嵬。酒亦关人何事，政自不能不尔，谁遣白衣来？醉把西风扇，随处障尘埃"的句子。"胸次正崔嵬"，是说陶渊明虽然陶醉在郡守王弘所送来的九日重阳酒中，然而其胸中所蕴含所积累的嵬磊不平，却未能消除。"醉把西风扇，随处障尘埃"两句，又用了《世说新语·轻诋》的典故："庾公权重，足倾王公。庾在石头，王在冶城坐，大风扬尘，王以扇拂尘曰：'元规尘污人。'"庾公元规即东晋庾亮，在庾亮的势力威吓下，宰相王导也不得不避让三分。王导把漫天风沙叫作"庾元规尘"，显见其有所不甘而又无力反抗的心态。辛弃疾和好友韩元吉重九这天去游云洞，这其实也正摆明了在谢廓然、王蔺等执政者、台谏们的陷害和威胁面前被迫退让的那种心有不甘的心境。

南宋初年的文人洪刍有一篇《信州岩洞记》：

> 山有穴曰岫，信之山，大抵皆岫也。
>
> 出葛溪门二十五里，西游至月岩。自石梁望之，正如半月形，空洞通达，大树中生，又如月之影也。穿岩胁，登石磴，傍山缭行百步，得西林院浮屠导余行月岩之背，缭西而

① 《辛弃疾集编年笺注》卷八，第772页。

北转，有大山，前后有田耕者。或闻穴中有笙箫轮毂音，由山后别过一大山，其底洞透，遂与皂隶十余辈俯首而过。既出穴，循山行，又数百步，至一山崦，仰视有大棺阁岩中，上为鹿顶状。自下望之，目可睹，足不可到。乡民坛其下以祷雨焉。

又循山行，深入一源，路穷处，得幽岩，余所名也。岩有泉溜，泠泠然。出山，循道行三里许，隔大田，望远岩极峻，上又有棺，正犹人间所用匣也。又二里至云洞，山形截然如城，世谓之仙人城。相传仙人蜕骨葬于此，有三棺或坏，因大风雨雷电，则复完如初，疑有鬼神云。

复出大道，十里至灵岩。[1]

由此可以约略计算出，云洞在月岩之北十里许之地。以今之地理知识得知，它的位置大约在上饶枫岭头镇的泉塘附近。南宋初的诗人曾几是去过云洞的。他的诗中曾说："老去光阴速，人生会合难。竹舆云洞暖，钓艇玉溪寒。小憩饶阳否？吾衰合挂冠。"[2]"竹舆云洞暖"一句，表明他是坐着竹轿上了云洞山的。

云洞属于石灰岩地貌，与上饶丹霞地貌红岩山体有所不同。此洞分上下两层，下洞现为龙泉寺，上洞则须登石梯而上。洞口形如蛤蟆张口，全如第二首《水调歌头》开头所写的"千古老蟾口，云洞插天开"[3]。洞下有暗泉，长年喷涌，现已成为周围村民的饮用水来源。这当就是乾隆《上饶县志》卷一二所记载的"云

① 洪刍《西渡集附录》，文渊阁《四库全书》本。
② 曾几《茶山集》卷四《次曾宏父见寄韵》，文渊阁《四库全书》本。
③ 《辛弃疾集编年笺注》卷八《水调歌头·再用韵，呈南涧》，第777页。

洞院，在开化乡三十六都，宋大中祥符间建。岩穴瑰奇，梵宇幽爽，有天泉、九仙一线天"诸语之所谓"天泉"。据寺中僧人介绍，此洞常年湿润，时有云气缭绕，春夏季节尤其如此，故古人谓之为云洞，有所谓"天欲雨则兴云"及"四季常润，天欲雨则闻溜滴声"诸记载。

陶渊明《九日闲居》诗序云："余闲居，爱重九之名。秋菊盈园，而持醪靡由，空服九华，寄怀于言。"其诗有"世短意常多，斯人乐久生。日月依辰至，举俗爱其名"诸句。渊明虽然"乐久生"，但其胸次中所积累的嵬磊不平之气，也不是其"爱生"之念所能消除的。更何况辛弃疾所处在一个尘埃扑面、无力自蔽的现实世界呢？

这三阕词虽是山水词，却保持了稼轩词的整体风貌。即使无法摆脱"斜日透虚隙，一线万飞埃"的社会现实，也依然不改其所宣示的"刘郎更堪笑，刚赋看花回"的那种倔强精神。然而，在保持词人整体风格的同时，这些词作也更体现了一种对其所寓居的上饶山川的深沉挚爱，充满了对新生活的向往与期许，因而具有一种前所未有的乐观与旷达隐寓其间。"买山自种云树，山下廍烟莱。百炼都成绕指，万事直须称好，人世几舆台？"这种规划生计所表见的心态和情趣，在他在上饶生活的十年间所作词中颇为常见。

（二）淳熙十年（1183）后，辛弃疾的生活基本安定，同上饶友人的来往更加密切，其旧友中以韩元吉同他关系最为亲近。韩元吉曾任大理少卿、吏部侍郎，乾道九年（1173）冬使金贺金主生辰，任吏部尚书，后出守婺州，提举太平兴国官。他退闲上饶在淳熙七年，比辛弃疾早两年。韩元吉有文名，《花庵词选》

说他"政事文学为一代冠冕"，朱熹称其"文做著尽和平，有中原之旧，无南方啁哳之音"①。

淳熙十一年（1184）五月十二日，是韩元吉六十七岁生日，辛弃疾特赋《水龙吟·甲辰岁，寿韩南涧尚书》词：

> 渡江天马南来，几人真是经纶手？长安父老，新亭风景，可怜依旧。夷甫诸人，神州沉陆，几曾回首？算平戎万里，功名本是，真儒事，公知否？　　况有文章山斗，对桐阴满庭清昼。当年堕地，而今试看，风云奔走。绿野风烟，平泉草木，东山歌酒。待他年整顿，乾坤事了，为先生寿！②

南宋多祝寿词，但不落窠臼者少。这首词在为闲居的韩元吉祝寿之际，就南宋当局所面临的紧迫民族矛盾表明态度，立意甚高。词的上片是说东晋南渡后，并没有网罗人才，以至中原沦陷日久，难以收复。当国执政者全是一群空谈误国的人物。夷甫就是王衍，《晋书》说他善谈《老》《庄》，"虽居宰辅之重，不以经国为念，而思自全之计"③。他被俘后还乞求敌人怜悯，完全是一个自私自利而不顾国家安危的人物。所以连桓温也说"神州陆沉，百年丘墟，王夷甫诸人不得不任其责"。这些话虽是就西晋灭亡和东晋不振的局势说的，但南宋立国以来，统治集团腐败无能，无意恢复中原，甘心向北方的敌人屈服，并且摧残一切有所作为

———————

① 《朱子语类》卷一三九《论文》上，第3316页。
② 《辛弃疾集编年笺注》卷八，第829页。
③ 《晋书》卷四三《王衍传》。收入《二十五史》，第143页。

的人才，不仅是东晋的再现，且有过之而无不及。所以，这些话实际上是针对南宋统治集团中的主要负责人物说的。显然，这是他以二十多年的经历总结的对南宋当国者的一个基本的认识，是他久蓄于中急欲一吐为快的话。既然王夷甫们不堪承担平戎的重任，既然万里功名非"真儒"莫属，则辛弃疾和与之志同道合的友人自须当仁不让，一旦风云有变，就要挺身而出，为整顿乾坤而奋斗。"他年整顿乾坤"，这是辛弃疾一直为之神往的终生目标，是支撑他生活和生命的源泉动力。他用了满腔热血浇铸了这样一首伟词，不但要借此表达对国家的一片忠诚，还表明他是把韩元吉当作知己对待的。

从上面这首词中，我们可以看出，在寓居带湖期间，他所写的那些安于田园生活的词句，多少总是有些矫情的成分在内，他的与世无争的神情，"用之则行，舍之则藏"的姿态，是他爱国之情不能自已的另外一种表达方式。他的友人对此也能充分理解。次年的五月十一日辛弃疾生日时，韩元吉步其原韵也酬答了一首《水龙吟》词，上片道：

> 南风五月江波，使君莫袖平戎手。燕然未勒，渡泸声在，宸衷怀旧。卧占湖山，楼横百尺，诗成千首。正菖蒲叶老，芙蕖香嫩，高门瑞，人知否？ ①

韩元吉的意思是，辛弃疾建功立业的愿望虽未实现，但往日的功绩和名声还在，皇帝会想起他的。这是安慰他的话。韩元吉同辛

①　《南涧诗余》之《水龙吟·寿辛侍郎》，《彊村丛书》本。

弃疾的友谊一直保持到他生命的终点。淳熙十四年（1187），韩元吉在过了七十岁生日之后不久就去世了。

（三）在信州，辛弃疾还同李大正、郑汝谐等地方官有较多来往。李大正（字正之，曾任提举坑冶司，常驻信州）于淳熙十一年冬调任利州路提刑，辛弃疾赋《满江红》词送别：

> 蜀道登天，一杯送绣衣行客。还自叹中年多病，不堪离别。东北看惊诸葛表，西南更草相如檄。把功名收拾付君侯，如椽笔。　儿女泪，君休滴。荆楚路，吾能识。要新诗准备，庐山山色。赤壁矶头千古浪，铜鞮陌上三更月。正梅花万里雪深时，须相忆。①

利州路提刑司设在兴元府（今陕西汉中），是三国诸葛亮北伐中原的基地，所以词中用"东北看惊诸葛表"的故事。

淳熙十二年初，处州人郑汝谐（字舜举）来守信州。辛弃疾同他友谊颇深，写下《水调歌头·和信守郑舜举蔗庵韵》《南歌子·独坐蔗庵》词和《和郑舜举蔗庵韵》诗。蔗庵，在与上饶信州郡守宅隔江相对的南屏山②上，是郑舜举休憩时四顾观览的一处屋舍。山不甚高，辛弃疾有时也来游玩，遇到主人有事，就一人独坐其中，静静地想着心事。他在词中曾写有"玄入《参同契》，禅依不二门。细看斜日隙中尘，始觉人间何处不纷纷"③

---

① 《辛弃疾集编年笺注》卷八《满江红·送李正之提刑入蜀》，第834页。
② 据同治《上饶县志》卷五："南屏山在溪南，从狼牙山发脉，拱抱府治如屏，又以形如奔骑，别名天马山。"
③ 《辛弃疾集编年笺注》卷八《南歌子·独坐蔗庵》，第875页。

的语句。韩元吉也曾为蔗庵题写一首诗，辛弃疾步其原韵的和诗是：

> 我读蔗庵诗，佳处意已领。平池草树暗，一径松竹醒。虚襟快新晤，窈步豁迥景。虎头痴绝人，妙境千古迥。当年倒食蔗，笑者空齿冷。君侯发余秘，诗笔秃千颖。世间喜颠倒，冠履迷踵顶。况复知至味，苦尽甘自永。由来千钟酒，不如七碗茗。因君蔗庵句，此义试重请：东西互相指，倒正定谁省？酸咸既异嗜，美恶亦同境。贪高蜗壁危，趋炎蛾烛炳。方其未枯焚，胡不权动静？高人坐忘形，昧者走避影。一言难众悟，多辙自殊骋。且酌庵中人，来游歌噬肯。①

从"贪高"句开始，讨论的是士大夫的进退出处问题。他说贪恋高位则身蹈危机，趋炎附势则与之俱焚，高人处静以休影息迹，昧于事理者则狂奔疾走，不死不止。"噬肯"指《诗经·唐风》中的诗句："有杕之杜，生于道左。彼君子兮，噬肯适我？"②古人谓此诗讽刺晋武公"不求贤以自辅"。那么，这首诗是不是对他归休四五年来可否再出的问题的一个答复呢？如果说他确曾考虑过这一问题，但经过深思熟虑后的结论却似乎是：宁愿老死林下，绝不向权贵低头乞求。

郑舜举于淳熙十三年（1186）春被召回朝。辛弃疾作了一首《满江红》送他，有句云："闻道是君王着意，太平长策。此老自

---

① 《辛弃疾集编年笺注》卷一《和郑舜举蔗庵韵》，第42页。
② 《毛诗正义》卷六《有杕之杜》。收入《十三经注疏》，中华书局1980年影印版，第366页。

当兵十万，长安正在天西北。"鼓励他入朝以后有所作为。又写道："莫向蔗庵追语笑，只今松竹无颜色。问人间谁管别离愁？杯中物。"[1] 表达了很深的友情。

在寓居信州的这几年里，与辛弃疾往来酬唱的当地人士还有赵善扛（字文鼎）、徐安国（字衡仲）、俞山甫、晁楚老等人。而交情在师友之间的却是他的两个门人范廓之和杨民瞻。

范廓之名开，是北宋作《唐鉴》的学者范祖禹的后人，淳熙九年（1182）从辛弃疾为学，先后八年，几乎与辛弃疾寓居带湖相终始。《稼轩词》中涉及他的词凡十一首，其中有"和廓之韵"的《满江红》二首，《乌夜啼》二首，《念奴娇》《蝶恋花》《柳梢青》《谒金门》各一首。《乌夜啼·山行，约范廓之不至》及《乌夜啼·廓之见和，复用前韵》各有句云：

溪欲转，山已断，两三松。一段可怜风月欠诗翁。[2]
人言我不如公。酒杯中。更把平生湖海问儿童。[3]

范廓之善文辞，正与辛弃疾诗酒为伴，故极为相得。

杨民瞻名籍失考，据赵蕃《以归来后与斯远倡酬诗卷寄辛卿》"宾朋杂沓孰为佳？咸推杨范工词华"[4]句、韩淲寄杨民瞻的诗句"园居好在带湖水，冰雪春须积渐消""我居溪南望城北，

① 《辛弃疾集编年笺注》卷九《满江红·送信守郑舜举被召》，第 899 页。
② 《辛弃疾集编年笺注》卷九，第 978 页。
③ 《辛弃疾集编年笺注》卷九，第 979 页。
④ 赵蕃《淳熙稿》卷五，《丛书集成初编》本。

最高园台竹树碧，眼前带湖歌舞空，耳畔茶山陆子宅"①，可推知杨民瞻亦寓居带湖甚久。可惜他的生平别无可考。《稼轩词》中有关他的词共八首。在一首题为"民瞻见和，复用前韵"的《生查子》词中，他用"谁倾沧海珠，簸弄千明月？唤取酒边来，软语裁春雪"②来赞美杨民瞻的诗词。在《八声甘州》题中，他写道："夜读《李广传》，不能寐，因念晁楚老、杨民瞻约同居山间，戏用李广事，赋以寄之。"③全词檃栝李广有才不遇、南山射虎的事迹，发出"汉开边功名万里，甚当时健者也曾闲"的叹息，对李广生当汉开边之际而闲置不用，表达了很深的感慨。可以看出他对杨民瞻的赏识，并把他引为知己。

淳熙十三年（1186）秋，辛次膺孙辛助自饶州来访。辛次膺字起季，原为山东莱州人，南渡后寓居饶州南城最高山下。隆兴二年（1164）自参知政事退归，乾道六年（1170）病逝。辛助字祐之④，既为次膺之孙，辛弃疾遂以弟相称。辛助辞归浮梁时，辛弃疾携范廓之、杨民瞻送行于信江畔的崇福寺，饮饯告别，席间酒醉，寄宿寺中，辛助乘舟先归。辛弃疾有词记述其事云：

> 衰草斜阳三万顷，不算飘零，天外孤鸿影。几许凄凉先痛饮，行人自向江头醒。　　会少离多看两鬓，万缕千丝，

---

① 《涧泉集》卷一三《和民瞻所寄》；卷六《闻民瞻久归一诗寄之》。
② 《辛弃疾集编年笺注》卷九，第1005页。
③ 《辛弃疾集编年笺注》卷九，第1007页。
④ 据《菱湖辛氏族谱》所载《辛氏源流图》："助公，字祐之，行第五，终朝散郎知荆门军。本种学公子，过房。"

何况新来病！不是离愁难整顿，被他引惹其他恨。

——《蝶恋花·送祐之弟》①

莫向空山吹玉笛，壮怀酒醒心惊。四更霜月太寒生。被翻红锦浪，酒满玉壶冰。　　小陆未须临水笑，山林我辈钟情。今宵依旧醉中行。试寻残菊处，中路候渊明。

——《临江仙·醉宿崇福寺，寄祐之弟。
祐之以仆醉先归》②

钟鼎山林都是梦，人间宠辱休惊。只消闲处过平生。酒杯秋吸露，诗句夜裁冰。　　记取小窗风雨夜，对床灯火多情。问谁千里伴君行。晓山眉样翠，秋水镜般明。

——《临江仙·再用韵，送祐之弟归浮梁》③

这时的辛祐之大概只是一个少年人，但辛弃疾还是以兄弟论交（辛弃疾是范如山的妹夫，而辛助是范如山的女婿，很可能在此次会晤之后。辛弃疾与之从本家论为兄弟，而从亲戚论则非同辈行），对床夜话，饮酒赋诗，情谊深深。

（四）信州多佳山水，旧志概括为"北枕灵阜，南带冰溪，东挹琅峰，西瞻层巘"④。又称："江南山水冠天下，而上饶又冠江南。鹅湖、博山、龟峰、怀玉号称形胜，而灵山尤秀绝。"⑤ 辛弃

---

① 《辛弃疾集编年笺注》卷九，第 1036—1037 页。
② 《辛弃疾集编年笺注》卷九，第 1041 页。
③ 《辛弃疾集编年笺注》卷九，第 1042 页。
④ 《大清一统志》卷二四二引《广信府志》，文渊阁《四库全书》本。
⑤ 雍正《江西通志》卷四引宋释觉范《信州天宁寺碑记》，文渊阁《四库全书》本。

疾很爱信州的山水，在他寓居信州的最初几年里，每年都外出纵游，不分季节，不避寒暑，出游成为他退闲生活的重要部分。《最高楼·醉中，有索四季歌者，为赋》的前半阕道：

> 长安道，投老倦游归。七十古来稀。藕花雨湿前湖夜，桂枝风淡小山时。怎消除？须殢酒，更吟诗。①

从官场上下来以后，他是把诗酒、游山观水作为消除胸中块垒、舒散忧愁的手段，这当然包含他被迫退休的无可奈何及失望，但同时也体现了他对信州山山水水的由衷喜爱。他的一首《和杨民瞻韵》的诗写道：

> 拄杖闲题祖印来，壁间有句须参怀。从来歌舞新罗袜，不识溪山旧草鞋。（自注："参怀，晋人语。"）②

这首诗正是写他游山涉水之乐。他认为，身在歌舞丛中的人，是领略不到这份快乐的。

三　却教山寺厌逢迎

（一）从淳熙十二年（1185）、十三年开始，辛弃疾就与上

---

① 《辛弃疾集编年笺注》卷九，第943页。
② 《辛弃疾集编年笺注》卷一，第50—51页。

饶以东的永丰县的博山和博山寺结下了不解之缘。辛弃疾大概是淳熙十二年后，在永丰县（今上饶市广丰区）发现了博山的一处胜地。

同治《广丰县志》卷一之四记载："博山在县西北二十余里，与鹤山对峙，古名通元峰。"卷二又载："博山寺在邑西崇善乡。本名能仁寺，五代时天台韶国师开山，有绣佛罗汉留传寺中。宋绍兴间悟本禅师奉诏开堂。辛稼轩为记。"辛弃疾同博山寺的结缘，就是以悟本为媒介的。

博山自韶国师开山，经绍兴间禅宗大慧禅师宗杲的住山而发扬光大。大慧是于绍兴十一年（1141）五月，因鼓唱浮言、反对和议，而为奸相秦桧除名还俗，送衡州编管。绍兴二十六年秦桧死，恢复僧籍，自南安军返归时途中与其弟子无住、悟本留居博山寺，宣讲佛法。后又奉诏遣悟本往博山寺开堂。

辛弃疾同悟本交谊已久。淳熙三年（1176），辛弃疾在江西提刑任上，送悟本住饶州明教寺，曾写下一首诗，题目即"送悟老住明教禅院。悟自庐山避寇，而来寓兴之资福，盖逾年也"。所谓"避寇"，指江州庐山、兴国军一带遭受茶商武装骚扰。悟本是江州湖口人，其住明教寺，被辛诗称为"籍籍倾众耳"[①]。而悟本暂住博山寺，《嘉泰普灯录》卷一八也记下了一段其上堂的说法：

上堂："释迦掩室于摩竭，净名杜口于毗耶；须菩提唱无说以显道，释梵绝视听而雨华。大众！这一队不唧嚼汉，

---

① 《辛弃疾集编年笺注》卷一，第1页。

> 无端将祖父田园私地结契,一时华擘了也!致令后代儿孙,
> 千载之下,上无片瓦遮头,下无卓锥之地。博山当时若见,
> 十字路头掘个无底坑,唤来一时埋却,免见递相钝置,何
> 谓如此?"①

据此,可知这位大慧宗杲的传人也是因应对恢复旧境这一现实深
为关心,才得到辛弃疾的赏识的。佛教谓聚众宣讲佛法禅理为
"开堂""上堂"。而辛弃疾所写的《记悟老博山寺开堂》一文到
明代尚自流传,惜后来也遗失了。

（二）辛弃疾有一首题写博山寺的《鹧鸪天》词:

> 不向长安路上行,却教山寺厌逢迎。味无味处求吾乐,
> 材不材间过此生。　　宁作我,岂其卿?人间走遍却归耕。
> 一松一竹真朋友,山鸟山花好弟兄。②

辛弃疾这首词说,他多次逗留山寺,只是要在探讨佛理中求得解
脱,并非真的想精研佛学。由此可明确其接近僧徒禅师只是其闲
居生活的一段插曲。而松竹花鸟,所有博山的风物,皆为其所
爱。"只消山水光中,无事过这一夏。"③"白发苍颜吾老矣,只此
地,是生涯。"④

---

① 正受《嘉泰普灯录》卷一八《饶州荐福悟本禅师》,上海古籍出版社 2014
年版,第 493—494 页。
② 《辛弃疾集编年笺注》卷八《鹧鸪天·博山寺作》,第 892 页。
③ 《辛弃疾集编年笺注》卷八《丑奴儿近·博山道中,效李易安体》,第 887 页。
④ 《辛弃疾集编年笺注》卷八《江神子·博山道中书王氏壁》,第 857 页。

博山的丁公岭有雨岩和石浪，这一胜景被发现，距今已有八百三十多年的历史了。

辛弃疾前前后后为永丰的博山和雨岩写下了相当多的歌词。其时间跨度从宋孝宗淳熙十三年（1186）到宁宗庆元五年（1199），长达十三年。

博山在永丰县西境，与上饶接壤，博山寺位于上饶包括铅山前往浙西的重要孔道上。辛弃疾淳熙、绍熙间寓居上饶九年，浙东西有友人来访，辛弃疾送别，都要在博山寺落脚。如淳熙十四年招婺源名医马荀仲来游雨岩，淳熙十五年岁杪送别永康友人陈亮之后追路，皆投宿博山寺，见诸稼轩词中。后来辛弃疾被召赴行在，以及自行在归铅山，除晚年走常山、衢州一路经玉山县外，也大都要从永丰经江山县抵达衢州。

其次是辛弃疾与博山寺之间有着利益和友情方面的联系。唐、宋以来，寺院与居士之间，往往存在相互依存的共同利益，寺院和僧人需要居士，特别是有名望的士大夫或文学之士的赠予、交往和联系，以满足寺院的需求，提高寺院的知名度。而居士及文人也需要与僧人寺院保持友好关系，以提供宗教方面的和世俗方面的游览、借宿、饮食等需要。

辛弃疾曾有在博山寺卧病的记载。①正因如此，辛弃疾在淳熙九年寓居上饶城北的带湖之后，逐渐把活动范围扩大到永丰和铅山。桃源是王氏酒垆的名字，辛弃疾既题写其酒家壁，又独宿庵中，而博山道是辛弃疾屡次经由之地，以此为题的词就有三

---

① 见《辛弃疾集编年笺注》卷一三《水调歌头·赵昌父七月望日用东坡韵叙太白、东坡事见寄，过相褒借，且有秋水之约。八月十四日，余卧病博山寺中，因用韵为谢，兼寄吴子似》，第1543页。

首。他丝毫不以频繁往返为倦游。它是辛弃疾在上饶林下生活的二十年间，除了带湖、瓢泉之外最为重要的存在空间。博山词也是稼轩词中的重要组成。

据统计，辛弃疾在永丰的博山写下了众多的词篇，体现在其词题中的就有十八首。其中涉及博山寺、博山道中、雨岩、王氏庵、王氏壁、石浪、尨炊堂。这些词作，是稼轩词中极宝贵的瑰丽之作，充分反映了他中年以来的人生奋斗历程和丰富的思想感情。

例如，其《水龙吟·题雨岩，岩类今所画观音补陀。岩中有泉飞出，如风雨声》词：

> 补陀大士虚空，翠岩谁记飞来处？蜂房万点，似穿如碍，玲珑窗户。石髓千年，已垂未落，嶙峋冰柱。有怒涛声远，落花香在，人疑是，桃源路。　又说春雷鼻息，是卧龙弯环如许。不然应是，洞庭张乐，湘灵来去。我意长松，倒生阴壑，细吟风雨。竟茫茫未晓，只应白发，是开山祖。[①]

雨岩，位于博山西南，山岩隆起，形似坐莲台观音像，溶洞内亦有钟乳石似观音。今有人在岩头书"稼轩雨岩"四字，颇煞风景。雨岩下有山洞，内有天窗微透日光，山雨则喷薄而下，在洞内如闻风雨，故名雨岩。上饶诗人韩淲有诗，多及雨岩。虽未做细致描写，具体方位则尚有今人所不知者，如谓"樵苏行迹稀，雨岩丁岭头"（《涧泉集》卷四《雪后过雨岩访履道》）及"能

---

① 《辛弃疾集编年笺注》卷九，第912页。

为博山游，想度丁公岭。风乎雨岩幽，泉石景逾静"（同上卷五《和韵赵十》），知雨岩所在即丁公岭，乃宋时旧名。

辛弃疾同雨岩的遇合，在当时遐迩闻名。湖北江陵诗人项安世在一首题为《高风台歌》的诗中曾提及辛弃疾的《水龙吟·赋盘园任帅子严高风堂》词，有句云："雨岩居士卧榻高，句有湖海之英风。"并注云："辛幼安作词。"[①]诗作于绍熙元年（1190）。他送给辛弃疾一个很有诗意的称号"雨岩居士"，可见其流风余韵传播之广。

其二是《清平乐·独宿博山王氏庵》词：

> 绕床饥鼠，蝙蝠翻灯舞。屋上松风吹急雨，破纸窗间自语。　　平生塞北江南，归来华发苍颜。布被秋宵梦觉，眼前万里江山。[②]

关于王氏庵，辛弃疾词中有《江神子·博山道中书王氏壁》词，又《江神子·送元济之归豫章》词有"更觉桃源，人去隔仙凡"[③]句，而自注乃谓"桃源乃王氏酒垆，与济之送别处"。若王氏庵与王氏酒垆为一处，则王氏庵即酒垆之名。

这首词是稼轩词中的名篇。写的是作者一个人投宿山中小屋时的感受。这时的他，半夜醒来，面对残破荒凉的环境，面对风雨交加、凄冷寂静的空山，平生塞北江南为国辛劳的悲慨，万里

---

① 项安世《平庵悔稿》卷八，《宛委别藏》本。又见《辛弃疾资料汇编》，第39页。
② 《辛弃疾集编年笺注》卷八，第891页。
③ 《辛弃疾集编年笺注》卷一二，第1346页。

山河等待他去整顿的历史责任感，便一齐涌上心头，使他再也不能入眠。也只有此时，才使他白日间那种与物共化、和光同尘的假象和潇洒出尘的风度一一脱尽，还原志士的本色。

这首词所写斗室、风雨，环境的残破、凄凉，引起游子对身世家国的悲感，既有志士独自承受民族苦难的心境，又有为国为民奋斗不息的壮志豪情，使之被赋予了深厚的爱国情感，是一篇以小见大，以近及远的词章，其所能达到的思想高度，可与古往今来的志士仁人相比。

其三则是《山鬼谣·雨岩有石，状怪甚，取〈离骚·九歌〉，名曰山鬼，因赋〈摸鱼儿〉，改今名》词：

> 问何年此山来此？西风落日无语。看君似是羲皇上，直作太初名汝。溪上路，算只有红尘不到今犹古。一杯谁举？笑我醉呼君，崔嵬未起，山鸟覆杯去。　　须记取，昨夜龙湫风雨。门前石浪掀舞。四更山鬼吹灯啸，惊倒世间儿女。依约处，还问我清游杖履公良苦。神交心许。待万里携君，鞭笞鸾凤，诵我《远游赋》。（自注："石浪，庵外巨石也，长三十余丈。"）①

雨岩怪石，被辛弃疾命名为山鬼，又称石浪。这一迤逦三十余丈的石阵，自雨岩洞外直至谷底，突兀盘折而下，青碧可爱，卧于山中，与其地他石明显有别。

辛弃疾所以把这一石阵命名为山鬼，我们自当去推寻当年屈原

---

① 《辛弃疾集编年笺注》卷九，第916页。

作《山鬼》时的命名意。《九歌·山鬼》中最重要的词句是："若有人兮山之阿，被薜荔兮带女萝。……路险难兮独后来，表独立兮山之上。……石磊磊兮葛蔓蔓，怨公子兮怅忘归。"屈原把山鬼人性化，总言其身处艰险，孤独不遇。而辛弃疾也赋予这一石阵以鲜活的生命和性格，从其独立幽处山林之一隅，以状其石之不遇于世。故《山鬼》中"路险难兮独后来，表独立兮山之上"就成为这一石阵的写照，当然也是作者人格精神的不屈展现。

上饶诗人徐安国有一首《游雨岩有感》诗也专门写雨岩石浪：

> 山鬼挽留坚不动，雷师驱策病难禁。何如稳卧寒岩底？一任苍生属意深。

这当是辛弃疾发现山鬼石阵以后，第一个写出石浪诗而对辛弃疾的《山鬼谣》词的精神境界深有同感的上饶人。见于《永乐大典》卷九七六三的这首诗，也证明其所指明的位置就在雨岩下到山底的这段石阵。

（三）和雨岩同样结下不解之缘的还有一人，他就是诗人韩淲的友人赵履道。

赵履道生平仕历不显，故鲜有人涉及其名籍事历。其出现在韩淲《涧泉集》中的诗作，却多达三十六首，加上涉及其兄履常的七首，这四十余首诗基本上可以大致考证出赵履道的事历了。赵履道是绍熙五年（1194）和次年庆元元年（1195）担任宰相的赵汝愚的次子。赵汝愚及其长子崇宪在《宋史》卷三九二有传。崇宪字履常，登淳熙十一年（1184）进士第。赵汝愚被韩侂胄党羽迫害致死，崇宪在侂胄败亡以后竭力为其父平反昭雪，其主要事迹也都在嘉定改元（1208）以后。据同治《余干县志》卷一八所载刘光祖撰《宋丞相忠定赵公墓志铭》，赵汝愚七子，除崇宪外，余人生平大都无考。

赵履道名崇范，是赵汝愚的第二子。其排行在堂兄弟间为第十，故韩淲诗题除直称履道外，称呼最多的就是赵十。如《涧泉集》卷三诗题为《寄赵十履道》。而同书卷九有《监仓赵十忠训挽诗》，查《宋丞相忠定赵公墓志铭》载，赵汝愚"凡七男子。长曰崇宪，今为朝议郎、秘书监；崇范，宣义郎，监隆兴府苗米仓，蚤世"。两者相参，知履道为崇范之字，其监苗米仓即其早世前的最终官职，故韩淲以"监仓"称之。

赵履道同雨岩的关系，见《涧泉集》卷四《雪后过雨岩访履道》诗：

> 读书了科诏，公子显扬谋。岁寒松柏坚，高冢蔚而幽。……四载得重来，长言非燕游。樵苏行迹稀，雨岩丁岭头。共饭少徘徊，我志君勿求。

宋代每在礼部进士试的前一年初发布科举诏，要求举子于秋季会于各路转运司考试，是谓科诏。为了备考，考生往往苦读应试。永丰的博山雨岩，为赵履道备考用功之地。这和辛弃疾以博山寺、雨岩为游息之地相重合，二者之时间、地点相合，其交集自不言自喻。韩淲的其他有关诗句也可证实这一点。如"老身居山复入山，随山夹路溪弥漫。南山献深处作幽梦，我辈白鸥盟勿寒"①，白鸥盟，辛弃疾寓居上饶之初，即曾写下著名的与鸥鹭结盟的《水调歌头·盟鸥》词，既称"我辈白鸥盟"，知这是辛弃疾寓居带湖新居之初，在其团结感召下所集合的一群上饶青年才俊。又如"乘晴欲过雨岩去，草木空疏霜后寒"②"能为博山游，想度丁公岭。风乎两岩幽，泉石景逾静"③"水南常只见灵山，城市谁曾顾此间？空占尨欻成晻霭，安能崭嶙尽回环？"④，尨欻堂是辛弃疾雨岩的堂名，显示出他们与辛弃疾在博山的交集。这些诗句都记载赵履道以博山雨岩为应试备考之地。这在宋代是经常发生的事情。诗人范成大在绍兴二十四年（1154）登第之前，就在吴县的邻县昆山苦读备考十年。

　　和赵履道同居雨岩读书的还有其兄弟。韩淲《赵十同饮》诗云："君家兄弟非他人，与尔同寓冰溪滨。"⑤冰溪即信溪，永丰溪为支流，这是赵履常同时在博山读书的证明。而韩淲有一首诗《赵簿留饮望城里海棠因思履道且寄民瞻》，有句云："相望海棠思故人，最高台是北城闉。……语燕既归惊作社，盟鸥何在且行春。妙年秀发如君少，桃李纷纷只世尘。"⑥诗中再次提及"盟鸥"。北城闉，指上饶城北的辛弃疾带湖新居，在北城门内伎山上。杨民瞻是辛弃疾的门下弟子，与范廓之并称辛门杨、范。韩淲既以赵履道和杨民瞻并论，且赵履道又寓居雨岩，因而我疑赵履道或者

① 《涧泉集》卷六《赵履道同宿南峣梅大放次其韵》。
② 《涧泉集》卷一四《欲过履道庵不果因以诗送饼饵》。
③ 《涧泉集》卷五《和韵赵十》。
④ 《涧泉集》卷一一《赵十重整山堂南北苍翠在望》。
⑤ 《涧泉集》卷六。
⑥ 《涧泉集》卷一二。

包括其兄履常当也是辛弃疾居带湖期间的门下弟子。

据《监仓赵十忠训挽诗》，韩滮与赵履道相交"仅七年"。《宋丞相忠定赵公墓志铭》载，汝愚妻徐氏夫人卒于淳熙四年（1177），赵履道到永丰博山最早亦必在淳熙七年、八年以后，则履道不幸早世，当晚至淳熙十五年、十六年之顷。这一时期，正是辛弃疾来往于博山最频繁的年份。他之收下门徒，不知是否也像理学宗师那样，为了传播儒学，聚众讲学，但至少其门下有许多弟子与其游从，则是必无问题的。辛弃疾的一首《念奴娇·赋雨岩，效朱希真体》词曾写道：

> 一点凄凉千古意，独倚西风寥廓。并竹寻泉，和云种树，唤做真闲客。此心闲处，未应长藉丘壑。①

"此心闲处，未应长藉丘壑。"可见，这是一群有志于当世的年轻人，正在为国家为社会奋起积极努力，而辛弃疾也与这群人为师为友。

四　访泉期思村

在信州的几年，辛弃疾特别爱水，无论溪流、湖沼，尤其爱泉。可惜，信州虽然"富于岩岫"，却"啬于水泉"。②要觅得一

---

① 《辛弃疾集编年笺注》卷九，第968页。
② 见洪咨《石井记》。收入《西渡集附录》，文渊阁《四库全书》本。

处清幽可人的泉水，并不是一件容易事。他的行踪扩展到上饶的毗邻地区，也是要在游览山川景色的同时寻觅一处理想的林泉，作为新的栖居地。他的"赋雨岩，效朱希真体"的《念奴娇》词上片就透露他所游雨岩也是为了寻找泉水："并竹寻泉，和云种树，唤做真闲客。"

另一首用药名招婺源人马荀仲游雨岩的《定风波》词也有"泉石膏肓吾已甚，多病"[①]的句子。

上饶西南六十里，铅山东北十五里有一群山峰，统名为鹅湖山。同治《铅山县志》卷三载："鹅湖山，在县东北，周回四十余里，其影入于县南西湖。诸峰联络若狮象犀貌，最高者峰顶三峰挺秀。《鄱阳记》云：'山上有湖，多生荷，故名荷湖。'东晋人龚氏居山，蓄鹅，其双鹅有子数百，羽翮成乃去，更名鹅湖。"山麓有寺名鹅湖寺，淳熙二年（1175），江西陆九渊同其兄陆九龄会朱熹、吕祖谦于此寺中，留十日，讨论学术观点的异同。陆九渊有诗句"易简工夫终久大，支离事业竟浮沉"[②]讥刺朱熹学术。而后三年，朱熹作和诗，亦有句云："旧学商量加邃密，新知培养转深沉。"予以反击。这件事成为理学史上的佳话，鹅湖寺也因此名声大振，为学子瞩目。[③]辛弃疾寓居上饶后，也曾几次来游鹅湖寺。淳熙十三年夏间，他又一次出游铅山，以鹅湖寺为中心，沿途顺便寻泉。他写的《鹧鸪天·鹅湖寺道中》词有云：

---

① 《辛弃疾集编年笺注》卷九《定风波·用药名，招婺源马荀仲游雨岩。马善医》，第 939 页。马荀仲，婺源人，善医，与同郡程约齐名，见《新安文献志》卷一〇〇《南薰老人吴源传》，文渊阁《四库全书》本。
② 《陆九渊集》卷二五《鹅湖和教授兄韵》，第 301 页。
③ 见《陆九渊集》卷三六《年谱》，第 490 页。

> 一榻清风殿影凉，涓涓流水响回廊。千章云木钩辀叫，十里溪风稺稏香。　　冲急雨，趁斜阳，山园细路转微茫。倦途却被行人笑：只为林泉有底忙？ ①

鹅湖寺路有十余里长松夹道，遮天蔽日，夏日多阴，行人到此顿觉清凉，上片所写正是这番景象。下片则感叹自己栉风沐雨，从早晨直到傍晚都在山间小路上奔波，以致被行人嘲笑：为了林泉何致如此劳碌？旁观者不能理解的是，这位为民族复兴事业曾奋斗半生的爱国志士，纵然是从事一件极为细微的小事，也将挝金伐鼓，投入全部身心，认真加以对待。

从鹅湖归来，正是辛弃疾因其所钟爱的幼子辛䎖天亡，大为伤痛，遂致疾病，而写出《哭䎖十五章》及《鹧鸪天·鹅湖归，病起作》一词的时候。辛䎖乳名铁柱，是辛弃疾于淳熙三年（1176）任江西提刑时范氏所生的第一个子女。据辛弃疾《清平乐·为儿铁柱作》中的"潭妹嵩兄"语，知其寓居带湖之前所生子女皆以居地为名，后寓居带湖，自号稼轩，诸子名皆改从禾字，意即稼轩之子，以排列辈行。②《哭䎖十五章》以下几章写得格外情挚意切：

> 方看竹马戏，已作《薤露歌》。哀哉天丧予，老泪如倾河。

---

① 《辛弃疾集编年笺注》卷八，第820—821页。
② 辛䎖，《菱湖辛氏族谱》所载《济南派下支分期思世系》又书为匷。按辛䎖应为范氏夫人所生的第一个子女，故钟爱异常。《清平乐》词中的"潭妹嵩兄"，应指淳熙六年（1179）或七年在潭州所生第一女辛楉，而辛嵩则应指辛弃疾夫人赵氏所生第二子辛秬，绍兴二十九年（1159）辛弃疾在北方汴京嵩山时生，长辛䎖十五岁。

他年驷马车，谓可高吾门。只今关心处，政在青枫根。
昨宵北窗下，不敢高声语。悲深意颠倒，尚疑惊着汝。①

而《鹧鸪天》词则写他壮士迟暮的悲慨，亦传诵一时：

枕簟溪堂冷欲秋，断云依水晚来收。红莲相倚浑如醉，
白鸟无言定自愁。 书咄咄，且休休，一丘一壑也风流。不
知筋力衰多少，但觉新来懒上楼。②

在经历"多方为渴泉寻遍"③之后，辛弃疾终于在铅山县东南
二十五里的奇师村访得周氏泉，并把它买了下来，准备在其四周
盖几间茅舍，作为休憩或将来移居之所。奇师又作奇狮，后来他
引证《荀子·非相》篇，考定此地即古之期思，因改名期思。他
为此作《洞仙歌·访泉于奇师村，得周氏泉，为赋》词道：

飞流万壑，共千岩争秀。孤负平生弄泉手。叹轻衫短
帽，几许红尘？还自喜，濯发沧浪依旧。 人生行乐耳，
身后虚名，何似生前一杯酒？便此地结吾庐，待学渊明，
更手种门前五柳。且归去父老约重来，问如此青山，定重
来否？④

---

① 《辛弃疾集编年笺注》卷一，第 25、28、35 页。
② 《辛弃疾集编年笺注》卷九，第 956 页。以"鹅湖归，病起作"为题的《鹧
鸪天》词，四卷本《稼轩词》尚有二首，但节候不同，非同时作。
③ 《辛弃疾集编年笺注》卷一二《玉楼春·隐湖戏作》，第 1461 页。
④ 《辛弃疾集编年笺注》卷九，第 975 页。

这个周氏泉，就是位于今铅山县稼轩乡期思渡（距原在永平的宋铅山县治二十五里）附近的一处泉水，后来被辛弃疾命名为瓢泉。泉在瓜山下，水从半山喷涌而至，流入一个直径大约不到两米的瓢形石潭中，再流入一个略小的臼形石潭，而后流到山下，入于铅山河，泉水清澈甘甜。辛弃疾高兴极了，他要在此地结庐种柳，想象自己将和陶渊明一样，轻衫短帽，即身着轻便的衣衫，头上着短小的帽子，徘徊于一丘一壑间，栖身林下，以纯洁的山泉洗涤人世上的尘土，不再为身后的虚名而烦恼。这是他寻觅瓢泉之后直到晚年所保持的一种形象，这在十四年后的庆元六年（1200）为哀悼朱熹所作的《感皇恩》中，又重新见于篇什："一壑一丘，轻衫短帽。白发多时故人少。"[①] 他说的"人生行乐耳"，不是富贵淫佚之乐，而是仿效古来高洁之士的独善其身精神，决不与恶势力同流合污，是一种安贫守贱之乐。

辛弃疾访得瓢泉之后，作了好些歌词吟咏它。其中著名的一首《水龙吟·题瓢泉》作于淳熙十四年（1187），是他为周氏泉命名之初所作，全词是：

> 稼轩何必长贫？放泉檐外琼珠泻！乐天知命，古来谁会，行藏用舍？人不堪忧，一瓢自乐，贤哉回也。料当年曾问，饭蔬饮水，何为是，栖栖者？　　且对浮云山上，莫匆匆去流山下。苍颜照影，故应零落，轻裘肥马。绕齿冰霜，满怀芳乳，先生饮罢。笑挂瓢风树，一鸣渠碎，问

---

① 《辛弃疾集编年笺注》卷一三《感皇恩·读〈庄子〉，闻朱晦庵即世》，第1612页。

何如哑？ ①

词中所写是瓢泉的命名之意。他说，这半山喷泻的水倘若是一颗颗琼珠，那岂不就能解救他长期以来的贫困？他把周氏泉命名为瓢泉，就是表示他要在这里过着颜回那样箪食瓢饮的生活，而不愿意被人诘问："饭蔬饮水，为什么还要栖栖惶惶地四处奔走呢？"

现今，瓢泉故居遗址尚在，瓢泉的水也在长年不竭地流淌着，但经过八九百年的沧桑变化，《稼轩词》中"且对浮云山上，莫匆匆去流山下"的景象似乎完全改观。站在瓜山脚下，瓢泉水边，极目眺望，铅山县的佳山好水尽收眼底，辛弃疾当年徘徊丘壑徜徉行吟的身影，仿佛如见。《稼轩词》中的名篇佳作一一浮上心头，使人久久不愿离去。

① 《辛弃疾集编年笺注》卷九，第986—987页。

第十四章　汗血盐车无人顾

一　久废之后主管冲佑观

（一）祠禄官之设，本为佚老优贤。《宋史》卷一七〇《职官志》一〇谓："大抵祠馆之设，均为佚老优贤，而有内外之别。京祠以前宰相、见任使相充使，次充提举；余则为提点，为主管，皆随官之高下，处以外祠。"[①]但是，南宋还有一条不成文的规定，那就是废黜官吏在任用之前，必以奉祠为起废之阶。辛弃疾于淳熙八年（1181）十一月遭言官论列，朝廷遂即予以罢新任、落职名的处分。按说辛弃疾位已至卿监以上，屡膺帅阃之寄，罢任落职，处分已甚，本应差以官观，以示宽贷之意。然而，当其被黜时却未与祠禄，可见宋廷对他的谴责态度之峻烈。结果是，直到他闲居很久，宋廷才考虑给予他祠禄的问题。

---

① 《宋史》卷一七〇《职官志》一〇，第4081页。

《宋史》本传说："久之，主管冲佑观。"① 但到底在哪一年，却未说明。相关的文献记载有：《杨万里集笺校》卷一二〇《宋故少师大观文左丞相鲁国王公神道碑》（以下简称《王公神道碑》）、《攻媿集》卷八七《少师观文殿大学士鲁国公致仕赠太师王公行状》（以下简称《王公行状》）和《宋史·王淮传》。《王公神道碑》载：

> （淳熙）九年九月己巳，拜公左丞相，克家右丞相。二公对持国秉，同心辅政。……故相陈公俊卿请老，公言其材可惜，未宜遽从。赵公雄请祠，公言人才实难，亦未宜听。右相梁公克家告病求去，公言时方盛寒，请留之以经筵在京祠官之职，俟春暄而后行。部使者曾逢请祠以养亲，公言逢之孝养，宜加以贴职美名之宠，示砥砺于风俗。周极有才而人多议其轻，公言踣弛之士，缓急能出死力，上遂用为郡守。辛弃疾有功而人多言其难驾御，公言此等缓急有用，上即畀祠官。公之惜人才全始终如此。……十一年冬，边吏言虏主归朔庭。②

《王公行状》载：

> 以太夫人将八十，久任机衡，求退甚力，上不许。……天长水害七十余家，或谓不必以闻，公曰："昔人谓人主不可

---

① 《宋史》卷四〇一《辛弃疾传》，第 12164 页。
② 《杨万里集笺校》卷一二〇，第 4643—4646 页。

一日不闻水旱盗贼。"……因拟周极安丰军，公奏："跅弛之士，缓急可用，临难不顾其身，小廉曲谨者未必能之。平日爱惜人才，正为此耳。"对境报金主归上京，所差人使权止一年。……十二年十一月，为郊祀大礼使。

《宋史》卷三九六《王淮传》亦载：

> 尝言跅弛之士，缓急能出死力，乃以周极知安丰军，辛弃疾与祠。①

从上面记载看，辛弃疾主管建宁府武夷山冲佑观，与周极知安丰军大致同时或略有先后。但周极知军事史籍亦无考。《王公行状》和《王公神道碑》都将其置于淳熙九年（1182）王淮拜左丞相之后，十一年金主返上京之前。《宋史·孝宗纪》载淳熙十一年十月，"盱眙军言得金人牒，以上京地寒，来岁正旦、生辰人使权止一年"。②倘据此记载，辛弃疾奉祠自应在淳熙十一年。但邓广铭先生《辛稼轩年谱》认为，《王公神道碑》列举王淮任宰相以后诸事，是综合王淮左相期内的各项政绩，并不以淳熙十一年为断限，且引梁克家罢右相事为例，说明其事在淳熙十三年。《辛稼轩年谱》又引《贵耳集》卷下的记载：

> 王丞相欲进拟辛幼安除一帅，周益公坚不肯。王问益公

---

① 《宋史》卷三九六，第12072页。
② 《宋史》卷三五《孝宗纪》三，第682页。

云："幼安帅材，何不用之？"益公答云："不然，凡幼安所杀人命，在吾辈执笔者当之。"王遂不复言。①

认为当时除帅例由两相共拟，必是除帅拟议见沮于周必大，故特与其宫观。因此，辛弃疾奉祠必在王、周共相的淳熙十四年（1187）。

邓先生此结论虽言之有理，但我对这一论断仍有疑惑。首先，《辛稼轩年谱》在转引杨万里《王公神道碑》时还摘录王淮两事，一是王淮批评辛弃疾平江西茶商武装"上功太滥"，二是"广西帅刘焞平妖贼李接，上问焞功孰与辛弃疾、王佐？公曰：'弗如也。'"——王淮对辛弃疾的旧功还是颇为重视的。既然如此，起用辛弃疾乃王淮本意。而王淮任宰相时间甚久：淳熙八年十一月辛弃疾罢官时即已为右相，淳熙九年九月又进左相，梁克家当时虽进右相，但视事未及一月即告病在家，直至淳熙十三年十一月罢右相，大概是挂名为相，实则只有王淮一人独任宰相。倘若王淮真要用辛弃疾为一路帅臣，在他独相的五六年中是不乏这样的机会的，而且这一期间起用官员亦甚多，并非只有二相共同签署才能用人。何至于必须待周必大除右相后才办理此事呢？这实在是很难解释的。

其次，周必大也不是淳熙十四年为右相之后才得以沮抑辛弃疾的起用的。淳熙十五年秋，赵蕃在一首题为《呈辛卿》的诗中写道：

---

① 张端义《贵耳集》卷下。

南州行卷虽云旧，东阁知名固若新。[①]

句后自注："蕃顷闻右揆称公文章。"这个"右揆"就是淳熙十四年（1187）二月至十六年正月任右丞相的周必大。周必大自淳熙五年至淳熙末始终位居南宋朝廷之内，在人事安排方面具有很大影响。他向来不喜功名之士，他认为："凡轻于任事速于求售者，必至败事。若疑儒者不足用，而专用才臣，今既累年，其效可睹。"[②] 所以他虽和辛弃疾相识已久，但只是肯定辛弃疾的"文章"（大概是指诗词之类），而对其功业却予以否定。他居朝廷为时既久，在辛弃疾起用方面随时施加负面影响，自非在淳熙十四年之后。

固然，在决定宋廷起用被废官吏方面，最重要的还是宋孝宗的态度。淳熙改元以来，辛弃疾因应付各种棘手的内政问题，表现了非凡的军事和行政才干，声名震耀一时。然而福兮祸所伏，在他创立功业的同时，也受到来自各方面的猜忌、歧视和非难。宋孝宗虽欣赏他的才干，却也不能无所顾忌。使其不能放心的还并不是王蔺论劾的"奸贪凶暴"，而是《王公神道碑》所说的"人多言其难驾御"。况且，在恢复问题上屡被宰执欺骗以后（《朱子语类》卷一二七之《孝宗朝》说："寿皇本英锐，……只是向前为人所误，后来欲安静，厌人唤起事端。"[③] 这里所指的便是先后担任宰辅的蒋芾、虞允文、龚茂良等人），宋孝宗壮心销

---

① 《淳熙稿》卷一五。
② 《攻媿集》卷九四《少傅观文殿大学士致仕益国公赠太师谥文忠周公神道碑》。
③ 《朱子语类》卷一二七《本朝》一，第 3061 页。

铄，要用老成持重者，而不愿再用趋事赴功之人。这也是他改变
对辛弃疾态度的因素之一。

《朱子语类》有两段文字，涉及辛弃疾长期被废置不用的原
因，转引于后：

> 辛幼安亦是个人才，岂有使不得之理！但明赏罚，则彼
> 自服矣。今日所以用之者，彼之所短，更不问之；视其过当
> 为害者，皆不之恤。及至废置，又不敢收拾而用之。
> 　　……辛幼安亦是一帅材，但方其纵恣时，更无一人敢道
> 它，略不警策之。及至如今一坐坐了，又更不问着，便如终
> 废。此人作帅，亦有胜它人处，但当明赏罚以用之耳。①

在朱熹看来，辛弃疾不免有这样那样的缺点，其中最主要的就是
纵恣过当（这表明，认为辛弃疾难驾驭，已是当时朝野上下很多
人的共识）。但他也充分肯定辛弃疾的才干，有胜人之处，是个
人才、帅才。而且，这两段话的主旨还是对当政者持批评态度，
对辛弃疾则予以同情和惋惜。朱熹在此节之前论"数将之才，则
岳飞为胜。然飞亦横"时，曾有云："便是如此，有才者又有些毛
病，然亦上面人不能驾驭他。"②所论与论辛弃疾者同一意思。朱
熹论人少有全盘肯定者，其论岳飞、辛弃疾等英雄豪杰人物时，
颇多微言。查"辛幼安亦是个人才"一条是朱熹的门人万人杰淳
熙七年（1180）以后所记录的，据"不敢收拾而用之"一语，朱

① 《朱子语类》卷一三二《本朝》六《中兴至今日人物》下，第3179页。
② 见《朱子语类》卷一三一《本朝》五《中兴至今日人物》上，第3147—
3148页。

熹所言大概要到淳熙十年（1183）稍后，即辛弃疾废黜后的第三四年间；后一条为黄螘记录朱熹淳熙十五年的话[1]，这时距辛弃疾被黜已有六年，故言"便如终废"。朱熹的话，已从客观上阐明了辛弃疾长期为宋廷摒弃不用的原因。其领祠时间先后倒还不是主要的。但是，细味朱熹所言，似乎在朱熹说出"便如终废"这段话时，辛弃疾尚未获得祠禄，则其主管冲佑观一事最早也应在淳熙十五年以后。

（二）淳熙十五年的元日，恰也是这年的立春。在带湖居第的新年迎春宴上，按习俗，照例要簪插春幡彩胜，以示庆贺。朝中当此日，亦赐百官春幡胜，各垂于幞头之左入贺。这些回忆引发辛弃疾的无限感慨。自罢归以来，渐为朝廷所遗忘，往事历历，不堪回首，遂作《蝶恋花·戊申元日立春，席间作》词深致叹息：

> 谁向椒盘簪彩胜？整整韶华，争上春风鬓。往日不堪重记省，为花长把新春恨。　　春未来时先借问，晚恨开迟，早又飘零近。今岁花期消息定，只愁风雨无凭准。[2]

这首词由春幡起兴，却借春花为喻，以为其开迟且又飘零过早，故有"往日不堪重记省，为花长把新春恨"以及"今岁花期消息定，只愁风雨无凭准"之句，盖于出入进退之际颇深致其感慨。

---

[1]　黄螘所录，为戊申即淳熙十五年（1188）所闻，见《朱子语录姓氏》，第16页。
[2]　《辛弃疾集编年笺注》卷九，第982—983页。

二　印行《稼轩词》甲集

（一）也是在淳熙十五年（1188）元日，辛弃疾的门人范开编辑《稼轩词》甲集成，作序以记其事。序云：

> 器大者声必闳，志高者意必远。知夫声与意之本原，则知歌词之所自出，是盖不容有意于作为，而其发越著见于声音言意之表者，则亦随其所蓄之浅深，有不能不尔者存焉耳。
>
> 世言稼轩居士辛公之词似东坡，非有意于学坡也。自其发于所蓄者言之，则不能不坡若也。坡公尝自言与其弟子由为文至多，而未尝敢有作文之意，且以为得于谈笑之间，而非勉强之所为。公之于词亦然，苟不得之于嬉笑，则得之于行乐。不得之于行乐，则得之于醉墨淋漓之际。挥毫未竟而客争藏去。或闲中书石，兴来写地，亦或微吟而不录，漫录而焚稿，以故多散逸。是亦未尝有作之之意，其于坡也，是以似之。
>
> 虽然，公一世之豪，以气节自负，以功业自许，方将敛藏其用，以事清旷，果何意于歌词哉？直陶写之具耳。故其词之为体，如张乐洞庭之野，无首无尾，不主故常；又如春云浮空，卷舒起灭，随所变态，无非可观。无他，意不在于作词，而其气之所充，蓄之所发，词自不能不尔也。其间固有清而丽、婉而妩媚，此又坡词之所无，而公词之所独也。昔宋复古、张乖崖方严劲正，而其词乃复有秾纤婉丽之语，岂铁石心肠者类皆如是耶？
>
> 开久从公游，其残膏剩馥，得所沾焉为多。因暇日裒集

冥搜，才逾百首，皆亲得于公者。以近时流布于海内者率多赝本，吾为此惧，故不敢独阅，将以祛传者之惑焉。①

《稼轩词》甲集，是由其门人编辑的第一本词集。在此之前，稼轩词虽在海内广泛流传，但多为坊刻本，故其中真伪混淆。而范开所编辑的一百一十一首，自属绝对可信，如同辛弃疾手编。读范开序，有三点颇可注意：其一，按照范序的介绍，稼轩词的创作乃是发于所蓄，而非刻意为之，勉强为之。所以其词多作于嬉笑行乐或醉墨淋漓之际。辛弃疾退闲于带湖以来，范开始终追随左右，序中所说自然是辛弃疾寄居带湖期间的创作情况。而"闲中书石，兴来写地，亦或微吟而不录，漫录而焚稿"的情形又言明，稼轩词篇章的零落散佚，未被流传下来的词作不知有多少。这似乎表明，辛弃疾的平生志愿在功名事业，并非专欲以词人名世。其二，范序又指出：辛弃疾固然以气节自负，以功业自许，但那是为世所用时，当其退闲之后，所要敛藏的却正是用世之心。至于如何"敛藏其用"，范序没有说。文章是合为时用的，辛弃疾退闲后，当然不必再为当政者代筹国家大事，而写出类似《十论》《九议》那样的文章。诗言志，辛弃疾退闲带湖之初曾说"余诗寻医久矣"②，其诗中涉及国家大事的亦不多见；而歌词言情，便被辛弃疾用作"陶写之具"。显然，辛弃疾对于歌词创作情有独钟，本来是以全部身心去投入、去从事的，所以才能达

---

① 范开《稼轩词》甲集，汲古阁影宋抄本。转引自吴讷《唐宋名贤百家词》。

② 见《辛弃疾集编年笺注》卷八《水调歌头·提干李君索余赋〈秀野〉〈绿绕〉二诗。余诗寻医久矣，姑合二榜之意，赋〈水调歌头〉以遗之。然君才气不减流辈，岂求田问舍而独乐其身耶》，第784页。

到词中巅峰的境界，而范开才得以用黄庭坚评论李白的话"余评李白诗，如黄帝张乐于洞庭之野，无首无尾，不主故常，非墨工椠人所可拟议"①，论述稼轩词艺术风格之多样化。其三，范开于序中谈到稼轩体词的形成，乃是受了苏东坡的影响。序中说，辛弃疾并非有意学习苏东坡，所以，对于苏词的"清旷"（以清旷概括苏词风格，已为今人所认可），辛弃疾虽欲"以事"，却因其"气之所充，蓄之所发"之不同，不能不在苏词之外形成自己的风格。由范开的序中可以考知，词中之稼轩体，在辛弃疾寓居带湖之后已经形成，这是符合实际情况的。

（二）这一年某月，奏邸小报上忽然又刊载出辛弃疾"以病挂冠"的消息，令人莫名其妙，辛弃疾曾作《沁园春》长调词记其事：

> 老子平生，笑尽人间，儿女怨恩。况白头能几，定应独往；青云得意，见说长存。抖擞衣冠，怜渠无恙，合挂当年神武门。都如梦，算能争几许，鸡晓钟昏？　此心无有亲冤，况抱瓮年来自灌园。但凄凉顾影，频悲往事；殷勤对佛，欲问前因。却怕青山，也妨贤路，休斗尊前见在身。山中友，试高吟楚些，重与招魂。②

宋代邸报由门下省进奏院负责，编排朝廷诏令、官吏任免等重要事项发送四方，而有人为了射利，编辑小报，将邸报未登载之事

---

① 黄庭坚《山谷集》卷二六《题李白诗草后》，文渊阁《四库全书》本。
② 《辛弃疾集编年笺注》卷九《沁园春·戊申岁，奏邸忽腾报，谓余以病挂冠，因赋此》，第1065页。

或未施行之事加以刊登，也与邸报并行不悖。① 辛弃疾"以病挂冠"的消息，可能就是朝列议及其为帅或祠禄的反映。词中说，在他的一生中，对类似小孩子的恩恩怨怨，总以一笑付之。何况白头渐老，余年有几？得意时光总不嫌多，却也不能长久。邸报上说他直到如今才挂冠归休，算来算去，不过为其延长若干年做官生涯，然而相差六七年，这又何足计较！下片"抱瓮年来自灌园"是说居家学圃情景②，"凄凉顾影，频悲往事"，正可为是年元日所作的《蝶恋花》中"往日不堪重记省"③作注。"却怕青山，也妨贤路"，盖恐山居也遭物议，则栗栗危惧，忧谗畏讥情形可见。"山中友，试高吟楚些，重与招魂"，说本已罢官多年，今邸报又罢了一次，山中友也自不妨再做一次招魂而已。

---

① 见《宋会要辑稿·刑法》二之一二五，第6558页。
② 据戴表元《稼轩书院兴造记》，带湖旧居有"桑圃官池"，"是稼轩所耕钓"，则其在带湖虽不曾购置大片田产，但毕竟辟有可供生计的桑园菜圃。而他也经常参与一些力所能及的劳动，如此词所谓"抱瓮年来自灌园"，《水调歌头》所谓"小摘亲锄菜甲"之类。此可见其家居生活的一个侧面。
③ 《辛弃疾集编年笺注》卷九《蝶恋花·戊申元日立春，席间作》，第982页。

第十五章　与陈亮的上饶之会

一　极论世事

（一）永康的学者陈亮，在南宋是一个才气横溢、豪放不羁的人物，而同时也是一个一生念念不忘恢复中原的爱国志士。虽然他一生没有建树任何功名事业，但凭借着上述两个方面，就足以使他成为辛弃疾平生所遇到的最亲密的知己和同道了。

辛、陈相识，仅知地点在行都临安。而其相识的时间关系到两位杰出人物之间友谊的一段佳话，是必须加以考证的问题。

陈亮字同甫，生于绍兴十三年（1143），小辛弃疾三岁。他一生除晚年登第即因病逝世，其余的五十年间虽多次到临安，但基本上还是在家乡从事读书和讲学。淳熙十年（1183），陈亮写信给辛弃疾。开头几句便是：

亮空闲没可做时，每念临安相聚之适，而一别遽如许，云、泥异路又如许。①

这等于说，在淳熙十年之前，辛、陈只是在临安有一次会晤，是二人相识之始，而从这次相识之后，二人又并没有机会见面。但是，淳熙五年（1178）四月，陈亮《与吕伯恭正字（祖谦）》书已有"辛幼安王仲衡俱召还"②语，又可知他与辛弃疾相识，必然在此之前。

查《陈亮集》的某些记载，再参以《宋史·儒林六·陈亮传》，知陈亮此前确有数次前往临安。例如绍兴末年，陈亮曾客居临安三年③；乾道五年（1169）正月，陈亮首应礼部试，不第，遂上《中兴五论》④，但这一年辛弃疾通判建康府，无缘与之会晤；淳熙四年陈亮入太学补博士弟子员。次年正月二十一日丁巳，伏阙上书，十日之内，连上三书⑤，但由于大臣近习交相沮抑，书连上而终不得见孝宗，乃欲议与一官，陈亮遂谓："岂有欲开社稷数百年之基，乃用以博一官乎！"⑥亟渡江而归。而辛弃疾于淳熙五年春才从江西帅任被召，至临安时陈亮已归永康，二人又不得相晤。既然辛、陈相识与史册明确记载陈亮在临安的时间皆不相符，则还须另寻他证。从陈亮《上孝宗皇帝第一书》中我们看到了如下记述：

---

① 《陈亮集》增订本卷二九《与辛幼安殿撰（弃疾）》，第381页。

② 《陈亮集》增订本卷二七，第321页。

③ 见《陈亮集》增订本卷三八《刘夫人何氏墓志铭》，第500页。

④ 见《陈亮集》增订本卷二《中兴五论序》，第21—22页。

⑤ 见《陈亮集》增订本卷一《上孝宗皇帝第一书》《上孝宗皇帝第二书》《上孝宗皇帝第三书》，第1—15页。

⑥ 《陈亮集》增订本卷二七《复何叔厚》，第328—329页。

臣不佞，自少有驱驰四方之志，常欲求天下豪杰之士而与之论今日之大计。盖尝数至行都，而人物如林，其论皆不足以起人意，臣是以知陛下大有为之志孤矣。辛卯、壬辰之间，始退而穷天地造化之初，考古今沿革之变，以推极皇帝王伯之道，而得汉、魏、晋、唐长短之由，天人之际，昭昭然可察而知也。①

根据这段文字，可知在乾道七年（辛卯，1171）、八年（壬辰）之前，陈亮数次到临安，所与接触的人物中，议论"皆不足以起人意"。而辛弃疾在陈亮眼中，则是真虎——"足以照映一世之豪""足以荷载四国之重"②。因此，在他所遇到的人物中当不包括辛弃疾。

辛、陈会面既然只能是淳熙初的事件，而这一时期，辛弃疾也只在淳熙二年（1175）在朝任仓部郎中，秋季即出任江西提刑，而陈亮在这年上半年也恰在临安。陈亮《与叶丞相（衡）》书有"亮敬惟相公以硕辅之尊，镇抚坤维，……亮积忧多畏，潭潭之府所不敢登"③语。陈亮又作《贺新郎·同刘元实、唐与正陪叶丞相饮》词，内有"算等闲，过了薰风，又还商素"④语，可为确证。也只有这次，辛、陈二人行踪才能真正叠合，因知二人的首次会晤，极有可能是在这年辛弃疾居官临安时。

（二）南宋的李幼武曾这样概括陈亮的性格、思想和前半生

---

① 《陈亮集》增订本卷一，第9页。
② 《陈亮集》增订本卷一〇《辛稼轩画像赞》，第114页。
③ 《陈亮集》增订本卷二九，第377页。
④ 《陈亮集》增订本卷三九，第508页。

经历：

> 天资异常，俯视一世，常以经纶天下自任。壮岁应乡
> 举，推为襃然之选，继而补太学博士弟子员。其生平议论，
> 以虏仇未雪为国大耻。六诣天阙上书，皆主于恢复。

所谓"六诣天阙上书"大概是指：乾道五年（1169）曾两次上
书，淳熙五年（1178）三上书，淳熙十五年再上书。

关于乾道五年两上孝宗书，史传及《陈亮集》皆不见载，只
有《元一统志》载云：

> 当乾道中，首上书，……上谕允文曰："陈亮屡上书，
> 卿呼至都堂，问大纲领为何如。"允文召亮问，则曰："先罢
> 科举百余年，朝廷内外，专以厉兵秣马为务，以实心实意行
> 实事，庶几良机至而可为。秀才徒能多言，无补于事。"允
> 文壮其言，而参政梁克家由伦魁进，不谓然。翌朝上问，允
> 文未及奏，克家遽言："不过秀才说耳。"上嘿然。①

此志还摘引乾道五年陈亮上宋孝宗书的一段话，大意是主张迁
都金陵，"以恢复为重。若安于海隅，使士大夫溺湖山歌舞之
娱，非一祖八宗所望于今日"。既然说"陈亮屡上书"，则此年陈
亮所上当非一书，淳熙间陈亮四上宋孝宗书，则此年所上至少有
两书。今《陈亮集》中已不见两书踪迹，亦不知何故。旧皆以上

---

① 《永乐大典》卷三一五六陈字韵引《元一统志》，第 1967 页。

《中兴五论》为一次上书，显误。

　　乾道间陈亮上书的原文既已不可见，淳熙五年（1178）上书则皆见于集中。陈亮屡次上书的宗旨就是反对与金人通和，要说服宋孝宗顺应大有可为的时机，不可苟安以迁延岁月。为了实现恢复中原的目标，他请宋孝宗召见他，以便面陈政治改革的主张，这就是他在第三书中提出的"可以复开数百年之基"的"变通之道"。当他在都堂向执政大臣（指当时的参知政事李彦颖、王淮和同知枢密院事赵雄）略述振作复仇之气、还郡县兵财之柄、选拔人才而不专主儒生等三策时，二三大臣相顾骇然，窘迫无计之余，乃欲以一官以搪塞孝宗，陈亮遂亟拂袖东归，说"欲开社稷数百年之基，乃用以博一官乎"。

　　和乾道五年上书相比较，陈亮这三次上书所议论的大都是其平生素所恪守的一些观点，并无前后相违背的议论。陈亮的这些对金积极进取和政治改革的主张，是赢得辛弃疾钦佩、敬仰的主要原因，两人的友谊，并不完全是英雄豪杰间的相互珍惜，其间是有坚实的基础的。

　　（三）淳熙五年以后，陈亮"以与世不合，甘自放弃于田夫樵子之间，誓将老死而不悔"，后金华刘渊等两三人"相寻萧寺中，问其旧学为何事，使人惘然如有所失坠，思欲温旧起废，而忘其志念之既落"。[①] 淳熙九年二月，任浙东提举的朱熹巡视灾伤行部至婺州，曾访陈亮于永康龙窟山间。淳熙十年春，陈亮致书于辛弃疾，表示要在秋天前往上饶相访，然后至崇安会见朱熹（朱熹因上年九月论劾唐仲友而罢新任江西提刑，去任家居）。书

---

① 　见《陈亮集》增订本卷三八《刘夫人陈氏墓志铭》，第 498 页。

函的全文是：

> 亮空闲没可做时，每念临安相聚之适，而一别遽如许，云、泥异路又如许。本不欲以书自通，非敢自外，亦其势然耳。前年陈咏秀才强使作书，既而一朋友又强作书，皆不知达否？不但久违无以慰相思也。去年东阳一宗子来自玉山，具说辱见问甚详，且言欲幸临教之。孤陋日久，闻此不觉起立。虽未必真行，然此意亦非今之诸君子所能发也。感甚不可言。即日春事强半，伏惟燕处自适，天人交相，台候万福。

> 亮顽钝浸已老矣，面目棱层，气象凋落，平生所谓学者又皆扫荡无余，但时见故旧则能大笑而已。其为无足赖晓然甚明，真不足置齿牙者。独念世道日以艰难，识此香气者，不但人摧败之，天亦僵仆之殆尽。四海所系望者，东序惟元晦，西序惟公与子师耳。又觉戛戛然若不相入，甚思无个伯恭在中间捆就也。天地阴阳之运，阖辟往来之机，患人无毒眼精硬肩胛头耳。长江大河一泻千里，不足多怪也。

> 前年曾访子师于和平山间，今亦甚念走上饶，因入崇安。但既作百姓，当此田蚕时节，只得那过秋杪。如闻作室甚宏丽，传到上梁文，可想而知也。见元晦说曾入去看，以为耳目所未曾睹，此老言必不妄。去年亮亦起数间，大有鹪鹩肖鲲鹏之意，较短量长，未堪奴仆命也。又闻往往寄词与钱仲耕，岂不能以一纸见分乎？

> 偶有端便，因作此问起居，且询前书达否。此使一去不回，能寻便以一二字见及，甚幸。余惟崇护茵鼎，大摅所

蕴，以决天下大计为祷！①

淳熙八年（1181）、九年，陈亮曾两次致函辛弃疾。九年冬，辛
弃疾在玉山遇到来自东阳的赵氏宗室子，询问陈亮近况甚悉，而
且表达了去永康拜访陈亮的意愿。这些事仅见于此书中。

　陈亮书中提到的钱仲耕即钱佃，淳熙十年守婺州，同年闰
十一月新除司农卿，以臣僚论列奉祠。②陈亮作此书时，钱佃还
在婺州任上。说辛弃疾常寄词与钱佃，而今本《稼轩词》中，却
仅有《西河》一阕涉及钱氏，还是辛弃疾帅江西时所作。辛弃疾
有一首《破阵子·为陈同甫赋壮词以寄之》词：

　　　　醉里挑灯看剑，梦回吹角连营。八百里分麾下炙，五十
　　弦翻塞外声。沙场秋点兵。　　马作的卢飞快，弓如霹雳弦
　　惊。了却君王天下事，赢得生前身后名。可怜白发生！③

大概陈亮有"岂不能以一纸见分乎"的话，引起辛弃疾的感念，
因此回忆起少年时在起义军中的战斗生涯，才写出了这首豪气干
云霄的著名词章。

　（四）由于营造房屋，还有"营葺小园"④的工程未完，陈亮

---

① 《陈亮集》增订本卷二九《与辛幼安殿撰（弃疾）》，第381—382页。书
中子师即韩彦古，韩世忠子，据《夷坚志》壬卷三《刘枢干得法》，韩彦古居衢
州。伯恭即吕祖谦。
② 见《宋会要辑稿·职官》七二之八，第3992页；七二之三九，第4007页。
③ 《辛弃疾集编年笺注》卷八，第823—824页。
④ 《陈亮集》增订本卷二八《又癸卯秋书》（按即《又癸卯秋答朱元晦秘书
（熹）》），第337页。

秋后访上饶的愿望并未实现。淳熙十一年（1184）春，陈亮又突遇一场意外灾难，因村民的诬告而被捕入狱。乡民卢氏父子与同里吕氏素有仇隙，卢父病亡后，其子遂告吕师愈与陈亮在乡民宴会上置毒药死其父。此间还夹杂着州县对陈亮平昔行为的不满的因素。陈亮于三月初入狱，至五月末始因罪证不足释放，在狱七八十日。① 而在他被释之后，随即又陷入一场同朱熹所进行的关于王霸义利问题的大辩论中，这场辩论持续了三年多，因此，陈亮来上饶相访的愿望更被无限期地推延了。

陈亮同朱熹的往复辩论，是中国学术思想史上的一件大事，其始因是朱熹在陈亮被囚获释后，写信对陈亮进行规劝，说陈亮的系狱，盖由其平日言行有可招致怨谤之处引起，因而奉劝陈亮"绌去'义利双行，王霸并用'之说"，"粹然以醇儒之道自律"②，以免脱人事之祸。陈亮认为朱熹的话完全不能接受，遂于秋间写信给朱熹，说"秘书若更高着眼，亮犹可以舒一寸气；若犹未免以成败较是非，以品级论辈行，则涂穷之哭岂可复为世人道哉！"③ 以系狱一事不能得到朱熹的谅解，陈亮表示遗憾，并针对朱熹尊崇三代、贬抑汉唐的言论，阐明自己的王霸义利观点，即认为三代和汉唐之君只是在实行王道道理过程中有完美或粗疏的差别，绝非三代专行王道义理，汉唐只重霸道功利。在经过多次

---

① 见邓广铭《〈永乐大典〉所载〈元一统志·陈亮传〉考释》，《北京大学学报》哲社版 1996 年第 2 期。《元一统志》谓陈亮因醉于佛寺有不敬语导致入狱说有误。

② 《朱熹集》卷三六《与陈同甫》，第 1590 页。

③ 《陈亮集》增订本卷二八《又甲辰秋书》（按即《又甲辰秋答朱元晦秘书（熹）》），第 339 页。

交换信件切磋辩论磨合之后，两人的观点始终未能一致起来。到了淳熙十三年（1186）秋，辩论才告结束。论战虽收场，然而陈、朱往复书信却在士大夫和学子中间广泛传布，产生了极大的影响。

淳熙十四年春，陈亮就试礼部，突染重病，抵家一个月始能吃饭，一庶弟亦染病死，妻孥又轮番染病，意绪惘惘。秋间大旱，所收不及二分，"逐旋补凑，不胜其苦"①。淳熙十五年二月，陈亮有金陵、京口之行，目的是观察形势，为退守进攻之计。嗣即前往临安，伏阙再上书，大意欲激励宋孝宗抓住机遇恢复中原。可惜此时的宋孝宗已无此雄心，书入不报。

直到淳熙十五年冬，陈亮始前往上饶，兑现他五年前的承诺，实现与辛弃疾的会晤。

行前，陈亮还写信给朱熹，约请他前来相会。朱熹能来否，尚未得知，陈亮已动身去上饶了。

陈亮来时，辛弃疾正在病中。然而这并没有妨碍陈亮到来所给予他的惊喜及由此激发的万丈豪情。自两人相识以来，虽尚未得到再次会晤的机会，但相互间的思念、爱惜之情则未尝稍减。不但陈亮对辛弃疾的思念无时或释，辛弃疾也极为重视陈亮，对陈亮多次上书的壮举以及不幸系狱的遭遇、同朱熹论战的进程给予极大的关注和深切的同情。因此，这次会晤对两人来说，都是弥足珍重的一次经历。

在带湖雪楼，辛弃疾再次领略了陈亮湖海豪士的风采，说他

---

① 《陈亮集》增订本卷二七《又书》（按即《与章德茂侍郎（森）》之二），第315页。

的豪气不除，直逼三国的陈元龙（陈登），对友人的情谊又绝似汉代的陈孟公（陈遵）。他们开怀畅饮，纵论天下大事及别后遭遇，说到壮怀激烈时，陈亮高声作歌，歌声起处，直惊得楼头的飞雪四散。

这一年陈亮四十六岁，辛弃疾四十九岁。陈亮犹是布衣，平生只有一次做官的机会，就是淳熙五年（1178）上孝宗皇帝书的时候，宋廷曾准备给予他一官，却被他拒绝了。但陈亮虽志在出仕济世，其目的却只在于为国家报仇雪耻，恢复失地。除此大目标，他是决不肯"急求一售，遂不惜诡遇而得之"的，这种"敝屣一官，且有逾垣以拒曾觌之勇"[1]的精神深得辛弃疾赞许。而辛弃疾自淳熙八年罢官以来，虽为当局者所摒弃，却绝无奴颜媚骨，向恶势力低头以期复职起用。在对待"诡遇而得"的富贵方面，两人在不同的处境中表现的却是一致的态度。反映在《贺新郎·同父见和，再用韵答之》词中，辛弃疾是这样记述的：

笑富贵千钧如发。硬语盘空谁来听？记当时只有西窗月。[2]

为和朱熹于铅山县南四十里与瓯闽相通的紫溪相会，辛弃疾陪同陈亮一路游览信州风景佳胜。鹅湖寺和沿途的十里松林都留下了辛、陈的行踪，瓜山下的一丘一壑和期思溪，令人忘忧，瓢泉的清澈流水，足以洗涤行旅的尘劳。这样边游赏边休憩，待到了紫溪镇时，两人的会晤已在不知不觉间过去了十天，朱熹却不

---

① 全祖望《鲒埼亭集》卷二九《陈同甫论》，《四部丛刊初编》本。
② 《辛弃疾集编年笺注》卷九，第1079页。

见踪迹，想是不肯赴约来会。于是陈亮告别，飘然东归。

第二天，辛弃疾对陈亮恋恋不舍，又打算追回陈亮，于是循路赶去。不料行至上饶县南上泸溪附近的鹭鸶林，大雪铺地，道路泥泞。面对清江，不得前行，遂颓然而返。傍晚，独饮方村酒家，心中惆怅，颇悔恨没能挽留陈亮。夜半投宿泉湖村吴氏四望楼（距瓢泉十余里），听邻家吹笛声极悲，遂在这种境遇下，写下一首《贺新郎》词以记其事。五天后，陈亮写来书信索词，更感到两人情意相通，虽千山隔万山阻也不能挡住，便把这首词寄给陈亮：

> 把酒长亭说。看渊明风流酷似，卧龙诸葛。何处飞来林间鹊，蹙踏松梢残雪。要破帽多添华发。剩水残山无态度，被疏梅料理成风月。两三雁，也萧瑟。　佳人重约还轻别。怅清江天寒不渡，水深冰合。路断车轮生四角，此地行人销骨。问谁使君来愁绝？铸就而今相思错，料当初费尽人间铁。长夜笛，莫吹裂。[①]

这首词写的全是追路不前的情景和独宿泉湖的心境。上半阕开头是说饯别陈亮，除赞誉陈亮虽为草茅之士却心系天下外，其余各

_____

[①] 《辛弃疾集编年笺注》卷九《贺新郎·陈同父自东阳来过余，留十日，与之同游鹅湖。且会朱晦庵于紫溪，不至，飘然东归。既别之明日，余意中殊恋恋，复欲追路，至鹭鸶林，则雪深泥滑，不得前矣。独饮方村，怅然久之，颇恨挽留之不遂也。夜半投宿吴氏泉湖四望楼，闻邻笛悲甚，为赋〈乳燕飞〉以见意。又五日，同父书来索词，心所同然者如此，可发千里一笑》，第1072—1073页。

句都是借送行所见暗喻对国势时局的看法：批判统治阶层的弃地辱国行径，对主战派人士的孤立处境深表不安。"剩水残山"句指未被白雪覆盖的山水所余无几，已经不成景致，却被稀疏的梅花点缀，勉强凑成一段风月。这显然是指责南宋朝廷导致国家分裂、山河残破。

陈亮得词后，有和韵之作，题为《贺新郎·寄辛幼安，和见怀韵》：

> 老去凭谁说？看几番、神奇臭腐，夏裘冬葛。父老长安今余几？后死无仇可雪。犹未燥当时生发。二十五弦多少恨，算世间，那有平分月。胡妇弄，汉宫瑟。　　树犹如此堪重别，只使君，从来与我，话头多合。行矣置之无足问，谁换妍皮痴骨！但莫使伯牙弦绝。九转丹砂牢拾取，管精金、只是寻常铁。龙共虎，应声裂。①

陈亮答词大意是说：年龄既长，阅事已多，看不惯人世上的是非颠倒、大义灭绝，然而无人可以诉说。中原之民目睹亡国惨祸者日少，后来者不知国仇家恨，则女真人必以其据有中原为理所当然。彼将半壁江山窃为己有，这才是最为可惧之事。下片只是说彼此年龄迟暮，故重视离别，但最可珍重的还是彼此的议论从来都是合多异少。至于事业，陈亮相信，只要把握机会，九转丹砂，必可点铁成金。

辛弃疾读后，再次以同调词相答，对南宋投降派置神州不顾

---

① 《陈亮集》增订本卷三九《贺新郎·寄辛幼安，和见怀韵》，第511—512页。

和对内压制人才的罪行予以谴责。词曰：

> 老大那堪说！似而今元龙臭味，孟公瓜葛。我病君来高歌饮，惊散楼头飞雪。笑富贵千钧如发。硬语盘空谁来听？记当时只有西窗月。重进酒，换鸣瑟。　　事无两样人心别。问渠侬神州毕竟，几番离合？汗血盐车无人顾，千里空收骏骨。正目断关河路绝。我最怜君中宵舞，道男儿到死心如铁。看试手，补天裂！　①

在辛弃疾作此词后，陈亮又写了两首怀辛幼安的词。次年即淳熙十六年（1189）春间，金华的友人杜仲高（名旃）自兰溪来访，辛弃疾又用前韵作了一首《贺新郎》词送行，其下片云：

> 去天尺五君家别。看乘空鱼龙惨淡，风云开合。起望衣冠神州路，白日消残战骨。叹夷甫诸人清绝。夜半狂歌悲风起，听铮铮阵马檐间铁。南共北，正分裂！　②

再次表达了对南北分裂、中原衣冠之邦沦陷的关注和爱国志士肩负的责任感。慷慨悲歌，凌空摩云，大有超前绝后的气势。

（五）这次上饶之会，本是陈亮欲偿淳熙十年过访之愿引起，除了却思念之情外，更为了商讨天下大计，绝非朱熹所说的"闲

---

① 《辛弃疾集编年笺注》卷九《贺新郎·同父见和，再用韵答之》，第1079页。
② 《辛弃疾集编年笺注》卷一〇《贺新郎·用前韵，赠金华杜仲高》，第1087—1088页。

追逐",故行前又约请了朱熹。而朱熹却违约不至,这其间的背景是颇为复杂的。

在对待历史和现实问题上,陈亮和当时的许多士大夫头脑中,大都存在一种历史循环论的观点。早在奏进《美芹十论》之时,辛弃疾便有"天道好还"的议论,他依据"古今常理",提出"夷狄所以取之者至逆也,然其所居者亦盛矣。以顺居逆,犹有衰焉,以逆居盛,固无衰乎"①之说,认为女真族的强盛是暂时的,它必将遵循一定的历史周期由盛变衰。陈亮对这一问题的认识则更为明确。淳熙十三年(1186),靖康之变正好六十年(1127—1186),陈亮在致丞相王淮书中即曾说:"南北分裂,于今六十年,此天数之当复也。阿骨打之兴,于今近八十年,正胡运之当衰也。"②正是出于"六十年当复"的认识,淳熙十五年春,陈亮在察看京口、金陵形势后上书孝宗皇帝,建议以东宫太子为抚军监国,运用人才,均调天下,以应无穷之变。

陈亮既阐述了这样一些观点,他急于同辛弃疾、朱熹会晤,是为了征求意见,看能否在乘时应变、积极进取的问题上取得一致。陈亮此行的目的是不是已经达到?我以为,至少在和辛弃疾的会晤中已经实现。这是因为,两人积极进取的主张本来就是一致的,在其他方面也多接近,故陈亮说:"只使君,从来与我,话头多合。"而陈亮在重视人才方面也和辛弃疾认识相同。陈亮曾说:"有非常之人,然后可以建非常之功。""第非常之事非可与常人谋也。"这是他的《戊申再上孝宗皇帝书》中的话。这封奏书

---

① 《辛弃疾集编年笺注》卷三《美芹十论·自治》,第258页。
② 《陈亮集》增订本卷二七《与王季海丞相淮》,第309页。

同时也还指出："陛下见天下之士皆不足以望清光，而书生拘文执法之说往往有验，而圣意亦少衰矣。故大事必集议，除授必资格；才者以跅弛而弃，不才者以平稳而用；正言以迂阔而废，巽言以软美而入；奇论指为横议，庸论谓有典则……机会在前而不敢为翻然之喜，隐忍事仇而不敢奋赫斯之怒。"[1]辛弃疾寄给陈亮的第二首《贺新郎》词中，恰好也表达了志士"跅弛而弃"的感受。

自淳熙五年（1178）陈亮在上孝宗皇帝书中措辞激烈地批评"今世之儒士自以为得正心诚意之学者，皆风痹不知痛痒之人也。举一世安于君父之仇，而方低头拱手以谈性命，不知何者谓之性命乎"[2]以来，每一次对南宋理学家的抨击批判，都引起理学宗师朱熹的不快，其门人更是怒发冲冠[3]。淳熙十三年，当朱、陈就王霸义利问题展开论战已近三年之后，朱熹对说服陈亮失去信心，不愿把论战继续下去。私下对门人说："天下事不是是，便是非，直截两边去，如何恁地含糊鹘突！某乡来与说许多，岂是要眼前好看？"[4]朱熹既把陈亮之学置于异端，为捍卫"吾道尊严"，必须加以痛斥。但朱熹之学，却在孝宗朝受到一次颇严重的挫折。淳熙十五年五月，朱熹由宰相周必大举荐任兵部郎官，兵部侍郎林栗弹劾朱熹"窃张载、程颐绪余，谓之'道学'，……其伪不可

---

①　《陈亮集》增订本卷一，第15、19页。

②　《陈亮集》增订本卷一《上孝宗皇帝第一书》，第9页。

③　据《陈亮集》增订本卷二八《丙午复朱元晦秘书书》："张体仁太博为门下士，每读亮与门下书，则怒发冲冠，以为异说；每见亮来，则以为怪人，辄舍去不与共坐。"第355页。

④　《朱子语类》卷一二三《陈君举（陈同父叶正则附）》，第2965页。

掩"。朱熹遂奉祠归乡。九月再召，朱熹又辞，并于十一月进万言封事，认为恢复之事本应行于隆兴初，当时不合罢兵讲和，今宴安日久，东南事尚且不可胜虑，又怎能谈恢复？[①] 朱熹既持此论，而致陈亮书又力劝其"守之以待时"[②]，则益与陈亮意旨不合。所以当陈亮约其相会时，朱熹首先示之疑虑："恐无说话处。……或先得手笔数行，略论大意，使未相见间，预得绅绎而面请其曲折。"[③] 揣测陈亮已赴上饶，遂表示不肯前往："奉告老兄且莫相撺掇，留取闲汉在山里咬菜根，与人无相干涉，了却几卷残书，与村秀才子寻行数墨，亦是一事。"[④] 他既不愿与陈亮共论恢复，又对同陈亮就学术问题展开辩论失去兴趣，当然只好守住"几畦杞菊"咬菜根了。

朱熹曾说过，辛幼安、陈同甫，"朝廷赏罚明，此等人皆可用"[⑤]。可知他对辛弃疾和陈亮还是相当看重的。

二　起废为监司

（一）宋孝宗本是太祖之后，由宋高宗收养为嗣子，他即位后极尽孝养侍奉之能事，赢得世人的称颂。在宋孝宗和做太上皇的高宗均在世之时，辛弃疾便曾在一首庆韩元吉七十寿辰的《水

---

① 见《宋史》卷四二九《道学》三《朱熹传》，第12758—12762页。
② 《朱熹集》卷三六《答陈同甫书》有"守之以待上之使令"语。第1609页。
③ 《朱熹集》卷二八《答陈同父书》，第1182页。
④ 《朱熹集》卷二八《答陈同父书》，第1180页。
⑤ 《朱子语类》卷一三二《本朝》六《中兴至今日人物》下，第3179页。

调歌头》词中写出发自内心的赞叹语句："闻道钧天帝所，频上玉
卮春酒，冠盖拥龙楼。"① 所写的就是宋孝宗频繁去德寿宫谒见宋
高宗的情景。

宋孝宗锐意恢复，在符离失利后，出于对宋高宗的敬重，
虽屡议恢复，却不敢轻易用兵。所谓"重违高宗之命，不轻出
师"②。蹉跎二十余年，只能极尽宫廷之孝养，却不能在对金恢复
事业上有任何作为。

淳熙十四年（1187）十月，宋高宗做了二十五年太上皇之后
病死。他一生奉行对金屈辱求和的政策，禅位孝宗后，依然反对
改变其既定政策。他曾明确向宋孝宗表示："俟老者百岁后，尔却
议之。"③ 高宗逝世，宋孝宗本可以无所顾忌，壮志求伸，陈亮立
即上书有云：

> 高宗皇帝春秋既高，陛下不欲大举以惊动慈颜，抑心俯
> 首以致色养，圣孝之盛，书册之所未有也。今者高宗皇帝既
> 已祔庙，天下之英雄豪杰皆仰首以观陛下之举动。④

宋孝宗却不顾时势民心，表示他要实行三年终丧之制："大行太上
皇帝奄弃至养，朕当衰服三年。"⑤ 并准备效仿高宗，禅位于太子，
以全"圣孝"之名，故此陈亮书入不报。

---

① 《辛弃疾集编年笺注》卷九《水调歌头·庆韩南涧尚书七十》，第 953 页。
② 《宋史》卷三五《孝宗纪》三，第 692 页。
③ 《四朝闻见录》乙集《孝宗恢复》，第 58 页。
④ 《陈亮集》增订本卷一《戊申再上孝宗皇帝书》，第 16 页。
⑤ 《宋史》卷三五《孝宗纪》三，第 687—688 页。

淳熙十六年正月，宋孝宗以周必大为左丞相，留正为右丞相（上年五月王淮罢相），萧燧为枢密使（萧燧随罢），王蔺参知政事，葛邲同知枢密院事。二月二日，宋孝宗禅位，退居重华宫，太子惇即位，是为光宗。在此稍前，金国一代治世之主世宗完颜雍亦于正月病亡，其孙完颜璟登极，即金章宗。两国几乎在同一时间换了新君。

宋光宗是孝宗第三子，太子愭去世后，以乾道七年（1171）二月立为皇太子，并命尹临安府。宋孝宗在位二十七年，他既随侍于左右，对宋孝宗所经常谋划的一些国家大事，特别是改变对金屈辱求和、以武力恢复失地的那些密谋策划，应该说有深刻的了解。如果他真能秉承宋孝宗的意旨，就应当把其父未竟的愿望付诸实践。而且宋光宗即位时只有四十二岁，正当壮年，即位的第二年便改元绍熙，表明他的施政纲领。史臣说他即位后"总权纲，屏嬖幸，薄赋缓刑，见于绍熙初政，宜若可取"①。可惜，以左丞相周必大为首的宰辅大臣，大多是守旧庸碌的官僚，在政治上则主张静默持重，反对纷更变动，抵制任何形式的恢复言行，致使宋光宗即位后，也只能延续淳熙末年的政治格局，无从改革更新。

宋光宗即位及政治格局发生的细微变化，以辛弃疾的政治敏感，本应密切关注。然而，辛弃疾诗词中却不见直接涉及其事者。在现存词中，可以确定为淳熙十六年（己酉，1189）所作的，只有下列几首或多或少地反映了这一事件的某些影响：

《鹊桥仙·己酉山行，书所见》词的上半阕是：

---

① 《宋史》卷三六《光宗纪》，第710页。

松冈避暑，茆檐避雨，闲去闲来几度？醉扶怪石看飞泉，又却是前回醒处。[①]

尽管沧海扬尘，人事变迁，而他却仍只能看山看泉，无所事事，耗费大好岁月，日复一日地打发着寂寞时光。

他的两名得意门生杨民瞻、范廓之也都在这一年先后离去。杨民瞻是这年秋别去的，辛弃疾《水调歌头·送杨民瞻》词中云："日月如磨蚁，万事且浮休。……黄鸡白酒，君去村社一番秋。长剑倚天谁问？夷甫诸人堪笑，西北有神州。此事君自了，千古一扁舟。"[②]对当国者仍旧无意进取的失望，在词中有清楚无误的表达。稍后，范廓之因宋光宗即位后再次追加元祐党人后裔官职，准备赴临安，将其家世上报朝廷，谋求一官半职，并顺便作建康之游，亦告辞而去。辛弃疾作"席上送范廓之游建康"的《定风波》词，词中道：

听我尊前醉后歌，人生无奈别离何。但使情亲千里近，须信。无情对面是山河。　　寄语石头城下水，居士。而今浑不怕风波。借使未成鸥鸟伴，经惯。也应学得老渔蓑。[③]

阅尽人世上无数次的风波，辛弃疾相信，如今的自己更加无所畏惧。所以他要范开从容寄语建康城下的流水，看他的渔蓑生涯还要持续到何时。继而又作《醉翁操》词云：

① 《辛弃疾集编年笺注》卷一〇，第 1144 页。
② 《辛弃疾集编年笺注》卷一〇，第 1162 页。
③ 《辛弃疾集编年笺注》卷一〇，第 1130 页。

> 长松，之风，如公，肯余从，山中？人心与吾兮谁同？湛湛千里之江，上有枫。噫送子于东，望君之门兮九重。女无悦己，谁适为容？　不龟手药，或一朝兮取封。昔与游兮皆童，我独穷兮今翁。一鱼兮一龙，劳心兮忡忡。噫命与时逢，子取之食兮万钟。

这首词之前写有长序，略云：

> 顷予从廓之求观家谱，见其冠冕蝉联，世载勋德。廓之甚文而好修，意其昌未艾也。今天子即位，覃庆中外，命国朝勋臣子孙之无见任者官之。先是，朝廷屡诏甄录元祐党籍家，合是二者，廓之应仕矣。……念廓之与予游八年，日从事诗酒间，意相得欢甚，于其别也，何独能恝然？顾廓之长于楚词，而妙于琴，辄拟《醉翁操》，为之词以叙别……。[1]

除感念范开从游八年，并预祝他得偿功名之愿外，还为自己终老山中的遭逢发出深深的慨叹。可以看出，宋光宗即位给他带来的那一丝报国用世的希望，以及对这希望迟迟不能实现所流露的无奈和感慨。

淳熙十六年（1189）五月，周必大受右谏议大夫何澹弹劾罢相。周必大在朝居要职十余年，至此被逐出朝中。绍熙元年（1190）七月，留正为左丞相，王蔺为枢密使。十二月，为周必大所庇护、以偏激成为其驱逐朝臣工具的王蔺亦被罢斥。朝中坚

---

[1] 《辛弃疾集编年笺注》卷一〇，第1132页。

决反对辛弃疾复出起用的两个主要人物皆已出朝，障碍基本扫清，他出仕已不成问题，只是时间早晚而已。

留正字仲至，福建泉州人，绍兴间中进士。据《宋史》本传，留正为小官时，就崇尚名节，倾向恢复，宋光宗为太子，特聘他为东宫官属。在他任宰相期间所进的《皇宋中兴两朝圣政》一书中，至今还保存着标有"臣留正等曰"字样的大量议论，对高、孝两朝政事得失发表意见，确证详明，尤其是力主恢复、反对和议的言论态度十分鲜明。留正和辛弃疾相识，大约在淳熙二年（1175）立朝为官时。淳熙八年辛弃疾任江西安抚使，留正守赣州。辛弃疾被罢，留正继任江西安抚使，他对辛弃疾应有相当的了解。有这样一些因缘，辛弃疾在留正任首相后得以起复，也应在情理中。

绍熙二年（1191），温州平阳人王自中（字道甫）来守信州，在任内政绩突出，受到辛弃疾的敬重，两人时相游从。七月十六日，王自中生辰，辛弃疾作《清平乐·寿信守王道夫》，词中道："此身长健，还却功名愿。"又道："男儿玉带金鱼，能消几许诗书？"[1] 前一句和他淳熙十六年送徐安国赴福建安抚司干官任所作《满江红》词中"记功名万里要吾身，佳眠食"[2] 是同样的意思，即保养好身体，以便应付出山后所担负的繁重的事务。

曾于孝宗朝知枢密院事的上饶人施师点（字圣与），绍熙二

---

① 《辛弃疾集编年笺注》卷一〇，第 1217 页。
② 《辛弃疾集编年笺注》卷一〇《满江红·送徐抚干衡仲之官三山，时马会叔侍郎帅闽》，第 1149 页。

年（1191）夏秋自提举洞霄宫除知隆兴府①，辛弃疾作《水调歌头》词送他。下片有云：

> 金印沙堤时节，画栋珠帘云雨，一醉早归休。贱子亲再拜：西北有神州。②

施师点为官并无显赫功业可述，而且始终坚持以议和为国策。③辛弃疾在词中提醒施师点，不要忘了西北的神州，其实这应当是他这一时期逐渐恢复的精神状态的反映。

曾任监察御史的上饶人余禹和（字伯熙）生辰，辛弃疾作《鹊桥仙》词祝贺，下片云：

> 东君未老，花明柳媚，且引玉船沉醉。好将三万六千场，自今日从头数起。④

词中着意表达了一切从头做起的意识，既用以勉励他人，其实也是自励。

绍熙二年的九月，宋光宗诏令侍从官于"尝任卿监、郎官

---

① 见《水心文集》卷二四《故知枢密院事资政殿大学士施公墓志铭》。收入《叶适集》，第485页。

② 《辛弃疾集编年笺注》卷一〇《水调歌头·送施枢密圣与帅江西。信之谶云："水打乌龟石，方人也大奇。"方人也，实施字》，第1199页。

③ 据《水心文集》卷二四《故知枢密院事资政殿大学士施公墓志铭》："终孝宗世，以和为形，以备为实，虏卒不敢背约，策自公始。"收入《叶适集》，第486页。

④ 《辛弃疾集编年笺注》卷一〇《鹊桥仙·寿余伯熙察院》，第1120页。

内，选堪断刑长贰一二人以闻"①。辛弃疾出山，任一路提刑，当与这一道诏令有关。《宋史》本传载辛弃疾"绍熙二年，起福建提点刑狱"②。朝廷发布的这一任命，想必已在这年冬季，而辛弃疾起身赴闽宪的时间，则至绍熙三年（1192）春。

绍熙三年正月十五日，辛弃疾在带湖寓所作《好事近·席上和王道夫赋元夕立春》词：

> 彩胜斗华灯，平把东风吹却。唤取雪中明月，伴使君行乐。　　红旗铁马响春冰，老去此情薄。惟有前村梅在，倩一枝随着。③

这首词写得很轻松诙谐。苏东坡回忆上元之夜在惠州定武军时的诗句有云："去年中山府，老病亦宵兴。牙旗穿夜市，铁马响春冰。"被辛词用于下半阕，意思是：当年为帅时，上元出游，也曾红旗铁马过通衢，谁知老去把这些情致渐渐淡忘。如今在这山村过元夜，没有红旗，没有铁马，且叫童仆折下一枝梅花，权作随从。这大概是赴任启行在即，诗兴正高，才有这种闲情逸致。

（二）辛弃疾在绍熙二年曾有永丰之行。他因何事而东游，已无可考，或许是途中顺便经从。现在仅知他在永丰会见了知县事的潘友文，并盛赞潘友文的政绩，认为潘友文爱民，有古循吏之风。据朱熹《旌忠愍节庙碑》，知潘友文为永丰令在绍熙二年

---

① 《宋史》卷三六《光宗纪》，第701页。
② 《宋史》卷四〇一《辛弃疾传》，第12164页。
③ 《辛弃疾集编年笺注》卷一一，第1229页。

（1191）至三年间。①潘友文字文叔，东阳人②。其时实行差役法，以每村三十户轮差甲头一人，催纳租税、免役等钱物。永丰百姓不肯就役，甚至破家而不顾。潘友文曲为均调，使法行无弊。辛弃疾在对永丰役法观察之后曾对陈亮说：

> 役法之弊，民不肯受役，至破家而不顾，永丰之民往往乞及今令在时就役，是孰使之然哉！③

陈亮认为，潘友文既少从张栻、吕祖谦学，长又卒业于朱熹，故其治县深得三人之家法。

陈亮曾在绍熙元年十二月被牵连进家童杀人一案而入狱。叶适作《陈同甫王道甫墓志铭》曰："民吕兴、何廿四殴吕天济，且死，恨曰：'陈上舍使杀我。'县令王恬实其事。台官谕监司选酷吏讯问，数岁无所得，复取入大理，众意必死。少卿郑汝谐直其冤，得免。"据《四朝闻见录》甲集《天子狱》，吕兴、何廿四之中有一人尝为陈亮家童，而死者吕天济又曾辱陈亮父次尹（次尹已死于乾道九年［1173］）。陈亮淳熙四年（1177）曾为太学上舍生，吕天济所说的"陈上舍"即指陈亮，他临死犹诬此事必系陈亮指使。叶铭所谓"台官"指何澹，此人于绍熙元年以谏议大

---

① 见《朱熹集》卷八九，第4569页。
② 据雍正《江西通志》卷六三："潘友文字文叔，婺州人，开禧间令永丰。政尚宽惠，推诚抚民，时役法弊，所在破家，友文曲为均调使不困，去官，民为立祠。陈同甫、辛幼安皆称其政本之朱、吕二先生云。"谓潘友文为令在开禧间，同治《永丰县志》卷六所载相同，并误。
③ 《陈亮集》增订本卷二五《信州永丰县社坛记》，第276页。

夫知贡举，因陈亮考试被其黜落有斥责语，何怀恨在心，挟嫌报复，至此遂逮陈亮入大理三衢分狱一年余。①

陈亮再次入狱，虽以指使家童杀人为借口，但实质还是由平素言行不为官府、乡里所容引发。故入狱年余，营救者寡。适值大理少卿郑汝谐审阅此案，他就是淳熙九年（1182）守上饶，与辛弃疾友谊颇笃的郑舜举。他经辛弃疾从中转圜，得知陈亮之为人及为众人所妒忌的原委，力持公论，最后宣告陈亮无罪释放。《四朝闻见录》说："亮将就逮，亟走书告辛。辛公北客也，故不以在亡为解，援之甚至，亮遂得不死。时考亭先生、水心先生、止斋陈氏俱与亮交，莫有救亮迹。亮与辛书，有'君举吾兄，正则吾弟，竟成空言'云。"②辛弃疾为救援陈亮所做的努力事实俱在。陈亮出狱的时间是绍熙三年（1192）的二月，其时辛弃疾已得福建提刑的任命，动身前往闽地任职去了。

陈亮出狱后即曾往上饶，走玉山，见县令潘友文。③其目的大概是面见辛弃疾表达感激之情，然而辛弃疾已出任闽宪，二人未能再次会晤。

---

① 见《邓广铭学术论著自选集》之《陈亮狱事考》，首都师范大学出版社1994年版，第544—552页。

② 《四朝闻见录》甲集《天子狱》，第25页。

③ 据《陈亮集》增订本卷二五《信州永丰县社坛记》所言"余过永丰道上""及见文叔"而知，见第276页。

第十六章　短暂的七闽之行

一　在福建提刑任上的政绩及与朱熹的友谊

（一）朱熹自淳熙九年（1182）九月提举浙东常平茶盐公事罢任归崇安，途中访上饶旧友，与辛弃疾等人会晤以来，到绍熙改元之后，一直未有机会与之再会。淳熙十一年至十五年之间，寓居武夷山下九曲溪第五曲畔武夷精舍中从事著书立说和传道授业的朱熹，曾屡次对其门下弟子谈到辛弃疾被废黜后的遭遇，言辞之间，既批评当国者对人才长期废置、不敢起用的做法，又指出辛弃疾在某些方面有"纵恣""过当"，有以招致横议黜责之处。朱熹的多次谈话，想必都通过某些渠道间接传达给了辛弃疾。

例如淳熙十六年春，杜叔高来上饶与辛弃疾会晤，归后收到朱熹的一封答书，书信的后半部是这样的：

辛丈相会，想极款曲。今日如此人物岂易可得？向使早
向里来，有用心处，则其事业俊伟光明，岂但如今所就而已
耶！彼中见闻，岂不有小未安者？想亦具以告之。渠既不以
老拙之言为嫌，亦必不以贤者之言为忤也。①

从"渠既不以老拙之言为嫌，亦必不以贤者之言为忤"句中，可
以约略推知：杜叔高行前，必得悉朱熹此前谈话的内容，而杜叔
高前往上饶时，又原原本本将朱熹的谈话转述于辛弃疾，并且还
把自己的一些看法也当面直率地向他说出，而这些话又都得到了
谅解和认可，并未引起辛弃疾的不以为然或抵触。对于辛弃疾的
态度，朱熹得知后极为赞赏，所以在答复杜叔高的信中不无赞叹
地说道："今日如此人物岂易可得？"

绍熙二年（1191），辛弃疾起废为闽宪，朱熹闻知，立即走
札致贺；辛弃疾以启通问，朱熹再答以启。朱熹书、辛弃疾启，
今俱佚失，朱熹启尚存，文云：

光奉宸纶，起持宪节。昔愚民犯法，既申震耆之威；今
圣上选贤，更作全安之计。先声攸暨，庆誉交兴。

伏惟某官卓荦奇材，疏通远识。经纶事业，有股肱王室
之心；游戏文章，亦脍炙士林之口。轺车每出，必著能名；
制闻一临，便收显绩。兹久真庭之逸，爱深正宁之思。当季
康患盗之时，岂张敞处闲之日？果致眷渥，特畀重权。歌皇
华之诗，既谕示君臣之好；称直指之使，想潜消郡国之奸。

① 《朱熹集》卷六〇《答杜叔高》，第 3093 页。

第恐赐环，不容暖席。

　　熹苟安祠禄，获托部封。属闻斧绣之来，尝致鼎祎之问。尚烦缛礼，过委骈缄。虽双南金，恐未酬于郑重；况一本薤，亦奚助于高明？但晤对之有期，为感欣而无已。①

据"晤对之有期"一句，朱熹此启作于辛弃疾赴任之前。朱熹于绍熙二年（1191）二月在知漳州任上因嗣子之卒，请祠营葬，遂除秘阁修撰，主管南京鸿庆宫。此启自称"苟安祠禄，获托部封"，正是归寓建阳，奉领祠官之时。启文对辛弃疾的人才、事业、文章均作极高评价，其中"卓荦奇材""经纶事业"等联，尤为世人所称颂，更足见朱熹此时对他的推重和期待。"但晤对之有期，为感欣而无已"则表明，朱熹正急切地盼望辛弃疾前来建阳会晤。

　　（二）赴闽宪途中，辛弃疾有词云：

　　　　细听春山杜宇啼，一声声是送行诗。朝来白鸟背人飞。　　对郑子真岩石卧，赴陶元亮菊花期。而今堪诵《北山移》。②

这首词是辛弃疾在绍熙三年春赴闽宪时所作，调寄《浣溪沙》。四卷本丙集词题原作"泉湖道中，赴闽宪，别诸君"。泉湖即一首寄陈同父的《贺新郎》词序中的"吴氏泉湖"，在上饶至瓢泉

---

① 《朱熹集》卷八五《答辛幼安启》，第4414—4415页。此处"闲"原作"间"。
② 《辛弃疾集编年笺注》卷一一《浣溪沙·壬子春，赴闽宪，别瓢泉》，第1243页。

途中。元广信本则改作"壬子春，赴闽宪，别瓢泉"。

温庭筠曾有《渭上题》诗云："吕公荣达子陵归，万古烟波绕钓矶。桥上一通名利迹，至今江鸟背人飞。"白鸟即白鹭。辛弃疾用温诗句意。北宋真宗时，寓居终南山中的隐士种放屡次出山入阙，接受朝廷命官。群臣送行赋诗，杜镐自称不善文辞，朗诵孔稚珪的《北山移文》加以讽刺。① 王安石被召将行，作《松间》诗，亦有"野人休诵《北山移》"句。辛弃疾闲居十年，起废出山，来之不易，他必定十分珍惜这一为国效力的机会。然而他回顾十余年来"对郑子真岩石卧，赴陶元亮菊花期"的闲退生涯，却不能忘情，故此引用温庭筠诗，诵《北山移文》，自嘲违背素志，出仕闽宪。万千感慨，均系于这首词中。

辛弃疾途经建阳，访朱熹于考亭。其时陆九渊知荆门军，辛弃疾向朱熹盛赞陆九渊的政绩。《象山先生文集》所附《年谱》于绍熙三年（1192）纪事云："夏四月十九日，朱元晦来书云：'……闻千骑西去，相望益远，无从致问。近辛幼安经由，及得湖南朋友书，乃知政教并流，士民化服，甚慰！某忧苦之余，疾病益侵，形神俱瘁，非复昔时。归来建阳，失于计度，作一小屋，期年不成，劳苦百端，欲罢不可。'"所说"作一小屋"指朱熹于绍熙二年在建阳考亭兴建书楼事，三年初朱熹即移居考亭，荆门距考亭道远，陆九渊于绍熙二年七月四日自信州贵溪县赴荆门任，九月三日方到，在途两月。朱熹此书既于四月十九日收

---

① 据彭百川《太平治迹统类》卷二六："大中祥符二年夏四月，种放得告归乡里。是日召见，宴饯于龙图阁。上作诗赐放，命群臣皆赋。……杜镐辞以素不属文，诏令引名臣归山故事，镐因诵《北山移文》，其意盖讥放也。"文渊阁《四库全书》本。

到，则作书时间当在三月之前，辛弃疾与朱熹相会的时间也可据此推知，大抵应在正月、二月之间。

陆九渊为学主张简易顿悟，其荆门之政，亦可见其躬行之效。辛弃疾同陆九渊虽同在信州居住，未见直接来往之迹。他得知荆门政绩，可能是通过陆门子弟的途径。辛弃疾会晤朱熹时，还介绍了潘友文在地方上的政绩。朱熹有答潘友文书称："辛幼安过此，极谈佳政。"可惜原文止此两句，未得其详。陈亮《信州永丰县社坛记》记载辛弃疾有关潘友文政绩的谈话，即"稼轩辛幼安以为文叔爱其民如古循吏，而诸公犹诘其验"、"幼安以为役法之弊"云云，前文已述及，不再重复。辛弃疾得知潘友文政绩，还在他寓居上饶时。他会见朱熹谈其佳政，也一定在此次会面中。

辛弃疾这次来建阳的主要目的，是征求朱熹对他福建施政的意见，朱熹的答复载于《朱子语类》卷一三二之《中兴至今日人物》下：

> 辛幼安为闽宪，问政，答曰："临民以宽，待士以礼，驭士以严。"恭甫再为潭帅，律己愈谨，御吏愈严。某谓如此方是。①

朱熹的三句话，尤其是"御吏愈严"，是有针对性的。淳熙八年（1181）辛弃疾任江西安抚使时，陆九渊曾致书辛弃疾，指责

---

① 《朱子语类》卷一三二《本朝》六《中兴至今日人物》下，第3180页。恭甫，指刘珙。

"贪吏害民""以欺上府",而守臣不能察其奸。朱熹的意见,正相类似,也是要辛弃疾吸取教训,御吏从严。待民从宽,待士有礼,辛弃疾历来从政无不如此,而御吏则难免有或宽或严之失,以致为理学诸君子所非议。然而对朱熹的上述意见,辛弃疾显然是全部采纳了。

也许就在这次会晤中,他们抽出时间,乘舟游览了武夷溪九曲胜概。

朱熹在淳熙十年(1183)建成武夷精舍,随即迁居武夷山中。次年二月,朱熹作《武夷棹歌》十首。武夷山"冬寒夏热,不可居。惟春暖秋凉,红绿纷葩,霜清木脱,此两时节为胜游耳"[①]。辛弃疾来游,正当"红绿纷葩"时节,可能是应朱熹的约请,特为赋诗《游武夷,作棹歌呈晦翁十首》:

> 一水奔流叠嶂开,溪头千步响如雷。扁舟费尽篙师力,咫尺平澜上不来。
>
> 山上风吹笙鹤声,山前人望翠云屏。蓬莱枉觅瑶池路,不道人间有幔亭。
>
> 玉女峰前一棹歌,烟鬟雾鬓动清波。游人去后枫林夜,月满空山可奈何?
>
> 见说仙人此避秦,爱随流水一溪云。花开花落无寻处,仿佛吹箫月夜闻。
>
> 千丈挼天翠壁高,定谁狡狯插遗樵?神仙万里乘风去,更度槎枒个样桥。

---

① 《朱熹集》卷三六《答陈同甫》,第1607页。

山头有路接红尘，欲觅王孙试问津。瞥向苍崖高处见，三三两两看游人。

巨石亭亭缺啮多，悬知千古也消磨。人间正觅擎天柱，无奈风吹雨打何！

自有山来几许年？千奇万怪只依然。试从精舍先生问，定在包牺八卦前。

山中有客帝王师，日日吟诗坐钓矶。费尽烟霞供不足，几时西伯载将归？

行尽桑麻九曲天，更寻佳处可留连。如今归棹如搠箭，不似来时上水船。①

辛弃疾的九曲棹歌虽也写了十首，却不似朱熹原作在各诗中标明一曲至九曲的字样，而且，朱熹的《武夷棹歌》作于请祠赋闲之际，辛诗则作于久废起复之时。朱熹此前虽亦一度出守南康军，提举浙东茶盐，但他并不热衷于担任地方官，所以出仕未久即辞归武夷，并且后悔其"无补公私，而精神困弊，学业荒废"②。在作《武夷棹歌》的同时，亦即淳熙十一年（1184）春夏，朱熹复书陈亮有云："武夷九曲之中，比缚得小屋三数间，可以游息。春间尝一到，留止旬余。溪山回合，云烟开敛，旦暮万状，信非人境也。尝有数小诗，朋旧为赋者亦多。……此生本不拟为时用，中间立脚不牢，容易一出，取困而归。自近事而言，则为废斥；自初心而言，则可谓爱得我所矣。"③因此朱熹的《武夷棹歌》

① 《辛弃疾集编年笺注》卷一，第63—75页。
② 《朱熹集》卷三四《答吕伯恭》，第1516页。
③ 《朱熹集》卷三六《答陈同甫》，第1588页。

尽管也有不耐寂寞之意（如赋写第五曲的"林间有客无人识，欸乃声中万古心"句），但全诗依旧写得恬淡安详，颇能体现陶然悠然、乐游不返的意趣，这和辛诗所展现的感情跌宕、郁怒不平之气概的确有别。辛弃疾积十余年被迫退居林下的悲慨，万事关心，面对此山此水，其悲感壮怀不能不借此一吐为快。所以化而为诗，就有序曲对溪流湍急和逆水行舟、平澜不上之艰辛的描述，表现其百折不挠、履险如夷的气势；亦有二曲玉女峰，以游人去后月满空山的无奈，模拟玉女的落寞惆怅；亦有六曲天柱峰，赋写历尽摧残、伤痕累累的亭亭巨石，抒发千古英雄不为时用的悲愤。对于隐居山间的朱熹，辛弃疾不但比之堪为帝王之师的太公望，更还希望朝廷不要让他长期赋闲，早些把他请回朝中加以重用。辛弃疾的这份心愿，当然不全针对朱熹，他自己当然也是希望得到朝廷重用的。可以看出，这十首诗最后反映的还是辛弃疾再出大展长才的愿望和情怀。相比之下，朱熹的原诗倒是一片平和之音了。

（三）朱熹的《答辛幼安启》中写有"当季康患盗之时，岂张敞处闲之日"及"称直指之使，想潜消郡国之奸"[1]等语句。"季康患盗"出自《论语·颜渊》篇，季康以游鲁多盗，故问于孔子。朱熹这句话当然是针对福建路的治安问题说的。据《宋史·光宗纪》记载，绍熙二年（1191）二月，"福建安抚使赵汝愚等以盗发所部，与守臣、监司各降秩一等，县令追停"[2]。这件事在《宋会要辑稿》中的记载是：此年二月十二日，福建提刑

---

① 《朱熹集》卷八五，第 4414 页。

② 《宋史》卷三六《光宗纪》，第 700 页。

丰谊、知建宁府陈倚并予宫观，建宁府浦城县令赵师达追一官勒停，巡检、县尉俱降官放罢，"并坐浦城县盗发，不即收捕故也"①。对这件事，史书虽未有更详细记载，但帅、宪、守臣皆因此受谴，显然也并非等闲小盗或寻常"盗发"。因此朱熹认为，朝廷在此时起辛弃疾于久废之后，是要仰仗他的名望和治理才能，收"潜消郡国之奸"的成效。

辛弃疾到福州提刑任后，采取了哪些有力措施，使福建一路的治安状况大有好转；又是如何做到立威而不严苛，使企图犯法者有所收敛，不敢以身试法，地方数千里吏畏民安，史书均缺少记载。但可以断定的是，他在改善地方形势上必有很大的作为，所以才得到各方面的赞扬和美誉。宋光宗在稍后所发布的制词中谈到辛弃疾在闽宪任上的举措时，曾评价说："养迈往之气，日趋于平；晦精察之明，务归于恕，朕则得今日之用焉。……夫气愈养则全，明愈晦则光，于以见之事功，孰能御之哉？"②意思是：辛弃疾在闽宪任上，施政的风格和方式都有所改变，能宽和地对待事物，容忍人们的某些过失，以这种态度从事于功名事业，没有谁会超过他。这表明，辛弃疾的确听取了朱熹等人的建议，在除盗安民、折狱定刑方面既不酷暴严苛，也不软弱无力，分寸掌握适当。

其时汀州有一件狱案久拖不决，报呈提刑司，辛弃疾指定由上杭县令鲍粹然处理。他对属官说："自入境惟闻上杭令解事，盍以委诸？"③鲍粹然调阅案卷后，经过认真分析核实，终于查明真

① 《宋会要辑稿·职官》七三之五，第4019页。
② 《攻媿集》卷三五《福建提刑辛弃疾太府卿》。
③ 《西山文集》卷四六《朝散大夫知常德府鲍公墓志铭》。

相，为被囚系的犯人平了反，使之得以生还。从仅存的这一事件中可以看出，辛弃疾核查狱案是如何认真负责，珍惜百姓生命，不致草菅人命。对待犯有过失和轻微罪行的百姓，他也是从宽发落，使之改恶迁善。所以后来光宗在另一道制词中说辛弃疾"比居外台，谳议从厚，闽人户知之"①。

辛弃疾任提刑期间的福建安抚使林枅，字子方，福建莆田人，绍熙二年（1191）十二月知福州。林枅为帅，口碑不错。朱熹曾对友人说："林帅政事近年已甚艰得，闻其虽严而简，此自为得体。"又说："林帅入境，具知吏治美恶，严毅有体，甚强人意。"②林枅施政严毅而简易，辛弃疾执刑则宽严相济，能不扰百姓，维持七闽的安定。朱熹在写给林枅的信中指出："窃闻开府以来，蠲除逋负以大万计，号令所下，至简而严，是以举措不苟而人自不犯。方地数千里，吏畏民安，近岁所未有也。"③"举措不苟"以下诸句，概了福建政治形势，其中自然包括辛弃疾的政绩。因此，朱熹于绍熙三年四月在写给前闽帅、现任吏部尚书的赵汝愚的信中又说："闽中自得林、辛，一路已甚幸。"④

元人所编的《延祐四明志》卷五亦称"光宗时名监司凡四人"，辛弃疾为其中之一。

然而林枅政事虽颇多佳绩，他与同列的关系却很紧张，尤其与提刑司的关系搞得很僵。这中间的责任主要在林枅。朱熹与林、辛关系都不错，但朱熹认为，林枅为帅，钳制和干预宪司的

---

① 《攻媿集》卷三六《太府卿辛弃疾集英殿修撰知福州》。
② 《朱熹续集》卷四《答刘晦伯》。收入《朱熹集》，第5211、5214页。
③ 《朱熹续集》卷五《与林安抚（名枅，字子方）》。收入《朱熹集》，第5242页。
④ 《朱熹集》卷二九《答赵尚书》，第1225页。

政务，是行不得的，帅司怎能限制提刑视察和巡视州县的权力呢？让他自己做监司，难道就能忍受吗？朱熹的门人和女婿黄榦（字直卿）是福州闽县人，也给朱熹写信说："刘仲则来访，云渠见摄帅幕。帅于同列多不相下，辛宪又非能下人者。一旦有隙，则祸有所归。渠欲得先生道其姓名于辛宪，榦与之有世契，不能辞，可否幸裁酌。"[①] 所谓"不相下"表明，林枅在处理安抚司同其他路级职能部门的关系时，显然把自己不适当地放在可以凌驾他人的位置上。即以提点刑狱而言，其不但职掌所部狱讼，还肩负举刺官吏的职事。按行州县是提刑的权力，岂能干预沮抑？所以，辛弃疾对林枅的无理干预不能容忍，是无可非议的。

这年是漕试之年，辛弃疾于八月中旬抵达福建路转运司所在地的建宁府视察，朱熹《答黄直卿》书有云："牒试中间辛宪汤倅过此，皆欲为问，既而皆自有客，不复可开口。"[②] 朱熹所要问的是黄榦执意不肯应漕试一事，结果因辛弃疾会客，没有问成。辛弃疾到建宁，除巡视外，可能还负有协调同转运司关系的使命。

不料在辛弃疾离开福州期间，林枅突然得病死于任内，宋廷遂命辛弃疾兼摄福建安抚使，回福州视事，林枅的干预中断。朱熹在答刘晦伯的另一书中详论此事说：

> 林帅遽至此，可骇可惜！昨夕赵丞至，方得其书。人生浮脆如此，而某又与之同庚得病，尤觉可惧可惧！章掾事已为言之，但今年缘与宪车相款，大得罪于乡人。其实不曾开

---

① 黄榦《勉斋集》卷四《与晦庵朱先生书》，文渊阁《四库全书》本。

② 《朱熹续集》卷一《答黄直卿》。收入《朱熹集》，第 5138 页。

口说一字，渠问亦不深应，不谓乃得此谤。今此事虽不同，然此亦不可广也。林帅固贤，然近闻其与宪司不协，亦大有行不得处。岂其神明将去而不思至此耶？抑为州者固得以捍制使，而使者果不可以察县耶？大抵范忠宣所谓恕己则昏者，甚不可不戒。①

辛弃疾归福州，和赵汝愚词韵，作《水调歌头》，答帅幕王君②。赵汝愚原词不存，据当时人奉和之作，知为淳熙九年（1182）首次帅闽时为浚治福州西湖而作。辛弃疾和词的下半阕为：

> 看尊前，轻聚散，少悲欢。城头无限今古，落日晓霜寒。谁唱黄鸡白酒？犹记红旗清夜，千骑夜临关。莫说西州路，且尽一杯看。③

林枅生前，既不容辛弃疾按行州县，以至同列僵持不下，帅幕刘仲则甚至要通过朱熹与辛弃疾结识，则其任提刑期间未必得与王姓幕僚相唱酬。这首词下片抒发的古今感慨，以及"莫说西州路"二句，都是针对林枅的遽亡之言。东晋谢安死前还都，乘车过西州门，自念东山之志未遂，对身边人说："昔桓温在时，吾常惧不全。忽梦乘温舆行十六里，见一白鸡而止。乘温舆者，代其

---

① 《朱熹续集》卷四《答刘晦伯》。收入《朱熹集》，第 5215 页。
② 据《杨万里集笺校》卷一一九《朝请大夫将作少监赵公行状》，继辛弃疾之后再任闽宪的赵像之所弹劾的帅属王次春，应即帅幕王君。安抚司属官有参议、主管机宜文字、干办公事、主管书写机宜文字等职。第 4596 页。
③ 《辛弃疾集编年笺注》卷一一《水调歌头·三山用赵丞相韵，答帅幕王君，且有感于中秋近事，并见之末章》，第 1258 页。

位也。十六里，止今十六年矣。白鸡主酉，今太岁在酉，吾病殆不起乎！"① 谢安死后，他所爱重的太山人羊昙异常悲伤，此后连行路也不愿过西州门。一次酒醉后误过西州门，左右告知这是西州门，羊昙悲痛不已，用马鞭叩门，口诵曹植诗句："生存华屋处，零落归山丘。"痛哭而去。辛弃疾引用上述典故，显然因林枅之卒而寄托感慨，这与答帅幕王君的背景正相似。

辛弃疾兼摄安抚使，自九月至十二月，为时四个月。这期间，辛弃疾在吏治方面，严格以文法条律约束各级官吏，以整顿纲纪，严明号令。一时官吏皆怀恐惧心理，唯恐因奉行教条不合要求受到责罚，这样一来，福州和安抚司各职事机构果然能够奉公守法，徇私违法的事便大为减少了。某人其兄在闽中供职，转请朱熹向辛弃疾求一封荐书（宋代选人改官，须三任六考，举主五员。所谓荐书即指改官举状），朱熹勉强为其发书，但也知辛弃疾正在整顿风纪，必须秉公办事，否则就无法做到令行禁止，因而只能驳回人情。朱熹对此也能心领神会，他对某人说：

> 没奈何，为公发书。某只云，某人为某官，亦老成谙事，亦可备任使。更须求之公议如何，某不敢必。辛弃疾是朝廷起废为监司，初到任，也须采公议荐举。他要使一路官员。他所荐举，须要教一路官员知所激劝是如何人。他若把应付人情，有书来便取去，这一任便倒了。②

---

① 《晋书》卷七九《谢安传》。收入《二十五史》，第 242 页。
② 《朱子语类》卷一〇七《朱子》四《内任》，第 2672 页。

（四）辛弃疾兼摄安抚使期间，还就汀州实行经界、钞盐两事向朝廷提出建议。辛弃疾的奏札只存概要，节文是：

> 天下之事，因民所欲行之，则易为功。漳、泉、汀三州皆未经界，漳、泉民颇不乐行，独汀之民，力无高下，家无贫富，常有请也。且其言曰："苟经界之行，其间条目，官府所虑谓将害民者，官不必虑也，吾民自任之。"其言切矣。故曰"经界为上"。
>
> 其次莫若行钞盐。钞盐利害，前帅臣赵汝愚论奏甚详，臣不复重陈。独议者以向来漕臣岘固尝建议施行，寻即废罢。朝廷又询广西更改盐法之弊，重于开陈。其实不然。广西变法，无人买钞，因缘欺罔。福建钞法，才四阅月，客人买钞，几登递年所卖全额之数。止缘变法之初，四州客钞辄令通行，而汀州最远，汀民未及搬贩，而三州之贩盐已番钞入汀，侵夺其额，汀钞发泄，以致少缓。官吏取以借口，破坏其法。今日之议，正欲行之汀之一州，奈何因噎而废食耶？故曰"钞盐次之"。[①]

经界原是清丈田亩、划定租税额度的一种办法，曾于绍兴初年实行。但某些州郡也并未认真进行。因为宋代对于土地兼并问题，一贯采用不干预政策，由此产生的问题是，土地虽然兼并集中到豪强地主手中，而赋税和徭役却仍被摊派到原地主的身上。

---

① 《永乐大典》卷七八九五汀字韵引《临汀志·福建提刑辛公弃疾论经界钞盐札子节要》。又见《辛弃疾集编年笺注》卷四《论经界钞盐札子（节要）》，第395页。

而福建路的经界问题，始终没有认真推行过，以致如曾任福建安抚使的赵汝愚所言："有税者未必有田，而有田者未必有税。"

朱熹于淳熙九年（1182）八月除江西提刑，陛对上殿时曾对宋孝宗谈到经界法实行后经制钱重一事，并说："此政是宪司职事。"[①]绍熙元年（1190）朱熹知漳州，曾条画经界事宜，上《条奏经界状》，并于致宰相留正的札子中详论经界利弊。朱熹认为，漳州田税不均，每年偷漏税额，动辄以万计；公私田土，都为豪民大姓冒名侵夺，而贫民"产去税存"，困苦不堪，州县收入减少，于是巧立名目，取不应取之财，如各县的科罚、州郡的卖盐，上下不法，不能纠正。[②]初时准备在漳、泉、汀三州实行经界，后因朝论反复，又令泉、汀两州暂不经界，据说经界一事遭到泉州某些人的反对，而泉州是留正的乡里，故此只令漳州先行。朱熹本打算在绍熙二年七月后着手措置经界。但他因故提前离开漳州，因此漳州的经界最后也还是个不了之局。辛弃疾在经界问题上的认识同朱熹大致相同，朱熹认为"若不经界，真无下手处"[③]，辛弃疾也认为"经界为上"，但他考虑问题更实际一些，所以主张根据民意，先在乐于施行经界的汀州推行此法。

钞盐法是商贾以所购盐钞运盐营销的一种卖盐法。自北宋以来，钞盐法大行，独福建一路于绍兴初年罢废钞法，恢复旧法的官般官卖制度。[④]绍兴二十七年（1157），福建提举常平曾建议

①　《朱子语类》卷一二八《本朝》二《法制》，第 3083 页。
②　见王懋竑《朱子年谱》卷四上，《丛书集成初编》本。
③　《朱熹续集》卷四《答刘晦伯》。收入《朱熹集》，第 5210 页。
④　见《建炎以来系年要录》卷一七八《绍兴二十七年十一月癸亥记事》，第 3121 页。"官般官卖"，也作"官搬官卖"。

福建恢复钞盐，但遭到同知枢密院事陈诚之驳回，理由是福建山深溪险，商人违法私贩，若实行钞法，则可能助长私贩，亏损钞额。高宗也认为"法贵从俗，不然不可经久"①。乾道八年（1172）正月，新提举福建市舶陈岘（字端仁，闽县人，陈诚之子）言："福建路……元丰三年转运使王子京建般运盐纲之法，后来州县奉行，积渐生弊。一则侵盗而损公，二则科买而扰民，至今犹甚。且天下州县皆行钞法，于官则可计所入而无侵渔之弊，于民则便于兴贩而免科买之患，公私之利甚博，今独福建受此运盐之害。"他建议福建上四州先行钞法，诏委陈岘措置。②但钞法复行未久，便有福建路转运副使傅自得言钞法敷扰害民，诏令福建诸州盐纲依旧官般官卖。③淳熙十三年（1186）十二月，前福建安抚使、新四川安抚制置使赵汝愚进奏札请求在汀州实行钞盐。其奏札节文云：

> 臣检照嘉祐之时，本路盐法并系自差官兵般运。……至建炎、绍兴间，汀、剑盗贼，商旅不行，权令般运出卖，自后弊物日甚。至乾道八年，本路漕臣陈岘建议行客钞。当时不数日间，转运司已卖钞盐几及递年所卖全额之数，而汀州客钞遍卖缓滞者，盖是四郡通行客钞，互相侵夺，实非钞法之弊。今若用四方之策，专行钞法于汀州一郡，则无前日互相侵夺之弊。④

① 《宋会要辑稿·食货》二六之三六，第 5251 页。
② 见《宋会要辑稿·食货》二七之四○，第 5275 页。
③ 见《宋会要辑稿·食货》二七之四二至四三，第 5276—5277 页。
④ 《永乐大典》卷七八九五汀字韵引《临汀志》。

赵汝愚乞于汀州行钞盐的理由是"汀州地僻民贫，而官盐立价最贵，配抑追扰之害，视他路独甚"，其事下福建提举应孟明同汀州守臣赵师惚共议，应孟明以"民食私盐，则客钞不售"为由驳回赵汝愚的建议。① 因此，汀州钞盐法迄未实行。钞法既有利于汀州贫民，辛弃疾对这一久议不决的变法之争，就不能不与赵汝愚持同样的立场。从现有史料看，辛弃疾在绍熙三年（1192）虽奏进《论经界钞盐札子》，但不论在朝列中还是在地方上，阻力都是相当大的，故此这一建议也等于全部落空。辛弃疾为此虽耗费心血，但汀州经界土地和卖盐的问题却始终未能得到任何缓解。

二　论荆襄防御

　　绍熙三年（1192）十二月，郑侨调任福建安抚使，召辛弃疾还朝。

　　寓居于福州的陈岘设宴为辛弃疾送行，席间辛弃疾赋《水调歌头·壬子三山被召，陈端仁给事饮饯席上作》一词：

　　　　长恨复长恨，裁作《短歌行》。何人为我楚舞，听我楚狂声？余既滋兰九畹，又树蕙之百亩，秋菊更餐英。门外沧浪水，可以濯吾缨。　　一杯酒，问何似，身后名？人间万事，毫发常重泰山轻。悲莫悲生离别，乐莫乐新相识，儿女

---

① 见《宋会要辑稿·食货》二八之二六至二七，第5291页。

古今情。富贵非吾事，归与白鸥盟。①

陈端仁，即辛弃疾《论经界钞盐札子》提到的前福建漕臣陈岘。据《淳熙三山志》，他是绍兴二十七年（1157）进士，乾道八年（1172）提举福建市舶，淳熙间提举浙西、改两浙运判，知平江府，除给事中，缴张说复官诏，出四川安抚制置使，淳熙九年（1182）七月罢。侍御史张大经论其结纳趋附，贪墨无厌。淳熙十六年追两官筠州居住。②楼钥这时担任中书舍人，在《缴陈岘差知靖江府》奏状中论及陈岘"顷除鄂渚守臣，公议尚且不容，随即寝罢；桂林重镇，……其可使岘居之乎？闲废虽久，众尚断断"③。据知陈岘自淳熙九年罢四川帅后，至此亦废斥家居近十年，其久废不起的情形与辛弃疾相似。故此词多用《楚辞》《离骚》中语，正为作"废放之叹"的陈岘而发，以为"人间万事"，既然"毫发常重泰山轻"（即论人不能取其大节而弃其微过），不如归去与白鸥为盟友。

途经南剑州剑溪，辛弃疾作《水龙吟·过南剑双溪楼》词：

举头西北浮云，倚天万里须长剑。人言此地，夜深长见，斗牛光焰。我觉山高，潭空水冷，月明星淡。待燃犀下看，凭栏却怕，风雷怒，鱼龙惨。　　峡束苍江对起，过危楼欲飞还敛。元龙老矣，不妨高卧，冰壶凉簟。千古兴

① 《辛弃疾集编年笺注》卷一一，第1261—1262页。
② 见《宋会要辑稿·职官》七二之五三，第4014页。
③ 《攻媿集》卷二八。按：陈岘知鄂州被劾在绍熙元年（1190）六月，见《宋会要辑稿·职官》七三之一，第4017页。

亡，百年悲笑，一时登览。问何人又卸，片帆沙岸，系斜
阳缆？①

这是一首久负盛名的词作。剑溪因"剑跃入水化为龙"而得名，
晋张华、雷焕在丰城所得到的龙泉、太阿剑，据说就在剑溪跃入
水中，化龙而没。叶嘉莹女士对此词做了很好的解说。她认为词
的上片"喻示作者想要恢复中原之壮志"，且"紧扣住题目写有
关'南剑双溪楼'之历史故实，是上冲斗牛的神剑之光焰难销，
也是作者的收复中原之壮志的慷慨长存"。她还提及，此词从高
扬激昂向空寂清冷的转变，一方面是作者从"往昔之神剑之传
说，折返到了现实的此地的眼前之景象"；另一方面"则也象喻
了作者由自己理想中的收复中原之壮志，跌入了现实中的被摈斥
和冷落的不足以有为的现实的境遇。举头仰视则是月明星淡的冷
漠无情，低头下望则是水冷潭空的凄寒空寂，然则昔日上冲斗牛
的神剑之精华今日乃究竟何在？作者的收复中原之壮志又究竟何
日得偿？以辛弃疾之感情志意的深切坚强，当然决不是一个轻言
放弃的人，于是下面的'待燃犀下看，凭栏却怕，风雷怒，鱼龙
惨'数句，乃写出了他想要有所追寻的心意，和在追寻时所可能
遇到的危险和阻碍"。②

　　但我认为，这些话固然不错，尽管辛弃疾充分理解和估计到
在他面前所遇到的将是"危险和阻碍"，但此词既是在被召还朝
途中所写，又是他第一次面见光宗皇帝，他将阐述的毕竟是当前

---

① 《辛弃疾集编年笺注》卷一一，第 1265 页。
② 见《灵谿词说》之《论辛弃疾词》，第 416—417 页。

最重要的国家大事，即致力于维护国家安全，进而实现报仇雪耻的建议。他希望宋光宗能够真正继承宋孝宗的未竟之志，把如何通过积蓄武力改变南宋对金人软弱无力、屈辱降服的地位这一问题放在首要位置，从事于实践这些目标的活动。对于以上认识，在辛弃疾看来，是一定要摆在其他问题之上的。这首词中，"举头西北浮云，倚天万里须长剑"两句（意指收复北宋旧疆，必须用武力才能实现），才是辛弃疾久蓄于中、准备向宋光宗提出的头等国家大事，而个人的进退、恩怨等，则都是次要问题。所以尽管词中写了"潭空水冷，月明星淡"，写了"风雷怒，鱼龙惨"，但还是在最后写出"问何人又卸，片帆沙岸，系斜阳缆"数句，通过游玩者的接踵而至，表达抗战派人士前仆后继、奋斗不息的气概和决心。

辛弃疾写出《水龙吟》词表明，他在晋见宋光宗之前，所考虑的仍是如何解决民族矛盾这一国家面临的主要问题，而不是其他。他虽然在《水调歌头》中为遭摒弃已久的陈岘鸣不平，但那也只是认为，南宋最高统治集团在对待人才问题上，未能从有利于国家安全和恢复大局出发把大智大勇者收罗重用，相反却求全责备，以此排斥英雄豪杰而已。这和当时个别极具远见卓识的人物所秉持的，谨小慎微者虽无可指责，却对应付当前局势无所补益的见解一般无二。

但是，在宋光宗即位后的第三、四个年头，纠缠在朝政中的最大一个问题却不是恢复失地，而是因宋光宗未能经常去重华宫谒见太上皇宋孝宗惹来的争端。宋光宗的皇后李氏可称为一个悍妇。她此前与公公宋孝宗有过几次语言上的冲撞，便心怀不满，钳制光宗，使他不能正常按着节序谒见孝宗。这种有悖于孝道的行为，引起朝野上下的非议，从宰相辅臣到百官布衣，纷纷请求光宗过宫，上疏面谏者不断，但未见奏效，甚至成为绍熙三年（1192）、四年影响政局稳定的最敏感的政治问题。

绍熙四年正月四日，辛弃疾途经建安，知建宁府陈居仁（字安行，福建兴化军莆田人，绍兴二十一年（1151）进士，淳熙十二年（1185）任起居郎兼中书舍人）宴请他，提举常平李沐（字兼济）作陪，辛弃疾作《西江月》小词二首相和。继访朱熹于建阳，留一宿，时朝命除朱熹知静江府，朱熹征求辛弃疾对可否赴广西的意见，辛弃疾力劝其赴任。

十六日，经从浙东婺州，辛弃疾又访陈亮于永康，向陈亮盛赞潘友文政绩。绍熙四年正是省试之年，辛弃疾过访时，陈亮亦正准备赴省试。韩淲有诗送陈亮赴省云："又见稼轩趋召节，却随举子赴南宫。"[①]

辛弃疾到达临安后，宋光宗在便殿召见。在这次登对中，辛弃疾是否回答了宋光宗有关内政问题的询问，是否有奏札涉及当时的政治局势，都已无法考知。我们现在所能考知的是，当朝野一致因过宫问题议论不休、朝臣交章进谏的时候，辛弃疾却置此议论焦点于不顾，于登对时奏进了一篇《论荆襄上流为东南重地疏》的札子，论上游荆襄之地为东南安全的屏障，必须加强防御力量，做好作战准备，显示了他的独特的政治视角。这篇札子的开头说道：

臣窃观自古南北之分，北兵南下，由两淮而绝江，不

---

① 《涧泉集》卷一二《送陈同甫丈赴省（癸丑正月十六日）》诗。

败则死。由上流而下江，其事必成。故荆、襄上流为东南重
地，必然之势也。虽然，荆、襄合而为一，则上流重；荆、
襄分而为二，则上流轻。上流轻重，此南北之所以为成败
也。六朝之时，资实居扬州，兵甲居上流。由襄阳以南，江
州以西，水陆交错，壤地千里，属之荆州，皆上流也。故形
势不分而兵力全，不事夷狄而国势安。其后荆襄分而梁以
亡，是不可不知也。①

辛弃疾认为，由荆襄可以窥江南，荆襄固则东南安。但是，荆襄
稳固的条件是将荆州和襄阳联成一个防守的实体，拥强兵，据形
势之地，则东南万无一失。这首先是从国家安全出发对形势的分
析。接着，他又针对荆襄守备问题做出种种假设，指出荆南、襄
阳、鄂渚这上游三地，如果没有行政和军事上的统一指挥，就极
易遭到金军的重点攻击而被各个击破。所以，他又提出下列对策：

　　陛下胡不自江以北，取襄阳诸郡，合荆南为一路，置
一大帅以居之。使壤地相接，形势不分，首尾相应，专任
荆、襄之责。自江以南，取辰、沅、靖、澧、常德，合鄂州
为一路，置一大帅以居之，使上属江陵，下连江州，楼舰相
望，东西联亘，可前可后，专任鄂渚之责。属任既专，守
备自固。缓急之际，彼且无辞以逃责。如此，上流之势固
不重哉！外不失两路之名，内可以为上流之重，陛下何惮而
不为？

①《辛弃疾集编年笺注》卷四，第398页。

在提出有关荆襄上流军事部署方面的对策后，他又对历史上离合、盛衰现象的一反一复、循环周始做了分析和总结，对南宋面临的民族矛盾和阶级矛盾极为紧张复杂的状况表示了极大的关注，希望宋光宗以国家的长治久安之计为重。他说：

> 天下之势有离合，合必离，离必合。一离一合，岂亦天地消息之运乎？周之离也，周不能合，秦为驱除，汉故合之……唐之离也，唐不能合，五季驱除，吾宋合之。然则已离者不必合，岂非盛衰相乘，万物必然之理乎？厥今夷狄，物夥地大，德不足，力有余。过盛必衰，一失其御，必将豪杰并起，四分五裂。然后有英雄者出，鞭笞天下，号令海内，为之驱除。当此之时，岂非天下方离方合之际乎？以古准今，盛衰相乘，物理变化。圣人处之，岂非栗栗危惧，不敢自暇之时乎？故臣敢以私忧过计之切，愿陛下居安虑危，任贤使能，修车马，备器械，使国家屹然有金汤万里之固，天下幸甚，社稷幸甚。[①]

根据对历史的观察，辛弃疾认为，已分裂的国家，其自身并不能实现统一，而必假手于他人，为之驱除割据，才能谋求天下的再次统一。他举出周的分裂、汉的统一和唐的分裂、宋的统一两例。这两次历史大变动中间，汉的分裂、三国的驱除、晋的统一，以及晋的分裂、南北朝的驱除、唐的统一，又何尝不是如此呢？在辛弃疾看来，这几乎是历史发展的一个必然规律。以此规

---

① 《辛弃疾集编年笺注》卷四，第399—400页。

律来观察金国和南宋对峙分裂的局面，则当前的世局岂不正处在"豪杰并起，四分五裂。然后有英雄者出……为之驱除"的"方离方合"的形势之下吗？在机遇和危难同时存在的形势下，作为君主正应以此为最大的隐患，自当兢兢业业，如履薄冰，如临深渊，"任贤使能，修车马，备器械"，才可应付这种动乱的时代格局，争取国家的稳固和长久。在劫难未除、存亡未卜的情况下，还有什么事情比这件事更重要？

在辛弃疾奏进此疏稍前，中书舍人黄裳亦曾上疏论"荆、襄形势……此今日边备之最可忧也。宜分鄂渚兵一二万人屯襄、汉之间，以张形势而壮重地"，然而《宋史·黄裳传》称其时"朝廷方宴安，裳所言多不省"①，则辛弃疾此疏得不到应有重视，也在预料之中。

和辛弃疾持类似认识，而与当时把光宗过宫尽孝作为最大政治问题的朝臣和儒生完全不同的，还有一位在二月一日参加了礼部试合格，并于四月初参加了殿试的陈亮。陈亮的廷对应试策十分出色，被考官定为一甲第三名，经宋光宗亲览，又被确定为进士第一人。其所以受到如此重视，是因为这次光宗所出对策题中有如下的文句："朕以凉菲，承寿皇（孝宗）付托之重，夙夜祗翼，思所以遵慈谟、蹈明宪者甚切至也。"陈亮在对策中除论述君道、臣道外，还出人意料地写出一段涉及光宗缺乏北内温情之礼的文字：

臣窃叹陛下之于寿皇，莅政二十有八年之间，宁有一政

---

① 《宋史》卷三九三《黄裳传》，第 12002 页。

一事之不在圣怀，而问安视寝之余，所以察词而观色，因此
而得彼者，其端甚众，亦既得其机要而见诸施行矣。岂徒一
月四朝而以为京邑之美观也哉！　①

陈亮的这段为光宗不孝行为辩护且因此受到后世人的诸多非议的
话，其实也正是要光宗不必计较表面上的尽孝形式，而应把主要
精力用于实现宋孝宗二十八年在位期间所未能完成的恢复大业。
这种卓越不凡的见解，不被当时深受理学影响的腐儒们所理解，
也极为正常，而与辛弃疾在进对中的言论颇相呼应。陈亮的对策
博得光宗的赞赏，以为他"善处人父子之间"，把他擢为状元，
并依旧例除承事郎、签书建康军判官厅公事。这是五月四日事。②
其时辛弃疾尚还在临安为官。

　辛弃疾年初登对之后，被任命为太府卿。太府寺是当时七寺
之一，卿为长官，职掌财货政令以及库藏、出纳、商税、平准、
贸易等事务。此后一段时间里，人们都习惯以"辛大卿"或"辛
卿"称呼他。

　绍熙前后任太府卿者往往兼户部侍郎或淮南、湖广等地总
领，职权颇重，兼侍郎便可列侍从官行列，辛弃疾距此仅一步之
遥，然而不知何种原因，他却始终没有踏过这道门槛。

　绍熙三年（1192）夏，辛弃疾在福建提刑期间，曾于雨中游
福州西湖，感念前帅赵汝愚不顾各方责难疏浚西湖的功绩，写出

①　《陈亮集》增订本卷一一《廷对》，第116页。
②　见《宋会要辑稿·选举》二之二九，第4259页。

《贺新郎》一词，其末句为"堂上燕，又长夏"①。时过一年，辛弃疾在临安西湖，追次前韵，又作了一首《贺新郎》词：

> 觅句如东野。想钱塘风流处士，水仙祠下。更忆小孤烟浪里，望断彭郎欲嫁。是一色空蒙难画。谁解胸中吞云梦，试呼来草赋看司马。须更把，上林写。　鸡豚旧日渔樵社。问先生：带湖春涨，几时归也？为爱琉璃三万顷，正卧水亭烟榭。对玉塔溦澜深夜。雁鹜如云休报事，被诗逢敌手皆勍者。春草梦，也宜夏。②

词的上片由远而近，既忆及当年寓居西湖孤山的林逋，又牵连及福州西湖。盖福州西湖亦有孤山，因而引出小姑嫁彭郎的联想。下片则说带湖春水泛涨，自己却不知何日归去。西湖风光如此迷人，倘若可以暂时摆脱案牍文书的烦扰，则真堪在此经春过夏了。

辛弃疾高卧西湖的梦想终于破灭。此次他也未能久居朝列，进入更高序列以施展其作为。因福建帅郑侨迁知建康府，特加他集英殿修撰知福州。中书舍人楼钥行制词道：

> 敕具官某：七闽奥区，三山为一都会。地大物阜，甲于东南。负山并海，绵亘数千里，举听命于大府，连帅之选，岂云易哉？尔以轶群之才，蚤著事功。寿皇三畀大藩，宠以

---

① 《辛弃疾集编年笺注》卷一一《贺新郎·三山雨中游西湖，有怀赵丞相经始》，第1248页。

② 《辛弃疾集编年笺注》卷一一《贺新郎·和前韵》，第1273页。

论撰之华，于今几二十年。召对便朝，擢长外府，益平豪爽之气，而见温粹之容，朕心嘉焉。比居外台，谳议从厚，闽人户知之。升之集贤，增重闽寄。往其为朕布宣德意，抚吾赤子，以宽一面之顾忧，朕岂汝忘哉？①

集英殿修撰虽为中兴后宠六曹权侍郎之补外者，但仍下待制一等。中书舍人陈傅良（字君举，温州瑞安人）曾在一篇奏札中谈到："陛下恶人言去。彼辛弃疾召为大卿，即去为帅，至欲以次对宠其行，然则陛下岂恶人言去耶？"②宋人以"次对"称待制以上的侍从官。③陈傅良说光宗欲除辛弃疾待制知福州，但最后却只带殿撰的职名，不知发生了什么变化，或又有何人提出了异议。

当辛弃疾离开临安赴闽帅任时，中书舍人陈傅良赋诗送行：

> 长才自昔恨平时，三入修门两鬓丝。瓮下可能长夜饮？花间却学晚唐词。潸然北顾关河永，简在西清日月迟。双雁乘凫沧海上，与君从此恐差池。④

秘书省正字项安世（字平父，家江陵。淳熙二年［1175］进士）亦在包山（在临安城南）为他送行，诗云：

---

① 《攻媿集》卷三六《太府卿辛弃疾集英殿修撰知福州》。
② 《止斋集》卷二三《直前札子》。
③ 戴埴《鼠璞·次对》，第266页。
④ 《止斋集》卷七《送辛卿幼安帅闽》。《宋元诗会》卷四四亦载此诗，其后有陈氏自注云："幼安词妙一世，而诗句不传，良恨事也。"对稼轩词诗给予了极高的评价。

> 楼头尊酒送将行，楼下江潮意未平。漠漠南天垂雨脚，
> 阴阴长夏作秋声。杜陵恋阙心应苦，楚客思君泪合倾。莫倚
> 轻红宜重碧，男儿报国在尊生。[①]

上饶诗友韩淲此时也在临安，亦作诗送别：

> 暂着鹓行却建牙，此身何地不为家。闽山又作年时梦，
> 吴会分明眼底花。舒卷壮怀公自笑，往来行李士争夸。棠阴
> 应有邦人望，笳鼓西风拥帅华。[②]

据项诗"阴阴长夏作秋声"句，辛弃疾出国门大约在六七月间。
项安世模拟辛弃疾的心情写出了"杜陵恋阙心应苦"的诗句，大
概是为他再次失去进入统治集团最高决策层的关键时机而感到
惋惜。

三　鬻盐风波和福建备安库事件

（一）绍熙四年（1193）秋，辛弃疾赴福建安抚使任，途次
建阳，会晤朱熹，为朱熹生辰赋诗两首。朱熹生日在九月十五
日，诗当作于八月之初。前一首诗云：

---

① 项安世《平庵悔稿》卷九《包山送辛大卿知福州》。
② 《涧泉集》卷一二《送辛帅三山》。

西风卷尽护霜云，碧玉壶天月色新。凤历半千开诞日，龙山重九逼佳辰。先心坐使鬼神伏，一笑能回宇宙春。历数唐虞千载下，如公仅有两三人。①

在建安，适当福建提举张涛作玉峰楼成，辛弃疾为赋《水调歌头》。张涛字晋英，常州晋陵人，绍熙四年（1193）自淮东提举移福建提举。玉峰楼在福建提举司后，旧有多美楼、悠然堂，都是原福建提举王秬所创，张涛合为一楼。②由于是新创，所以稼轩词中有"木末翠楼出，诗眼巧安排。天公一夜，削出四面玉崔嵬"句，并由此生出"人间万事变灭，今古几池台。君看庄生达者，犹对山林皋壤，哀乐未忘怀"的感慨。③

辛弃疾是八月间到任与郑侨交接的。当他以提刑兼摄闽帅时，看到福建府库空虚，守备薄弱，治安状况糟糕，曾发出如下的慨叹语：

福州前枕大海，为贼之渊，上四郡民顽犷易乱，帅臣空竭，急缓奈何！④

他认为福建一路靠近大海，是海盗出没的区域，而邵武军、南剑

---

① 《辛弃疾集编年笺注》卷一《寿朱晦翁二首》，第 78 页。
② 见弘治《八闽通志》卷七三《官室·建宁府》，《北京图书馆古籍珍本丛刊》本。
③ 见《辛弃疾集编年笺注》卷一一《水调歌头·题张晋英提举玉峰楼》，第 1277 页。
④ 《宋史》卷四〇一《辛弃疾传》，第 12164 页。

州、建宁府、福州上四郡民风强悍，时常出现暴动一类事件，官府不加强力量不行。

正是出于这种考虑，他接替闽帅之后，立即着手积蓄财力。

辛弃疾用于理财的主要手段之一，就是出售犒赏库回易盐。南宋时，官府常以专项钱物或军资库的钱物从事以营利为目的的经商活动，福州犒赏库回易盐数目较大，辛弃疾轩为帅后，安排官吏，设置坊场、店铺，推销食盐，范围颇广。在卖盐过程中，他又制定严格的纪律，防止官吏从中营私作弊。

在福建售盐期间，曾发生过一件小插曲：福州长溪县令曹盅是辛弃疾于淳熙四年（1177）帅江陵时的下属，长溪县售盐事自然要委托曹盅。不料曹盅却对此有不同意见，认为长溪县"为出产之地，开国以来，未尝与民争利"。这话当然不符合实际情况。福建本来就实行官般官卖，按《宋史·食货志》所载，就叫官盐抑配，州县借盐纲以为岁计，不许百姓卖盐，这当然是与民争利，且由来已久，不自辛弃疾始。所以辛弃疾十分生气，但碍于曹盅旧日部属的面子，不便责罚，但还是把他调离长溪，改任福州录事参军（《宋史·职官志》七谓"掌州院庶务，纠诸曹稽违"，故又称纠曹）。曹盅调到福州后，辛弃疾却已消了气，不让他就职，留帅幕十天，相与饮酒作诗，恰福州通判空阙，即荐举曹盅填补了阙空。①

辛弃疾知福州，还与通判陈实交好。陈实字师是，福州莆田人，乃乾道间任宰相的陈俊卿长子。据《复斋先生龙图陈公文集》卷二三《奉直大夫福建路安抚司参议陈公行述》，辛帅福州

---

① 见《攻媿集》卷一〇六《朝请大夫曹君墓志铭》。

时，"驭下如束湿，僚吏抑首唯诺趋。公独尽诚不疑，事有不可，必辩止之，气和声亮，帅反加敬。侍同僚有侵公职者，公逊不与校。帅知之，益服公量。暇日与公商略古今，应答如响，皆出入经史百家。故辛公荐公，其章有'博极群书，见谓远器'之语。"所谓"湿物"易束，言驭吏甚急。这大概也就是朱熹所希望的"御吏以严"等施政原则吧。

林行知字子大，时以承务郎监德清县犒赏库，有"能吏"之声。辛弃疾欲荐之为盐局职事，林行知力辞。①

辛弃疾在安抚任上，又曾委派福清县主簿傅大声审核长溪县狱案，通过纠正错判，释放五十余名囚徒。县令对此很恼火，甚至拒绝供应其饮食，迫使傅大声典当衣物度日，等到辛弃疾亲自到长溪按视，对傅大声的复审给予肯定，五十余名囚徒都得到了释放。②这大概是曹蛊调离之后发生的事。

这年秋，辛弃疾在福州，还重新修建了郡学，命福州州学教授常浚孙（字郑卿）负责其事，不但修葺了斋馆授学之所，还整饬了厨馔所在，使学员生活得以安定，同时订立了严格的出入制度、考课法规，执教诸人也都勤勤勉勉，教诲不倦。家居建阳的朱熹得此消息，也很高兴，于绍熙五年（1194）正月三十日写信给常教授，言及："得黄婿书，闻学中规绳整治，深慰鄙怀。若更有以心导劝勉之，使知穷理修身之学，庶不枉费钤键也。"③地方志也记载，辛弃疾的后任詹体仁"尝出钱助修郡学，以毕前守辛

---

① 见《刘克庄集笺校》卷一五六《林经略墓志铭》，第6138页。
② 见道光《福建通志》卷一二三《宦绩志》，清刻本。
③ 朱熹《致教授学士帖》。收入《故宫历代法书全集》第一二册。

弃疾之功"[①]。

为了贮藏学中图书，辛弃疾又在福州御书阁之后修建了一座藏书楼，命名为经史阁，请朱熹作了一篇《福州州学经史阁记》以记其事。这在《福建通志》中也都有记载。这说明辛弃疾对学校教育的重视。

辛弃疾在福州的兴建项目，大都埋没在历史的尘埃中。如福州郡治本是五代王审知旧日宫殿，制度殊为宏丽，署外有两株古榕树，辛弃疾为保护旧迹，特造石栏围护之，石栏上留题"绍熙五年夏六月置"[②]，这本是辛弃疾为帅时所为，而旧志却把这件小事也划在朱熹的弟子詹体仁名下，殊不知詹体仁此年夏并未曾继任闽帅。

（二）福州府治有怀隐庵，原是绍兴十四年（1144）叶梦得为帅时创建的。北宋时沈括作《怀隐集》，梦得慕其名，作此庵。这年深秋，辛弃疾有《郡斋怀隐庵》两首小诗，其第一首是：

> 天寒秋色入平林，更着西风月下砧。旧日醉吟浑不管，如今节物总关心。[③]

深秋月下，传来民间妇女阵阵捣衣声，引起辛弃疾的关切。他说，往日在带湖闲居时，对此了无反应，而今却对节序的变化如此关心。这反映了作为一路帅臣的辛弃疾，对民生之计的关怀。

---

① 弘治《八闽通志》卷三六。
② 道光《福建通志》卷二九。
③ 《辛弃疾集编年笺注》卷一，第82页。

（三）绍熙五年（1194）新春刚过，突然传来陈亮病逝的消息。[①]陈亮在绍熙四年（1193）廷试高中状元以后，回到永康家中，除安排家事外，还准备调养好因屡遭忧患而支离不堪的身体，以便出任建康签判，担当天下大事。岂料他尚未到官，便于这一年正月一病不起了。

辛弃疾身在闽地，不能前往永康亲临其丧，于是作出了一篇极其沉痛的祭文哀悼他：

> 呜呼，同父之才，落笔千言。俊丽雄伟，珠明玉坚。
>
> 人方窘步，我则沛然。庄周李白，庸敢先鞭！
>
> 同父之志，平盖万夫。横渠少日，慷慨是须。
>
> 拟将十万，登封狼胥。彼臧马辈，殆其庸奴。
>
> 天于同父，既丰厥禀。智略横生，议论风凛。
>
> 使之早遇，岂愧衡伊？行年五十，犹一布衣。
>
> 间以才豪，跌宕四出。要其所厌，千人一律。
>
> 不然少贬，动顾规检。夫人能之，同父非短。
>
> 至今海内，称诵三书。世无杨意，孰主相如？
>
> 中更险困，如履冰崖。人皆欲杀，我独怜才。
>
> 脱廷尉系，先多士鸣。耿耿未沮，厥声浸宏。
>
> 盖至是而世之未知同父者，益信其为天下伟人矣！
>
> 呜呼，人才之难，自古而然。匪难其人，抑难其天。使乖崖公而不遇，安得征吴入蜀之休绩？代州决胜，即异时落魄之齐贤。方同父之约处，孰不怨望夫上之人，谓握瑜而不

[①] 《永乐大典》卷三一五六陈字韵引《涧泉日记》。

宣？今同父发策大廷，天子亲置之第一，是以不忧其不用。以同父之才与志，天下之事，孰不可为？所不能自为者：天假之年！

闽浙相望，信问未绝。子胡一病，遽与我诀！呜呼同父，而止是邪？

而今而后，欲与同父憩鹅湖之清阴，酌瓢泉而共饮，长歌相答，极论世事，可复得邪？千里寓辞，知悲之无益，而涕不能已。呜呼同父，尚或临鉴之否？①

祭文说陈亮不愧是一代伟人，他之所以忍受世人的歧视妒忌，一生处在艰险颠沛之中，是为了有机会施展其才能，做出一番大有为的事业，否则的话，像那些谨小慎微、循规蹈矩的儒生，陈亮倘若肯于稍自贬损，不但完全可以做到，且还能优而为之。辛弃疾深为痛惜的是，陈亮一生所追求的是一个建功立业的机会，这个机会只有他"先多士鸣"即得中状元之后才能加以利用，当这一机会真的来临的时候，他却与世长辞了。

（四）在陈亮去世的打击下，整个春季，辛弃疾心情的忧郁可想而知。而福州本是宗室聚居地，宗子对地方官的请谒骚扰令辛弃疾深感烦恼。在《与曾无玷札子》中他曾写道："弃疾求闲得剧，衰病不支。冠盖如云，朝求夕索。少失其意，风波汹涌，平陆江海。吁，可畏哉！弃疾至日前，欲先遣孥累西归，单骑留此，即上祠请。或者谓送故迎新，耗蠹属耳，理有未安。少俟来春，当伸此请，故应有望于门下宛转成就之赐也。三山岁事得中

---

① 《辛弃疾集编年笺注》卷五《祭陈同父文》，第435—436页。

熟，然亦不敢不为救荒之备。弟才薄力腐，任大责重，未知济否……"①他还作了一些诗和词，抒发这种心情。题福州寺院清凉境界壁的四首七绝，其中的两首是：

> 从今数到七十岁，一十四度见梅花。何况人生七十少，云胡不归留此耶？
>
> ——《书清凉境界壁》②

> 去年冠盖长安道，客里因循过了梅。今岁花开转多事，簿书丛里两三杯。
>
> ——《醉书其壁》③

辛弃疾在福州曾患伤寒，病方愈，吃青梅，牙痛得很厉害。有一道人为他用灸法疗治，在大指本节凹陷处灸疗三次，第一次觉病牙发痒，再灸觉牙发出声响，三灸则疼痛立止，此后也未再复发。乾道五年（1169）进士、颇懂得医学的王执中在所著《针灸资生经》中记载了这一件事。辛弃疾为此赋《鹧鸪天》三首，次首题中道："用韵赋梅。三山梅开时，犹有青叶甚盛，余时病齿。"上片有云：

> 病绕梅花酒不空，齿牙牢在莫欺翁。恨无飞雪青松畔，

---

① 曾宏父《凤墅帖》卷一七《南渡文艺帖》。又见《辛弃疾集编年笺注》卷五，第431—432页。
② 《辛弃疾集编年笺注》卷一，第84页。
③ 《辛弃疾集编年笺注》卷一，第87页。

却放疏花翠叶中。①

所赋写的正是《资生经》记述的那一事件。其时亦正在是年春。

（五）由辛弃疾所推行的福州鬻盐一事，却在绍熙五年
（1194）春受到了各方非议。朱熹首先了解了这一情况，遂于答
黄榦书中传语给他，希望适可而止。此书全文是：

> 彼中且如来喻亦善。世道如此，吾人幸得窃闻圣贤遗
> 教，安可不推所闻以拯斯人之溺？政使不得行于当年，亦须
> 有补于后也。常教整顿学校，亦甚不易。可与晦伯说，渠家
> 有两世奏议，烦晦伯为借录得一本见寄为幸。辛卿鬻盐，得
> 便且罢却为佳。②

到了三月一日，福州鬻盐一事，果然引来了臣僚的论列，《宋会
要辑稿·食货》二八之三九载：

> （绍熙五年）三月一日，臣僚言："访闻福建安抚司措置
> 出卖犒赏库回易盐，约束甚严，榷贩甚广，多差官吏，至坊
> 场事体骤新，民旅非便，乞令福建帅司日下住罢，所置官吏
> 坊场，今后置铺，不得出门。"从之。

经此弹劾，福州出售回易盐之事，便也只好匆匆收场。

---

① 《辛弃疾集编年笺注》卷一一，第 1296 页。
② 《朱熹续集》卷一《答黄直卿》。收入《朱熹集》，第 5129—5130 页。

每有一番兴建，接踵而来的都是横加沮抑，一切便都半途而废，使任何有为民之心、干事业之心的官员也不免兴味阑珊。这年春，他作了一首《行香子·三山作》词，表达"要趁归耕"的心愿：

> 好雨当春，要趁归耕。况而今已是清明。小窗坐地，侧听檐声。恨夜来风，夜来月，夜来云。 花絮飘零，莺燕丁宁，怕妨侬湖上闲行。天心肯后，费甚心情？放霎时阴，霎时雨，霎时晴。[①]

梁启超解释此词说：

> 此告归未得请时作也。——发端云："好雨当春……。"直出本意，文义甚明。次云："小窗坐地……。"谓受谗谤迫扰，不能堪忍也。下半阕云："花絮飘零……。"尚虑有种种牵制，不得自由归去也。次云："天心肯后……。"谓只要俞旨一允，万事便了；却是君意难测，然疑间作，令人闷杀也。……先生虽功名之士，然其所拳拳者，在雪大耻，复大仇，既不得所藉手，则区区专阃虚荣，殊非所愿。[②]

所释词句旨意大体为是。惜其尚未能考知辛弃疾因鬻盐一事而受到弹劾恰在赋此词之前，则此词所指，盖其事业屡为有力者干预

---

① 《辛弃疾集编年笺注》卷一一，第 1307 页。

② 梁启超《辛稼轩先生年谱》。收入邓广铭《稼轩词编年笺注（定本）》，上海古籍出版社 2007 年版，第 341 页。

阻挠，故此才作归耕之语。并非因恢复之志不遂便亟欲归耕。所谓"专阃虚荣，殊非所愿"，却与辛弃疾的平素意愿了不相涉，因而梁释便不应称之为确解了。

辛弃疾另有一首《最高楼》词，题作"吾拟乞归，犬子以田产未置止我，赋此骂之"。上片为"吾衰矣，须富贵何时？富贵是危机。暂忘设醴抽身去，未曾得米弃官归。穆先生，陶县令，是吾师"，下片又有"千年田换八百主，一人口插几张匙"[①]句，表白了他不慕富贵、不置私产的品德。

是夏，辛弃疾再和"雨中游西湖"的《贺新郎》词，有"自是三山颜色好，更着雨婚烟嫁。料未必龙眠能画"句。下片写出的却是如下词句：

> 回头鸥鹭瓢泉社。莫吟诗莫抛尊酒，是吾盟也。千骑而今遮白发，忘却沧浪亭榭。但记得灞陵呵夜。我辈从来文字饮，怕壮怀激烈须歌者。蝉噪也，绿阴夏。[②]

（六）宋末禅僧枯崖禅师所著的《枯崖漫录》卷中记载了辛弃疾仕宦闽地期间，同黄檗寺僧圆悟交往的一段趣事：

> 肯庵圆悟禅师，建宁人，天姿闲暇，居武夷山余十年，因听牛歌悟道。尝有偈云："山中住，不识张三并李四。只收松栗当斋粮，静听岭猿啼古树。"瑞世于福唐大目禅苑，尝

---

① 《辛弃疾集编年笺注》卷一一，第1311—1312页。
② 《辛弃疾集编年笺注》卷一一《贺新郎·又和》，第1320页。

授儒学于晦庵朱文公。

　　与帅辛公弃疾为同门友，因以黄檗延之。入寺，有谯其行李数十檐。辛闻之，蹙然不乐。后过都运，黄公璟同访之，且曰："有道之士，三衣外无长物。多多益办，不为道人累乎？"庵笑不答。徐而共观诸老手帖，因尽揭笼筐示之，皆古德墨迹、紫阳书翰。辛有惭色。^①

这个圆悟禅师为建阳人，与晚宋作《枯崖漫录》的福清人枯崖显非一人。此条谓圆悟亦与朱熹交好，圆悟去世，朱熹有诗哀之，题称"香茶供养黄檗长老悟公故人之塔并以小诗见意二首"，第二首有云：

　　一别人间万事空，他年何处却相逢？不须更话三生石，紫翠参天十二峰。^②

　　圆悟与辛弃疾有所交往，应在辛弃疾闽帅任内。文中谓"与帅辛公弃疾为同门友，因以黄檗延之"，"帅"字原作"师"，两字因字形致误，僧徒遂妄改为"师"。圆悟自武夷山移住黄檗寺，正是辛弃疾知福州兼帅闽中时行使的职权行为。且辛弃疾虽然时与僧道有来往，也只是宋代文人的正常举止，不知辛弃疾何以被称为"同门友"。而文中的黄璟运使也在史籍中无从考知，辛弃疾担任闽帅期间的本路漕司主管也都历历可查，其中并无黄璟其人。

---

① 《枯崖漫录》卷中，《卐续藏》本。
② 《朱熹集》卷九，第405页。

这段插曲，只是说明辛弃疾在为官之余，交游之广，待人之善，但见人有不足处，便直率提出，而不留情面的性格。

（七）由宋光宗、孝宗两宫不和所引起的政治风波，终于在绍熙五年（1194）酿成了一场政治动乱，导致光宗、宁宗政权的嬗代。

绍熙五年正月，六十八岁的孝宗得了重病。而光宗却借口有病，久不过宫探视，一时朝议汹汹。四月，侍从入对，太学生移书大臣，都以朝谒重华宫为请，当这一请求无效时，侍从、馆学官员纷纷上书请求罢职，职事官请去待罪者多达一百多人，诏书皆不许。台谏也交章弹劾内侍陈源、杨舜卿、林亿年离间两宫，请罢逐三人。

五月，侍从入对，以及宰执诣重华宫问疾，都未能如愿。于是，中书舍人陈傅良出城待罪，宰相留正请宋光宗侍疾，不从，留正以下皆出城待罪，知阁门事韩侂胄请宣押百官入城。十五日，光宗预定将朝重华宫，又受牵制而未行。

六月九日夜，宋孝宗在重华宫去世。留正以及知枢密院事赵汝愚等见宋光宗于内殿，力请光宗前往重华宫，皇子嘉王赵扩也泣请朝谒，光宗皆不听。十三日大殓，嘉王入奏，光宗只答应病愈过宫行丧礼。在光宗不能主丧期间，留正率宰执入内，请早立嘉王储位以安人心。二十四日又请，光宗批示甚好，明日，光宗又以御札付宰相："历事岁久，念欲退闲。"留正得御笔，十分恐惧，七月二日，临朝假作摔倒，即出国门，上表请老。①

留正既去，人心摇动。在形势处于纷纷扰扰、一片混乱的情

---

① 见《宋史》卷三六《光宗纪》，第710页。

况下，赵汝愚采纳了工部尚书赵彦逾的倡议，遣韩侂胄通过提举重华宫关礼请示太皇太后（即高宗吴皇后），拟实行禅位礼。五日，太皇太后垂帘，赵汝愚率百官进见，以光宗有病不能主持孝宗丧事，并有御笔表示禅位之意，请求嘉王即皇帝位，太皇太后乃宣谕嘉王为帝，是为宁宗。

这场政治风波，虽由两宫失和引起，但士大夫不能体谅光宗处境，争以孝道鼓噪其间，也起了推波助澜的作用。《齐东野语》卷三《绍熙内禅》载："当是时，诸公引裾恸哭，朝士日相聚于道宫佛寺集议，百司皂隶，造谤伪传，学舍草茅，争相伏阙……扰扰纷纷，无所不至。大抵当时执政无承平诸公识度，不能以上疾状昭示天下，镇静浮言。而缙绅学士，率多卖直钓名之人，遂使上蒙疑负谤，日甚一日。"[①]局势的发展既不可收拾，最终便以一次不应发生的政变作为结束。

宋宁宗即位后，召还留正，以赵汝愚为枢密使。一场政治动乱虽暂时完结，朝廷上又一场新的政治斗争却即将开始。

（八）汉代飞将军李广野居蓝田南山时，一次行猎归来，被灞陵亭尉呵斥羞辱，有"今将军尚不得夜行，何乃故也"之语。十年被迫退休生涯，在辛弃疾记忆中留下非常深刻的印象。他曾说："千骑而今遮白发，忘却沧浪亭榭。但记得灞陵呵夜。"

本来将要忘却的事物，现在却偏偏跟踪而至，成为又一次新的重复。绍熙五年（1194）七月二十九日，即宋宁宗即位不到一个月，新由右正言进为左司谏的黄艾，方登谏院便论击辛弃疾，一章奏进便得批准，辛弃疾被罢去闽帅职务，主管建宁府武夷山

---

① 《齐东野语》卷三，第38页。

冲佑观。

　　黄艾字伯耆，福建兴化军莆田人，乾道八年（1172）进士第二人，曾为宁宗"宗邸"之臣，宁宗即位迁右正言、左司谏。他弹劾的理由，主要是两条：一是《宋会要辑稿》所载的"残酷贪饕，奸赃狼籍"[①]；二是《宋史》本传所载的"且夕望端坐'闽王殿'"[②]（在此句之前还有"台臣王蔺劾其用钱如泥沙，杀人如草芥"语，但那是淳熙八年（1181）事，史臣误植于此）。关于"残酷"一条，从朱熹等理学家们对辛弃疾在福建为政的一系列评价看，这种指责没有事实根据。辛弃疾知福州时，制词曾说他"比居外台，谳议从厚，闽人户知之"；调太府卿后，"益平豪爽之气，而见温粹之容"。[③]他怎能为帅后一改初衷，变得凶暴残酷起来？所谓"奸赃"问题，也是不成立的。因为《宋史》本传曾明确说，辛弃疾在摄帅时，就曾感叹福州守臣"空竭"，不足以应付突发事件，等到他为帅后，则"务为镇静"，从绍熙四年（1193）八月到来年夏，不足一年的时间，他便通过理财（主要手段大概就是出售回易盐）积累了缗钱五十万贯，把它储备起来，贮存在府库中，并命名为"备安库"，其用意是：福建地土狭小，人口稠密，收成不好的年份需从广东购进粮米。幸好近年连年丰收，宗室和军人请米，即行销售。待到秋天米价低廉时，用备安钱购进两万石，则可以有备无患了。他还打算用这些钱造一万副铠甲，招募强壮，补充军额，严加训练，兵精则可保证地

---

① 《宋会要辑稿·职官》七三之五九，第 4046 页。
② 《宋史》卷四〇一《辛弃疾传》，第 12164 页。
③ 见《攻媿集》卷三六《太府卿辛弃疾集英殿修撰知福州》。

方的良好治安环境。① 从这些为国为民的计划看，他所积累的钱贯是全部贮存在备安库中的，并准备用于对付灾荒和盗贼，而绝没有将这些钱物据为己有的任何迹象。备安库的钱物尚未来得及使用，他便遭到弹劾，既然如此，他又如何能做到"贪赃狼籍"呢？黄艾是闽人，他本来是更有条件了解辛弃疾政绩的，然而他却做出了完全违背事实的恶毒攻击。

至于说"端坐闽王殿"一条，则更纯属政治上的诬陷。据《淳熙三山志》卷七，所谓闽王殿原是五代王审知及其子王延钧称闽王闽帝时所建造的，当时宫名有宝皇、大明、长春等，殿名则有文明、文德、九龙、明威等。王氏失国，福州为吴越所有。北宋建立，吴越钱氏内附，福州宫殿基本上被拆毁了，只留下了面对衙门的明威殿，守臣改为设厅，成为会见僚属和宴集之所，后来又于此殿东西各建大厅、都厅，作为知州及其僚属办公地点。既然闽王宫殿早已改作知州治所，就不存在什么"端坐闽王殿"的问题，显然，这正是黄艾等政治上的反对派进行诬陷的一种卑劣借口。

尽管黄艾所上弹章全是诬陷不实之词，但按照南宋惯例，对此是不容辩解的。所以，再次受到弹劾的辛弃疾便只好回到带湖旧居，重温"鸥鹭瓢泉社"的旧梦。当绍熙三年（1192）他从铅山赴闽宪任时曾有《浣溪沙》词写他出山的感慨，有"朝来白鸟背人飞"②句。而今在从闽地返回上饶的归途中，他又想起了三年前的情景，于是用"三山归途，代白鸥见嘲"为题，作了一首

---

① 见《宋史》卷四○一《辛弃疾传》，第 12164 页。
② 《辛弃疾集编年笺注》卷一一《浣溪沙·壬子春，赴闽宪，别瓢泉》，第 1243 页。

《柳梢青》词，用来自我解嘲：

> 白鸟相迎，相怜相笑，满面尘埃。华发苍颜，去时曾
> 劝，闻早归来。　　而今岂是高怀，为千里莼羹计哉？好把
> 《移文》，从今日日，读取千回。①

---

① 《辛弃疾集编年笺注》卷一一，第 1325 页。